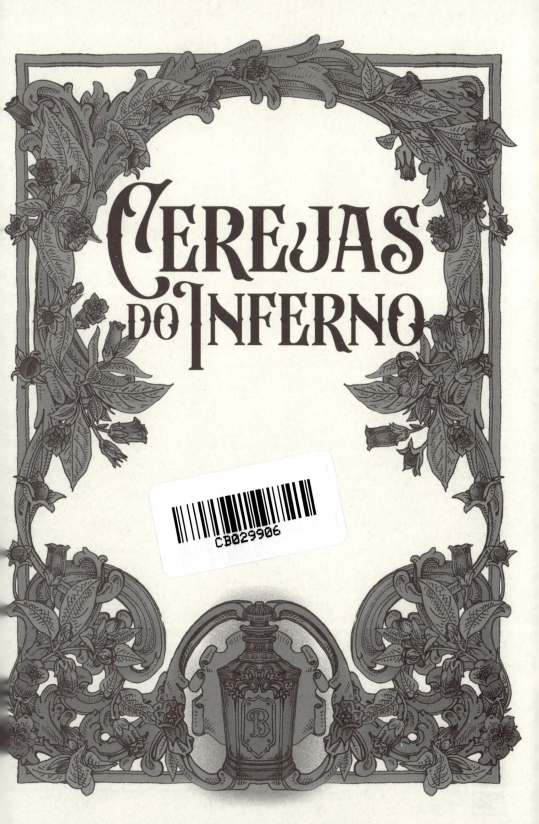

Cerejas do Inferno

Thaís Boito

Diretor-presidente:
Jorge Yunes
Publisher:
Claudio Varela
Editora:
Bárbara Reis
Editorial:
Maria Beatriz Avanso
Julianne Gouvea
Design editorial:
Vanessa S. Marine
Isabella Teixeira
Suporte editorial:
Nádila Sousa
William Sousa
Marketing:
Daniel Moraes
Maíra Mediano
Bruna Borges
Vitória Costa
Direitos autorais:
Leila Andrade
Coordenadora comercial:
Vivian Pessoa

Cerejas do Inferno
© 2025, Companhia Editora Nacional
© 2025, Thaís Boito

Todos os direitos reservados. Nenhuma parte desta obra pode ser reproduzida ou transmitida por qualquer forma ou meio eletrônico, inclusive fotocópia, gravação ou sistema de armazenagem e recuperação de informação sem o prévio e expresso consentimento da editora.

1ª edição — São Paulo

Preparação de texto:
Emanoelle Veloso
Revisão:
Lui Navarro
Projeto gráfico e diagramação:
Vanessa S. Marine
Ilustração de capa:
Nicole Bustamante

DADOS INTERNACIONAIS DE CATALOGAÇÃO NA PUBLICAÇÃO (CIP) DE ACORDO COM ISBD

S232s	Boito, Thaís Cerejas do Inferno / Thaís Boito. – São Paulo : Companhia Editora Nacional, 2025. 352 p. ; 16cm x 23cm. ISBN: 978-65-5881-268-5 1. Literatura brasileira. 2. Romance. I. Título.
2025-1618	CDD 869.89923 CDU 821.134.3(81)-31

Elaborado por Vagner Rodolfo da Silva - CRB-8/9410

Índice para catálogo sistemático:
1. Literatura brasileira : Romance 869.89923
2. Literatura brasileira : Romance 821.134.3(81)-31

NACIONAL

Rua Gomes de Carvalho, 1306 - 11º andar - Vila Olímpia
São Paulo - SP - 04547-005 - Brasil - Tel.: (11) 2799-7799
editoranacional.com.br - atendimento@grupoibep.com.br

Para o meu futuro.
Você é um mistério para mim
Assim como é um mistério para todo mundo
Espero que esteja cuidando bem dos meus sonhos
Porque ando batalhando por eles
Mas, seja lá aonde você for me levar
Sei que os livros que escrevo
Podem ser o começo de uma longa jornada até você.

PRÓLOGO

Balthazar

Cidade de Roma, Itália

Abotoando as mangas do sobretudo verde, o homem de cabelos grisalhos tentou manter a calma enquanto andava pelo corredor da *Cupola di Consiglieri*. Ele imaginou o que encontraria assim que pisasse no salão circular — e tinha certeza de que não seria algo bom.

Dentro da sociedade de conjuradores, havia apenas uma regra que deveria ser seguida por todos os praticantes de magia.

Gravado na placa de metal pendurada atrás das cadeiras dos conselheiros estavam as instruções que ele recusara a ouvir. *"Todos aqueles agraciados com a Runa de Ektor possuem um dever com a corrente do cosmos. É imprescindível que ela seja preservada. Nenhuma magia além da natureza, da alma ou da mente deve ser canalizada. A quarta forma de magia é caos, e o caos é capaz de corromper qualquer conjurador."*

A quarta forma de magia era proibida. Ela era traiçoeira, mentirosa e brutal. Mas, acima de tudo, ela era poderosa. Muito, *muito* poderosa.

Mais poderosa do que qualquer outra.

Para a surpresa dos conselheiros, Balthazar DeMarco havia acabado de quebrar a grande regra sagrada e estava prestes a ser julgado por suas escolhas.

A sede italiana dos conselheiros da magia nunca fora sua casa, Balthazar reconhecia isso. Porém, ele passava mais tempo na oficina, trabalhando em seus "brinquedinhos" — como Eva gostava de chamar os protótipos espalhados pela sala — do que na própria residência. A frequência se tornou maior depois que sua casa começou a trazer memórias desagradáveis; memórias que ele preferia enterrar dentro de si mesmo.

O conselheiro já havia visitado muitas cúpulas ao redor do mundo — incluindo o palácio do conselho grego, o núcleo da magia mundial —, mas sempre retornava para aquele lugar. A Itália era seu local de nascença, e Roma era seu habitat natural. O berço da literatura, da música, da culinária, da história e da religião. E, para alguém como Balthazar, que sempre fora um grande admirador da cultura italiana, aquilo soava como o paraíso para sua alma sedenta por arte.

Balthazar ajeitou seu colarinho antes que as portas pudessem ser abertas pelos sentinelas, protetores da cúpula, vestindo seus habituais uniformes e capacetes pretos.

Ele sabia o que o esperava. Não gostava do que viria a seguir, mas sabia quais palavras de reprovação ouviria assim que passasse pela porta.

O salão circular tinha paredes côncavas e esculturas entalhadas na pedra. O teto abobadado com uma claraboia de vidro abria deixava entrar luz solar. Havia quatro colunas brancas de sustentação nos cantos, cada uma no formato de um homem segurando o teto com as costas. Balthazar nunca deixava de admirá-las — muito embora as demais pessoas que frequentavam o lugar já estivessem habituadas com a imagem das esculturas, e tenham deixado a graça da arte desvanecer porta afora.

Balthazar caminhou até o centro da sala, onde havia uma enorme Runa de Ektor desenhada no chão: o símbolo supremo dos conjuradores de magia. Quatro pontas unidas por um círculo.

Ele olhou ao redor. A placa de metal com a lei sagrada estava pendurada atrás do altar; um lembrete constante de que ele havia falhado com suas obrigações.

— Aproxime-se. — A voz encorpada de Tessele Marivaldi ecoou pelas paredes.

Ele obedeceu. Avançou até o ponto central do círculo.

Quase todas as cadeiras de ferro fincadas no piso de pedra-sabão estavam ocupadas por conselheiros, exceto por uma.

A sua própria.

— Balthazar DeMarco, alto conselheiro da cúpula italiana, um dos homens designados para mentorear novos aprendizes na arte da magia da natureza, acaba de romper com seus deveres como conjurador e protetor da runa — disse Ling Yuhan, um homem baixinho, de rosto rechonchudo, olhos estreitos e um tufo de barba sob o queixo. Ele ocupava uma das duas vagas entre os especialistas de magia da mente. Balthazar costumava usufruir de uma amizade duradoura com ele até seu erro fatal bagunçar as alianças que formara dentro da sociedade de magia.

— Você está sendo acusado de violar a lei sagrada da preservação do cosmos. — Edgar Aldmin prosseguiu com o julgamento. — Você assume a responsabilidade por desordenar a organização universal?

— Assumo — admitiu. Não tinha motivos para esconder a verdade. Não conseguiria fugir da culpa.

Os conselheiros cochicharam entre si.

— Silêncio! — Tessele elevou seu tom de voz, a postura ereta e rígida, o cabelo loiro ondulado caindo pelo busto e as pernas cruzadas. Balthazar podia jurar que sentiu o chão vibrando.

— Seu caso foi analisado, Balthazar, e devo dizer que não chegamos a uma conclusão unânime. — Helle Sahlberg tomou a frente, uma mulher de cabelos escuros, curtos e encaracolados. — Alguns de nós concordamos que sua expulsão e o uso de uma algema absorvedora de magia seria uma punição adequada. — *Algema absorvedora de magia*, ele repetiu em seus pensamentos. *Fui eu quem as criei. Que situação irônica.*

— Porém, houve uma votação — anunciou Ingrith Bingham, a mais jovem membra da cúpula. Ela tinha trinta anos e uma mente que Balthazar suspeitava ser feita de diamante. — O conselho reconhece seus múltiplos anos de bom serviço como conjurador, mentor e protetor da lei e lhe oferece uma segunda chance.

— Você terá um mês para consertar seu erro. — Tessele deu a sentença final. — Um único mês. Nada mais, nada menos. Caso não consiga reparar os danos causados neste período, a punição mencionada por Helle será sua sentença final. Suas atividades na cúpula estarão suspensas até lá, e seus aprendizes serão transferidos para mim.

Só um mês. Sequer consigo terminar um protótipo em dois meses, quem dirá na metade do tempo.

Balthazar deveria saber que pessoas como eles não entenderiam quanto tempo a arte da perfeição costumava exigir.

— Você ainda está autorizado a participar de eventos formais e usar sua oficina, mas está momentaneamente afastado das mentorias e de todas as outras atividades — reforçou Ingrith. — Concordamos que seus alunos merecem o mínimo de respaldo do mentor que se responsabilizou por acompanhá-los.

— Agradeço vossa piedade. — Curvou-se ele. — Dou minha palavra de que farei o meu melhor para reconquistar a vossa confiança.

— Reze para que o seu melhor seja suficiente, DeMarco — alfinetou Edgar. — Você não terá outra oportunidade para se redimir.

Edgar estava longe de ser o membro mais amigável dentro do conselho. Costumava agir de forma esnobe, tão intragável quanto a própria esposa, Tessele. De acordo com Ingrith, ambos formavam um casal notável, do tipo mais arrogante que existia em Roma.

— Pode sair. — Ingrith estendeu o braço, e as portas duplas foram abertas pelos sentinelas. — Só volte quando conseguir resultados.

Balthazar acenou com a cabeça e deu meia volta. Andou confiante para fora do salão. Mas, quando dobrou o corredor seguinte, sentiu o suor pingar da testa e a mão pegajosa ao cerrar o punho. Ele sabia que o prazo era curto, e sabia que a situação não poderia ser pior.

Não conseguiria fazer aquilo sozinho.

O conselheiro acelerou até sua oficina, passos largos ecoando abafados pelos corredores revestidos por um tapete de veludo e pinturas e esculturas de bustos decorando os cantos. Os sentinelas parados à porta do salão sequer acenaram para ele, com seus capacetes cobrindo todo o rosto. Na opinião de Balthazar, o uniforme pesado os tornava ainda mais monótonos — e cada dia menos humanos.

Ele estava em uma corda bamba, permanecendo de pé sobre um fio prestes a arrebentar. Só havia uma pessoa que aceitaria ajudá-lo, e ele precisava encontrá-la. Talvez um bom montante de euros pudesse chamar a atenção dela. Dinheiro nunca foi um problema para Balthazar.

A hora de contratar a *Aniquiladora* havia chegado.

Verona

Cidade de Verona, Itália

Osteria.

O Google definia a palavra como "um lugar que serve vinho e comida simples, além de oferecer hospedagem".

Antigamente, osterias eram pontos de parada para viajantes. Porém, Verona estava longe de ser o tipo de mulher que se contentava com coisas simples. Tinha apreço pela riqueza, gostava de andar e comer como uma dama da alta classe. E, para sua sorte, Andréas, seu antigo sócio de negócios, pensava da mesma forma.

O conceito humilde de uma osteria comum fora completamente repaginado no mundo moderno. A palavra havia se tornado sinônimo de um dos clubes mais caros e hiper-restritos de toda cidade, talvez de toda Itália. Por isso, Verona podia afirmar que o Google estava equivocado em dizer que uma osteria não passava de um hotel qualquer.

Porque Andréas fizera isso mudar quando construiu sua própria versão de uma osteria.

Havia um grande espelho circular pendurado sobre a pia no banheiro da suíte. Verona colocou seu par de brincos nas orelhas. O gloss cor-de-rosa nos lábios cintilava assim como o colar com um pequeno rubi no pescoço. O vestido de seda com mangas compridas e bufantes combinava com a cor de seu batom. Afivelou os saltos vermelhos. Preferia combinações de cores quentes. No armário da pia, escolheu sua paleta de *blushes* rosados e pincelou-os nas maçãs do rosto. Deixou as pequenas sardas em sua bochecha à mostra.

— Você parece uma tragédia. — Antes mesmo de olhar no espelho, Verona sorriu para si mesma. Sabia que Merlina estava parada às suas costas, observando-a como usualmente fazia. — E não do tipo legal como *Hamlet*.

— Seus comentários são sempre uma dádiva aos ouvidos, querida Merlina — disse, a voz tão macia quanto veludo.

— Você fica mais interessante usando verde. Ou preto. Azul também, não sei. — A intrusa cruzou os braços.

— Gentil da sua parte dizer que fico bonita até em cores fora de temporada.

— Eu não disse is...

— Confie em mim, sei o que faço. — Vestiu suas luvas de renda, colocando um anel de pedra vermelha no dedo médio. — Não te culpo por ter mau gosto. Sei que nem todo mundo nasceu para o universo estético.

Merlina mostrou a língua conforme Verona saía do banheiro.

Os olhos de Merlina eram de um tom de castanho-mel que beirava o amarelo — mais para âmbar do que para mostarda, na concepção de Verona. Ela tinha uma boca pequena, desenhada no formato de um coração, e um nariz fino acompanhado de um queixo redondo ligeiramente empinado.

Exatamente como Verona.

Traços elegantes adornavam seus rostos, mas eram ressaltados por estilos completamente opostos.

A última coisa que Merlina queria era chamar atenção. Verona, por outro lado, era a típica mulher opulenta que almejava ser observada — ou pior: *invejada*.

— As pessoas vão ficar cansadas de te ver nessa paleta de cores. — Merlina apoiou o ombro no batente da porta enquanto Verona vasculhava o armário. — Você usa o mesmo rosa insosso todo dia.

— Não seja tão precipitada — disse Verona, vestindo a alça de uma pequena bolsa carmesim no ombro. *Rosa e vermelho. Gosto da ideia.* — Deveria dar uma volta pelo centro. É outono, cores quentes são tendência. Quem é a desatenta agora?

Merlina bufou.

— Você precisa urgentemente tomar juízo. Sabe que não vou sair do seu pé, não é? — alertou Merlina.

— Não necessariamente. A porta está aberta, é só você ir embora.

— *Verona* — repreendeu ela. — É sério.

— Ora, sua amargura me ofende. Só porque insiste em ficar por aqui não quer dizer que você não possa conhecer a cidade, dar uma volta... entende? — sugeriu.

Merlina cruzou os braços, aborrecida.

— Sorria, Merlina, não seja tão desagradável.

— Você julga meu gosto quando tudo que usa é três vezes mais cafona.

— Ah, é uma pena que pense assim — confessou Verona, olhando-se no espelho do armário. Passou o indicador na linha inferior do lábio para consertar seu batom.

— Vai ter paciência para me aguentar? — indagou Merlina.

— Não se preocupe tanto comigo, librianos podem ser mais compreensivos do que aparentam.

Duas batidas soaram na porta de entrada do apartamento.

— Verona? — A voz abafada de Andréas interrompeu a conversa. — Está pronta?

— Dois minutos! — gritou de volta, puxando seu decote para cima.

Sem mais explicações, Verona saiu andando. Pegou o celular sobre a mesa de refeições e atravessou a sala de estar até a porta da frente.

Mas, antes de sair, virou-se para Merlina:

— Quer que eu traga alguma coisa para você? Do que gosta? Vinho? — Ela tomou um segundo para repensar sua ideia. — Não, esqueça, você está amarga demais para tomar álcool. Quer uma sobremesa do restaurante? Talvez um doce acalme seu coração. Está infectando meu apartamento com uma nuvem de mau-humor horrível desde que chegou.

Ela pôde jurar que os olhos de Merlina ficaram totalmente brancos pela forma com que se reviraram.

— *Tu sei molto divertente* — respondeu, sem qualquer animação. *Você é muito engraçadinha.*

Uma risada graciosa deixou os lábios de Verona.

— Não faça nenhuma bagunça enquanto eu estiver longe. — Ela piscou e girou a maçaneta, sorrindo.

Merlina cruzou os braços.

— Eu não poderia nem se eu quisesse, gênia.

Verona soprou dois beijos no ar e fechou a porta, mesmo sabendo que porta alguma impediria Merlina de fazer o que ela quisesse.

Andréas vestia uma camiseta branca com calças pretas, combinando com os sapatos sociais envernizados.

— Merlina ainda está aí? — perguntou, chamando o elevador. Cada andar do edifício tinha duas portas, decoradas a gosto do proprietário. Os moradores colocavam um vaso de flor, uma mesinha com esculturas de pedra ou até um espelho para diferenciar seu apartamento dos demais. Verona escolhera alguns quadros com pinturas de edições da *Vogue* para enfeitar o espaço que separava sua porta da porta vizinha.

— Sim — respondeu ela, tirando um espelho da bolsa para corrigir a sobrancelha. — Está cada vez mais opinativa.

Andréas bufou um riso cínico.

— Deveria dar um jeito de mandá-la embora.

— Talvez. Mas eu entendo ela. Está solitária, quer companhia. Além do mais, creio que não ficará por aqui muito tempo. — Verona organizou alguns fios rebeldes dos cabelos pretos de Andréas, os cachos modelados por gel em contraste com seus olhos azuis.

— Sua paciência é admirável. Realmente admirável.

Ela riu suavemente.

— Merlina é insistente desde que a conheço, mas eu sou ainda mais — explicou, dando um passo em direção ao elevador. — Ela anda criticando minhas roupas. Aposto que se eu fosse embora por uma semana, ela iria querer experimentar todo meu armário.

— Você não pretende partir só para provar que está certa, não é?

Verona passou os dedos pelos próprios cachos, redefinindo alguns deles. Aquela noite seria importante para o crescimento da osteria. Muitos patrocinadores haviam reservado mesas no restaurante. A oportunidade perfeita para expandir os negócios havia chegado e Verona queria surpreendê-los com uma boa taça de vinho.

— Digamos que eu ainda não tenha planos para sair daqui — revelou, quando a porta do elevador abriu no nível do térreo.

Andréas repuxou o canto dos lábios, aparentemente satisfeito com sua resposta. Ele sabia a mina de ouro que havia descoberto quando resolvera abrigar Verona em seu clube de primeiro mundo.

— Vamos? — Ofereceu-lhe o braço.

Ela alisou seu vestido com as mãos. A peça de seda descia até seus joelhos, valorizando o contraste de seu cabelo marrom-dourado com a pele clara.

— Certamente.

Verona segurou o braço de Andréas e desfilou até a entrada do restaurante. Distribuiu cumprimentos para alguns hóspedes do clube, repassando sua lista de afazeres na cabeça.

De uma coisa ela tinha certeza: o sucesso do nome *Verona* não acabaria agora. Não tão cedo.

Não quando ela tinha o mundo na palma da mão e uma segunda oportunidade para viver do jeito certo.

Cleo

Cidade de Roma, Itália

Dois dias atrás, Cleo havia recebido uma carta. Ela não costumava checar sua caixa de correio, e provavelmente já teria perdido a data do convite quando resolvesse lembrar de colher os papeis acumulados. Mas, aquele envelope, em especial, fora parar debaixo de sua porta, como se quisesse urgentemente ser lido.

Não havia ninguém que enviasse cartas em pleno século 21 — ninguém a não ser Balthazar DeMarco, o homem mais obsoleto e ultrapassado que ela conhecia. Apesar de sempre andar como se fosse dono da própria vida, era óbvio que, cedo ou tarde, ele recorreria a Cleo para fazer seu trabalho sujo, como todo conselheiro fazia.

Porém, ela se contentava com isso. Outros conselheiros teriam feito pior; teriam mandado dois sentinelas de uniforme para abordá-la em horário de almoço num dia comum, como Helle Sahlberg fizera uma vez. Cleo havia revirado os olhos quando notara que metade do restaurante a encarava com cara de espanto, como se ela fosse uma criminosa prestes a ser presa pelas forças especiais bem ali, à luz do dia, no meio de um delicioso *fettuccine* ao molho branco — como se já não fosse estranho o suficiente ver uma mulher sozinha num dos restaurantes mais cobiçados por casais em toda Roma. Mas o que ela podia fazer? A comida era boa, mesmo que o preço fosse salgado.

Ela admirava coisas boas. Ela *merecia* coisas boas. Coisas melhores do que a vida lhe proporcionava.

Se Ganesh, o amigo com quem dividia o aluguel da casa, tivesse visto a carta antes dela, ele a teria lido sem nenhum pudor. E, depois de uma longa lição de moral sobre o quão preguiçosos os conselheiros eram por mandá-la resolver seus problemas, teria pedido para Cleo tomar cuidado.

Ganesh era humano, mas ele conhecia o mundo mágico, porque Cleo contara tudo a ele. A cúpula já havia arrancado sua liberdade, então subentendia-se que ela não devia mais nada à sociedade dos conjuradores. Sabia que contar a verdade sobre a existência da magia para alguém fora da comunidade era uma quebra na regra do sigilo. Nenhum aprendiz deveria comentar sobre sua vida acadêmica com um não-vinculado. Seres humanos desconheciam a magia. Mesmo assim, o mais miserável deles poderia tê-la caso passasse pelo ritual de iniciação, embora todo o estudo sobre o funcionamento da runa fosse restrito a poucas pessoas. Conhecimento era poder, e a cúpula gostava de mantê-lo para si. Se alguém quisesse entrar para a sociedade, precisaria ser formalmente convidado por um conjurador com permissão expressa dos conselheiros.

Por isso, um cara comum, como Ganesh, não poderia saber de nada. Mas ela não dava a mínima.

— A foto sobre a mesa. Pegue. — Balthazar estava de costas, sentado em frente às bancadas fixadas na parede enquanto parafusava uma espécie de caixa de metal.

Cleo apenas rolou os olhos para o lado preguiçosamente até que alcançasse a imagem posta em cima de uma pequena pilha de papéis.

A oficina de Balthazar não era o muquifo que outros laboratórios de magia costumavam ser. Ele era um homem organizado, tinha um difusor de aromas exalando cheiro de eucalipto sobre a bancada. As paredes eram repletas de nichos e penduricalhos para ferramentas. Parafusos, agulhas, rolos de linha, tecido, madeira, tubos com óleos, álcool concentrado e destilados, tudo que um fabricante poderia precisar.

As janelas costumavam ficar abertas, a luz do sol refletia nas paredes de pedra lisa cor-de-creme, o que deixava o ambiente muito mais agradável. Havia alguns quadros também, quadros pequenos e contornados por molduras douradas, que o próprio Balthazar havia pintado.

Não que isso deixasse Cleo mais animada para iniciar outro trabalho sujo.

Ela pegou a foto. Debaixo dela, viu o convite de Balthazar para o baile de consagração de novos conjuradores. A festa acontecia todo ano, sempre que uma turma ganhava sua runa da magia. Era tradição que ocorresse no segundo prédio das instalações da cúpula. Tessele Marivaldi nunca perdia a oportunidade de programar uma confraternização.

— Uma garota. — *Uma garota que não me lembro de ter visto antes*, pensou, balançando a foto na mão. — O que quer que eu faça?

Cabelo longo e cacheado, loiro escuro. Olhos castanhos que beiravam o amarelo. Pele branca, pálida como algodão, mas lábios rosados e bochechas com algumas poucas sardas. Uma figura digna das pinturas romancistas do século dezenove que o conselheiro colecionava.

Balthazar não respondeu de imediato. Ele coçou a garganta, abaixou a chave de boca que usava para apertar o parafuso e tirou os óculos quadrados do rosto, deixando-os pendurados no pescoço.

— Ela é sua missão — esclareceu, apoiando uma mão na mesa de centro. — Quero que traga ela para mim. Viva. Sem nenhum arranhão. Entendeu bem?

Cleo estreitou os olhos. Sabia que não estava em posição de questionar — eles nunca explicavam a finalidade de suas missões —, mas sentiu que podia arriscar.

— O que a garota bonita da foto fez para merecer ser perseguida por um homem tão... — As palavras faltaram. Ela não era uma boa bajuladora, tampouco uma boa mentirosa. — Tão perspicaz? — perguntou, a voz baixa e atrativa, bordada por fios de ironia. — Mais uma marionete que vocês não conseguiram controlar?

O conselheiro ergueu uma sobrancelha.

— Cuidado com a boca, Von Barden — repreendeu, firme como uma rocha e mais áspero do que uma lixa. — Pensei que já tinha entendido qual é o seu lugar por aqui.

Ela pressionou os lábios, aceitando a derrota.

Mesquinhos. São todos mesquinhos.

— Não tenho qualquer pista sobre o paradeiro da garota da foto — continuou ele, decidindo ignorar a intromissão de Cleo. — De qualquer maneira, você precisará encontrá-la, nem que tenha que procurar em uma toca de coelho. Concorda?

Assentiu, por mais que quisesse muito mandá-lo cuidar de seus problemas sozinho.

— Pago mil e duzentos euros. Estamos entendidos?

Mil euros era pouco, mas era o bastante. Cleo tinha sorte de ser *remunerada*. Os conselheiros sabiam, no momento em que a colocaram para ser sua arma especial em vez de puni-la, como acontecia com os demais quebradores de regras, que Cleo nunca mais poderia viver uma vida normal. Sua aparência já assustava a maioria das pessoas — o centro de seus lábios escurecidos, a ponta das unhas negras, as gengivas inteiramente acinzentadas e o dedo mindinho decepado e recosturado em sua mão direita. A cúpula não queria que ela fizesse outra coisa além de estar disponível para seus chamados.

Então, para que eles não tivessem de prendê-la numa cela e sustentá-la como um cão, pagavam um salário adequado e deixavam aquelas algemas infernais fazerem o resto.

— Dê o braço. — Balthazar abriu um pequeno baú de obsidiana polida, discou sua senha no cadeado e alcançou a peça singular guardada dentro dele: uma algema de pulso único.

Com toda má vontade do mundo, Cleo fez o que lhe foi pedido. Balthazar, sem nenhuma delicadeza, prendeu o bracelete em seu pulso. Os espinhos metálicos na parte interna perfuraram seu braço. Um fluxo de energia fez suas veias salpicarem na pele. A algema começou a pulsar uma luz branca fraca.

— O outro. Agora.

Cleo obedeceu, oferecendo-lhe o braço que já tinha um bracelete. Com um controle remoto pequeno, Balthazar desativou a algema que ela sempre usava quando não tinha um serviço para fazer.

Tchau, diabinha. Não pense que sentirei sua falta.

A pele começou a sangrar. Estava roxa por causa dos pequenos furos que as agulhas dos braceletes deixavam. Balthazar lhe entregou um lenço para enxugar o sangue.

Toda algema tinha espinhos subcutâneos. Eles entravam na pele assim que ela se fechava. Foram criados para enviar uma espécie de vibração nociva pelas veias do prisioneiro. Esse pulso servia para impedir o conjurador de canalizar.

Ou seja, ele inviabilizava a magia.

Existiam duas algemas diferentes. Quando não estava em uma missão, Cleo era obrigada a permanecer com uma, aquela que tinha um pulso contínuo, para que seus poderes ficassem inativos.

Todavia, quando uma tarefa lhe era designada, o conselheiro que a contratava colocava outra em seu lugar. As duas tinham um rastreador; um rastreador comum, tecnológico, não mágico, mas protegido pela algema enfeitiçada. Porém, diferente da outra, a segunda não inativava seus poderes de imediato, mas poderia fazê-lo caso o conselheiro decidisse que Cleo estava burlando alguma regra.

Ela teria sua magia de volta até que terminasse o serviço. Mas, se saísse da linha, seus poderes seriam cortados com um simples pressionar do controle remoto de Balthazar.

A verdade era que Cleo as odiava. As algemas apertavam seu braço e deixavam marcas na pele. Usá-las por tanto tempo podia ser perigoso, já que interrompiam parcialmente a circulação de sangue e causavam hematomas. Além do mais, elas eram a representação física de que sua liberdade fora surrupiada, e provavelmente nunca seria devolvida.

Sua sentença acumulava, no total, trinta anos de serviço, a pena máxima. Mas quem garantiria que ela viveria até lá? Ela só tinha cumprido dois anos de sentença e contabilizava 23 aniversários, e não acreditava que iria muito longe com a vida que levava — não com a magia que carregava.

— Caso pense em desobedecer a minhas ordens, espero que lembre que esta algema ainda pode arrancar sua magia drasticamente com um simples comando meu — relembrou Balthazar, segurando seu braço como se a impedisse de ir embora.

Ele lhe mostrou o controle remoto — o mesmo controle que transmitia diversos comandos às algemas —, e depois colocou-o numa caixinha e guardou-o no bolso do sobretudo. Estava enfeitiçado, forjado por Balthazar, assim como todo artefato mágico usado na cúpula. Aquele, em especial, tinha o nome *Cleo* talhado, assim como as algemas.

E ela tinha vontade de quebrá-lo sempre que se lembrava disso.

— Eu saberei cada passo que você der, e cada descuido eu descontarei do seu pagamento. A algema só está desativada para que faça seu trabalho, mas continuará te rastreando. Estamos entendidos, Von Barden?

Assentiu. Ela sempre assentia, toda santa vez. Estava cansada de assentir.

Balthazar a soltou. Cleo já havia repassado aquelas regras duzentas vezes antes. Sabia como aquilo funcionava. Sabia o que podia fazer. Sabia como agir, embora não quisesse obedecê-los.

Ela poderia recusar o trabalho. Poderia tentar viver sem a magia, presa em uma cela. Mas Cleo sabia que eles nunca a deixariam em paz, e ela realmente não gostava da ideia de usar aquelas pulseiras ridículas para o resto da vida.

Cleo queria sua magia.

Porque, com ela, Cleo se sentia mais poderosa.

— Feche a porta quando partir.

Após respirar fundo, ela dobrou a foto da garota, enfiou no bolso de sua jaqueta amarelo-dourada e deu seus primeiros passos a caminho do arco de saída.

— Aniquiladora — chamou Balthazar, fazendo-a paralisar na altura da porta.

Cleo tornou a cabeça em sua direção.

— Sim?

Ele tomou um momento para colocar seus óculos de volta no rosto.

— O nome dela é Verona.

Verona, repetiu para si mesma. Nome interessante. Não tão original, mas exótico o bastante. Quem, afinal, teria o nome de uma cidade?

— Agora pode ir embora. Tem trabalho a fazer. — Balthazar lhe deu as costas, como se ela estivesse tomando muito de seu tempo. Gesticulou com a mão, impaciente, dispensando sua presença.

A palavra continuou retumbando na cabeça de Cleo mesmo quando ela cruzou a porta de saída.

Verona, como a cidade italiana. Verona, como em Romeu e Julieta.

Verona, como a próxima pessoa que Cleo capturaria.

Verona

Cidade de Verona, Itália

A primeira coisa que Verona fez quando se hospedou na osteria, dias antes, fora pedir o cartão de Andréas emprestado para ir às compras.

Ela se lembrava daquela tarde como se tudo tivesse acontecido ontem: o cheiro de café expresso, as vitrines de doces das padarias, as mesas e cadeiras com guarda-sóis dos restaurantes espalhadas pela rua, os perfumes florais que saíam das lojas e as pessoas andando com bicicletas coloridas.

Durante uma tarde inteira, Verona se atirou em alguns lugares da via *Giuseppe Mazzini*, uma rua turística popular por suas lojas. As coleções de outono chegavam às vitrines depois de três meses de verão ensolarado. Boinas, cachecóis, agasalhos, luvas, botas. As peças enfeitavam os estandes à medida que todas as árvores da Itália se coloriam de amarelo e laranja.

A arquitetura antiga e a brisa fresca do entardecer carregavam um tipo de emoção que Verona almejava sentir novamente desde que colocara seus pés na cidade. Casas com tijolos desnudos, *trattorias* tradicionais lotadas ao meio-dia, janelas de parapeitos largos, sacadas com vasos de flores e senhoras regando as plantas sobre os balaústres. Tudo isso soava febril para alguém que sentia saudade daquela sensação.

Tudo isso era *Verona*. Nos dois sentidos.

Naquele mesmo dia, Simone DeGarza cruzou seu caminho enquanto Verona escolhia uma peça na joalheria. A magnata usava óculos escuros e um chapéu de praia, mas qualquer um com o olhar afiado reconheceria uma das maiores aristocratas da Itália. Escritora, filantropa e dona de uma linha de maquiagens desde os vinte anos. Ela era o exato perfil de clientela que a osteria precisava atrair.

Como quem não queria nada, Verona elogiou sua escolha de anel, mas arriscou-se a sugerir um modelo que achou se adequar melhor ao formato dos dedos finos da mulher.

Simone fora enlaçada pela sua simpatia feito uma abelha seduzida pelo pólen. A magnata desenrolou uma conversa como se fosse a primeira vez em meses que alguém a abordava sem pedir uma foto. Para aproveitar ao máximo a oportunidade, Verona mencionou que estava hospedada na *Osteria Vacchiano*. Havia inventado uma regra para atrair pessoas da alta sociedade quando ainda era nova. Apelidou-a de "Lei dos Três S": sutil, sugestiva, sedutora. Sua lábia tinha que fazer justiça aos três adjetivos. Do contrário, ela não funcionava.

Dias depois, quando a ideia germinou, Simone fizera uma visita. Como uma típica influenciadora moderna, ela comentou a experiência no Instagram. Uma revista gastronômica apareceu no restaurante na noite seguinte.

Pouco tempo depois, Andréas estava cheio de patrocinadores interessados e precisava de ternos novos, uma vez que os paletós que guardava no armário estavam perto de implorar para serem reciclados.

— Toc-toc. — Ele bateu na porta com os nós dos dedos, mesmo que ela estivesse propositalmente aberta para sua chegada. — Posso entrar?

Verona usava um pano de prato para secar algumas taças de cristal no balcão da cozinha. Algumas pessoas diziam que aquele trabalho não parecia adequar-se a ela, mas mixologia era uma de suas paixões mais antigas. Trabalhar com bebidas sempre fora sua especialidade.

Verona se transformava quando tinha um copo e um *muddler* nas mãos.

— O prédio é seu, querido. Entre.

Andréas fechou a porta. Verona ouviu o barulho de uma das cadeiras da sala de jantar sendo arrastada e sacolas sendo colocadas sobre elas.

— Aonde você foi?

Ele vestia um conjunto de casaco e calças sociais cor-de-vinho. Por baixo, havia uma blusa branca simples. Como de costume, Andréas havia encharcado o cabelo com gel — *muito* gel, na opinião de Verona.

— Saí para almoçar com Gemma mais cedo. Aproveitei para comprar umas coisas na *Porta Borsari*. — Outra rua comercial famosa da cidade.

— Ah, que fofo. Finalmente uma refeição romântica com a namorada. Você está sempre ocupado com a osteria, ela deve ser muito paciente.

— Tirei o dia de folga, tá bem? Faço isso uma vez por semana. Gemma merece mais do que posso dar. — Verona conhecia aquele olhar. Ele realmente gostava da garota. — Merlina resolveu te dar um descanso? — perguntou Andréas enquanto se sentava em uma das cadeiras altas em frente ao balcão, um único cacho rebelde caindo na testa.

Modéstia à parte, Verona tinha um dos melhores apartamentos do clube, um apartamento exclusivo. Havia uma parede de vidro, com vista para a cidade. Sem cortinas, sem obstruções. E ela adorava a sensação de estar observando o mundo de cima.

— É melhor não dizer o nome dela. Talvez você esteja a invocando sem saber, e isso seria péssimo.

Ele riu.

— Soube que recebeu alguns convidados ontem. Merlina deve ter ficado cansada e ido espairecer. Boa tática — falou Andréas em tom irônico.

— Foi uma noite agitada, e ela não é fã de lugares cheios com música alta. — Ergueu um ombro em sinal de indiferença. — Não fiz isso para espantá-la, seria muito rude da minha parte, mas digamos que essa é minha natureza e eu não posso evitá-la para sempre.

— Seja por qual motivo for, isso não muda o fato de que o sutiã que encontrei no chão da sala de estar não parece ser seu — afirmou Andréas.

Verona o encarou no mesmo segundo, com os olhos arregalados. Metade do seu rosto era vergonha e a outra metade era choque. Tinha jurado que havia se livrado de tudo. Se qualquer outra pessoa tivesse ido visitá-la, alguém importante, teria sido um vexame.

Andréas começou a rir.

— Ah, Verona, essas bochechas coradas não vão te fazer parecer puritana. Eu sei que você não é nenhuma santa. Flerta tão naturalmente quanto fala "bom dia". — Ele a conhecia melhor do que ela gostaria que conhecesse. — Não faça cara feia. Eu só estava brincando sobre o sutiã.

Ela não se segurou: abanou a mão encharcada de água perto do rosto dele. Andréas soltou um riso alto, tentando afastar a cabeça do seu alcance.

— Se não fosse o dono do clube, eu derrubaria *acidentalmente* uma taça de vinho nos seus sapatos perfeitamente envernizados. — Verona secou as mãos em um pano de prato. — É melhor dormir com um olho aberto hoje.

— Isso é jeito de tratar alguém que subiu 28 andares para te dar um presente?

— Presente? De que tipo?

Ele ergueu o dedo indicador, pedindo para que esperasse, e foi até suas sacolas. Verona espiou Andréas pegando uma delas. Uma sacola preta opaca, o nome *Versace* escrito na frente.

Os olhos dela brilharam, como uma criança prestes a abrir o primeiro presente de Natal.

— Faz pouco mais de uma semana que você está aqui, então pensei em te dar algo especial para comemorar. Dei uma passadinha na loja mais cedo e acho que consegui algo muito...

— Está tentando me fazer ter um ataque cardíaco com essa demora toda?

Ele piscou duas vezes, desnorteado, olhando para ela.

— O quê?

Verona deixou o pano de prato na pia e pegou o pacote da mão dele, apressando o passo até o sofá. De dentro da sacola, tirou uma caixa. Uma caixa pequena. Quando a abriu, um colar com um pingente de diamante brilhou para ela.

— Em nome de todos os deuses... — Verona ergueu a corrente, analisando a joia de perto. — Isso deve ter custado uma fortuna, Andréas!

— Tem mais. Veja a outra caixa.

A segunda embalagem era maior e consideravelmente mais pesada do que a anterior. Verona a pegou e abriu. Soube que era uma caixa de sapatos no segundo em que viu um salto preto *Medusa Head* dentro dela.

Seu coração acelerou.

Verona pendurou o colar no pescoço e afivelou as tiras nos tornozelos. Um salto daqueles estava acima do seu orçamento.

— Isso é... — Ela arrumou seus cachos enquanto andava de um lado para o outro, deixando-os cair em frente ao busto. — Magnífico. É uma facada na minha vaidade, mas preciso admitir que você sempre acerta em cheio quando quer.

— Ah, sim, eu sei. — Ele alongou os braços pelas costas do sofá, espreguiçando-se. — Continue, massageie meu ego.

Verona sorriu e revirou os olhos.

— Bobo.

Ela tirou os saltos, colocando-os de volta na caixa como se fossem uma peça de museu. Fez o mesmo com o colar. Os deixaria guardado para uma ocasião especial.

— Venha, vou te preparar uma bebida. Uma forma de agradecer pelo presente.

Andréas não recusou. Ele jamais negaria um pouco de álcool, e ninguém esperto o bastante recusaria a oferta vinda de Verona, especialmente quando uma bebida estava envolvida.

Se Andréas fosse uma bebida, ele seria uma margarita. Clássica, refrescante e popular. Ele gostava de interpretar o papel de "chefe carismático" e sabia como se comportar dentro da alta sociedade. Ela sabia que margaritas eram seu coquetel favorito.

Por outro lado, Verona tinha um gosto mais exótico. Apreciava uma boa sangria ou um copo caprichado de caipirinha de morango, mas sua garrafa preferida não se comparava a nenhum drink. Ela tinha o nome de um veneno famoso, "Belladonna", e era tão letal quanto uma picada de serpente, viciante e misteriosa. Tinha o sabor exato que um pecado capital teria caso fosse engarrafado.

Ao terminar os preparos, Verona entregou o coquetel a ele. Quando deu seu primeiro gole na bebida, Andréas suspirou de alívio, deixando o álcool lavar toda impureza do corpo.

— Divino, como sempre.

— A seu dispor, Vacchiano. — Com outra bebida em mãos, Verona flagrou-se parada ao lado dele, observando a cidade noturna através do vidro. — Sei que está cansado de minhas indagações, mas acho que, agora que já faz uma semana, preciso repetir a pergunta: tem certeza de que não estou atrapalhando seu negócio ocupando esse apartamento?

— Verona, por favor, o lugar é um refúgio para qualquer um que queira fugir da cúpula. Quantas vezes terei de dizer que essa é a minha causa?

— Só quero ajudar, não atrapalhar — reforçou Verona.

— Você não atrapalha. Você me ajudou a erguer esse lugar, se já esqueceu. Conseguiu dois patrocinadores em menos de dez dias, acho que sou eu quem estou te devendo.

Ela não podia negar: era boa no que se propunha a fazer. Sempre era. E lidar com negociações era sua especialidade.

— Quantos conjuradores você tem aqui, em média?

— Uns trinta... por volta de trinta e cinco. Com você, trinta e seis.

— Uma quantidade notável. Trinta e seis infratores da cúpula. Quase quarenta. — Trabalham no restaurante, no hotel, me ajudam com os clientes... somos uma comunidade em crescimento. Ninguém aqui confia muito nos conselheiros. Alguns foram treinados por eles, outros estão descobrindo a magia agora, com a gente.

— Vocês realizam despertares aqui?

— Tenho muitos contatos na Itália. Há um freguês da osteria, velho amigo de meu pai, que nos ensinou a realizar a cirurgia de inicialização na magia. Virou nosso mestre-cirurgião. — Ele bebericou sua taça, os olhos vidrados na paisagem além da parede transparente. — Em troca, introduzi as artes místicas a ele. Já realizamos quatro cirurgias bem-sucedidas. Um grande progresso, não acha?

— Tinha razão quando disse que os anarquistas estão se espalhando.

— *Anarquistas*. A palavra ainda fazia sua garganta arder. Era uma sensação estranha e boa ao mesmo tempo, como provar gin pela primeira vez. Verona nunca se viu fazendo parte daquilo, mas agora que era uma infratora, não tinha escolha. E por mais que achasse que deveria se sentir culpada pelo que havia feito, gostava do lugar onde estava. Gostava muito. E não se puniria por isso. — Por que exatamente você se juntou ao movimento anarquista? Faz tanto tempo desde a última vez que estive aqui...

— Eu me juntei ao movimento pelo que fizeram com meu pai. É uma história relativamente recente, aconteceu enquanto você esteve fora. Quando eu sequer sabia o que ser anarquista significava, quando o movimento ainda era muito pequeno, ele foi acusado de fazer parte dele por engano. Pior: de liderá-lo.

Miguel Dangelis. Ela tinha ouvido falar na história dele desde que havia voltado. O nome se espalhou na sociedade de conjuradores como sementes de Dente de Leão. Todo mundo falava sobre o caso que deu origem aos discursos de ódio contra os conselheiros. O pai de Andréas era um mártir.

— A cúpula o manteve como prisioneiro, tentando arrancar alguma coisa sobre os anarquistas, até o verdadeiro culpado aparecer e ele ser libertado. Mas… antes que isso acontecesse… surgiram os primeiros sinais de alucinações ainda na prisão. Quando Miguel saiu, já não sabia quem eu era.

A boca de Verona entreabriu.

— Andréas, sinto muito… Eu não sabia disso.

— Não é fácil. Alucinações são uma das piores doenças mágicas que um conjurador pode desenvolver. Ela surge devagar, quando uma pessoa foi lesionada pela magia e não consegue mais carregá-la. É lenta, demora a aparecer. Ele passou a trocar a vida por sonhos, chorar durante a noite, me chamar por nomes estranhos… e morreu achando que eu era meu falecido tio.

— A maioria das pessoas não sabe dessa parte, não é? Da doença do seu pai.

— As pessoas sabem que ele foi acusado erroneamente, mas eu não quis compartilhar mais do que isso. A forma como ele morreu virou boato. Prefiro que fique assim. Falar disso já é difícil por si só, não quero todo mundo comentando sobre.

— Você luta por justiça, então.

— Eu luto para que isso nunca mais aconteça. Luto para que as figuras de autoridade sejam questionadas e não definidas por critério de herança sanguínea. — Ele alargou a gola da camisa, por mais larga que ela já fosse, como se estivesse sufocado pelas palavras e precisasse de espaço. — Meu pai foi devolvido tarde demais para mim. Parecia que ele já estava morto antes de morrer. Já não saía da cama, não conseguia conversar com ninguém além dos fantasmas no quarto… mais tarde, descobri que outras pessoas também desconfiavam dos conselheiros e… estou aqui. Mudei meu nome. Mudei de cidade. Estou cometendo o crime que meu pai foi acusado de cometer.

— Posso propor um brinde a isso?

— Quantos quiser.

Ergueu a taça.

— Um brinde às pessoas que não têm medo de encarar o mundo de frente, Vacchiano.

Taças tilintaram. Verona e Andréas beberam parte do conteúdo, sincronizados como se tivessem ensaiado.

— Você sente falta da vida antiga de vez em quando? — Ele puxou o assunto. Verona esboçou um sorriso tímido. Andréas havia demorado para fazer aquela pergunta. Ela via a curiosidade em seu olhar, querendo saber sobre o passado, querendo conhecê-la a fundo. Mesmo assim, deixou que ele encontrasse o momento certo para isso.

— Às vezes. — Suspirou, pesarosa. — Mas devo admitir que ser perseguida pela cúpula traz uma adrenalina peculiar. Você sente falta da antiga eu?

— Para ser honesto, confesso que gosto mais dessa Verona. Sempre quis te ver do lado anarquista da moeda.

— Nada convencido da sua parte. — Empurrou levemente o ombro de Andréas com o seu próprio.

— Você tinha acabado de se tornar conjuradora antes de tudo acontecer e você perder a runa, não é? Não quer tentar ser iniciada na magia agora? Com a gente?

Aquela questão viria cedo ou tarde. Ela sabia que viria, só não sabia como lidar com ela ainda.

— Para ser honesta, eu não sei. Preciso de mais tempo para calcular os riscos. Eu não quero ter que… eu não quero… — Interrompeu-se. Um nó se formava em sua garganta. — Eu não quero tentar agora. De qualquer forma, agradeço a proposta.

— Estarei sempre disponível para você, minha amiga. A osteria é toda nossa, e eu vou promover seu trabalho como sempre fiz. — Ele ergueu a taça. — Um brinde, Verona. *Un brindisi al nuovo te.* — *Um brinde ao novo você.*

Após exalar o ar pesado em seus pulmões, ela sorriu. Decidiu terminar a noite com um último brinde. Um brinde que ela esperava ser apenas o primeiro passo para uma mudança permanente.

— *Un brindisi al nuovo me,* Andréas.

Então, o som das taças se unindo ressoou.

Um brinde ao novo eu, Andréas.

Balthazar

Cidade de Roma, Itália

— Existem três tipos de conjuradores. Três tipos de magia permitidos. Natureza, mente e alma. — Ling Yuhan apontou para três das quatro pétalas da Runa de Ektor desenhadas na lousa móvel. — A quarta forma de magia, conhecida como magia da morte, é maléfica, perigosa e, acima de tudo, letal.

A aula estava prestes a terminar, assim como o expediente de todos os conselheiros. Havia cerca de quinze novos aprendizes na classe de Ling, que sequer representavam metade das cadeiras disponíveis no auditório. A sala nunca ficava cheia. Balthazar mal se lembrava da última vez que a viu totalmente ocupada durante uma aula de mentoria.

A sociedade de magia não era aberta ao grande público, o que limitava o número de conjuradores e controlava a expansão do conhecimento místico. Uma pessoa só podia iniciar seus estudos na cúpula caso fosse indicada por algum conselheiro ou atual aprendiz.

— Não entendam errado, a morte é essencial para que o ciclo do universo esteja em equilíbrio. Mas ela é algo que os vivos nunca deveriam tocar — continuou Ling Yuhan.

Balthazar admirava a maneira como Ling conseguia ser gentil e didático diante de uma sala de aula. Pensar que era o melhor no que fazia sempre ajudava a própria autoestima, mas ele sabia admitir quando alguém superava expectativas.

— De onde ela vem? — Uma garota levantou a mão, cabelos lisos e castanhos. — A magia, mestre Yuhan. De onde a runa canaliza a magia? Ela é autossuficiente?

Ling penteou o tufo de barba sob seu queixo com a mão.

— Não. A runa é só um símbolo que usamos para conversar com um poder maior, Catarina. Ela tem consciência própria. Algo *fala* através dela. — Ling juntou as mãos nas costas. Ele sempre fazia isso quando estava pairando pelos ares de uma questão profunda ou, no mínimo, inspiradora. — Não é apenas um símbolo inofensivo. Há uma entidade divina que só pode ser invocada por meio dela. É com essa entidade que dialogamos. É ela que nos oferece acesso à magia, e é ela que irá visitá-los quando passarem pela Cerimônia do Despertar. Espero ter esclarecido, querida.

Catarina agradeceu, anotando algo no caderno.

Se as quatro pontas da Runa de Ektor representavam os quatro tipos de magia que podiam ser canalizados por meio dela, então o aro que a circulava simbolizava a única coisa que unia todas essas magias: a entidade. A força misteriosa por trás dela. O espírito antigo que fornecia seu poder aos humanos.

A aula se desenrolou até às dez da noite em ponto. Sem mais perguntas ou comentários, os aprendizes se dispersaram, com uma onda de agradecimentos ao mentor. Balthazar esperou o auditório ser esvaziado. Ling ainda juntava suas folhas de anotações quando ele desceu os degraus batendo palmas lentas.

— Sempre transformando uma simples mentoria em um espetáculo, Yuhan — elogiou, sabendo que receberia um sorriso tímido do conjurador em troca.

— Ora, não foi nada. — Ele abanou a mão, modesto, e voltou a recolher os materiais. — Está de saída?

— Estou. Também está?

— Sim. Te acompanho até o estacionamento.

Ling desligou as luzes do auditório antes de sair. Ao fechar as portas, o eco reverberou pelas paredes lisas da cúpula. O lugar parecia vazio — com exceção dos sentinelas plantados pelas esquinas dos corredores.

— Como andam... — Ling coçou a garganta antes de terminar a frase. — Como andam os preparativos para sua missão, Balthazar?

Era claro que ele estava cometendo um eufemismo. Aquilo não era uma missão ou uma tarefa digna de respeito, aquilo era uma punição. Balthazar sabia que Ling era um dos poucos conselheiros que ainda se importavam com seu bem-estar e achava que havia salvação para seu caso, mesmo que a infração tenha sido grave e, talvez, permanente.

— Estou arquitetando um novo protótipo — assegurou, transparecendo confiança. — Está em fase inicial, mas promete ser útil. Abandonei todos os meus outros projetos por hora. Devo admitir que o prazo é curto.

— Eu imaginei — concordou ele. — Vejo como trabalha, companheiro. Você sempre foi um homem competente. O grande fabricador de objetos mágicos voltou à ação.

Balthazar imaginou o que a conselheira Tessele diria se estivesse ouvindo aquela conversa.

"Competente demais, até para fazer besteiras."

— Esse novo protótipo te ajudará a encontrar e capturar a garota, ou atribuiu outra função a ele? — Ling arrumou suas pastas debaixo do braço, atravessando o arco de saída da cúpula até o estacionamento aberto.

Aí estava ela: a pergunta que Baltazar não queria que ele fizesse.

— Outra função. Prefiro falar quando tudo estiver em mãos.

— Hum... — O conjurador segurou as pastas com um braço, vasculhando os bolsos atrás da chave do seu Gol *Volkswagen* velho. Ling era um dos poucos conselheiros que não havia cedido aos caprichos de uma vida com dinheiro em abundância. Ele abriu o porta-malas e colocou seus materiais dentro do carro. — E como pretende pegar a garota?

— A Aniquiladora.

Por um segundo, Ling quase deixou as chaves caírem.

— O que?

— Lance esse olhar de julgamento para outra pessoa, mestre Yuhan. É uma emergência, e não vejo motivos para não usar um recurso que está disponível para nós.

— Sabe o que acho disso. — Yuhan abriu a porta do passageiro, jogando sua última maleta para dentro. — Não gosto da ideia de explorar a garota assim, ainda acho que ela encontrará uma forma de se vingar.

— Não acontecerá. Minhas algemas nunca falharam antes, e não é agora que isso mudará.

— Estamos criando uma arma que pode se voltar contra nós. Espero que possa garantir que isso não se torne realidade.

Ele estava certo. Qualquer pessoa que estivesse disposta a ouvir a razão saberia — o que não era o caso do conselheiro Edgar Aldmin.

— Sei que não aprova, eu mesmo não gosto da ideia, mas, se quer culpar alguém, culpe Edgar por sugerir essa punição à garota Von Barden.

— Edgar não sabe o que faz, acho que isso está perto de virar um consenso.

Balthazar suspirou.

— Quase sinto pena de Tessele por se casar com ele.

Ling olhou para o amigo, um meio sorriso contido no rosto.

— A conselheira Marivaldi te jogou para os cães, DeMarco. Não nutra sentimentos por ela. Abra os olhos.

— Estão abertos.

— Então coloque o coração no silencioso.

— Por favor, isso não foi uma demonstração de afeto por ela.

— Não é o que pareceu.

— Vá para casa dormir, Ling. Está precisando de uma noite de sono.

O conjurador deu a volta no carro e abriu a porta. Estava rindo.

— Sempre bom conversar com você, velho amigo — disse Ling.

— Eu diria o mesmo se você não fosse tão inconveniente — ironizou Balthazar, de bom humor.

— Bom, ao menos não sou tolo.

Ling Yuhan virou a chave no contato. Os faróis acenderam, e o carro andou. Deu dois toques na buzina em sinal de despedida antes de deixar o terreno da cúpula.

Balthazar acenou. Depois, enfiou as mãos nos bolsos do casaco verde. Fazia frio em Roma, e nem mesmo o cachecol parecia protegê-lo da brisa gelada.

Ele sacou as próprias chaves da maleta de couro e andou até a caminhonete preta do outro lado do estacionamento — o carro certo para um homem que transportava mais objetos do que pessoas, especialmente agora que não havia restado ninguém para oferecer carona.

Pensar nisso ainda doía. Esmagava seu coração em milhões de pequenos cacos, como vidro estilhaçado.

Talvez ele fosse tolo. Talvez ele tivesse estragado tudo e agora tentava correr contra o tempo para recuperar a última gota de dignidade que ainda podia ter.

Afinal, fora sua culpa. Tudo fora sua culpa. E ele sabia que fora.

Balthazar sentiu que deveria ouvir seu próprio conselho e ir para casa dormir. Mais do que ninguém, ele precisava disso. Porque, só assim, durante algumas poucas horas, ele poderia tentar esquecer o que havia acontecido.

Naquela noite, deixaria os sonhos cobrirem-no com a sensação reconfortante de fingir que as coisas tinham sido diferentes.

Cleo

Cidade de Verona, Itália

Por onde começar a procurar alguém chamada Verona?

Cleo pensou que tentar localizá-la na cidade de mesmo nome seria óbvio demais. Mesmo assim, ela o fez, apenas pela ironia da situação.

E deu um golpe de sorte.

Bastou uma foto no Instagram da magnata Simone DeGarza para Cleo ter certeza do seu destino. A página de uma osteria famosa — *Osteria Vacchiano*, o link dizia — estava marcada na postagem, e o rosto de Verona ao fundo era inconfundível quando comparado a imagem que Balthazar lhe dera.

Provavelmente, ela não sabia que a foto estava sendo tirada — já que não era a peça central da câmera —, mas sua aparição fora nítida o suficiente para que o programa que Ganesh havia instalado no notebook de Cleo identificasse o alvo. Escolhidas a área de busca e o período da pesquisa, foi fácil de achar. O filtro funcionou como deveria: cidade de Verona dentro de uma semana, o tempo mais recente que conseguiu aplicar.

Ela resolveu pegar um trem. O trajeto de Roma até a osteria levava quase sete horas de viagem, e Cleo não gostava de desperdiçar tempo no trânsito. Sentada ao lado da janela, assistindo as cores do outono para além da paisagem, pegou seu precioso caderno de anotações e começou a folheá-lo.

Magia da morte. Esse era o principal tópico. Quase nada se sabia sobre ela, e como Cleo fora a única corajosa que arriscara controlá-la, mesmo a contragosto de toda sociedade de conjuradores, precisou fazer seu próprio estudo. Ou melhor: precisou mapear seus próprios sintomas.

Ela batucou suas unhas acinzentadas na lateral do caderno. Descobriu que era um efeito comum: qualquer conjurador que mexesse com magia da morte por algum tempo desenvolvia uma fisiologia atípica. Isso denunciara Cleo aos conselheiros, dois anos atrás. Assim que suas gengivas, o centro dos lábios e as pontas das unhas escureceram, a cúpula já sabia o que estava acontecendo com ela.

Cleo Von Barden fora repreendida e punida com tanta rapidez que se perguntava até hoje se os conselheiros ao menos deliberaram sobre seu caso.

Recebeu trinta anos, a pena máxima. Trinta anos de serviço por roubar as chaves de Edgar e acessar a biblioteca restrita. Por arriscar fazer o que ninguém queria fazer. Por ir atrás de poder, e por conquistá-lo com maestria.

Às vezes, Cleo achava que a cúpula tinha medo dela, e que essa era a maior razão pela qual fora mantida como "agente especial": ela tinha o poder que eles não tinham. Eles podiam simplesmente ter arrancado sua runa e interrompido o acesso, mas não fizeram isso. Preferiram usar seu poder para resolver problemas em nome da cúpula — e, com isso, eles queriam dizer seus problemas pessoais.

A magia da morte custava caro, mas Cleo nunca se sentira tão poderosa antes de experimentá-la.

Quando desembarcou do trem no destino final, ela colocou suas malas no quarto de hotel e andou direto até a osteria. A cidade de Verona estava agitada naquela noite. Havia músicos nas ruas e turistas falando em línguas que ela não era fluente. Eles davam gorjetas aos artistas com violões, algumas em euros, outras em pesos, dólar, real...

Mas o foco não era eles. A atenção de Cleo migrou para a osteria, que estava cheia de pessoas em fila para o jantar.

Aquecedores em formato de pirâmide, um par de vasos com rosas vermelhas na entrada e garçons com uniformes cor de vinho. Cleo não estava, nem de longe, vestida para uma ocasião como aquela. Botas pretas, calça *legging*, blusa preta debaixo de um *corset* e uma jaqueta amarela — sua favorita, apesar de pouco sutil.

As mulheres na fila usavam brincos de diamantes e vestidos colados ao corpo. Os homens — sem graça, como sempre — vestiam seus casacos acolchoados com tênis caros.

Cleo deu um passo à frente e parou. Havia algo estranho, uma energia ondulando ao redor da osteria. Ela esticou seu dedo e tocou-a com a ponta do indicador. O campo de força ondulou como água.

Magia. Ela estava no lugar certo.

Um sorrisinho brotou em seus lábios.

Interessante. Muito interessante.

Cleo escorregou a ponta da unha pelos limites da barreira, vendo suas ondas. Era um campo de força para repelir outros aprendizes, não clientes. Qualquer conjurador desatento teria batido a cabeça e sido atirado para longe. Mas ela não. Ela era mais esperta.

Cleo deu a volta no quarteirão. O bloqueio o cobria inteiro. O trabalho era exímio, não podia negar. Um conjurador que invocasse campos de força teria que englobar o espaço com muita magia para conseguir fazer algo perto daquilo.

A Aniquiladora encontrou uma rua vazia e, quando teve certeza de que estava sozinha, invocou sua aura.

Cleo não era somente uma conjuradora da morte. Antes de aventurar-se pelos estudos proibidos, ela fora uma aluna da cúpula. Uma *ótima* aluna. Aprendiz do conselheiro Edgar Aldmin. Um conjurador da alma.

A habilidade que a Runa de Ektor lhe dera era muito útil: uma aura protetora. Uma energia que vibrava de seu corpo, brilhando feito luz, e a protegia de qualquer magia vinda de fora. Não era um poder ofensivo, mas defendia *quase* todo ataque mágico.

Cleo só precisou ativar sua aura para que o efeito do campo de força sequer chegasse a fazer cócegas. A energia brilhou ao seu redor, contornando seu corpo. Depois, se apagou.

Ela caminhou de volta para a entrada da osteria. Uma vez dentro do campo de força, não teria problemas. Cleo escolheu uma mesa ao fundo do salão e pediu a cartela de drinks. O garçom recomendou fortemente uma garrafa de *Belladonna*, bebida da qual ela nunca ouvira falar. Ela apenas pediu uma taça de negroni tipicamente italiano e observou o movimento.

Trocou olhares com duas mulheres sentadas no balcão do bar, mas não insistiu no flerte. Precisava achar um jeito de acessar as câmeras, entender como as coisas funcionavam, para saber se seu alvo havia frequentado o local mais de uma vez.

Porém, quando aquela silhueta contornada por um vestido rosa-escuro entrou pelos fundos, acompanhada de um homem bem-apessoado, mas com gel demais no cabelo, Cleo não teve dúvidas.

Verona cumprimentou algumas pessoas e falou com os garçons como quem tinha autoridade para lhes dar ordens. O que ela fazia ali? Era algum tipo de dona do local? Cleo não encontrara registros sobre isso. Talvez ela morasse no clube atrás da osteria.

— O que está fazendo aqui, Verona? — sussurrou para si mesma, tomando um gole amargo do negroni. Cleo a perseguiu com o olhar afiado, apenas o suficiente para analisá-la sem chamar sua atenção.

Verona não era nada parecida com Cleo. Ela tinha a pele clara, Cleo tinha a pele marrom. Ela tinha cabelos cacheados caindo pelo comprimento da coluna, Cleo tinha uma franja e cabelos lisos, pretos e curtos, ligeiramente acima dos ombros. Os olhos de Verona beiravam o amarelo, mas os olhos de Cleo eram verdes como pistache.

A osteria não parecia o lugar adequado para quem queria se esconder. Movimentado demais, frequentado demais. Será que ela sabia que estava sendo perseguida?

Por que estava ali? Naquele lugar em específico?

Verona conversou com alguns clientes, chegou até a se sentar para conversar, e fez isso por mais de uma hora. Porém, quando os clientes pediram a conta, ela voltou pela porta de vidro que dava acesso ao prédio residencial e sumiu.

Ótimo.

Cleo esperou o lugar começar a esvaziar, só para ter noção de quando o movimento acabava. Então, foi embora.

No quarto do hotel mais barato que encontrou nas redondezas, pesquisou o mapa do condomínio. Precisava saber de tudo antes de agir. Horários, lugares, pessoas. O máximo que estivesse disponível na internet.

Para sua surpresa, não achou nada sobre Verona.

É como se a mulher não existisse antes de uma semana atrás.

Tinha trocado de identidade? Por quê? O que havia feito? Ela era a conjuradora que erguera o campo de força?

Cleo não tinha como saber, e seu celular começou a tocar antes que descobrisse alguma pista.

— Não consegue viver sem escutar minha voz ao menos uma vez por dia? — Ergueu a sobrancelha, posicionando o celular em frente ao rosto para a chamada de vídeo.

— Na verdade, sua voz fica um tanto irritante depois de uns anos.

Cleo passou a língua pelos dentes.

— O que você quer a essa hora?

— Sabe como eu sou. Estou com saudades. E carente. Precisava de um ombro para chorar, mas você não está aqui.

Ganesh era profissional em tirar Cleo do sério. Ele gostava disso, claro que gostava, mas era a única pessoa por quem ela se deixava ser provocada.

Ele trabalhava como segurança em um museu capitolino de Roma. Deveria estar lá no momento, já que Cleo conseguia ver as exposições às suas costas.

— Você não percebe o quão limitado você é, não é? — provocou de volta, falando baixo e lentamente. — Ou será que percebe, mas gosta de falhar nas suas tentativas de ser engraçado?

Uma risada grave soou.

— Abaixa esse nariz empinado, Cleo, ou vai acabar se espetando com ele.

— O que você *quer*?

— Saber como está — disse ele, simplesmente. Cleo ficou desconfiada. Sempre tinha algo a mais. — É sério. É só isso. Você nunca precisou ir tão longe por um serviço. Já chegou em Verona?

— Tenha dó. Você acha mesmo que essa cama estaria num trem?

— Tem certeza do que está fazendo? Não gosto dos trabalhos que eles te dão.

Ela respirou fundo. Ganesh sabia que Cleo não gostava daquele tipo de preocupação e, provavelmente, se fosse esperto, sabia que ganharia uma resposta azeda em troca. Ela achava que as pessoas não acreditavam no seu potencial, ou que pensavam que ela não tinha capacidade de se sustentar. Era uma questão não resolvida, e Ganesh conhecia sua história. Mesmo assim, ele insistia em perguntar, porque Ganesh já havia se machucado em serviços militares antes — o que resultara em um ombro que nunca fora recuperado — e perdido amigos.

— Encontrei o alvo. Ela está num lugar protegido por um campo de força mágico, que impede outros conjuradores de entrar. Acho que só conjuradores convidados têm acesso ao lugar. Mas, você sabe, isso não é problema para mim. Sou perfeitamente capaz de fazer isso sozinha.

— Está bom, senhorita "melhor do que os outros". Eu me rendo. Mesmo assim, tem algo que eu possa fazer para te ajudar?

Ela jogou as costas no travesseiro e inspecionou as próprias unhas, como quem estava ansiosa para desligar a ligação.

— Achei que já estivesse claro.

Dessa vez, uma risada. Ele passou a mão pelos cabelos pretos lisos que contrastavam com a pele marrom, do mesmo tom que a de Cleo.

— Você quer que eu pare de te incomodar com minha preocupação, entendi. Sempre tão segura de si, pequena Cleópatra.

— Tem algo de útil a adicionar?

— É sério, me ligue se precisar de ajuda.

— Certo, então não espere uma ligação minha.

— Te amo, Von Barden.

Cleo engoliu em seco. Aquela era a única constatação que ela nunca se permitia responder com grosseria. Amor era raro. E, apesar de tudo, ainda acreditava *um pouco* nele. Só por causa de Ganesh. Ele havia impedido que esse lado se perdesse dentro dela.

— Também te amo. Não seja estúpido de trabalhar até tarde, o capitalismo não vale sua noite de sono. Tem jantar na geladeira.

E desligou.

Cleo deixou o celular de lado e encarou o silêncio do quarto. Seu pulso começou a doer, e ela não podia massagear o local, porque só fazia arder mais. Odiava aquela algema.

Com desgosto, observou seu próprio braço necrosar, alisando lentamente a pele logo abaixo da algema. A magia impedia que a amputação deteriorasse para além daquele ponto — Cleo apenas não tinha mais sensibilidade na região. O dedo não doía ou infeccionava, apenas continuava como sempre esteve desde que fora arrancado: cinza, sem vida e costurado ao corpo.

— Eu cortaria minha mão se não fosse tão covarde.

Balançou a cabeça para afastar o pensamento.

Ela era melhor do que tudo aquilo. Maior. Mais forte. Mais capaz.

Fechou os olhos e respirou fundo, devagar.

— Foco — verbalizou o pensamento, assim o universo poderia ouvi-la e, com sorte, as palavras não fossem em vão. — Pare de ser fraca. Você não é mais uma garota tola. Aquele tempo acabou.

Uma vez, depois de uma missão, Cleo havia tentado invocar sua aura protetora antes que colocassem a algema. Mas não funcionou. Sua aura inutilizava ataques externos, e aqueles espinhos vibravam por *dentro* de sua pele, correndo por seu sangue. Além do mais, o pulso era muito forte, e queimava como um choque elétrico.

Balthazar trazia sua amargura mais profunda à superfície por ter fabricado algo como aquilo.

Cleo desligou o computador. Havia perdido a vontade de continuar a pesquisa. Mesmo assim, ainda tinha algo muito estranho naquela missão, e sua curiosidade por conhecimento não a deixaria em paz até que soubesse a verdade.

Verona não tinha registros. Por que Balthazar precisava dela? O que alguém como ela poderia ter feito para um conselheiro?

Ela não sabia o que estava acontecendo, mas descobriria, de uma forma ou de outra. Quando capturasse seu alvo, saberia o que fazer com ele.

E então aquele mistério acabaria.

Balthazar

Cidade de Roma, Itália

Balthazar ainda sentia sua mão formigar de vez em quando, uma memória constante da escolha que fizera quando colocou tudo a perder.

Ele dissera à cúpula que havia se livrado do dedo decepado, mas isso era mentira. A carne apodrecida continuava com ele, guardada em segurança. Balthazar prometeu a si mesmo que nunca o costuraria de novo. Mas, agora que tudo havia dado errado, ele precisava de um plano B para o caso de uma emergência, e sabia que promessas podiam ser quebradas.

Claro que os outros conselheiros nunca saberiam disso. Claro que ele se livraria daquele dedo assim que retomasse o direito à sua cadeira no salão circular, e não planejava usá-lo para capturar Verona sem que a situação fosse emergencial.

Balthazar nunca mais pensaria em magia da morte se conseguisse recuperar a confiança da cúpula.

Ele trancou a porta da oficina ao entrar. Atrás de um de seus quadros havia um cofre. Abriu-o e tirou a caixa almofadada com seu dedo necrosado de dentro do esconderijo. Se a Runa de Ektor não estivesse marcada nele, a carne já teria entrado em decomposição e o cheiro seria insuportável. Ao invés disso, o dedo perdeu a cor, mas continuava inteiro.

O espírito da runa havia lhe avisado sobre o perigo. Na primeira noite em que se deitou para dormir após costurar o dedo, a entidade aparecera em seu sonho. Preocupada, ela dissera que os riscos eram altos. Porém, ele estava desesperado o bastante para contestar.

— Eu sei tudo que Ektor sabia sobre a morte — argumentara, lembrando dos estudos guardados na sessão restrita da biblioteca. — Me deixe tentar.

— Ektor Galewski morreu por causa dessa runa, Balthazar DeMarco, mesmo sendo um conjurador-supremo. — A voz soprosa da entidade ecoara pelos cantos, como se cobrisse cada centímetro do sonho. — Não esqueça desse detalhe.

Ele não havia esquecido. Lembrava-se muito bem da conversa que tiveram. Mesmo estando ciente do custo, resolvera pagá-lo, e pagaria mais uma vez se soubesse que havia uma chance de reparar a situação. Não pouparia esforços. O pior que poderia acontecer seria a morte, mas Balthazar não se importava o bastante com sua própria vida para perder a chance — não depois de tudo o que acontecera.

Ektor fora o único conjurador capaz de se comunicar com a entidade da runa a qualquer momento do dia, justamente por ter sido seu primeiro hospedeiro. Dizia que ela havia nascido da arcada óssea de outro ser celestial morto, de um último respingo de magia concentrado em seu esqueleto — o que era fascinante considerando o sistema de magia que mantinham atualmente.

A entidade era um ser incorpóreo, que só conseguia manifestar poderes no plano terrestre por meio de hospedeiros. Então, foi em busca de um porta-voz: alguém para ser abençoado com sua magia e disseminar sua runa. Ektor era perfeito para isso. Ele era um conjurador-supremo. Poderia tatuar todas as quatro runas no corpo e nunca desenvolver uma doença mágica. Sua conexão com a magia era tão forte que o espírito da runa chegava a possuir seu corpo e deixar energia fluir por suas veias. Diziam que este ficava mais poderoso cada vez que um novo conjurador era marcado.

O céu da tarde pintava Roma de amarelo. Balthazar suspirou, guardando o dedo mínimo de volta em seu lugar, antes que alguém o achasse. Ele nunca tirava suas luvas de couro desde que fizera aquilo consigo mesmo. Não queria ter que mentir se algum aprendiz perguntasse o que havia acontecido.

Tudo indicava que Balthazar havia cometido um erro. Mas que tipo de erro motivado pelo amor poderia ser tão abominável assim? Semanas atrás, quando resolvera se envolver com a magia proibida, ele estava sozinho e ferido. Estava decaindo e desaparecendo como névoa. Balthazar DeMarco já havia perdido tudo que era valioso para ele. Então, cometera o pior dos crimes para tentar recuperar o que escapara de suas mãos.

Deixou a caixa para trás e pegou o manto branco sobre a cadeira de trabalho. Em frente a um espelho, vestiu-o sobre a roupa. Poderia estar afastado da cúpula, mas as pessoas ainda pensavam que ele era um conselheiro, e sua presença era esperada nas inicializações.

Trocou os sapatos, escolhendo um par mais decente, formal, um modelo oxford preto. Enquanto os calçava, a aldrava da porta foi batida duas vezes.

— Tudo pronto, DeMarco? — A voz da conselheira Ingrith era inconfundível. — Estamos esperando no pátio.

O manto branco estava guardado há mais tempo do que costumava ficar, mas continuava impecável, elegante, caindo de seus ombros até perto do chão. Balthazar fechou o botão dourado com o símbolo de um martelo — *seu* símbolo — gravado.

— Estarei lá em poucos minutos — respondeu, sem abrir a porta.

— Certo. Tente não se atrasar.

O som dos saltos de Ingrith diminuíram conforme ela se afastava da porta.

Precisava admitir, não estava tão animado quanto das outras vezes. Ele sempre apreciava a Cerimônia do Despertar, achava tudo muito incomum, esplendoroso, litúrgico com um toque divino. Normalmente, voluntariava-se para orientar outros aprendizes e explicar como o procedimento funcionava..., mas o contexto atual não o permitiria desfrutar daquela noite como gostaria.

Não com a culpa tensionando seus músculos.

Com fé, ele logo voltaria à sua cadeira no salão circular. Mas, como isso levaria ao menos um mês, Balthazar empertigou a postura e decidiu que esqueceria dos problemas assim que passasse pela porta.

Esperava poder cumprir essa decisão dessa vez.

Pelos menos dessa vez.

Cleo

Cidade de Verona, Itália

Cleo recosturou seu dedo. Tinha de renovar os pontos pelo menos duas vezes por semana para garantir que o fio não rompesse por estar velho ou sujo, e o acesso fosse quebrado.

Ela puxou a linha com o dente e cortou-a com uma tesoura. Estava acostumada a se sentir como uma boneca de pano sendo remendada.

A magia da morte pedia por um órgão morto, e que outra parte do corpo podia ser tão desprezível quanto o dedo mindinho?

Deu dois toques no celular, lendo o horário aceso na tela. O relógio marcava trinta minutos para a meia-noite.

Cleo colocou o canivete dentro do corpete. Não precisava de mais nada. Vestiu o casaco amarelo e partiu. Seria rápida.

Como esperado, a osteria estava quase vazia. Os últimos clientes pagavam a conta no caixa. Mais uma vez, Cleo atravessou o campo de força por uma rua adjacente e andou até a entrada do restaurante.

— Senhorita, estamos fechando — avisou o garçom que recolhia as louças sujas de uma das mesas a céu aberto. Cleo o ignorou e entrou mesmo assim.

O último casal passou por ela no arco de saída. Cleo olhou para o lado e, como quem não queria nada, sentou-se em frente ao bar. A garota que organizava as garrafas de álcool nas prateleiras estava de costas e não notou sua presença até Cleo pigarrear propositalmente para chamar sua atenção.

— Ah... perdão, senhorita, o horário de funcionamento acabou há dez minutos.

— Eu sei. Não vim para comer. — Tirou uma foto do bolso. A foto de Verona. — Conhece ela?

A garota assentiu.

— Preciso conversar com Verona. Pode chamá-la para mim?

— Verona não está no momento. Pode deixar um recado, se quiser. Eu entrego a mensagem a ela.

Cleo revirou os olhos.

Uma manada de incompetentes.

— Eu pareço ser alguém que está disposta a esperar? — A expressão da mulher mudou com a troca repentina do tom da conversa. Cleo respirou fundo. — O assunto é urgente. Se Verona se importa com o futuro dela, irá me ouvir. Ou você quer ser cúmplice? Porque, da próxima vez que eu aparecer, não serei razoável como agora.

A funcionária fitou-a com espanto, congelada. Cleo quase sentia dó.

— O que está acontecendo aqui, Lisandra? — perguntou um homem. Cleo olhou sobre o ombro, procurando um rosto para associar a voz que falava.

O homem que acompanhava Verona no dia anterior estava lá, ao lado do garçom que havia lhe repreendido ao entrar na osteria.

Traidorzinho.

— Andréas Vacchiano. — Cleo havia feito a lição de casa. Passara a tarde inteira terminando a pesquisa que adiara na noite anterior. Não podia pisar em território desconhecido e contar com a sorte.

Andréas semicerrou seus olhos, analisando-a com cuidado.

— Quem é você?

— Não importa. — Cleo se levantou da cadeira, encurtando lentamente a distância entre os dois. — O que acha de não perdermos tempo? Preciso falar com Verona. Serei breve, prometo. O assunto é urgente. Se me mostrar o caminho, vou embora tão rápido quanto uma chuva de verão.

Andréas demorou para responder. Continuava desconfiado. Fez um sinal com a mão, dispensando a mulher atrás do bar e o garçom que havia delatado a presença de Cleo no salão.

— De onde conhece ela?

— Quer a resposta sincera? Não a conheço, só estou representando as vontades de alguém que conhece.

— Quem?

Cleo sorriu.

— Já deve ter percebido que não posso revelar.

Ele não parecia convencido, e por que estaria? Cleo sabia que cheirava a perigo, que seu olhar era mais afiado do que uma agulha e que sua íris verde era tão amarga quanto um limão galego.

— Tudo bem. — Andréas cedeu. — Vou levá-la. Você terá cinco minutos. Nem mais, nem menos.

— É tudo o que preciso.

O empresário deu um passo para o lado, em silêncio, sinalizando para que Cleo andasse na frente. Ela umedeceu os lábios e avançou.

Sinceramente, já esperava pelo ataque.

A cúpula fez questão de ensiná-la a lutar para que partisse em missões como aquela. Foi colocada nos treinamentos dos sentinelas desde que recebeu sua sentença. Ela seria um cão de caça melhor se soubesse morder e rosnar.

Mas cães como ela, por mais letais que fossem, sempre ficavam presos a uma coleira. E a algema era a sua coleira.

Cleo previu o exato momento em que aquele gancho de braço enrolaria seu pescoço. Abaixou-se com uma velocidade surpreendente. Depois, girou para acertar um soco no nariz do homem.

Com o golpe, Andréas cambaleou, sangue escorreu da narina.

— Lento demais — soprou Cleo, como o chiado de uma cobra.

— Não. — Ele não parecia assustado, tampouco receoso. — Você que é ingênua demais.

Andréas avançou. Cleo desviou, mas ele girou para trás dela e acertou uma cotovelada em suas costas. Irritada, ela não lhe deu um intervalo: virou em sua direção, seu punho mirou na bochecha do rapaz e foi mais rápido do que os reflexos do adversário. Ele soltou um gemido de dor. Aproveitando a vulnerabilidade do inimigo ferido, ela tentou um golpe ambicioso, visando acertar seu queixo e dar um fim à luta, mas ele passou por baixo de seu braço antes que ela alcançasse seu rosto.

Andréas a abraçou por trás, veloz como um felino.

— Bons pesadelos, *Aniquiladora*.

Ele pressionou sua testa com a ponta do dedo indicador. De repente, sua cabeça começou a doer.

Tem mais conjuradores por aqui?!

Cleo não teve dúvidas: Balthazar a havia enviado para um ninho de anarquistas. Ela devia ter imaginado. Devia ter sido mais esperta. Achou que o campo de força era obra de Verona, que ela estava tentando desesperadamente se livrar de qualquer conjurador desconhecido, e tomou precauções para não participar de um encontro inesperado. Mas não: aquilo fora ideia de mais pessoas. Havia mais conjuradores se escondendo na osteria

Sua cabeça começou a latejar. Pulsar. Como se algo quisesse estourar seu crânio. Cleo segurou-a e caiu de joelhos, debruçando-se no chão.

"O que está fazendo aí? Garota estúpida!"

Cleo olhou para frente. Aquela voz... não.

Não podia ser verdade.

"Tire esses trapos que está usando! Eu te disse para jogar isso fora! Sabe que horas são? Aposto que não. O que vou falar para seus tios? Que perdeu o jantar porque estava fora até tarde?"

Cleo estava olhando para ela, sua mãe. Ela gritava enquanto a fitava de volta, inconformada com o comportamento da filha de catorze anos.

"Você nunca vai ser alguém na vida se continuar assim. Não sabe fazer o mínimo, e eu fiz de tudo para não criar uma filha burra."

Uma projeção. Aquilo só podia ser uma projeção, como um computador formando a imagem a partir de uma de suas memórias.

"Eu sabia que não te queria desde o início. Me pergunto por que aceitei te criar. Você não sente vergonha, menina?"

Quando a projeção da mãe apressou o passo para pegá-la pelo braço e puxá-la, Cleo se arrastou pelo chão até as costas encontrarem as paredes da osteria. Por mais falso que aquilo pudesse ser, parecia real, e provocava emoções reais.

Cleo estava tão assustada como a menina de catorze anos que viveu aquela lembrança ruim estivera. Não conseguia controlar seus sentimentos, eles surgiam como se tivessem vida própria. Talvez fosse efeito da magia de Andréas. Ele tinha tudo para ser um conjurador da mente, obrigando Cleo a reviver seu pior trauma como se sua mãe ainda estivesse viva, gritando diante de seus olhos assustados.

Nahariya odiava a filha.

"Ande, vá se trocar!", ela ordenou.

— Eu não mereço isso! — vociferou Cleo em desafio, assim como fizera naquela madrugada, quase dez anos atrás. Estava submersa, afogada em uma memória que queria esquecer. Suas ações eram involuntárias, movidas pelo roteiro que a lembrança estabelecia. — Eu não pedi para nascer! Foi você quem me teve! Por pressão da família ou não, você me teve!

A mãe nunca a amara de verdade. O marido queria uma criança, os pais queriam um neto, as irmãs queriam um sobrinho. Mas ninguém se importou com o que Nahariya queria.

Quem cuidaria dela quando ficasse velha? Quem herdaria o dinheiro? Quem estaria em seu funeral? Ela seria esquecida. Não deixaria qualquer legado no mundo.

"Toda vez que olho para você, só consigo enxergar arrependimentos, sabia disso?", ela continuava.

Cleo tentou engolir as lágrimas, esforçou-se para impedi-las.

Ainda carregava cicatrizes daquele tempo. Sua mãe a achava inútil, pouco inteligente, e repetia o discurso a cada oportunidade que encontrava para descontar seu ódio.

Infelizmente, as palavras de Nahariya penetraram fundo na alma de Cleo, e ela as levava consigo, mesmo após sua morte, como um fardo do qual não podia se livrar.

"Você tem a necessidade de acreditar que sabe de tudo, mas ninguém é assim de verdade", alertara Ganesh certa vez. *"Às vezes, você quer tanto ter razão que isso te deixa cega diante da realidade. Você tira uma conclusão sobre algo e se agarra a ela, porque precisa pensar que está certa, acima da real situação, e recusa cogitar outros caminhos. Você percebe isso, não percebe?"*, dissera ele.

Cleo percebia.

No fundo, ela *sabia* que tinha algo errado na osteria antes mesmo de pisar no salão, mas ignorou todas as possibilidades e quis crer que estava no controle, que tinha entendido o jogo, que sabia como chegar até seu alvo.

Senão, o que a separaria de todas as acusações de sua mãe?

Quando a projeção desapareceu, seu peito ainda subia e descia, instável, o fôlego escapava dos pulmões tão rápido quanto o bote de um escorpião. Água brotava de seus olhos, escorrendo como garoa.

— Você não parece muito bem. — Andréas se ajoelhou ao seu lado, como alguém que sabia que havia ganhado a disputa.

Cleo notou as linhas de rímel percorrendo seu rosto, traços de tinta preta marcando as bochechas.

— *Vai pro inferno.*

Ele estalou a língua seguidas vezes, em tom de negação.

— Deixe-me ajudá-la com isso, senhorita. Vai doer um pouco.

Ela não reagiu. Não conseguiu. O que quer que a magia de Andréas fizesse, sugava todas suas energias. Estava fraca. Abalada. Não se sentia indestrutível agora. Nahariya tinha razão: Cleo era uma decepção total. Mesmo nas vezes que achava ter conseguido o que queria, falhava.

Quando Andréas socou seu rosto com aquele monte de anéis nos dedos, Cleo bateu a cabeça com força na parede. Um corpo frágil e ensanguentado.

Ela apagou.

Balthazar

Cidade de Roma, Itália

Ele trancou a porta quando saiu. Nunca se esquecia de trancá-la. Sua oficina era seu santuário, não podia ser tocada por outras mãos além das suas. Por isso, Balthazar havia fabricado uma maçaneta especial para colocar na porta.

Quem tentasse entrar sem sua permissão, cairia na armadilha.

Balthazar ergueu a cabeça e caminhou até o pátio em silêncio. As seis macas estavam prontas, posicionadas com pedestais de soro no centro do espaço coberto por um telhado de vidro côncavo.

A conselheira Helle Salhberg, uma das veteranas da cúpula, organizava sua turma de aprendizes pelo pátio, todos vestidos com batas amarelas, típicas dos conjuradores da mente.

As testemunhas se reuniam aos poucos. Cada aprendiz que se juntava à Cerimônia do Despertar tinha o privilégio de ver a Runa de Ektor agindo em um corpo vivo, abençoando-o com a capacidade de canalizar magia. Ingrith Bingham, conjuradora da alma, enfileirava uma dezena de aprendizes trajados de azul.

— Psiu, oi. — Uma mão puxou seu manto branco. Balthazar não precisava olhar para saber quem era.

Ergueu uma sobrancelha desconfiado, reconhecendo a voz de quem falava. Ele fingiu não estar animado em vê-la.

— Sua mãe te deixa solta por aí, menina?

— Não, mas eu apareci mesmo assim.

Dessa vez, ele sorriu de canto de lábio.

— Veio atrás de uma bala?

— Só estava com saudade. Você sumiu. — Eva juntou as mãos em frente ao corpo. Suas sardas salpicavam a pele clara. — Mas, agora que você disse, acho que quero uma.

Ele vasculhou o bolso da calça em busca do doce. Balthazar carregava algumas quando podia, ajudavam com o diabetes.

— Tome. Não conte para Tessele.

Ela passou os dedos pelos lábios, simulando um zíper.

— Minha mãe não vai saber de nada, prometo.

Eva desembrulhou a bala e enfiou-a na boca, devolvendo a embalagem para Balthazar livrar-se dela.

— Então quer dizer que você sentiu minha falta, mocinha?

— Você não pode sumir assim. Como ficam nossas tarefas na oficina?

— Vai ter de me perdoar por isso. As coisas estão complicadas, Eva. Não me sinto mais tão disposto quanto antes, você sabe... — lastimou-se Balthazar. — Mas posso te compensar depois, assim que eu tiver como fazer isso.

A menina comprimiu os lábios, como se tivesse tocado em um assunto delicado sem querer.

— Quando meu cachorro Billy morreu, minha mãe disse que o tempo ia me curar. Acho que ele pode fazer o mesmo por você.

O conselheiro suspirou. Poucas pessoas haviam sido gentis com ele desde que recebera sua punição. Eva não tinha conhecimento sobre ela, mas Balthazar sabia de que precisava cultivar aqueles momentos mais do que nunca.

— Agradeço o conselho, Eva.

A menina de doze anos o abraçou. Balthazar acariciou suas costas e deixou um beijo no topo de sua cabeça.

— Vá encontrar seus pais, a cerimônia começa em meia hora.

Eva piscou e se afastou, perdendo-se na multidão de aprendizes com túnicas coloridas.

Todos os conselheiros se reuniram atrás das camas. As testemunhas, logo à frente, organizaram-se em fila, cada turma separada da outra, diante de seu mentor. Balthazar encarou seus antigos alunos, entregues às mãos de Tessele, a segunda conjuradora da natureza na liderança, desde que ele confessara seu crime.

As pessoas achavam que Balthazar havia se afastado por conta do luto. Mas isso era só uma parte da verdade. O que os futuros conjuradores da cúpula pensariam se soubessem que um conselheiro, o homem que deveria servir de exemplo para seus aprendizes, havia quebrado a lei sagrada por livre vontade? O que diriam sobre a cúpula? O quanto isso fortaleceria o pensamento anarquista?

O crime de Balthazar ultrapassava a fronteira do convencional. Ele não era um criminoso qualquer, que poderia ser punido para encerrar o assunto. A questão era política, e englobava algo maior do que ele próprio.

Quando a noite caiu por inteiro, abraçando o pátio em penumbra, as luzes dos postes foram ligadas. O mestre-cirurgião da cúpula, todo vestido com um avental branco, desfilou com sua equipe de enfermeiros até o centro do pátio, recebido com uma saudação de inúmeras vozes.

— Recebemos Antonio Coppola, honorável mestre-cirurgião da *Cupola di Consiglieri*.

— Com a graça da entidade recaindo sobre nossos ossos! — disse o coro perfeitamente ensaiado. — Que aquele que deseja renascer esta noite possa confiar em tuas mãos sábias.

Balthazar viu um pequeno sorriso despontar no rosto da jovem conselheira Ingrith Bingham. Ela era o tipo de pessoa que gostava de coordenar tudo que colocava as mãos nos mínimos detalhes. Assistir ao coro recitando as boas-vindas em sincronia deveria ser um alívio para o seu coração ansioso.

Dois enfermeiros posicionaram-se ao lado de cada maca. O mestre-cirurgião, um pouco afastado, mas no centro das macas, observou a plateia e ficou em silêncio, aguardando a entrada dos pacientes.

O silêncio engoliu o ambiente. Seis aprendizes entraram, todos vestindo apenas um roupão, as cores variando de acordo com a magia a que se dedicaram. Verde, azul ou amarelo — natureza, alma ou mente. Cada um parou à frente da maca cujo travesseiro tinha seu nome bordado.

Uma testemunha de honra, escolhida como responsável por auxiliar a cerimônia, aproximou-se do mestre-cirurgião com uma almofada. Sobre ela, havia um sino.

— Recebemos Andrea Rubino, aprendiz de Edgar Aldmin, Geremia Espósito, aprendiz de Helle Sahlberg, Flavia Matarazzo, aprendiz de Balthazar DeMarco... — Cada nome foi recitado pelo coro.

Conforme os conselheiros eram anunciados, davam um passo à frente.

A Cerimônia do Despertar durava uma semana inteira, senão mais do que isso. Aquele era só o primeiro dia. Todo final de ano, quando a classe do último termo de cada mentor finalizava suas aulas teóricas, a cerimônia recebia os aprendizes formandos. Um de cada turma por vez. O mesmo processo que seria feito naquela noite se repetiria por mais alguns dias. Balthazar não participaria de todas as cerimônias, porque precisava reservar o máximo de tempo para o caso de Verona, mas sentia-se amargamente sensibilizado por sua principal tarefa não ser mais se dedicar aos aprendizes.

— Em honra a Ektor Galewski, o conjurador-supremo dos olhos brancos, nós iniciamos o ritual da tradição antiga — recitou o coro. A voz de jovens e adultos sobrepunham-se umas às outras. — Que a entidade que habita na runa aceite esses corpos e os tome como seus. Que a magia encontre uma casa nesses novos conjuradores.

O cirurgião balançou o sino de ferro sobre a almofada. Então, os roupões dos pacientes foram retirados pelos enfermeiros, cada um puxando uma manga do roupão. Nenhum dos aprendizes usava qualquer tipo de roupa por baixo.

Seis corpos nus. Seis novos corpos que a runa receberia naquela noite. Com uma bucha e água morna, os enfermeiros esfregaram a pele de cada paciente. Para Balthazar, era perceptível o quanto alguns pareciam nervosos, mas tentavam manter o queixo erguido.

Flavia, sua aprendiz, olhou sobre os ombros. Quando ela o viu, Balthazar mexeu a boca, sem emitir som:

"Respire fundo. Você está pronta. Confio em você".

A garota de vinte anos sussurrou um agradecimento e voltou a encarar as testemunhas.

Balthazar queria poder tê-la acompanhado por mais tempo. Acompanhado *todos* os seus aprendizes por mais tempo. Queria ter tido a chance de confortá-los, de guiá-los. O trabalho era sua vida, e ele era muito cauteloso e preocupado para fingir que não se importava.

As testemunhas de honra levaram os baldes e trouxeram a mesinha de rodas com os utensílios medicinais até a primeira maca. Quando o mestre-cirurgião tocou o sino novamente, todos os pacientes se deitaram nos colchões. Cinco vestiram o roupão, um preparou-se para seu despertar.

O primeiro candidato da noite, Andrea Rubino, seria anestesiado e teria a sua coluna cervical talhada com a Runa de Ektor. Quando acordasse, a magia correria em suas veias, sendo bombeada do coração até suas artérias.

Todo aprendiz conhecia a história por trás do descobrimento da runa. Costumava ser o primeiro conhecimento teórico apresentado nas aulas introdutórias no auditório.

Ektor Galewski havia sofrido uma experiência de quase morte certa vez. Durante o período de inconsciência, ele recebera uma visita estranha, e se comunicara com uma entidade mágica. Tal ser, até então desconhecido, ofereceu-lhe um símbolo capaz de invocá-lo.

Mas ele só funcionava caso fosse desenhado no corpo.

Com poucas tentativas, Ektor percebeu que qualquer local na pele fazia a runa desaparecer em questão de segundos. Então, tentou outros órgãos. Órgãos internos.

Ossos.

Ektor iniciou os estudos da magia desde seu primeiro contato com a runa. As anotações constavam que, caso tatuada no crânio, acessava-se a magia da mente. Na coluna cervical, da alma. Nas costelas, da natureza. E, caso desenhada em um órgão decepado e recosturado ao corpo, acessava-se a magia da morte — mas essa informação era completamente restrita.

Qualquer um podia ter magia. Porém, aprender a conjurar era uma tarefa que pedia por um bom professor. Cada pessoa, quando iniciada pela Cerimônia do Despertar, recebia uma habilidade mágica com capacidades e limitações diferentes, que só seriam descobertas caso fossem testadas e estudadas. Mas também haviam aquelas que, ao tentar conjurar, desenvolviam doenças mágicas que poderiam levá-las a óbito. Eram corpos com os quais a runa não se conectava.

As costelas de Balthazar carregavam a marca da magia. Seu dedo decepado também. Ele era um conjurador duplo, um corpo com duas habilidades diferentes. Poucos conseguiam comportar mais de um símbolo. E, mesmo aqueles que conseguiam, grande parte adoecia antes de talhar sua terceira runa. O risco não valia a pena.

Quando o procedimento foi iniciado, os conselheiros foram dispensados. Apenas os enfermeiros e as testemunhas de honra permaneceram para auxiliar a cirurgia.

Balthazar se recolheu, enfileirando-se para deixar o pátio.

Em breve, o busto de Andrea Rubino seria cortado ao meio, e a cicatriz nunca sumiria por completo. Mas a runa seria piedosa, qualquer sequela estaria curada assim que ele despertasse. Enquanto seu osso fosse talhado, a entidade conversaria com ele, dançando e cantando em seus sonhos.

Na maca hospitalar, um menino dormia em sono profundo. Logo mais, ele despertaria com o esplendor da magia intrínseco em sua alma.

Um aprendiz se deitava, um conjurador se levantaria.

Verona

Cidade de Verona, Itália

Verona pensou em jogar um copo d'água no rosto da garota para acordá-la, mas isso teria sido muito indelicado de sua parte — e, sem dúvidas, molharia todo o sofá.

Tentou estalar os dedos, bater palmas, colocar uma música da sua *playlist* — Inferno, da Bella Poarch, sua preferida dos últimos dias — nos fones de ouvidos e enfiá-los na orelha da mulher desacordada sobre suas almofadas. Porém, não houve reação.

Havia um hematoma na bochecha da refém, o local exato em que o punho de Andréas encontrara sua pele. Verona ficava mais ansiosa a cada hora que passava e ela não acordava.

Andréas amarrara os pulsos e as pernas da garota com correntes. Depois, deitara seu corpo adormecido no sofá da sala de Verona, como ela havia pedido. Queria entender o que levara aquela figura peculiar a tentar procurá-la. Já tinha reparado nas suas unhas pretas, lábios escurecidos e gengivas do mesmo tom de cinza.

Mas, até o momento, não obtivera qualquer resposta.

Então, o tédio recaiu sobre seus ombros cansados, e uma Verona entediada sempre acabava abrindo uma garrafa de *Moët & Chandon* para, casualmente, levantar o ânimo.

Ela serviu sua taça duas vezes, ligou a televisão e desligou-a quando percebeu que não havia nada de interessante com que se ocupar.

Verona estava prestes a ultrapassar os próprios limites para alguém que começava a beber enquanto o sol ainda estava no céu. Ela poderia ter enchido a terceira dose do dia se não tivesse escutado uma tosse.

Finalmente.

Ela repousou a taça na pia da cozinha e caminhou lentamente até a sala, seus saltos emitindo barulho contra o piso. De uma certa distância, assistiu à garota piscar as pálpebras e olhar para os lados, tentando entender onde havia ido parar.

Verona apoiou a mão na cintura.

— *Buongiorno,* Bela Adormecida — recepcionou, tão suave e hipnotizante quanto uma das taças que tomava há menos de um minuto. A mulher acorrentada virou o pescoço para encontrar a dona da voz. — Espero que tenha gostado dos seus aposentos. Avalie nossas instalações mais tarde, se puder.

Ela não parecera notar que estava imobilizada até tentar mexer os braços e pernas. Seus cabelos — pretos, lisos e cortados acima da altura dos ombros — estavam bagunçados. Verona arrastou uma poltrona para perto, observando o esforço da refém para se sentar no sofá. A garota soprou uma mecha da franja que caía sobre seus olhos.

Verona cruzou as pernas, medindo-a de cima a baixo.

— Quer algo para beber? Sua garganta deve estar seca. Dormiu por mais de quatorze horas.

A mulher encarou-a com um olhar mortal, um que poderia serrar uma pessoa ao meio caso fosse transformado em lâminas.

— Vai me soltar se eu pedir para usar o banheiro ou vai querer me acompanhar? — Seu tom era baixo e arrogante, quase como se pensasse que tinha alguma autoridade, mesmo que tudo indicasse o contrário.

Verona fingiu pensar.

— Humm... desculpe, está fora dos nossos serviços no momento. Mas, quem sabe, mais para a frente, eu arranje um jeito de te ajudar se você responder algumas coisinhas.

A mulher não lhe deu ouvidos. Estava investida em chacoalhar os braços para se livrar das correntes. Verona assistiu, prestes a bocejar.

Nenhuma de suas tentativas funcionou. Tudo que ela conseguiu foi esgotar suas energias ainda mais.

Quando fracassou, desistindo de tentar, a mulher empinou o nariz e exalou o ar, frustrada, mas agindo como se nada tivesse acontecido.

— Devia pensar num jeito melhor de prender alguém — menosprezou, jogando a cabeça para o lado para afastar os cabelos do rosto. — Correntes são um método tão piegas.

— Como você faria, então? Clareie minhas ideias.

— Não sou tão facilmente manipulável a ponto de entregar minhas estratégias para uma sequestradora, se é o que pensa.

Verona soltou uma risada teatral, levando a mão ao peito.

— Sequestradora? Não, não, querida. Eu não *sequestro* ninguém. Deus me livre, isso soa deselegante. Eu apenas *recebo* as pessoas em minha casa. Cada um é um convidado, e eu trato cada convidado como ele merece ser tratado.

— Então eu sou o que? Uma convidada VIP?

— Sim, sim, com certeza — assentiu Verona. Não estava sendo irônica. Muito pelo contrário: ela realmente acreditava no que dizia. — Considerando que chegou aqui à minha procura, ameaçando os empregados da osteria e enfrentando Andréas, esse é o tratamento adequado para você. — Ela viu as sobrancelhas da refém se unirem em descrença. Ou talvez fosse apenas deboche. — Não julgue mal. Só terminamos o que você começou. É apenas causa e consequência.

A mulher umedeceu os lábios. Aqueles olhos verdes penetraram nas pupilas de Verona.

— Interessante saber que você e sua ganguezinha me acham uma ameaça — analisou ela. Verona já havia percebido sua tendência a querer sair por cima até quando a última coisa que podia era ser considerada vitoriosa. — Significa que não são tão estúpidos quanto imaginei.

Verona enrolou um cacho do próprio cabelo no dedo, examinando a compostura da refém. Ela não parecia nervosa, com medo, ou portadora de qualquer sentimento que alguém em sua situação deveria sentir. Parecia acostumada. Acomodada. Quase *entediada*, como Verona estava minutos atrás.

— Eskel ficou bem chateado quando soube da sua chegada — comentou, mudando de assunto. — Ele queria saber como você conseguiu atravessar o campo de proteção que ele ergueu em volta do clube. Nenhum conjurador entra aqui sem ser formalmente convidado. Tem algo a dizer?

A mulher deu de ombros.

— Talvez seu amigo não saiba manipular magia tão bem quanto pensa. A maioria não sabe, só acha que sabe.

— Ou talvez a senhorita seja uma ladra muito eficiente. — Um elogio disfarçado de provocação. Ela parecia ser do tipo que gostava de se sentir reconhecida. — Acho que já ouvi falar sobre você, acredita? Você é a tal Aniquiladora? Carla... Carol... Clara...

Ela piscou devagar, claramente ofendida.

— Cleo. Meu nome é Cleo.

— Ah, Cleo. A garota que usa magia da morte. — Verona sorriu. Sabia que estava chegando a algum lugar importante. Cleo tinha um senso de identidade polvilhado com gotas de egocentrismo, como se fosse única no mundo. Verona usaria seu incômodo para arrancar o máximo de informações que pudesse. — Andréas costuma dizer que você é a sentinela mais intrometida do conselho. Isso explica por que os anarquistas não tiveram o menor prazer em te conhecer.

— Não sou uma sentinela. Sou uma Aniquiladora. Não confunda as coisas.

Verona segurou uma risadinha. Ela realmente não gostava de ser confundida.

— Claro, claro, com certeza. Você não se rebaixaria ao nível deles, é visível. Perdão, erro meu.

Cleo revirou os olhos. Se continuasse naquele ritmo, Verona apostou que, cedo ou tarde, seus olhos travariam, e sua esclera seria a única parte visível.

— Eu tenho um palpite, sabe — continuou Verona, trocando a perna cruzada —, de como conseguiu entrar na osteria. Soube que projeta uma aura bloqueadora de magia, não é? É um tipo de poder muito peculiar, meus parabéns. Explica como conseguiu anular o efeito da proteção. Mas certamente não explica como conseguiu me achar.

— Que tipo de conjuradora você é, *garota-com-nome-de-cidade*? — Cleo disparou a pergunta, cansada do interrogatório. — Qual sua ordem? Natureza, mente, alma? Nunca te vi na cúpula antes.

— Não sou uma conjuradora, sou algo mais refinado. Minha especialidade no momento é mixologia. Aceita um drink? Será uma longa conversa.

— Não vim para perder tempo. Sei que está me enrolando — esbravejou a Aniquiladora.

— Ah, não estou te enrolando. Na verdade, quero ser sincera com você. — Encostou na poltrona, um cotovelo apoiado no braço da cadeira, os dedos enrolando-se em seu cabelo. — Aparentemente, você não sabe quem eu sou e, mesmo assim, está atrás de mim. Coitadinha, alguém ocultou muita coisa de você. Quem é seu contratante? Pode falar, sinta-se à vontade.

Silêncio. Cleo não estava disposta a responder.

— Para mim, parece que você está trabalhando para o único homem nessa terra que me odeia mais do que a si mesmo. Balthazar te disse por que me quer ou só pediu para você me encontrar?

Mais silêncio. Cleo a encarava, seu olhar semicerrado e desconfiado cravando o rosto de Verona como uma faca.

— Entenderei isso como um não. — Verona suspirou e se levantou da poltrona. — Acomode-se, vou contar o que seu chefe não te disse. Gosto de trabalhar com honestidade.

Então, sentou-se ao lado da refém. Em um movimento lento, como os passos de um gato, se debruçou sobre ela, tentando alcançar o bolso do outro lado da calça.

— Com licença — pediu, o rosto próximo da face de Cleo enquanto apalpava suas roupas.

Cleo não resmungou ou reclamou, continuou encarando-a em silêncio, com o pior olhar de desgosto que Verona já tinha visto.

Seu rosto era mais interessante de perto. Tinha pequenas manchas azuis nos olhos verdes, imperceptíveis de outro ângulo. As sobrancelhas eram pretas e relativamente grossas, mas desenhadas, com os lábios largos e marcados.

Quando encontrou o papel dobrado que procurava, Verona sorriu e se afastou lentamente da refém, retornando à sua poltrona. Começou a desdobrar a foto devagar, admirando a imagem que via nela.

— Essa foi a foto que ele te deu, não foi? — Mostrou o papel amassado para Cleo. — Já ouviu falar em Merlina, Aniquiladora?

Ela continuou em silêncio por alguns segundos. Verona apostava que ela estava pensando se responderia ou não.

— Uma vez — cedeu —, mas não perco meu tempo circulando pela cúpula para saber de toda fofoca esdrúxula que corre por lá.

Verona mordeu o lábio. Adorava saber de coisas que as outras pessoas não sabiam.

— Merlina DeMarco é a filha de Balthazar. Tentou ser iniciada na magia há pouquíssimos meses, mas digamos que ela não está na sua melhor fase agora.

Cleo ergueu uma sobrancelha, curiosa. Verona tinha certeza de que havia conquistado sua atenção.

— O que quer dizer?

— O funeral dela aconteceu há um mês. Morreu com alucinações mágicas. Eu fiz umas pesquisas para saber o que fizeram com ela. Aposto que vai querer ouvir, não vai?

— Já que começou, termine.

Uma risada deixou a garganta de Verona.

— Não vai ser tão fácil assim, querida. — Balançou o indicador em negação. — Se deseja a verdade, também quero algumas respostas. Gosta de jogos, Von Barden?

— A que te interessa saber?

Verona se levantou, dando leves batidinhas na calça bege de alfaiataria e na blusa branca de mangas compridas para tirar qualquer fiapo.

— É bom que goste, amor. — Ela caminhou até a conjuradora. Sua mão segurou o maxilar da garota e ergueu seu rosto para enxergá-la melhor, as unhas *stiletto* pintadas de rosa-escuro contrastando com a pele clara. Cleo travou a mandíbula com seu gesto. — Porque vamos jogar um jogo.

Balthazar

Cidade de Roma, Itália

O CONSELHEIRO GIROU O PARAFUSO PARA FIXAR A TAMPA DA CAIXA de metal com uma chave de boca. Os lugares que seus dedos tocavam se iluminavam contra a peça, como se houvesse energia sendo trocada entre eles. Balthazar tinha de ter a ideia bem clara na cabeça sempre que iniciava a fabricação de um objeto, assim o protótipo adquiriria a função mágica que ele queria.

Seu novo projeto estava quase pronto, e ele esperava que a caixa pudesse resolver seus problemas quando fosse usada.

Para forjar relíquias mágicas, ele precisava estar concentrado e bem-resolvido, era como delegar: ele ordenava a função e o objeto absorvia a magia que seus dedos transmitiam toda vez que tocavam nele. Com isso, estabelecia-se um diálogo entre fabricador e peça. E, mesmo incomodado, Balthazar teve de se desfazer das suas luvas.

Cleo não havia lhe dado notícias desde que chegara na cidade de Verona. Ele não se preocupava, porque não houvera uma única vez que a Aniquiladora falhara no trabalho. E, se para usar sua magia ela tinha de estar em um serviço, Cleo o faria sem pestanejar — até porque, se não o fizesse, seria rastreada e presa pelos trinta anos de penalização. Balthazar ouvira as histórias de como a garota era obcecada por poder. Ela não tinha parentes próximos, morava de aluguel, e também não tinha amigos conhecidos. Tudo que restara a ela fora a magia. Por isso, Cleo se aventurara com a runa da morte e fora além do que acharam que ela poderia ir.

Balthazar não deixaria que o mesmo lhe acontecesse.

Os sons de passos perto da porta tiraram seu foco da caixa. Em poucos segundos, a aldrava foi batida, e a voz de Ingrith soou abafada do corredor.

— Está ocupado, conselheiro?

Balthazar suspirou e retirou os óculos.

— Só um momento, por favor.

Pacientemente, ele pegou suas luvas de couro da bancada e vestiu-as, a falta do dedo mindinho sendo substituída pela silhueta da peça, como se ainda houvesse carne por baixo dela.

— Entrem, fiquem à vontade. — Balthazar recepcionou Ingrith e Ling com um olhar cansado, de quem havia trabalhado a tarde inteira. Não era fingimento. Ele não estava fingindo trabalhar duro só para conquistar a piedade de seus colegas. Seu empenho era verdadeiro. A parte vespertina de seus dias se resumiam à oficina, por vezes esquecendo-se de que precisava comer para sobreviver.

— Está aqui há muito tempo, hein? — Ling Yuhan o cumprimentou com um tapinha amigável. — Viemos para ver se você estava bem ou se já tinha dormido na cadeira.

— Estávamos preocupados, não queríamos atrapalhar seu serviço, conselheiro — ressaltou Ingrith, unindo as mãos em frente ao corpo. Seus cabelos castanhos estavam presos em um coque, seu vestido era preto e tinha mangas compridas. Ela lembrava sua antecessora, a mulher que ocupara a cadeira Bingham antes dela. Sempre formal e elegante, como uma personagem saída de um livro medieval.

— Não estão atrapalhando. — Balthazar deu a volta na mesa de centro, aquela que usava para trabalhar na caixa. As janelas estavam abertas, a brisa refrescava a sala enquanto a noite caía do lado externo da cúpula. — Estou finalizando a caixa. Ainda levará alguns dias, mas há grandes chances de que ela seja minha cartada final.

— Que nome dará a ela? — Ling sabia de seu costume de dar nomes simbólicos às peças que criava. Normalmente, eles remetiam a alguma obra de arte ou à alguma referência greco-romana que Balthazar admirava.

— Caixa de Pandora — revelou, cruzando os braços para analisá-la sobre a mesa. A caixa era pequena, feita de metal, pintada de dourado com detalhes em alto relevo e pés que simulavam patas de leão. — Acho justo, já que ela será responsável por capturar a alma inóspita que usa o corpo de Merlina. Na lenda, a Caixa de Pandora guardava todos os males da humanidade. Considerem o conceito.

Ingrith caminhou ao redor da mesa, um braço cruzado no abdômen e o outro apoiado sobre ele, acariciando o próprio queixo.

— Uma obra de arte, devo admitir.

— Posso ver a preocupação estampada no vinco em sua testa, *mio amico*. Esteve trabalhando duro. — Ling olhava para ele com uma expressão um tanto quanto angustiada no rosto. — Acredite, pode não parecer agora, mas sei que tudo se resolverá em breve. Queremos o seu bem, sempre.

Balthazar agradeceu com um gesto respeitoso de cabeça.

— Obrigado, Ling. Garanto que cuidarei do caso.

— É uma pena que tudo tenha acontecido como aconteceu. Eu lamento muito por isso. — Ling estava se esforçando para ser prestativo. Balthazar sabia que estava. — Sua filha era muito gentil, uma garota muito inteligente. Há algo que possamos fazer por você?

— Acredito que não. Preciso consertar isso. Fui eu que apresentei a magia para Merlina e para minha esposa... fui eu que as trouxe para isso. E as duas adoeceram, uma após a outra. Foi questão de tempo para que eu tivesse de enterrá-las.

— Sinto muito pela vida de Fiorella e Merlina, conselheiro DeMarco — prosseguiu Ingrith. — Vocês formavam uma bela família. Mas não acha que está sendo muito duro consigo mesmo?

— Ingrith tem razão — reafirmou o conselheiro da mente. — Sei que carrega a culpa nas costas, Balthazar, mas é impossível saber quem é compatível com a runa. Você não tinha como saber.

— O risco sempre esteve ali, fui eu que resolvi ignorá-lo — respondeu rapidamente. Já havia repassado aquele assunto mil vezes em sua cabeça. — A última coisa que eu queria era usar magia proibida, mas não vi outro jeito. Eu precisava tentar. Confesso que tentei criar alguma relíquia que pudesse voltar no tempo, ou uma porta que me levasse até o mundo das almas.

Nada funcionou. São habilidades muito complexas... além das capacidades da minha runa. Talvez até das capacidades de qualquer um... nunca conheci um conjurador que dobrasse o tempo. Mas eu *tinha* de tentar.

— São ideias perigosas, Balthazar — alertou Ingrith. — Corrija-me se eu estiver equivocada, mas acredito que você poderia ter esgotado suas forças nessa tentativa.

Balthazar sabia que o momento era inoportuno, mas quis rir. Uma risada irônica, no mínimo. O que ele tinha a perder se tivesse morrido ao esgotar suas forças? Depois de sua esposa e filha partirem, não restava nada além do risco: o risco de usar magia da morte para tentar trazer uma delas de volta. Resolveu corrê-lo por conta própria e, para ser honesto consigo — e que nenhum conselheiro jamais soubesse disso —, somente se arrependia por causar aquela bagunça, por ter de se humilhar diante de seus colegas de trabalho. Apenas por isso. Nada mais.

— Estou ciente disso, senhorita Bingham — respondeu, complacente. — Só atribuo funções simples aos meus protótipos, coisas práticas, algo complexo poderia ter me causado problemas permanentes. Meu erro foi acreditar que ainda havia esperança para salvar ao menos minha filha sem recorrer à magia da morte. Uma tentativa nunca custa nada, não é?

— Às vezes custa muito, sim — refutou Ingrith. — Me preocupa que não consiga ver a realidade, conselheiro. Agora você tem um dedo a menos e uma reputação manchada.

— Tenha certeza de que reconheço a situação. — *Mas eu faria tudo de novo.* — Foi apenas um comentário inofensivo. Talvez um esforço para obter algum consolo.

A conselheira exalou o ar em seus pulmões lentamente, observando a sala.

— Sei que gosta de falar como um cientista, mas quero que tome cuidado para não se entrosar com experimentos que colocam sua integridade em risco. A cúpula não lhe dará uma terceira oportunidade, atente-se a isso.

— Claro, claro. Se me permite dizer, Ingrith — comentou Balthazar —, você é a conselheira mais jovem da cúpula, e ainda assim, acredito que seja a mais esperta.

Ling assentiu de prontidão.

— Preciso concordar. Parece até que nasceu para isso.

Ingrith abaixou a mão no ar, modesta.

— Por favor, senhores, não há necessidade para tanto. Depois do que houve com minha tia, apenas tento agir corretamente. Por mais que eu goste de ser conselheira, e por mais que a morte dela tenha me permitido assumir sua cadeira, os experimentos de Zahina acabaram tirando sua vida, e eu não quero ver isto acontecendo com um colega de trabalho. Concorda, Balthazar?

Ele não hesitou.

— Plenamente, conselheira Bingham.

Ingrith lhe devolveu um sorriso conformado.

— Acredito que já tomamos muito do seu tempo. Não planeja faltar ao baile que Tessele está planejando, não é?

— Ouvi dizer que serão dois, como em todos os anos — ressaltou Ling. — Um para os aprendizes que conquistaram a runa e outro que servirá de baile de fim de ano.

Balthazar confirmou com a cabeça.

— Não irei me ausentar. Se meu nome ainda estiver na lista de convidados, estarei na celebração.

— Perfeito — falou a conselheira, parecendo satisfeita com a conversa. — Espero que finalize a Caixa de Pandora em breve, esperaremos pelo seu sucesso.

— Sua cadeira sente saudades, amigo. — Ling também sorriu, mais esperançoso do que quando entrou pela porta. — Seu retorno será majestoso.

Balthazar concordou.

— Assim seja.

Quando Ling e Ingrith caminharam juntos até a saída, Balthazar voltou a trancar a porta. Colocou os óculos — antes pendurados em seu pescoço pelas cordas — de volta no rosto e encarou a Caixa de Pandora, o objeto mais metalizado e chamativo que ele havia fabricado. Nunca tinha trabalhado tanto em um protótipo. Estava pressionado, mas disposto. E, agora, sem as aulas, tinha tempo de sobra para dedicar à oficina integralmente. Da manhã até a noite.

Balthazar mal podia esperar por boas notícias. E sabia que Cleo era a única pessoa que poderia lhe dar alguma.

Cleo

Cidade de Verona, Itália

CLEO NÃO TINHA NENHUMA BOA NOTÍCIA PARA DAR. PELO CONtrário, estava longe de poder ser considerada bem-sucedida naquele serviço.

Ela havia passado a noite deitada no sofá do apartamento de Verona. Ficara acordada até o fim da madrugada, impossibilitada de dormir, mas não por causa do desconforto das correntes enroladas em seu corpo. Sua runa da morte tinha acabado de ser reativada e, junto a ela, os vultos voltaram para atormentá-la.

Cleo devia estar acostumada com a sensação de ser observada, mas nunca havia conseguido ignorá-la de fato. A magia da morte era como uma doença e aquele era um de seus sintomas. Por vezes, quando movia os olhos muito rápido, Cleo via uma silhueta a observando. Com os estudos, ela descobrira que aquilo era comum, e não pararia até que parasse de conjurar a morte.

Mas ela era incapaz de abandonar sua magia.

Cleo dormiu por pouco mais de duas horas. Queria se livrar daquele apartamento com cheiro de álcool e óleo perfumado de banho. Prometeu a si mesma, em honra a sua integridade, que sairia dali o mais rápido possível.

Porém, não sem conseguir algumas respostas antes.

Se os conselheiros nunca falavam sobre as motivações por trás de uma missão, cabia a ela descobrir sozinha. E, daquela vez, estava particularmente curiosa para saber o que Verona tinha a dizer. Até porque, ao que tudo indicava, Cleo estava caçando a irmã gêmea de um fantasma.

Andréas havia aparecido pela manhã, querendo se certificar de que Cleo estava se comportando. Ele e Verona resolveram acorrentá-la diante da mesa de jantar. Estava menos confortável agora, imobilizada do pescoço para baixo, com seu corpo preso ao formato da cadeira — tornozelos amarrados nos pés do assento e torso acorrentado ao encosto. Ela não tinha escolha senão ficar o mais ereta possível, e suas costas doíam de permanecer na mesma posição.

Verona havia saído pela manhã. Deixara um conjurador barbudo de braços tatuados plantado na sala de estar para monitorar Cleo. Ele tinha por volta de dois metros de altura e parecia uma montanha, forte e largo. Pelo sol que batia na parede de vidro e invadia o apartamento, ela julgava que o relógio estava próximo de marcar meio-dia.

Cleo se remexeu na cadeira por mais vinte minutos antes de a porta ser aberta. Já estava mais do que na hora daquela tortura acabar. Quando Verona entrou por ela, com uma única sacola pendurada no braço, Cleo *quase* agradeceu a qualquer Deus que ainda quisesse ouvir as palavras de uma pecadora.

— Bom dia, queridos! — disse ela. Seu vestido azul-bebê era justo ao corpo, com mangas longas. Descia até o centro de suas coxas. — Passaram a manhã bem? Conversaram bastante? Espero que tenham feito amizade.

Cleo encarou o homem. Ele havia ficado calado o dia inteiro, não fez menção de dizer uma palavra desde que chegara.

— Seu amigo é muito simpático. Olhe para ele, está na cara — zombou Cleo, sem uma gota de ânimo.

O homem permaneceu estoico, a carranca moldando seu rosto.

— Enzo é um querido, realmente. Agradeço o seu tempo, doçura. — Verona deu dois tapinhas amigáveis no peitoral musculoso do homem-estátua. — Está dispensado, direi a Andréas para acrescentar no seu pagamento.

Sem dizer nada, encarando Cleo como se fosse avançar em sua direção a qualquer momento, ele andou até a saída e fechou a porta atrás de si. Enquanto isso, Verona começou a cantarolar baixinho, puxando uma cadeira para repousar a sacola.

— Trouxe algo para deixar sua tarde mais animada. Aposto que você vai gostar muito disso.

Ela apalpou sua sacola. De dentro, tirou uma caixa retangular alta. Uma caixa de bebida. De *Belladonna*.

Isso vai ser um pesadelo.

— Como não gosto que meus convidados se sintam aborrecidos em minha casa, trouxe uma coisinha para alegrar.

— Uma bebida de segunda linha?

Verona sorriu, apesar da afronta de Cleo.

— De primeira, amor.

Ela abriu a caixa e tirou a garrafa comprida de dentro dela, colocando-a no centro da mesa. Sem dizer nada, foi até a cozinha procurar duas taças.

— O jogo é simples. — Verona colocou-as na mesa, uma para ela e outra para Cleo. — Você faz uma pergunta e eu escolho se vou responder. Caso eu decida ficar em silêncio, precisarei beber uma taça de uma vez. Mas, se eu não conseguir, você terá direito a uma pergunta que eu vou *precisar* responder. O jogo termina quando alguém não aguentar mais beber, ou as perguntas acabarem — explicou, enlaçando dois dedos nos pés da taça para deslizá-la para perto de Cleo. — Estou contando com sua sinceridade, Aniquiladora. Eu não vou mentir e espero receber o mesmo em troca.

— E eu beberei como? — perguntou, presumindo que havia um erro de cálculo no plano da garota. — Estou com as mãos atadas, lembra?

Verona projetou o lábio inferior, reflexiva.

— Achei que não se importaria se eu te ajudasse.

— Vai me dar bebida na boca? Como se eu fosse uma criança?

— Vou — confirmou, puxando a cadeira em frente a Cleo para se sentar. — Eu até te daria um canudo, mas acho que acabaria com a graça. De qualquer forma, isso é o de menos. Não precisará beber se responder tudo, não é?

Cleo observou enquanto Verona pegava um saca-rolhas para abrir a bebida lacrada. Cleo percebeu que Verona não teve dificuldade no processo. Parecia acostumada.

— Pronta para começar? — Verona encheu sua taça pela metade, depois se levantou para fazer o mesmo com a que havia entregado a Cleo. O vinho era roxo-escuro, quase preto. Na caixa, estava escrito que se tratava de uma bebida à base de frutas negras. Amora, cereja e mirtilo.

— Comece você.

— Ótimo.

Verona puxou a cadeira para frente, pegando sua taça e balançando-a na mão, como se apreciasse o movimento circular que o líquido desenhava dentro dela.

— Vejamos, Cleo Von Barden... — Os olhos castanhos-amarelados de Verona fixaram-se em seu rosto. — Quanto Balthazar está te pagando por esse serviço?

— Essa é a sua pergunta? — desdenhou Cleo. Esperava algo mais intimidador.

Verona assentiu.

— Estou apenas aquecendo, amor.

Está passando vergonha, é isso que está fazendo.

— Mil e duzentos.

— Oi? Mil e duzentos? — indignou-se, como se tivesse sido terrivelmente ofendida. — *Só* mil e duzentos?

— Foi o que eu disse.

— É isso que eu valho, então? Uma ninharia? Ridículo — bufou Verona, jogando as costas contra a cadeira. — Balthazar poderia investir mais, ele é rico como todo conselheiro. Eu até diria que você deveria se dar ao respeito, mas sei que está sendo obrigada a trabalhar, não é?

Cleo umedeceu os lábios, mantendo seu silêncio. A vez de Verona perguntar já havia acabado.

— Certo, certo. Tanto faz. — Verona bebericou a taça. Talvez tivesse se esquecido de que poderia perder o jogo caso alcançasse seu limite. Cleo deixou-a beber, duvidando que Verona fosse do tipo que desistia facilmente. — Sua vez, Aniquiladora. Faça a pergunta.

Ela já sabia qual assunto abordaria.

— Você não é Merlina, então.

— Isso foi uma pergunta?

— Não. Foi uma constatação — corrigiu, antes que perdesse a vez. — O que você é dela? Irmã gêmea? Balthazar pediu para eu encontrar uma

Verona. Mas, pelo que você disse, ele me deu a foto de Merlina. Ele confundiu as duas?

— Não, não, não. — Verona riu, limpando o canto dos lábios com um guardanapo. — Suponhamos que Balthazar tentou trazer a filha de volta, a tal Merlina, mas eu cheguei primeiro e peguei o corpo dela. Agora, eu continuo ligada ao pós-vida. Por isso, o fantasma emburrado de Merlina ainda me visita às vezes. Eu vejo os mortos, entende?

— Espera. Você disse que Balthazar tentou trazer a filha de volta. Está dizendo que ele mexeu com a magia da morte?

Verona inclinou a cabeça de um lado para o outro, ponderando.

— Não é sua vez de perguntar, mas, como eu sou muito legal, posso afirmar que o conselheiro se envolveu com coisas ilícitas — disse, de bom grado. Verona parecia muito disposta a responder. Cleo não sabia se ela estava usando aquilo como incentivo para que fizesse o mesmo ou se era simplesmente descuidada. — Como perdeu seu dedo? — perguntou, apontando para a mão presa atrás da cadeira de Cleo com a taça em sua mão.

— Quebrei uma promessa selada com jura de mindinho e cortaram ele.

As sobrancelhas de Verona se encontraram.

— Isso é sério?

— Óbvio que não. Que tipo de pessoa acha que eu sou?

— Pensei ter pedido para ser sincera, Aniquiladora — reprovou, negando com a cabeça. — Vejo a Runa de Ektor nele. Por que colocou ela aí?

— Você realmente não entende nada de magia, não é?

— Explique o que não sei, "grande mestra da magia". — Verona fez o sinal de aspas com os dedos.

— Uma runa marcada na carne putrefata canaliza a magia da morte — disse Cleo, notando Verona estreitar os olhos. — Essa magia não é como as outras. Quem quiser alcançá-la, terá de decepar uma parte desprezível do próprio corpo para que apodreça. Depois, é preciso recosturá-la. Só então um conjurador poderá marcar a Runa de Ektor e ter acesso ao mundo das almas. A runa torna a parte apodrecida quase indestrutível. Não começa a se decompor, tampouco quebra com facilidade.

— Peculiar. Nunca vi uma runa funcionar sem precisar ser talhada no osso.

— A entidade da runa nasceu da arcada óssea de um ser celestial morto, não é? Então sua magia só funciona em ossos e em partes mortas. — Cleo tratava o assunto com normalidade, mas Verona prestava atenção como se estivesse diante de algo nunca visto, uma revelação revolucionária. — É algo muito lógico, basta pensar um pouco.

— Ah, sim... Esse foi o crime que você cometeu. Mexer com magia proibida e tal. Estou lembrando agora.

— Tente usá-la qualquer dia, adoraria ver alguém como você se desesperando para controlar a magia da morte.

— Acha que eu não seria capaz? — Verona franziu o cenho em tom de desafio. — Por quê? Acha que eu não a controlaria como você faz?

— Não trapaceie na brincadeira — cortou Cleo. — É minha vez de perguntar.

Verona exalou, recuperando sua postura.

— Mil perdões, tem razão. — Gesticulou para que Cleo tomasse a frente. — Prossiga, pergunte.

— Por que está me dando essas informações? — indagou, chamando a atenção da garota. Cleo queria entender suas intenções, cada detalhe minucioso daquela história. Todo grão de poeira lhe interessava. — Qual a finalidade desse jogo? Não acha que deveria ser mais cautelosa sabendo que tem gente aí fora atrás de você?

— É uma troca, entende? Você responde as perguntas e eu faço o mesmo. Você tem informações que eu quero, e eu tenho as que você quer. — Verona explicou como se fosse a coisa mais óbvia do mundo. — Você ia me levar para Balthazar sem nem mesmo saber onde estava se metendo, e eu gosto de esclarecer as coisas que a cúpula tenta abafar com panos quentes.

De alguma forma, fazia sentido. Ela estava condenada de jeito ou de outro, não havia motivo para manter segredo sobre nada que havia dito até então. As perguntas não cruzaram a fronteira do trivial para o lado de Verona.

— Hum, tá — conformou-se Cleo. — Sua vez.

— Como Balthazar pretende me matar? — Ela bateu as unhas na superfície da taça, emitindo um tilintar desagradável. — Ele tem algum plano?

— Não sei. Ele pediu para que eu te levasse até ele, e deixou bem claro que não queria ver nenhum arranhão em você. Ou melhor, na filha dele. É tudo que sei.

— Interessante... — Ela voltou a balançar a taça. — Muito interessante.

— Quem é você, hein? — falou Cleo de uma vez, desfazendo o nó em sua garganta, já que era sua vez de jogar. — Se você não é Merlina, quem é? Vi que não existem registros de uma Verona em lugar algum. Você sequer tem sobrenome!

Dessa vez, Verona a encarou como se ela finalmente tivesse feito a pergunta de ouro, seu sorrisinho malicioso crescendo no canto do lábio.

— Há segredos que uma mulher precisa guardar para si mesma, querida. — Cleo notou seu movimento para cruzar as pernas debaixo da mesa. — Senão, o mistério acaba. E todo mundo ama um pouco de mistério.

Antes que a conjuradora pudesse acrescentar um protesto, Verona entornou a bebida na boca, engolindo todo líquido em menos de dez segundos.

A brincadeira estava começando a deixar de ser inocente.

— Andréas me contou sobre a projeção que mostrou a você quando chegou — observou Verona, girando a haste da taça vazia entre os dedos. Aquela simples menção fez o corpo de Cleo arrepiar. — Você é do Cairo. Nasceu no Egito, não é? Você deixou tudo para trás. Dizem que veio para cá para estudar magia. Está satisfeita com até onde chegou?

O rosto da conjuradora se converteu em uma expressão mais séria. Para alguém que havia proposto aquela brincadeira porque queria respostas, Verona estava sabendo de muita coisa.

Cleo estava cansada de jogar.

— Vire essa taça na minha boca de uma vez.

O olhar contente de Verona denunciava sua satisfação por ter acertado a pergunta que empataria o jogo. Uma dose para ela, outra para Cleo. O placar estava igualado.

Ela se levantou e pegou a taça sobre a mesa. Verona posicionou-a perto dos lábios de Cleo e virou-a com cuidado. A conjuradora engoliu o vinho devagar, algumas gotas pingando em seu colo. Surpreendentemente, o gosto era aceitável, diferente de tudo que ela já havia experimentado. Saboroso, talvez. Ela ainda estava decidindo.

Perto do último gole de *Belladonna*, Cleo soltou a taça, afastando sua boca das bordas do copo de cristal. Um pequeno deslize fez a peça se desequilibrar das mãos de Verona. A peça caiu, rachando-se contra o chão de pedra polida. O barulho do vidro estilhaçado a fez soltar um suspiro assustado.

— Droga, eu gostava desse conjunto — reclamou. Ela recuou um passo, pisando nos cacos esmigalhados sob seu salto. — Me dê um minuto.

Verona desapareceu, provavelmente indo atrás de uma vassoura e uma pá. Ela não parecia ter notado que Cleo havia derrubado o copo de propósito — ou, se notara, não percebera que ela havia arrancado o próprio dedo mindinho da mão para conseguir escorregá-la pelas correntes com mais facilidade.

Assim que libertou suas mãos, desfez as voltas em seus tornozelos, tentando emitir o mínimo de barulho possível. O ruído dos saltos de Verona ressoou de novo, voltando para a sala de jantar. Cleo não teve outra escolha: guardou seu dedo no bolso e correu até o quarto ao lado — já que as chaves da saída principal estavam com Verona. Bateu a porta com força e girou a fechadura, pressionando as costas contra ela.

Foi questão de segundos até que Verona espalmasse a porta.

— Cleo! Abra isso! — exigiu, tentando forçar a maçaneta. — Você não quer ajudá-lo! Eu sei que você não quer ser cúmplice do Balthazar!

Eu não tenho escolha.

Ignorando a voz irritante de Verona, Cleo começou a vasculhar o quarto. Revirou tudo, desde a penteadeira cheia de pincéis de maquiagem e uma caderneta, até as gavetas na base da cama. Ela não conseguiria levar Verona consigo, não presa em um ninho de conjuradores e sem seu dedo devidamente costurado. Mas conseguiria fugir sozinha.

Então, Cleo precisava de uma garantia de que Verona iria até ela.

— Andréas, preciso de ajuda. — Cleo podia ouvi-la falando no celular. — Chame Enzo, é urgente!

Puxou as portas rolantes do armário para o lado. Havia dezenas de prateleiras e cabides com vestidos caros, mas Cleo tinha certeza de que não eram nem a metade da sua coleção. Não achou nada.

Apressou-se para o banheiro. Tateou as paredes e o piso. Tirou os tapetes do lugar, todos que achou. Ela não sabia o que estava procurando, mas precisava ser algo importante, algo que estivesse muito bem guardado. E, como ela sabia que pessoas ricas sempre tinham alguma espécie de esconderijo para seus pertences valiosos, procurava por uma pista.

Sua última esperança era o *closet*, mas ele estava tão cheio de roupas que Cleo chegava a ficar tonta de olhar para aquele amontoado de cores, o cabideiro formando um degradê de tonalidades diferentes. Ela começou a puxar todas as gavetas que via, inspecionou o teto com os olhos, fez questão de confirmar que não estava deixando nenhum revestimento falso passar. Começou a revirar os cabides, e só quando chegou na seção de peças rosa, encontrou algo que merecia sua atenção.

A garota que chama Verona e mora em Verona. A garota que só usa rosa e esconde suas joias na seção cor-de-rosa do closet.

Havia uma parede falsa atrás das roupas. Cleo removeu a tampa. Dentro dela, encontrou a última coisa que imaginou encontrar: outra garrafa de *Belladonna*. Dessa vez, uma edição mais antiga da bebida.

Uma corrente de energia ondulava ao redor daquela parede, muito parecida com o campo de proteção que cercava a osteria.

Para outras pessoas, ele seria letal. Para Cleo, que podia usufruir livremente da magia que a possibilitou entrar no ninho de Verona sem um arranhão sequer, irrelevante.

Ela não entendeu a importância daquela garrafa, mas, se estava guardada ali, com um campo de proteção mágico em volta, devia ser algo pelo qual Verona tinha apreço. Cleo não viu outra opção: ativou sua aura luminosa, enfiou a mão pela proteção, sentindo o campo de energia formigar em seu pulso, e roubou o objeto. Enfiou-o dentro da primeira bolsa que achou no armário: uma coisinha cor-de-rosa opulenta, com uma alça cheia de diamantes, típica de alguém como Verona. Depois, apagou sua magia e correu para o quarto.

Com uma caneta e uma página da caderneta sobre a penteadeira, Cleo escreveu um bilhete. Assim que ouviu a voz de dois homens no apartamento, não pestanejou. Ela correu para a varanda e, com a alça da bolsa cruzada em seu peito, equilibrou-se sobre o balaústre de segurança e pulou para a sacada vizinha, como quem estava acostumada a andar centenas de metros acima da superfície. Para seu alívio, a entrada estava livre, e aquele apartamento vazio, diferentemente dos outros, que tinham vasos de flores enfeitando a varanda.

Um estrondo pôde ser ouvido, mesmo da casa ao lado. Cleo desapareceu quando escutou o que imaginava ser a porta do quarto de Verona sendo arrombada. Ela correu para a saída frontal, mas estava trancada. Então, tentou a saída de serviço e avançou escadas abaixo, acelerando o mais rápido que seus pés conseguiam chegar.

Cleo saiu disparada pela área comum do condomínio. As pessoas a olharam com curiosidade — ou talvez fosse só espanto —, mas a conjuradora não deu oportunidade para que fizessem perguntas. Ela correu até o acesso à osteria e, sem pudor algum, trombou com um ou dois garçons no caminho para atravessar o arco de saída. O barulho de taças quebrando já havia se tornado recorrente àquela altura.

Ela não precisou invocar sua aura para sair do abraço sufocante do campo de força. Embrenhou-se entre os turistas que circulavam pelo local, tentando despistar os olhares de qualquer conjurador ao redor. Quando olhou para trás, tudo que viu foi Andréas esticando o pescoço para tentar achá-la na multidão.

Sem sucesso.

Cleo correu até o beco perto da osteria, certa de que ninguém a encontraria ali tão cedo. Sua caixa torácica subia e descia freneticamente, o suor escorrendo pelo seu rosto. Ela tentava recuperar o fôlego perdido durante a corrida, mas demoraria até que suas pernas estivessem firmes novamente.

A garrafa ainda estava intacta dentro da bolsa. Se tivesse julgado certo, ela seria seu bilhete premiado até Verona. Jurou que, quando colocasse suas mãos na garota uma próxima vez, não a deixaria escapar.

Balthazar

Cidade de Roma, Itália

Não restava muito tempo. Mesmo que quisesse acreditar, contra todas as evidências, que ela passaria daquela noite, ele apenas estaria enganando a si próprio.

Balthazar fizera de tudo. Até pensara em encaminhar Merlina para uma cirurgia de remoção da runa, mas nada era capaz de interromper uma doença mágica quando ela já havia se instalado.

A verdade era uma: sua única filha havia adoecido por causa da magia, assim como sua esposa um ano antes.

Fiorella partiu em uma tarde tempestuosa. Naquele dia, a chuva batia violentamente contra as janelas. Merlina estava em casa, ao seu lado, mas Balthazar havia saído para abastecer a geladeira.

Na semana que antecedeu sua morte, eles se acostumaram a acordar toda manhã e perguntar para o vazio se Fiorella ainda estava respirando ou se o sono da noite anterior havia ceifado-a durante a madrugada.

Quando Balthazar chegou, com sacolas nas mãos, ouviu o grito no andar de cima do sobrado. Merlina chorava e berrava, sentada ao lado do corpo sem vida da mãe. Diante da cena, o conselheiro puxou-a e acolheu seu pranto sob um abraço quente.

— Shhh... tudo bem, acabou. Ela partiu, acabou — dizia, a mão indo de encontro com os cabelos cacheados da filha, presos em um rabo de cavalo bagunçado.

Aquela foi a primeira vez em anos em que ele se permitiu derramar algumas lágrimas.

O cenário era trágico, e a imagem do corpo frio de sua esposa continuou retumbando em seus pesadelos por mais dois meses. Fiorella havia morrido de incompatibilidade, a mais comum das doenças mágicas. As veias de seu corpo começaram a escurecer gradativamente. Ficaram azuis, roxas e marrons até atingir a cor preta. O resto do corpo assumiu uma aparência acinzentada. A magia drenava a energia vital até que suas costelas ficassem aparentes sob a pele e nenhuma comida parasse no estômago da vítima. Não era uma morte limpa, muito menos rápida.

Fiorella e a filha foram despertadas na magia na mesma época. Por causa disso, Balthazar não pôde impedir a partida de nenhuma delas. Se apenas Fiorella tivesse ganhado a runa e falecido, ele nunca deixaria Merlina passar pela cirurgia da runa. Porém, como tudo aconteceu de uma vez, nem mesmo essa escolha ele pudera fazer,

Primeiro, Balthazar perdeu a esposa. Um ano mais tarde, perdeu Merlina.

A filha estava deitada na cama do próprio quarto, frágil como uma xícara de porcelana. Disseram que sua doença se chamava "alucinação mágica", aquela que acorrentou a mente de Merlina a um ciclo de ilusões inacabáveis. Apesar do suor em sua testa e do cansaço exposto em suas olheiras, Merlina ainda resistia em seus últimos segundos de vida. Apenas uma palavra saía de sua boca naquele momento. Estava tão abatida, que era impossível formar uma sentença completa.

— Pai... — dizia ela, repetidas vezes. — Pai...

— Estou aqui, minha menina. — Ele se sentou ao seu lado, com as pernas esticadas na cama, ajeitando a cabeça da filha em seu peito. — Papai está aqui, Merlina. Consegue me ouvir?

— Pai...

Balthazar não sabia se ela entendia uma palavra do que ele dizia. Às vezes, imaginava se seus chamados não eram uma espécie de pedido de socorro de alguém que conseguia ver a morte se aproximando.

— Merlina, eu... — Por um momento, o nó em sua garganta não o permitiu terminar a frase. — Papai te trouxe um chá, querida. Você sempre gostou de chá, não é? Esse é especial, vai acabar com a sua dor. Eu preciso que você beba tudo, filha. Vai ser rápido, eu prometo. Beba.

Ele sabia o que precisava ser feito, não deixaria sua filha definhar como Fiorella definhou. Seu orgulho havia cegado sua razão. Balthazar acreditou que podia salvar a esposa, mas tudo que fez foi prolongar seu sofrimento. Porém, dessa vez, ele não seria negligente com Merlina.

— Pai... — chamava ela, um grito sufocado por ajuda.

— Papai vai te ajudar, filha. Beba, por favor. Beba.

Ele levou a xícara aos seus lábios. Merlina demorou para reagir. Algumas gotas do veneno caíram nos cobertores antes que ela começasse a engolir o líquido.

Balthazar havia pedido ajuda para Ling Yuhán dias antes. Precisava de uma substância potente, que pudesse embalar Merlina na dança da morte com rapidez e que não a fizesse sofrer.

O conselheiro recomendou fortemente uma dose de Belladonna: planta mortífera que, se manuseada em altas quantidades, poderia ser letal. A cúpula mantinha vários caixotes de venenos armazenados no prédio, havia uma sala trancada só para mantê-los refrigerados e longe de pessoas não autorizadas. Era uma forma de oferecer eutanásia aos adoecidos. Quando alguém apresentava os primeiros sintomas, não havia outra saída além de encerrar a jornada do conjurador antes que a doença fosse ainda mais cruel com ele.

Cada frasco era controlado pelo sistema rígido do Cofre dos Venenos, que catalogava tudo que saía e entrava lá. O procedimento era minucioso e, por isso, quando havia muitas aquisições em andamento, a entrega ficava em trânsito e podia demorar semanas para ser feita. Os responsáveis pelo processo precisavam acompanhar uma série de preparações. Primeiro, registravam quem era o emissor do pedido e para qual conjurador ele seria dado. Depois, um enfermeiro ia até a casa do doente para se certificar do seu estado e confirmar os sintomas — tudo era cauteloso. Não podiam dispor de uma dose de veneno sem ter certeza de que ele seria dado a um conjurador debilitado.

Por fim, o cadáver era identificado por um dos profissionais da área e registrado como morto. Ele era encaminhado e enterrado em um cemitério vinculado à cúpula. O atestado de óbito era emitido nesse trâmite, e a causa da morte ficava camuflada nos papéis.

Muitas pessoas escolhiam fazer o processo no conforto de suas casas, outras preferiam levar o conjurador adoecido até a cúpula. No caso da família DeMarco, Ling Yuhan conseguiu uma dose depois de muita insistência com a equipe de contagem. Mas isso demorou, e o estado da paciente piorou no intervalo entre o pedido e a entrega.

Depois que Merlina engoliu a última gota de Belladonna, Balthazar segurou sua mão com firmeza, rezando para que ela partisse logo. Mesmo sem qualquer força, ela ainda conseguia reagir ao gesto, como se sua mente estivesse em outro lugar, mas seu corpo continuasse respondendo aos estímulos do plano físico.

Quando o sino da igreja bateu ao meio-dia, o aperto de mãos foi desfeito. Os dedos de Merlina afrouxaram-se ao redor da mão de Balthazar, e ele soube que não a veria novamente. Não naquela vida, não naquele plano. Apertou os olhos, deixando uma lágrima cair.

Devia ter sido eu.

Deus, me leve com ela.

— Me perdoe... — lamentou Balthazar, engasgado pelo sentimento que enroscava seu pescoço como arame-farpado. — Me perdoe, eu fiz isso com você... — Ele beijou sua testa e levou os dedos às pálpebras de Merlina, fechando seus olhos. — Papai vai consertar esse erro, filha. Eu te prometo.

Mas ela já não respondia. Sua voz havia se calado, sufocada pelas mãos do anjo da morte. Merlina não chamava mais por ele, sequer apertava seus dedos como antes.

Havia partido.

Cuide dela, minha amada Fiorella. Cuide da nossa garota.

Com o peito apertado, Balthazar tirou o colar do pescoço de Merlina e se levantou da cama. Abriu a porta do quarto, deixando os três enfermeiros que esperavam ao lado de fora entrarem.

— Podem levá-la — autorizou.

Em silêncio, respeitando o luto de um pai que havia acabado de perder a filha, avançaram até o corpo Merlina, trazendo uma maca móvel para dentro.

Não era certo. Aquilo não soava natural. Nenhum pai deveria se despedir dos filhos.

Diferente da primeira vez, Balthazar não sentia vontade de gritar ou quebrar um copo contra a parede da cozinha. Queria desaparecer como Fiorella e Merlina desapareceram. Queria ser enterrado junto a elas. Queria entornar um litro de álcool e cair desacordado no chão para nunca mais acordar.

Se o fardo inevitável de toda criatura viva era a morte, ele queria antecipar a sua.

Ele encarou friamente enquanto os enfermeiros levavam o corpo de Merlina coberto por um saco preto para o andar debaixo. Um deles tentou falar com o conselheiro, mas Balthazar estava estagnado, e a voz do rapaz não passava de um zumbido longínquo.

Para um admirador de arte e cultura, de culinária e arquitetura, de tudo de melhor que a vida tinha a oferecer, Balthazar nunca se viu tão perdido.

Porque aquela era a segunda vez que ele desejava nunca ter nascido.

Agora, enfurnado na oficina, Balthazar admitia que havia perdido a noção do tempo. Quando olhou para o relógio pendurado na parede, notou que já era tarde. A cúpula devia estar parcialmente vazia e, mesmo que ele quisesse continuar o projeto, ainda precisava comprar alguns materiais para terminar de refinar a Caixa de Pandora. Deixaria o serviço para outro dia.

Dando-se por vencido, uma vez que suas mãos já doíam de tanto manusear ferramentas, o conselheiro guardou seus materiais nas caixas e limpou a bancada. Repudiava lugares bagunçados.

O Olho de Medusa ainda estava pendurado em seu pescoço: uma esfera achatada de metal em formato de olho. Dentro dela havia uma pedra esmeralda que simulava a íris de Medusa. Balthazar havia confeccionado aquele colar especialmente para presentear Merlina em seu aniversário de dezesseis anos. Dizia que a peça serviria para protegê-la, para mantê-la em segurança mesmo quando ele não estivesse por perto.

Agora, o colar acompanhava Balthazar como uma lembrança, uma forma de se conectar com a filha. Ele o mantinha escondido debaixo das roupas. Não queria perdê-lo. O conselheiro tinha uma coleção numerosa de peças de autoria própria. Mas aquela era, de longe, sua maior relíquia.

Balthazar pegou o livro sobre a bancada e caminhou para a biblioteca. Tratava-se de uma edição específica voltada à magia da natureza. Costumava consultá-la para montar suas aulas, mas, agora que estava sem uso, talvez fosse mais útil para outro conselheiro.

Quando ele chegou, os sentinelas autorizaram sua entrada e abriram a porta da biblioteca. Balthazar notou que havia mais uma presença ali, os saltos emitindo ruídos contra o piso entre as estantes. Ele acompanhou a silhueta de Ingrith Bingham circulando com um livro aberto nas mãos, com os olhos fixos nas páginas amareladas. O conselheiro identificou-o na hora: as anotações de Zahina Bingham, sua antecessora.

— Consultando a voz de sua tia, conselheira Bingham?

Balthazar não queria interromper seu momento de concentração, mas Ingrith não pareceu aborrecida. Pelo contrário, ela repuxou o canto dos lábios em um sorriso pequeno, mas gentil.

— Acredito que é sempre bom refrescar a memória com os conselhos daqueles que vieram antes de nós. — Ela uniu as mãos atrás das costas, o livro ainda em uma delas. — E esse aqui é um ótimo trabalho.

— Sem dúvidas.

Todos os conselheiros conheciam a jornada ambiciosa da conselheira Zahina. Ela criou a hipótese de que a compatibilidade com a runa era algo que podia ser desenvolvido, não uma pré-disposição inflexível a articulações. Para provar seu ponto, ela iniciou um plano ousado, colocando a própria vida em risco. Talhou sua segunda runa e desenvolveu dezenas de técnicas para fortalecer suas energias toda vez que canalizava alguma magia. Acreditava que, se pudesse acostumar seu corpo e sua alma a suportar cargas maiores de magia aos poucos, ele se adaptaria. Quando julgou que estava pronta, ela tentou marcar a terceira runa.

Zahina Bingham morreu duas semanas depois, de sobrecarga paralítica.

A sobrecarga era o tipo de doença que assustava qualquer conjurador, mais do que a incompatibilidade ou as alucinações. Acontecia quando alguém tentava carregar runas em excesso, mas não era forte o bastante para sustentá-las. A magia deixava de ser bela e passava a se tornar debilitante. Então, seu corpo paralisava aos poucos. Rosto, braços, pernas e mãos, até que congelasse para sempre.

Não era à toa que Ektor Galewski continuava sendo tratado como divindade mesmo após anos. Além de ter descoberto a fonte para criar conjuradores, ele fora escolhido pela entidade da runa como porta-voz. Carregava as quatro marcas da magia nos ossos e na pele, por isso era um conjurador-supremo. Diziam que seus olhos se tornavam totalmente brancos quando a entidade possuía seu corpo, fundindo-se a ele, tamanha era a compatibilidade que tinha com a magia.

— Veio deixar seu livro de consulta? — perguntou Ingrith, vendo-o devolver o volume para a prateleira. — Achei que iria roubá-lo para si, sendo sincera.

Ele soltou uma breve risada.

— Ele está acumulando poeira na oficina ultimamente. — Ele sabia que não deveria, mas havia feito tantas anotações nas margens das páginas que quase considerava aquele livro como seu. — Nosso relacionamento foi longo e duradouro, mas creio que seja hora de dar uma pausa. Mesmo assim, espero vê-lo novamente em breve.

Ingrith concordou.

— Está de saída? — Ele enfiou uma mão no bolso do sobretudo. — Posso te dar carona, se quiser.

Ela ergueu uma mão no ar, balançando-a em negação.

— Obrigada, mas não será necessário. Ficarei aqui mais um pouco. Gosto do silêncio da cúpula a essa hora. Me ajuda a pensar.

Balthazar assentiu.

— Certamente, sim. Tenha uma boa noite, conselheira.

Ingrith fez uma saudação com a cabeça.

— O mesmo a você, conselheiro DeMarco.

Balthazar pegou sua maleta e deu duas batidas na porta, aguardando ela ser aberta. Quando conseguiu passagem, caminhou direto até o estacionamento. Garoava do lado de fora, as gotas de chuva tão finas quanto agulhas. Algo naquela noite o fez lembrar do temporal que lutava contra os telhados da casa durante a morte de Fiorella.

Relembrando o som do assovio do vento nas janelas, ele sentiu pontadas no estômago. Talvez, com um pouco de fé, a neblina que entardecia o olhar de Balthazar logo se tornaria uma lembrança distante e ruim, e ele poderia voltar a contemplar as estrelas.

O conselheiro pegou a chave do carro e deixou as gotículas de chuva repousarem nos fios de seus cabelos grisalhos. Um dia, ele precisaria enfrentar a chuva de frente. Encarar aquela memória desagradável ao invés de tentar viver como se ela tivesse sido apenas um pesadelo.

Eva estava certa. O tempo poderia ser seu aliado se ele permitisse.

Uma tempestade nunca durava para sempre.

Tudo que ele precisava fazer era respirar fundo e esperar os trovões passarem.

Verona

Cidade de Verona, Itália

Verona se sentou na beirada da cama de casal, concentrando-se em regular sua respiração. O quarto estava bagunçado, desde o banheiro até o *closet*, mas ela não tinha forças para organizá-lo no momento. Através das portas de vidro da sacada, a noite havia coberto o céu com seu sopro de escuridão em um piscar de olhos.

Suas mãos seguravam os joelhos e sua cabeça caía entre os braços. Todos os seus planos, tudo que fizera para voltar para Andréas, para a osteria, para recuperar o tempo que a morte roubou de seus braços, estava pendurado em um penhasco, balançando de um lado para o outro, a um fio de se perder para sempre. E tudo por causa de uma garrafa de vinho.

Verona tentava não chorar.

— Você deve estar feliz, não é? — perguntou, sentindo o peso do olhar do fantasma de Merlina recair sobre si.

Ela estava parada na porta, julgando a situação no mais completo silêncio, como sempre fazia. Merlina a encarava, sem esboçar reação alguma, uma Verona desolada fracassando na tentativa de se acalmar.

— Eu não estou feliz, nem triste. — Cruzou os braços, trocando o peso para uma perna. — Eu só sabia que isso aconteceria, cedo ou tarde.

Verona não queria escutar aquilo, mas Merlina diria tudo que quisesse falar, mesmo contra sua vontade.

— Eu tentei ser gentil com você, pensei que receberia o mesmo em troca.

— Pessoas ruins não deveriam esperar coisas boas, Verona. — Merlina usava cada oportunidade que encontrava para acusá-la. — Você fez isso consigo mesma.

Aquelas palavras perfuravam sua pele como a ponta de uma flecha. Não sabia por que havia esperado um pouco de compaixão por parte da garota. Verona acreditava demais no potencial das pessoas, e acabava pintando uma imagem mental mais bonita do que a realidade indicava.

— Ela está aqui, não está? — Andréas passou por Merlina na porta, adentrando a suíte. Ele não podia vê-la, ninguém além de Verona podia ver fantasmas. — Diga para ela que não é bem-vinda no clube.

Verona soltou uma risadinha desanimada, fungando com o nariz.

A expressão colérica no rosto de Merlina era fácil de ler.

— Diga que eu não preciso da aprovação de ninguém — respondeu, enraivecida.

— Eu estou muito encrencada, não estou? — Verona voltou-se para Andréas, deixando Merlina falar com as paredes. A garota-fantasma se retirou com um bufar sonoro, notando que sua opinião não seria levada a sério.

— Vamos recuperar a garrafa, Vee. — A mão de Andréas acariciou suas costas. Um gesto carinhoso para consolá-la. — Mandei algumas pessoas para ajudar. Estão procurando Cleo por toda a cidade.

— Você viu o que vai acontecer comigo. Quando eu cheguei aqui, eu estava... necrosando. — Ela podia sentir seu braço arrepiar sempre que lembrava do que havia passado. Aquele corpo não era seu, sua alma não devia estar vagando por ali, ela era uma intrusa. A morte corria atrás de Verona como uma aranha armando sua teia para capturar um inseto. — Se eles a quebrarem... meu corpo vai voltar a virar... um cadáver. Aquela garrafa é a única coisa que prende minha alma aqui, tentei protegê-la com magia, mas eu a perdi. A Aniquiladora conseguiu romper todos os campos de força.

— Pode não ser o fim. Eles não sabem para que a garrafa serve.

Verona era um caso único. Nunca houve uma história parecida com a sua antes. Uma alma no corpo errado, vagando pelo mundo dos vivos com uma roupa que não lhe pertencia. Se estivesse em seu próprio corpo, talvez Verona não colecionasse tantos problemas, porque estaria dentro da casca perfeita. Mas ela não era compatível, ninguém além da própria Merlina poderia vesti-lo sem ter complicações no caminho.

Uma vez, Andréas lhe dissera que havia lido uma parte das anotações de Ektor Galewski catalogadas na biblioteca restrita da cúpula. Um conselheiro estava com o livro aberto sobre a mesa enquanto estudava outro volume, e Andréas não perdeu a oportunidade de chegar por trás e esticar os olhos. De acordo com o que leu, Ektor havia testado todas as habilidades que a runa da morte viabilizava, incluindo a ressuscitação. A alma demorava a se conectar com o corpo, mas, uma vez que conseguia, voltava a viver como antes.

No entanto, esse não era o caso de Verona, justamente porque aquela casca não lhe pertencia.

— Sua namorada não pode amarrar minha alma a outra coisa? Desfazer meu vínculo com aquela?

— Enquanto estiver ligada àquela garrafa? Não. — Ele balançou a cabeça, fazendo com que cada migalha de esperança que Verona tinha fosse levada pelo vento. — Gemma captura almas, chamam de aprisionamento astral. Ela pode sugar sua alma por inteiro ou apenas amarrá-la a um único objeto, não mais que isso. Para desfazer o vínculo, ela precisaria da garrafa aqui, em mãos.

— Então, só nos resta recuperá-la antes que a morte venha para mim — conformou-se. As palavras de Merlina pareciam mais verdadeiras conforme os segundos passavam, e Verona ponderava se aquilo tudo era sua culpa.

Mesmo que se considerasse uma pessoa otimista, Verona estava assustada, e o medo corroía sua esperança como ácido, engatinhando pelo seu corpo até que pudesse consumi-lo por inteiro.

Com o tempo, Verona descobriu que sua alma era constantemente puxada para o mundo dos mortos, já que estava no corpo errado e *pertencia* a ele. Para ficar viva, ela precisou pedir a Gemma, uma das únicas conjuradoras da alma da osteria, para enfeitiçar um objeto e amarrá-la no plano físico, junto ao corpo de Merlina. Gemma pegou apenas uma parte da alma de Verona para ligá-la à garrafa ao invés de aprisioná-la totalmente. Aquele foi o único modo que encontraram para estabilizá-la.

O objeto ficou escondido no seu quarto, protegido por um campo de força impenetrável para qualquer um além de Verona. Agora, a garrafa de Belladonna que Cleo havia roubado era sua âncora. Se ela fosse quebrada, a morte não demoraria para agarrar o último sopro de vida de Verona e destruí-lo, deixando apenas os restos mortais de um corpo que nem era seu para ser enterrado.

— É por isso que você ainda vê Merlina, não é? Por isso que tem pesadelos?

Sim, Andréas, ela respondeu mentalmente. *Sim, é por isso que eu jamais vou voltar a ser a mesma de antes.*

Ela nunca pensou que seria assombrada pela morte, mas também nunca cogitou a possibilidade de que morreria jovem e faria de tudo para poder ter uma segunda chance. Verona estava na flor da idade na época, no melhor momento de sua vida.

Quem imaginaria que aqueles tempos seriam manchados pela notícia da morte brutal de uma garota de 23 anos?

Toda vez que tentava se lembrar dos dias bons, pegava-se afugentada pelo sangue e pelo fogo.

— Eu posso sentir algo me perseguindo... — desabafou Verona, ciente de que a sombra da morte podia estar escutando a conversa, escondida na escuridão, espreitando para monitorar qualquer deslize que ela cometesse. — Eu sinto meu corpo arrepiar e... e eu sei que ela está me observando. Uma fração da minha alma pode estar ligada àquela garrafa, mas a outra parte... a outra parte está ancorada em um lugar frio, muito longe daqui.

Andréas comprimiu os lábios.

— Eu queria poder fazer mais por você, minha amiga.

Verona segurou a mão que ele mantinha no próprio colo. Apertou-a contra a sua, em sinal de companheirismo. Não saberia colocar em palavras o tanto que era grata por tê-lo ao seu lado. Ele era um amigo antigo, de outras vidas, que havia investido nela desde o início.

— Sei que há limitações, Andréas. — Afagou o braço dele. — Você já fez muito, meu amor. Agradeço a cada minuto.

— Como planeja trazê-la de volta? Eu e os anarquistas podemos...

— Não, por favor. — Impediu que ele fizesse a proposta. — Vocês já fizeram demais, não coloque toda sua causa em risco por mim. Eu preciso chegar até a garrafa e, para isso, preciso chegar até a garota. O que sabe sobre ela?

— A Aniquiladora é uma figura popular. Te contei quase tudo que eu sabia antes de você falar com ela. Vem do Cairo, foi condenada por mexer com magia da morte, pegou trinta anos de punição...

— Ela tem personalidade, mas... algo está ferido. É isso que eu quero. O ponto fraco dela. Me diga o que sabe, Vacchiano. Vamos conversar na sala.

Andréas se prontificou de imediato.

— Com todo prazer.

Verona enxugou os olhos com as costas das mãos. Parou em frente ao espelho da penteadeira para consertar a maquiagem antes de sair do quarto. Para sua surpresa, havia uma folha solta destacada sobre a caderneta. Claramente era aleatória, já que correspondia ao dia 27 de outubro, e cada página tinha a data de um dia do ano.

— Verona? Tudo bem?

Ela quase não ouviu o chamado de Andréas, focada em decifrar o que o bilhete dizia. A letra estava quase ilegível, Cleo devia ter escrito tão rápido que a mensagem acabou parecendo mais um rabisco do que uma informação.

— Consegue ler? Não estou entendendo nada.

Andréas pegou o bilhete, cerrando os olhos para enxergar as letras bagunçadas.

— Ba... Baile... de... — Ele aproximou o papel do rosto. — Baile de Consagração. Sei o que é isso. Acontece todo ano.

— A cúpula promoverá um Baile de Consagração? Quando?

— Ela disse que vai ser no próximo sábado. Colocará seu nome na lista. Cleo quer te encontrar.

Ela sentiu palpitações no peito, a ansiedade bombeando sangue até suas bochechas coradas — de um jeito bom. Um fio de confiança costurou o coração ferido de Verona. Aquilo era um ponto de encontro; uma oportunidade que, se bem usada, podia agir ao seu favor.

— Sabe que é uma armadilha, não sabe? — reforçou Andréas, apenas para ter certeza de que Verona havia entendido a gravidade da situação.

Sim, ela sabia. Cleo não a deixaria sair daquele salão de festas assim que Verona pisasse nele. Mas, se ela queria sua garrafa de volta, precisava esticar sua mão para dentro do ninho de cobras e revirá-lo de ponta-cabeça. Se ela interpretou toda conversa que tivera com a Aniquiladora corretamente, havia uma chance de sair de lá com vida — ou duas, com um pouco mais de sorte.

— É claro que é uma armadilha. — Ela amassou o bilhete e atirou-o na lata de lixo do banheiro.

— Você não vai até lá, não é?

O olhar de Andréas podia ser lido mais como um sinal de preocupação do que reprovação. O sorrisinho de Verona, por outro lado, tinha um significado único.

— Eu vou. É claro que eu vou.

— Não brinque com isso, Verona. Não pode ir sozinha.

— É claro que posso! Cleo disse que Balthazar quer que eu seja levada a ele sem nenhum arranhão. Isso me fez pensar que ele não pretende machucar meu corpo, porque seria como machucar Merlina. Faz sentido, não faz? É uma vantagem. Mesmo se ele me capturar, acho que vai tentar atingir minha alma para me tirar do corpo, mas não sabe que estou atada à garrafa. Como você disse, eles não sabem para que a garrafa serve. Só terei problemas se descobrirem.

— Você está supondo.

— É uma suposição bem coerente. Ele não machucaria o corpo da própria filha, machucaria?

— Me diga que está blefando.

Ninguém precisava falar em voz alta, ela já sabia o quanto sua ideia assemelhava-se a fazer um pacto com o diabo. Com esse convite, ela tinha um plano começando a se formar em sua cabeça.

— Não se assuste. Se para continuar aqui, com você, eu vou precisar quebrar uma unha ou duas, perder um sapato ou rasgar a saia de um vestido, eu não me importo. — Ela tomou um segundo para repensar o que havia acabado de dizer. — Tudo bem, forcei a barra. Se o vestido for alguma peça especial, eu vou ligar, sim. Quem dirá os sapatos. Mas esse não é o ponto. — Abanou a mão no ar, afastando o raciocínio. Depois, ela enganchou seu braço ao braço de Andréas, guiando-o para a sala, onde qualquer vestígio da presença de Merlina havia desaparecido junto a ela.

— É tudo ou nada dessa vez, eu preciso ir.

— E como vai voltar? Não pode achar que vai vencer todos os sentinelas e conjuradores da cúpula sozinha.

— Eu sei. Por isso, não fique na expectativa para ter notícias minhas. Mas, se eu conseguir o que eu quero, vou voltar para casa.

— Não vai dizer o que está planejando, ou vai?

— Ainda não. — Ela desfez o contato com Andréas, em busca da bolsinha branca de alça tiracolo pendurada na cadeira da mesa de jantar. — Mas fique tranquilo, eu vou dar um jeito. Vou comprar um vestido novo. Depois, vou conversar com seus anarquistas, pesquisar o que sabem sobre Cleo.

Um vestido novo, tão lindo que poderia matar alguém de infarto. Um vestido perfeito para usar na hora da minha morte, se tudo der errado.

Se ela não conseguisse recuperar a garrafa e Balthazar vencesse, pelo menos podia garantir que estaria bem-vestida em seu velório. Então, iria às compras mais uma vez, visando encontrar a roupa perfeita para usar quando fosse jogada em uma cova profunda para nunca mais ver a luz do dia.

Soa divertido.

— Então Cleo é sua nova obsessão? — Andréas acompanhou o movimento de Verona com os olhos. Ela estava tirando as almofadas do sofá, procurando alguma coisa que não havia encontrado na bolsa. — Três dias atrás você não parava de falar da coleção da *Versace*. Foi por isso que te dei um, para começo de conversa. Preciso te dar uma Cleo de presente também? — indagou, entrando na brincadeira para descontrair o clima tenso que a situação impelia.

Ele jogou as chaves do apartamento para ela, perdida no assento de uma cadeira. Verona pegou-as no ar, encerrando a busca.

— Seria bom. Se ela vier com uma garrafa de Belladonna de brinde, ainda melhor. — Verona pendurou as chaves nos dedos e balançou-as, o som metálico invadindo seus ouvidos. — Você sabe como eu sou... — Ela caminhou até a porta e destrancou-a, puxando a maçaneta para acompanhá-lo até o elevador. — Eu *nunca* perco uma festa.

Andréas emitiu um estalo com a língua.

— Não existe ninguém como você. E isso não é uma hipérbole. *Literalmente* não existe ninguém que tenha passado pelo mesmo que você.

Ele caminhou para o lado de fora, com Verona logo atrás.

— Se Jesus pôde ressuscitar... — Ela girou sua chave na porta do apartamento e devolveu-a à bolsa. — Por que não eu?

Andréas soltou a risada nervosa de alguém que estava começando a se contentar com o plano impossível de uma amiga com problemas sérios.

Cleo podia ser muito esperta, mas ninguém resistia ao charme de uma libriana como Verona. Ela perguntaria para todo conjurador na osteria o que eles conheciam sobre a famosa Aniquiladora, extrairia cada informação, das mais conhecidas às menos ouvidas, usaria cada tática de persuasão que o mundo dos negócios lhe ensinara para se preparar, e voltaria da cúpula para contar a história assim que conseguisse o que precisava.

Verona entrou no elevador jurando que sobreviveria.

Cleo

Cidade de Roma, Itália

— Você vai adorar, nem mesmo a criatura mais amargurada do mundo recusaria ir até lá — garantiu Ganesh, apesar do olhar desconfiado de Cleo.

Ela havia voltado para casa na noite anterior. Ganesh recebera Cleo com um abraço e um convite enigmático. De acordo com ele, ela merecia um descanso.

Ganesh sempre foi o tipo de explorador assíduo que gostava de correr pela vizinhança, viajar de carro nos fins de semana e comer em restaurantes novos toda sexta-feira. Não que ele tivesse dinheiro, mas sabia medir suas prioridades e administrar o salário melhor do que Cleo. Antes de sua lesão no ombro, ele fazia escaladas e viagens para acampar. Sua vida costumava ser agitada.

Mas, depois do ferimento, e depois de ver o amigo com quem dividia suas aventuras morrer, Ganesh nunca mais fora o mesmo. Sua vida antiga fora trancada em um baú, e ele havia jogado fora a chave do cadeado.

Cleo não o conheceu em seus anos dourados, mas imaginava o tipo de besteira que alguém como ele devia fazer. Mesmo lesionado, era mais ativo do que uma lata de energético. Trabalhava de manhã, de tarde, à noite e de madrugada. Estava sempre ocupado com algo. E, quando não estava, tentava dormir, ansiando pelo momento em que acordaria para recomeçar tudo do zero.

"Para que passar a vida dormindo se a verdadeira diversão só acontece quando estamos com os olhos abertos?", dizia ele.

Cleo raramente deixava Ganesh arrastá-la para uma de suas saídas extravagantes, mas, dessa vez, ele havia insistido por uma hora, e ela teve de ceder.

No caminho para seja-lá-onde-Ganesh-queria-levá-la, Cleo pensava no Baile de Consagração. Antes de ir para casa na noite anterior, ela foi até a cúpula sem avisar. O salão do segundo prédio já estava sendo preparado para o evento. Cleo abordou o coordenador da cerimônia, dizendo que o conselheiro Balthazar havia pedido para adicionar dois nomes na lista de convidados: Cleo Von Barden e uma garota com nome de cidade, Verona.

— O conselheiro DeMarco não me disse nada sobre isso — questionou ele. Havia uma caneta atrás de sua orelha e uma prancheta cheia de papéis nas mãos. Provavelmente uma lista de tarefas que Tessele Marivaldi devia ter escrito.

Cleo passou a língua pelos dentes.

— Por acaso você sabe somar dois mais dois, coordenador Rivaldi? — perguntou ela, em tom ameaçador.

Os ombros do homem se retraíram. Estava nervoso.

— Claro que sim, senhorita Von Barden.

— Então você sabe quem eu sou, não sabe? — Ela empinou o nariz, com uma expressão séria. — Estou em um serviço em nome da cúpula, e esse serviço requer que esses dois nomes estejam nessa lista, entendeu bem? Ou vai contestar as vontades dos conselheiros?

O coordenador Rivaldi, assim como o resto dos subordinados que trabalhavam para a cúpula, era fácil de espremer. Bastava apertar um pouco mais o parafuso, e qualquer um abaixava a cabeça para um pedido da Aniquiladora.

— Sim, senhorita, eu entendi. Colocarei os nomes na lista.

Cleo esboçou um sorriso sem dentes e deslizou uma mão para o ombro do homem. Ele se assustou com o toque, bem como ela queria que fizesse.

— Continue sendo um bom menino.

Depois disso, saiu como se nada tivesse acontecido.

Obviamente, Balthazar não estava sabendo de nada. Cleo suspeitava que ele ficaria vermelho de raiva se soubesse o que ela planejava. Se toda a história de Verona fosse verdade, então aquilo seria um escândalo. Pelo que ouviu de alguns voluntários que ajudavam a montar a festa, Balthazar estava afastado da cúpula por causa do luto, não porque havia cometido um crime. Ninguém sabia da verdade, com exceção de Cleo.

O que ela podia dizer? Adorava um pouco de caos. Se não podia prejudicar os conselheiros deliberadamente, por que não bagunçar um pouco as coisas de vez em quando?

Afinal, o que as pessoas diriam quando vissem uma garota morta desfilando pelo salão?

Cleo cumpriria a missão com êxito, mas não sem se divertir antes.

— Chegamos! — Ganesh puxou o freio de mão, estacionando o carro em frente a um lugar que parecia um resort.

Ela uniu as sobrancelhas. Antes que pudesse abrir a boca para falar, Ganesh cortou:

— Não, não. Não comece a reclamar. Você vai gostar, confia.

Cleo pulou para fora do carro e abraçou o próprio corpo. Tinha perdido o hábito de sair de casa desde que a magia da morte mudara sua aparência. Muitas pessoas olhavam torto ou passavam minutos encarando seu rosto, e isso a incomodava. Só saía de vez em quando, para lugares conhecidos e próximos à sua casa — ou durante o halloween, onde nada era bizarro demais para que chamasse atenção.

A recepção do lugar era rústica e aconchegante. A parede atrás do balcão era feita de pedras, havia uma pequena fonte ao lado da porta cujo barulho de água era quase relaxante. O ar cheirava a eucalipto.

Que isso? Algum tipo de spa?

Cleo leu a placa luminosa pendurada na parede do balcão.

Terme Resort

Ah. Ótimo.

— Tome, vá para dentro vestir isso. — Ganesh arremessou uma sacola para ela. — Vou falar com o atendente e te encontro lá.

Cleo abriu a sacola.

— O que é isso? Um biquíni? — exclamou, pega de surpresa.

— Só faz o que eu falei. — Ele deu as costas e saiu andando. Ele sabia que, se ficasse mais um segundo, Cleo protestaria até que voltassem para o carro.

Mesmo insegura, ela seguiu para a fila. Deu seu nome para a moça de uniforme azul-claro na entrada e, surpreendentemente, foi autorizada a passar. Ganesh devia ter reservado aquele horário.

Cleo recebeu um kit de roupão, chinelos, toalha e óleo de banho. Caminhou até o vestiário para se trocar. Muitas mulheres não se importavam em ficar nuas em um ambiente só com mulheres, secando os cabelos sentadas em bancos de madeira envernizada, mas Cleo preferiu a privacidade que as cabines de ducha ofereciam.

As paredes eram feitas de tijolos de terracota. Ela colocou o biquíni preto que Ganesh havia encontrado em seu armário, tirou o piercing dourado do septo para não perdê-lo e amarrou o roupão. Quando saiu do vestiário, caminhou direto até seu destino: um salão enorme, cheio de piscinas termais individuais e velas aromáticas por toda parte, incluindo algumas tochas em candelabros. Cleo não esperava por aquilo. Havia esculturas e colunas por todo ambiente. Casais dividiam a piscina enquanto bebiam uma taça de vinho. Algumas mulheres tinham uma pasta marrom no rosto, parecida com lama; outras passavam nas bochechas algo que parecia mel.

Ganesh estava dentro de uma piscina com os braços apoiados para fora, um balde de gelo com champanhe e taças de cristal ao lado. Cleo quase rosnou para o sorriso atrevido dele. Em vez disso, colocou os chinelos e o roupão em uma espreguiçadeira.

— Incrível, não é? — falou Ganesh, enquanto ela se aproximava da banheira. Seu peitoral estava nu, musculoso como sempre. Usava apenas uma sunga preta. — O lugar é inspirado nas antigas termas romanas. Banhos públicos eram comuns naquela época, sabia? Todo mundo participava, ricos ou pobres, burgueses ou proletariados.

Cleo colocou um pé na água e encantou-se pela temperatura relativamente quente.

— Tem uma sauna úmida aqui ao lado também — continuou ele, apresentando o lugar. — Você iria gostar.

— Você anda passando muito tempo no museu — falou finalmente entrando na piscina e se sentando no degrau ao lado dele. — Ouve falar tanto da história de Roma que ficou inspirado a vir aqui?

— Anime-se, Cleo! Você veio para relaxar, não para ficar emburrada.
Ela respirou fundo e exalou o ar.
Tudo bem, tanto faz.
— Desde quando estava planejando isso?
— Um tempinho, na verdade — disse ele, se esforçando para abrir o champanhe. — A reserva aqui é bem concorrida.
— A reserva deve ser cara e nós precisamos pagar o aluguel, Ganesh. Tem certeza de que isso aqui não vai resultar em uma dívida?
— Fica tranquila. — Ele deu uma piscadela. — Eu já fiz as contas. Está tudo sob controle.
Cleo aceitou a taça que ele lhe ofereceu.
— Sei, sei.
O ambiente era inegavelmente relaxante. Cleo bebeu um gole do champanhe e ajeitou suas costas nas bordas da piscina. Escorregou o corpo até que a água cobrisse seu pescoço e encarou o teto. Podia ficar congelada naquele exato minuto por dias.
Ganesh imitou seu movimento, mas foi ela quem falou primeiro:
— Você não sente que sua carga horária é muito pesada naquele lugar? Você anda chegando tarde. — Cleo puxou o assunto. Ela podia ver alguns fios de vapor pairando pelo ar. — Seu antigo trabalho não era assim, ou era? Sei que era algo militar, um pouco mais puxado do que prestar serviço de segurança de museu.
Ouviu o bufar de exaustão de Ganesh.
— Era pior, Cleo.
— Mas você ganhava mais, aposto.
— Sim, mas só porque eu colocava minha vida em risco todo dia. Não valia a pena.
Isso ela não podia contestar. A vida que levava era muito próxima a um trabalho de risco, e, mesmo que Cleo se saísse bem o suficiente para não se importar tanto com isso, não imaginava o que era se dedicar àquela adrenalina durante anos apenas para sair ferido do combate e nunca mais se recuperar totalmente.
— Sinceramente, comparado ao que você se submete hoje, acho que outro emprego te faria melhor. Eu sinto a tensão que você exala, Ganesh. Anda sobrecarregado e finge que está tudo bem.

— Não se preocupe comigo. Você sabe que eu gosto de me manter ativo, mesmo que o trabalho não seja tão prazeroso assim. Prefiro estar onde estou hoje.

— Do jeito que você fala, o outro trabalho parece pior do que o inferno.

— E era. Meu pai se preocupava comigo. Muito. Ele não gostava nada desse rumo, achava que era violento demais — esclareceu. — Minha família paterna é mais religiosa, hinduísta, todos indianos. Daí veio o meu nome.

Cleo já tinha ouvido aquela história.

— Ganesha, a divindade hindu do intelecto e da fortuna — reiterou.

— Ao contrário do meu pai, minha mãe queria que eu continuasse naquele emprego. Ela não é hinduísta, muito menos indiana. Achava que eu era um herói. — Ele riu, como se tivesse falado algo engraçado. — Ela me via como um homem habilidoso, líder, cheio de destreza, e eu tentava ser esse personagem que ela imaginava. Mas, por dentro, eu me tremia de medo.

Cleo comprimiu os lábios, sem saber o que dizer. Nunca soube muito bem como lidar com sentimentos, especialmente quando eles não eram seus. Portanto, confortá-lo com palavras não era uma opção. Todavia, ela ainda podia demonstrar afeto com pequenos gestos. Com isso em mente, ela deitou a cabeça no ombro de Ganesh, permanecendo em silêncio. O barulho da água e das risadas foi abafado pelo momento.

Por alguns minutos, ela se permitiu fechar os olhos e abaixar a guarda.

— Com licença. — De repente, uma terceira voz se juntou à conversa, coçando a garganta. Cleo abriu os olhos, deparando-se com um homem mais velho, aparentando ter uns cinquenta e poucos anos. Estava uniformizado de preto e equilibrava uma bandeja com vários coquetéis sobre a mão. — Perdão incomodá-los. O casal está bem acomodado? Precisam de algo?

Na mesma hora, Cleo semicerrou os olhos e fitou Ganesh, desconfiada.

Ele passou o braço pelo seu pescoço.

— Estamos ótimos, sem dúvidas! — Ele sorriu, tentando encobrir a expressão colérica no rosto de Cleo. — Eu e minha namorada estamos apreciando muito o ambiente. Pode trazer um vinho tinto? Daqueles para esquentar o clima, se é que me entende.

O garçom assentiu.

— Certamente.

Cleo esperou o homem ganhar distância para jogar uma onda de água em cima de Ganesh.

Ela olhou ao redor, finalmente notando que havia um casal para cada piscina. Homens e mulheres, mulheres e mulheres, homens e homens. Todo tipo de par.

— Para onde você me trouxe? Um retiro romântico?

Ele só conseguiu rir.

— Casais têm desconto para usar a piscina essa semana. É metade do valor!

Então é por isso que você disse que tinha dinheiro para pagar esse negócio.

— Você não tem jeito, Ganesh.

— Fala isso porque o dinheiro não é seu.

Ela não estava brava com ele, não de verdade. Cleo não se importava com o que pensavam dela. Ao menos haviam conseguido uma piscina aquecida para passar a tarde, e isso já era mais do que tiveram em meses.

Cleo pousou a taça de champanhe e mergulhou sua cabeça na água, ansiando por um momento de completo silêncio. Ela fechou os olhos e não os abriu. Imaginou se poderia continuar ali por alguns dias. Seria mais fácil se pudesse simplesmente imergir e nunca mais voltar à superfície. Viver sob a água não parecia uma ideia ruim quando tudo que a terra firme tinha para oferecê-la era uma vida miserável.

Segurou o ar pelo máximo de tempo que conseguiu. Depois, colocou a cabeça para fora, coberta de água até a mandíbula. Não queria voltar ao trabalho. Queria esquecer Balthazar, Merlina e Verona para sempre.

Cleo Von Barden estava cansada de assentir.

Balthazar

Cidade de Roma, Itália

Eva tinha doze anos e, mesmo assim, era muito mais esperta do que a maioria dos adultos que Balthazar conhecia.

Ela gostava de visitá-lo na oficina sempre que tinha tempo livre — ou quando conseguia escapar dos olhos rigorosos da mãe. A garota dava três batidas ritmadas na porta e Balthazar sabia que era ela.

Naquela tarde, Eva havia puxado um banco para se sentar e acompanhá-lo no trabalho. Quando conseguiu se acomodar, ela apoiou os cotovelos na superfície e colocou o queixo nas mãos, observando-o dar os últimos retoques no cubo mágico que devia a ela. Ele estava há meses com aquele protótipo pendente, mas nunca tivera tempo para finalizá-lo desde que o cachorro de Eva estragara o último cubo com que ele a havia presenteado. Como estava cansado de encarar a mesma Caixa de Pandora todos os dias, Balthazar resolveu tirar alguns minutos para fazer os últimos ajustes no brinquedo.

— Para mim, isso não se parece com um cubo — falou ela, olhando fixamente para o toque luminoso de Balthazar contra o objeto, uma manifestação sutil de sua magia agindo na madeira.

— É porque é um hexágono dessa vez.

— Tem muito mais lados do que o outro que você fez. Bizarro.

— É um desafio — disse ele, mergulhando o pincel no pote de tinta azul para pintar outra lateral. — O cubo já estava muito fácil para você, mas aposto que esse aqui te dará mais trabalho.

Um sorrisinho brotou no rosto de Eva.

— Vou gostar disso. Dou conta de qualquer coisa.

— Será que dá conta mesmo? — Balthazar ergueu a sobrancelha, fazendo-a estranhar sua pergunta.

— Que foi? Acha que não consigo?

— Ah, você consegue, sim... — Ele deixou o pincel no pote de água, agitando-o para limpar as cerdas sujas de tinta. — Mas será que consegue em dois dias?

— Hum, já entendi. — Ela franziu o cenho, pensativa. — Isso é uma competição? O que eu ganho se eu conseguir remontar o hexágono até lá?

— Não sei. O que você iria querer ganhar?

— Você bem que poderia falar com minha mãe para ela me deixar ficar na escola. Eu não queria sair de lá.

O assunto chamou a atenção de Balthazar. Eva ainda frequentava a escola, como qualquer pré-adolescente. Logo, quando se tornasse adulta, seria iniciada na magia e passaria pela Cerimônia do Despertar. Já havia manifestado interesse pela vida acadêmica na cúpula inúmeras vezes, ansiosa por poder fazer o que seus pais faziam. Mas Eva, nem de longe, queria acabar na turma de um deles. Ela dizia que, se fosse se tornar conjuradora um dia, queria desbravar a magia da natureza, e queria que Balthazar fosse seu mentor.

Quando ele ouviu aquilo pela primeira vez, riu de nervoso. *Tessele arrancaria minha cabeça com um simples olhar, garotinha,* pensou.

Tessele, mãe de Eva, era a segunda conjuradora da natureza que ocupava uma cadeira no conselho. Se a própria filha não escolhesse ser sua aprendiz, Balthazar tinha certeza de que seria alvo de indiretas nada amigáveis por parte da conselheira, mais do que já era.

— Por que querem te tirar da escola? — Ele pendurou os óculos no pescoço. Jogou a água suja de tinta pelo ralo da pia e começou a esfregar seus pincéis sob o jato da torneira com os dedos. — Pensei que estivesse indo bem nas provas. Da última vez, você disse que tirou nove em matemática.

— Eu estou indo bem, eu *sempre* vou bem, esse não é o problema. Mas, só para constar, nove é uma nota horrível para matemática. O professor deveria ter me dado um dez, era a pergunta que estava errada. — Balthazar apenas sorriu. — Talvez eu não volte a te ver tão cedo. Minha mãe está brava comigo... Ela quer me mandar para um internato. Acha que eu não a obedeço, que aqui é perigoso demais para uma "menina desobediente". Eu não quero ir.

Aquilo fez o peito de Balthazar se apertar um pouco mais. A voz de Eva soava como uma súplica por ajuda.

E, por algum motivo, Balthazar imaginava a razão daquela mudança estar em questão.

— E por que você acha que eu faria ela mudar de ideia? — indagou, secando as mãos na toalha de rosto.

A garota deu de ombros.

— Eu não sei. Ela não me ouve. E meu pai só sabe concordar com ela, nunca tenta me ajudar...

Edgar, seu completo energúmeno, crucificou mentalmente.

Eva continuou:

— E também porque você não é a pessoa ruim que eles acham que você se tornou.

Aí estava ele, o grande assunto que pairava sobre toda aquela situação. Se Tessele já não confiava em sua conduta antes do crime acontecer e o julgamento ser feito, agora ele havia perdido o pouco crédito que lhe restava.

— Sinto muito, Eva, mas creio que eu seja a última pessoa que seus pais queiram ouvir no momento. Eu só tornaria as coisas mais difíceis.

— Não! — ela protestou. — Não deixe eles entrarem na sua cabeça, estão errados! Eu sei quem você é.

Ah, criança, você não sabe nem do começo...

A fé que ela tinha em Balthazar o inspirava. Eva o fitava com aqueles olhinhos cheios de cílios grandes e curvados como se ele fosse uma boa pessoa, alguém digno de sua confiança.

Mas então por que ninguém mais pensava assim?

Ele guardou os potes de tinta na estante, onde pertenciam. Por causa da magia em seus dedos, a tinta do hexágono havia secado mais rápido do que o bater de asas de uma borboleta. Ele o pegou na mão e o embaralhou, girando e torcendo.

— Veja — disse, colocando o brinquedo sobre a mesa. Eva observou com cautela. — Esse hexágono começará a brilhar toda vez que você conseguir encaixar as partes no lugar correto. Então, se daqui a dois dias você conseguir solucionar o desafio, venha e me mostre. Comprarei qualquer presente que você quiser.

Por um momento, Eva sorriu. Mas, no segundo seguinte, a expressão triste tomou conta de seu rosto novamente.

— Eu não queria um presente, eu só queria ficar aqui.

Balthazar comprimiu os lábios em um sorriso sem ânimo. Ele deu a volta na mesa para abraçá-la.

— Você ficará bem, criança. Tenho certeza disso.

As mãos de Eva agarraram seus braços, os olhos marejados prestes a transbordar. Balthazar deixou um beijo em sua têmpora e olhou o relógio.

— Nosso horário está terminando. Tenho alguns assuntos a resolver e você tem que voltar para sua mãe. — Mentira. Ele não tinha mais nada para fazer. Mas precisava fazê-la acreditar que ainda trabalhava na cúpula. — Lembre-se: esse é nosso segredo, certo? — Mostrou o objeto a ela. — Guarde-o com cuidado.

Eva assentiu e saiu da cadeira. Ele não sabia quando a encontraria novamente, mas esperava que ela pudesse mostrar que havia conseguido completar o desafio.

Balthazar se aproximou da porta. Sua mão estava a meio centímetro de girar a maçaneta quando alguns toques raivosos soaram do outro lado. Ele encarou Eva e ela o observou de volta em uma conversa silenciosa.

Suspirou profundamente. Ele sabia quem o aguardava.

Balthazar girou a maçaneta quando Eva escondeu seu presente debaixo do casaco. Uma Tessele de braços cruzados e olhar de reprovação o fitou assim que a porta foi aberta.

— Vá para o carro, Eva — ordenou, ríspida como uma figura de autoridade. Balthazar sempre admirou o poder de liderança de Tessele, porém isso definitivamente havia feito ela superestimar a si mesma. — Seu pai está te esperando.

Eva não contestou ou tentou se explicar, correu para fora como um filhote com o rabo entre as pernas, acuada. Todavia, o olhar violento da conselheira continuava cravado em Balthazar.

Tessele não pediu licença, ela simplesmente colocou um pé na frente do outro e entrou na oficina, olhando para o lugar como se o repudiasse da mesma maneira que repudiava seu dono.

— Que besteiras anda colocando na cabeça de minha filha, Balthazar? — perguntou ela, parada no meio da sala com os braços cruzados, ainda de costas para ele.

Ele passou a mão pelos cabelos, sabendo que aquela seria mais uma conversa estressante.

— Boa tarde para você também, Tessele.

— Para você é *conselheira Marivaldi* — corrigiu ela, ainda mais ácida do que antes. — Eu achei que tinha te pedido para que parasse de ver Eva. Devo repetir o que eu disse? Você não entendeu nada ainda?

Dessa vez, ela se virou para encará-lo de frente.

— Eva é apenas uma garota curiosa. Eu estou deixando ela explorar, devia permiti-la crescer também.

Os olhos dela se estreitaram como o fio de uma lâmina recém-afiada.

— Não venha para cima de mim como se tivesse alguma moral para falar. *Eu* sei como cuidar da minha filha, e sei que será melhor se ela ficar longe de um bêbado fissurado em ressuscitar a filha morta.

A última parte fez Balthazar afligir-se como se suas costelas estivessem sendo quebradas pelas mãos impiedosas de Tessele.

Então era isso que ele era? Um bêbado? Um pecador? Só porque havia tentado salvar a própria família?

Diga o que você teria feito se Eva tivesse morrido no lugar de Merlina, Tessele.

Não teve coragem de se expressar em voz alta. Ela acertaria um tapa em seu rosto, e teria toda razão em fazer isso.

— Eu parei de beber — disse, simplesmente.

— Parou, é? Parou mesmo? Eu perdi as contas de quantas vezes te encontrei fedendo a álcool. Fui eu quem te levou para casa! Fui eu quem tentou te ajudar! — Ela elevou seu tom. — Eu costumava te admirar, Balthazar. Mas, francamente, você está acabado.

— Eu estava alterado... — começou ele, tentando manter a calma. — Se eu falei o que eu não deveria, se eu te tratei mal, era porque eu não estava em sã consciência. Eu já pedi perdão uma dezena de vezes. Era uma fase difícil, mas ela acabou agora.

— Acabou? Então por que sua reserva continua cheia? — Tessele marchou até o armário de bebidas e escancarou as portas, furiosa. — Você não pode mentir para mim. Eu te conheço há anos, Balthazar, e eu estou cansada de me importar com você, cansada dos seus erros, de te ver decair dia após dia. Eu queria que fosse diferente, eu *tentei* fazer com que fosse diferente, mas você me deixou tentar sozinha.

— Tessele, por favor, sejamos justos... — Ele travou o maxilar, mantendo a compostura. Aquele diálogo se repetia toda vez que se viam.

Tessele se aproximou, perto o bastante para fazê-lo sentir sua respiração. O conselheiro sabia que ela estava tentando intimidá-lo, mantê-lo com a cabeça baixa. Percebendo isso, Balthazar levantou o queixo, encarando-a de perto e esperando seus espinhos despontarem.

— Você não é o mesmo de antes — respondeu Tessele, desfazendo-se de qualquer gota de misericórdia que costumava guardar por ele. — Você é alguém pior. Alguém sem honra.

— Tem razão. Eu não sou aquele por quem você se apaixonou trinta anos atrás — alertou, sabendo que a menção a deixaria ainda mais aborrecida. — Não sou o mesmo homem que tinha uma filha e uma família feita. Estou acabado, Tessele, e peço paciência. Achei que, de todas as pessoas, você entenderia o que é amar tanto uma filha a ponto de cometer o pior crime do mundo para tentar salvá-la.

Tessele fraquejou por um segundo, as pálpebras tremendo como se ela pudesse se colocar no lugar dele.

— Eu te amava — disse, em um tom grosseiro. Balthazar imaginava se, para ela, pensar que haviam estado juntos um dia não passava de um insulto agora. — Quem pensaria que você se tornaria *isso* que é hoje? — Deu ênfase na palavra com tom de desgosto, fitando-o de cima a baixo.

Balthazar poderia tolerar os julgamentos, as palavras cruéis e os apedrejamentos, mas para tudo havia um limite.

E ela estava alcançando o dele.

— Eu fiz o que fiz por amor. Eu só me arrependo de ter falhado, não de ter tentado. São ossos do ofício, Tessele. Pagarei o preço, mas farei isso sabendo que tive boas razões.

As sobrancelhas de Tessele se uniram e seus lábios se curvaram para baixo. Estava brava. Estava decepcionada. Estava prestes a arranhá-lo com as próprias unhas.

— Então isso só confirma o que eu suspeitava. Você não merece estar perto de Eva, nem de ninguém da minha família. Se afaste, Balthazar, ou eu te obrigarei a ficar longe.

Tessele se distanciou com um grunhido de raiva, batendo os saltos contra o piso com força. Ela o abandonou na oficina, dando-lhe as costas sem pensar duas vezes.

Balthazar passou as mãos pela barba por fazer e olhou ao redor. Sem Eva, as coisas pareciam piores, como se o ar já fosse denso o suficiente para respirar e, agora, Balthazar tivesse dificuldade de filtrá-lo.

— Conselheiro DeMarco? — A voz familiar de Cleo Von Barden surgiu. Ela estava em frente à porta aberta. — Tem um minuto?

O conselheiro passou a mão pelo rosto antes de se virar para ela. Estava mentalmente exausto, mas não podia parar de trabalhar, não até que tudo estivesse dentro dos trilhos novamente.

— Entre, Aniquiladora — autorizou, gesticulando com a mão.

— Tenho algo que nos ajudará na busca — falou, balançando uma garrafa de vinho nas mãos.

Balthazar não entendeu o que aquilo significava, castigado demais para pensar claramente, mas pediu para que ela se sentasse e explicasse.

Ele trancou a porta da oficina. Imaginou que Eva não iria aparecer para entregar o hexágono quando conseguisse remontá-lo em dois dias — porque ela conseguia, sempre conseguia.

E Balthazar achou que seria melhor se fosse assim.

Verona

Cidade de Roma, Itália

Persephone. Esse era o nome do vestido que Verona usaria em seus possíveis últimos minutos de vida.

Seus cabelos estavam cacheados e volumosos, caindo até a raiz da coluna. Duas presilhas com flores douradas prendiam as mechas de sua franja para trás. O corpete era justo ao corpo e as alças caíam dos ombros. A saia desenhava seu quadril e abria uma fenda para a perna. O tecido rosa-claro delineava suas curvas. Era magnífico. Deslumbrante. O mais perto que já estivera da perfeição.

O vestido ideal para usar no dia de sua possível morte.

Ela estava hospedada em um hotel próximo às instalações da cúpula. Havia chegado depois sete horas em um trem, apesar da relutância de Andréas em deixá-la partir.

Pacientemente, Verona negou sua ajuda toda vez que ele insistiu em reunir os anarquistas para escoltá-la até o baile.

— Querido, por favor, não há razão para alguém além de mim ir a essa festa. Dessa vez, você precisará confiar no que vou fazer.

O plano de Verona não era a ideia mais estratégica do mundo, quase não podia chamá-lo de "plano", mas ela não tinha outra escolha. Teria de confiar em si mesma, e acreditar no que sabia sobre seus inimigos, porque a cúpula inteira adoraria se livrar dela.

Verona era um uma heresia. Um erro. A rainha do tártaro andando entre os vivos. O significado de inferno na Terra.

— Gostei da roupa, para variar — comentou Merlina, sentada na cama de hotel. — Eu não usaria, mas gostei.

Verona esboçou um sorriso sem mostrar os dentes.

— Bom saber que consegui te ensinar algo no tempo que passamos juntas.

Verona pagou o táxi e alisou a saia com as mãos. Vislumbrou o enorme edifício à frente, inalando aquele aroma nostálgico de álcool misturado com frutas cítricas e flores, o típico perfume que um baile da cúpula costumava ter. Ela deu um passo, colocando sua perna nua revelada pela fenda do vestido no primeiro degrau. O palácio estava iluminado por uma dezena de holofotes. Carros de luxo estacionavam em frente às escadarias, despejando aprendizes e veteranos em vestidos de gala e ternos de linho.

— Nome? — solicitou o homem de paletó e gravata na entrada do salão.

Ela esboçou seu sorriso mais confiante.

— Verona — respondeu, o coração acelerado pulsando dentro do peito. Cleo havia dito que colocaria seu nome na lista.

— Seja bem-vinda à 142ª edição do Baile de Consagração, *milady* — disse, após demorar mais do que o necessário para encontrar seu nome na lista. — Tenha uma boa noite.

Verona puxou a saia do vestido e fez um breve sinal de agradecimento com a cabeça. Então, entrou.

O candelabro de diamantes foi a primeira coisa que chamou sua atenção. Ele era enorme, como uma cortina redonda de pedras preciosas caindo no centro do salão. Não se lembrava de tê-lo visto da última vez que estivera no palácio. Devia ter sido trocado especialmente para aquele evento.

As escadarias continuavam as mesmas, ocupando os fundos do salão. Pessoas conversavam enquanto bebiam drinks no andar de cima. Garçons circulavam por toda parte, segurando bandejas com aperitivos e taças. Um palco para a orquestra fora montado na lateral do espaço. Havia duas torres de taças de champanhe. Aquilo não poderia soar mais familiar do que era.

Os eventos da cúpula eram uma ocasião marcante na sociedade da magia. Aquela festa, em especial, era restrita para conjuradores, mas grande parte dos bailes oferecidos no palácio se tratavam de encontros comerciais.

Tinha duas torres no complexo em que ele ficava. O espaço vizinho, do outro lado do lote, localizava a própria cúpula, um monumento que pertencia à família Marivaldi, no qual todas as mentorias de magia, decisões do conselho e cirurgias da Runa de Ektor aconteciam. O palácio, por sua vez, fora construído depois, erguido com intuito de angariar fundos para as atividades do conselho se manterem. Salões de baile e auditórios eram os espaços que mais faziam sucesso entre os turistas. Era dali que os seis conselheiros tiravam dinheiro para sustentar o funcionamento do principal órgão regulador de toda comunidade de conjuradores italiana.

Verona seguiu em frente, deslizando os olhos pela multidão de convidados em busca da única pessoa que merecia sua atenção.

Os conselheiros não haviam chegado. Ela procurou pelos cabelos curtos e negros de Cleo, algum sinal de sua aura arrogante e orgulhosa pairando pelo aglomerado de pessoas. Porém, se deu conta de que não era somente ela que tinha os olhos atentos à procura de uma pessoa.

Os cochichos se tornaram impossíveis de ignorar. Muitas pessoas a observavam. Não todas, mas um número considerável o bastante para chamar atenção até de quem não sabia o que estava acontecendo.

Verona sorriu de canto de boca.

Vocês foram mais rápidos do que imaginei.

— Com licença... — Um dedo cutucou seu ombro, fazendo-a virar para encarar o rosto de uma mulher de meia-idade em seu vestido fúcsia. — Desculpe incomodá-la, mas... você se parece muito com alguém que eu conhecia... Merlina DeMarco, já ouviu falar dela?

O jogo de aparências e de identidade havia começado. Verona pensou em contar quantos olhares confusos receberia até o fim da festa.

— Ah, sim, já ouvi falar dela — respondeu despreocupada, como se o rosto da mulher não estivesse pálido diante do fantasma de Merlina. — Mas receio que eu não seja quem a senhora procura.

A incerteza e a desilusão ilustraram os olhos da mulher, fazendo a fina camada brilhante de esperança desaparecer devagar, mas ela pareceu se contentar com a resposta.

Os mortos não voltavam à vida, não é?

Essa deveria ser a linha de raciocínio que ela, e qualquer outra pessoa que tivesse conhecido a filha de Balthazar, tentava seguir no momento, apesar da visão perturbadora de alguém com feições idênticas desfilando pelo baile.

Verona apostou que invadiria o sonho da maioria dos convidados assim que eles fechassem os olhos naquela noite.

— Tem razão, tem razão. Mil perdões, *milady*. — A mulher despontou um sorriso nervoso, admitindo sua confusão. — Não queria atrapalhá-la. É um belo vestido que está usando. Merlina certamente não usaria algo assim...

— É uma pena. Talvez a pessoa que espera chegue mais tarde, ainda é cedo — disse Verona, enfeitando sua voz com o exato toque de cinismo que tanto gostava de usar.

Com isso, ela deixou a desconhecida para trás. A expressão da mulher continuou assombrada pela sua presença, como alguém que havia perdido completamente o rumo e agora tentava digerir o que tinha visto.

Verona caminhou pelo salão em busca dos cabelos pretos e olhos claros de Cleo. Ela olhou para cima e, descontente com sua procura, decidiu subir as escadas. Naturalmente, teria um ângulo melhor do andar superior.

As pessoas olhavam para ela como se quisessem resolver um enigma, como se ela fosse uma atração à parte. Mas só existia um olhar que ela queria ver no momento.

Verona parou em frente a mureta, a vastidão de cabeças se espalhando e se misturando pelo andar debaixo. Por enquanto, não havia sinal da pessoa que procurava.

— Aceita uma bebida? — O garçom ofereceu sua bandeja. Uma seleção impecável de coquetéis coloridos, vinhos e espumantes chamava por Verona, persuadindo-a a aceitar sua oferta.

Incapaz de resistir, ela se apoderou de uma taça.

Sorveu um gole do vinho quando o garçom partiu para servir os demais convidados. O salão se enchia mais a cada segundo e, em breve, um rosto familiar entraria pela porta principal.

A íris verde de Cleo dançava em suas memórias, e ela estava ansiosa para revê-la pessoalmente.

Cleo

Cidade de Roma, Itália

Cleo deu a volta ao redor do palácio para se certificar de que não havia ninguém espreitando na escuridão.

Verona havia subido as escadarias frontais meia hora atrás. Cleo acompanhou-a com o olhar até que desaparecesse pela porta. Ficou esperando pela armadilha, pela manada de anarquistas que apareceriam para protegê-la, até deu a volta no quarteirão em busca de algum sinal estranho, mas voltou para o palácio sem ter encontrado nada.

Cleo escolhera um vestido preto para a ocasião. A saia era justa e o busto tinha correntes douradas caindo pelo corpete em meia-lua, três em cada lado. Uma ponta de cada corrente estava pendurada nas alças — que também eram correntes —, e a outra ficava presa na figura metálica de um besouro dourado costurado logo abaixo do centro de seus seios.

Farta de esperar por algo que talvez nunca viesse a acontecer, Cleo deixou os sentinelas fazerem seu trabalho e partiu para dentro do salão. O homem na porta de entrada sequer perguntou seu nome, apenas desviou o olhar e abriu passagem. Cleo simplesmente entrou. Ela sabia que alguns conjuradores tinham medo dela, da magia que carregava, e isso os levava a respeitar sua presença sem questionar seus motivos.

"Venha até mim, Cleo Von Barden", soprou a morte, engatinhando em sua mente. *"Estou esperando por você há muito, muito tempo..."*

Quem via a Aniquiladora como uma ameaça, sequer imaginava o que a magia da morte poderia fazer com quem a conjurava. Às vezes, era difícil conciliar as visões do pós-vida com o mundo real. Cleo tinha de fechar os olhos e se concentrar nos sons e nos cheiros do lugar em que estava para não se deixar ser dominada. Desde que canalizara pela primeira vez, ela entendeu o que Ektor quisera dizer sobre a morte se alimentar de seus conjuradores. Quanto mais Cleo entrava em contato com ela, mais ela a assombrava.

O salão principal havia sofrido algumas reformas desde o último Baile de Consagração. A cúpula estava investindo muito dinheiro naquele lugar, e Cleo tinha ouvido boatos de que, logo, comprariam outros pontos famosos na Itália para sediar suas festas.

A cacofonia dos violinos da orquestra misturando-se com as conversas paralelas atingiu seus ouvidos. A maioria dos convidados se afastava conforme ela passava, abrindo caminho entre o grande formigueiro de conjuradores. Cleo tocou seu colar com o pingente de besouro. Os brincos combinavam com ele, assim como a corrente presa ao redor de seu pescoço, que era tão dourada quanto aquelas que adornavam seu vestido. Ganesh havia lhe dado o conjunto de bijuterias de presente assim que viu a roupa que Cleo usaria no baile.

O silêncio reinou entre os convidados quando Helle Sahlberg pegou o microfone para anunciar os aprendizes consagrados da noite. Uma onda de aplausos inundou o salão à medida que os conjuradores subiam na pequena elevação aos pés da escadaria. Mantos amarelos para os canalizadores da mente, azuis para os da alma e verdes para os na natureza.

Gradualmente, os demais conselheiros se apresentaram para testemunhar a cerimônia e abençoar seus aprendizes. Balthazar acenou para o público e Cleo não pôde conter sua insatisfação.

Nem parece que acabou de quebrar a lei sagrada, não é, conselheiro?

Tessele Marivaldi foi a última a aparecer. Ela serpenteou entre as pessoas na forma de uma serpente de água. Ao chegar no pequeno desnível, a água moldou-se em sua silhueta. Depois, se transformou em gelo. Por fim, retornou à forma humana, de carne e osso. Tessele sorria com sua entrada exibicionista, recebida por mais aplausos. Cleo ficava enjoada só pela vergonha alheia de assistir à apresentação.

Muito bem, Tessele, todo mundo já entendeu que você se transforma em água. Pare de se exibir.

Enquanto Helle prosseguia com a cerimônia e seu discurso, Cleo procurou pelos cabelos cacheados de Verona. Não os encontrou até olhar para cima, onde seu alvo a encarava com uma bebida na mão e um sorriso atrevido no rosto.

Verona ergueu sua taça em um cumprimento silencioso.

Cleo não esperou o fim do ritual, escorou-se pelas paredes até alcançar as escadas.

Porém, quando chegou no lugar em que tinha a visto minutos atrás, sua silhueta era uma lembrança.

A conjuradora olhou para os lados, pensando qual caminho alternativo ela poderia ter seguido, quando se deparou com um corredor que dava para os fundos do palácio.

Verona estava lá, a porta entreaberta de uma sala reservada às suas costas. Ela chamou Cleo com o dedo indicador e deslizou para dentro, mordendo o lábio inferior como se guardasse um segredo ousado do outro lado das paredes.

Está querendo brincar de novo?

A Aniquiladora fechou os olhos e invocou sua aura, só para o caso de a brincadeira não ser tão inocente quanto a anterior.

A sala era revestida por carpete vermelho, desde as paredes até o piso. Seus olhos arderam com tamanha falta de senso decorativo, mas tinha de dar o crédito pelo prédio recriar a arquitetura das antigas monarquias europeias. Verona estava deitada de lado no divã ao lado do sofá, ambos revestidos por tecido preto de penugem.

Cleo desfez a invocação.

— O que isso significa? — indagou, notando que não havia mais ninguém ali.

— Feche a porta e pegue seu lugar, querida — pediu Verona, colocando sua taça na mesa de centro. — Vamos conversar.

— Conversar? — Cleo bateu a porta, girando a chave. *Se ficarmos presas aqui, ficaremos juntas. Você não irá fugir de mim.* — Sobre o que quer falar? Uma negociação?

Verona cruzou as pernas, sentada no divã.

— Esperta. Já sabe que tipo de diálogo teremos.

— Não vai conseguir nada de mim. Se não notou, a desvantagem é sua.

— Desvantagem? Deitada em um divã, usando um vestido de gala com uma mulher bonita sozinha na mesma sala que eu? Que tipo de desvantagem é essa, Aniquiladora?

Se Cleo acreditasse em Deus, estaria pedindo para que ele lhe desse um pouco de paciência agora.

— Eu fiquei pensando se você realmente viria — mencionou, andando até o sofá. Se Verona queria negociar, Cleo queria extrair mais informações dela, porque ainda havia algo nela que a conjuradora não entendia. — O que leva uma pessoa a ser tão obcecada com uma garrafa de vinho? Eu tentei achar uma explicação razoável, mas não cheguei a lugar algum.

— Então aí está seu erro. Não há nada de razoável em mim — esclareceu Verona. — Eu sou uma mulher cheia de incógnitas, não espere me desvendar tão rápido. Mas, sabe... Eu adoraria ser investigada por você, se quer saber.

Será que Verona não tinha medo? Não sabia com quem estava lidando? Ninguém *nunca* se direcionava a Cleo daquela maneira. Verona ao menos sabia o que a magia da morte poderia causar?

A resposta era óbvia: não, ela não fazia ideia, e, ao contrário dos demais, não a temia.

— Você acha mesmo que eu vou te dar a garrafa em troca de algumas curiosidades sobre você? — esnobou, cruzando os braços. — Eu não preciso saber nada sobre você, eu só preciso te levar para a cúpula.

— Não é porque você não precisa que você não queira. E eu acho que você quer, Cleo. Está na sua cara.

Era impossível entender como Verona conseguia ler seus gestos tão bem.

— O que tem naquela garrafa? — repetiu, insistindo na pergunta.

— Frutas negras — respondeu com tranquilidade. Cleo rangeu os dentes. *O que ela está fazendo? Ganhando tempo? Me distraindo?* — Amora, cereja, mirtilo... Belladonna é uma iguaria.

— Você é algum tipo de fanática por álcool? — disse Cleo. — Porque isso seria bem estranho.

— E qual o problema se eu fosse? Todos os mixólogos e *sommeliers* do mundo te odiariam agora.

Aquilo não funcionaria com ela, estava na cara. Cleo precisava de outra tática, de outra abordagem. Talvez se desse a atenção que Verona queria, ela pudesse deixar algo escapar sem querer.

— Tem razão — admitiu, atraindo os ouvidos dela. — Eu queria saber mais sobre você. Por isso pesquisei a origem daquela bebida. Você conhecia a criadora da marca? Ela morreu há um ano, na cidade de Verona — fitou-a, tentando captar qualquer hesitação em sua postura. — Algo a dizer?

Seus olhos, lábios, ombros, mãos... nenhum deles deu indício de nervosismo. Verona sequer desviou o olhar ou apertou as unhas contra a palma.

— Só que ela tem um ótimo gosto para destinos de viagem. Verona é uma cidade ótima, devia conhecê-la. Um local bem romântico, acho que falta um pouco desse espírito em você, com todo respeito.

Cleo a ignorou, focada na história.

— O conceito da bebida era que ela fizesse alusão ao veneno que Romeu tomou por Julieta. Uma propaganda criativa e extravagante, parece algo que você faria. "Experimente uma dose da bebida que remete ao veneno do maior romance trágico já escrito." — Verona concordava com rápidos "uhum" conforme se debruçava para alcançar sua taça. — Belladonna é uma planta que pode ter sido usada na história Shakespeariana para o suicídio de Romeu. Também conhecida como cereja-do-inferno. A verdade é que ninguém sabe ao certo qual veneno era, então a empresa tomou isso como oportunidade.

— Divino — disse, terminando de engolir um gole de vinho. — Acho que vou contratar o administrador de marketing deles mais tarde.

Pare de me enrolar, Verona.

As narinas de Cleo dilataram, mas, antes que dissesse algo sem pensar, retomou sua pesquisa.

— Todo mundo sabe que Romeu e Julieta viveram na cidade de Verona. Então, a dona da bebida começou a investir em um festival temático por lá para promover o produto, sempre abastecido com caixotes de Belladonna.

"A festa se tornou uma atração turística. Porém, uma vez, uma barraca pegou fogo, e ele se alastrou em questão de segundos. A polícia disse que foi um vazamento de gás de uma das barracas. Muita gente morreu no acidente, incluindo a criadora. Semanas mais tarde, a bebida explodiu no mercado. O nome 'Belladonna' passou não só a carregar uma trágica história, mas duas. A de Romeu e Julieta e a da dona do negócio. Diziam que Belladonna podia ser amaldiçoada, boatos e teorias da conspiração correram a internet. Para a surpresa de muitos, isso despertou a curiosidade dos compradores e fomentou o conceito de algo 'perigoso e proibido' em torno da bebida. Que reviravolta, não?"

Verona estava com a cabeça jogada para trás, sorvendo as últimas gotas de vinho em sua taça.

— Um final triste para a fã de uma história ainda mais triste. — Ela bateu a base da taça na mesa de centro. — Fascinante como a vida imita a arte, não é?

— Seu amigo, Andréas, foi quem investiu no negócio, ele herdou tudo — comentou, tentando cercá-la. — Vai querer mesmo que eu acredite que tudo isso não tem nada a ver com você? Quem é você, Verona? Ou melhor, quem você foi na sua vida passada? Você era essa garota que morreu no incêndio, não era? Coline LeFair...

Então, aquilo aconteceu: o queixo de Verona tremeu. *Sim,* pensou Cleo. *É você. Você é Coline LeFair.*

— Sua determinação é admirável, amor — disse, assim que se recuperou da menção ao seu antigo nome. — Mas meus termos continuam de pé. Sem a garrafa, eu não te conto nada.

— Sendo assim, tudo que vai conseguir é ser levada para uma cela.

Como se não se importasse, Verona fez o único gesto que Cleo nunca imaginaria que ela faria: virou os punhos para cima, juntou-os e esticou-os em sua direção.

— Me prenda, me amarre, me acorrente. Sou seu brinquedo. Faça o que quiser comigo, Cleo Von Barden, estou nas suas mãos.

A conjuradora não estava esperando por aquilo. Verona definitivamente havia conseguido deixá-la confusa.

Se eu dissesse a Balthazar o tanto que aquela garrafa tem poder sobre você, ele faria da sua vida um inferno.

Sorte de Verona que Cleo nunca gostou dos conselheiros a ponto de querer cooperar com eles mais do que o necessário.

A Aniquiladora tirou as algemas da bolsa e prendeu-as em Verona. Em seguida, colocou-se de pé.

— Levante-se — ordenou. Verona obedeceu sem protestar. — De costas. — Ela se virou prontamente.

Cleo deslizou suas mãos lentamente pelas curvas dela, apalpando o tecido do vestido. Verona coçou a garganta.

— Se quiser que eu tire o vestido, não vejo problema.

— Fique quieta.

Tocou seus quadris, pernas, busto e seios — especialmente na região do sutiã. Mulheres adoravam guardar coisas dentro de sutiãs. Mas, no caso dela, não havia nada oculto pelo tecido pesado da roupa. Verona tinha entrado em uma armadilha sem ao menos ter uma faca de reserva.

— Vai precisar me acompanhar.

Verona respirou fundo e exalou o ar de seus pulmões.

— Você deveria pensar direito, Cleo. Está dando exatamente o que Balthazar quer.

Eu sei. Estou sendo paga para isso.

Mais uma vez, Verona cooperou. Cleo segurou seu braço e levou-a para fora da sala. As pessoas da festa haviam voltado às suas conversas habituais e não notaram a pressão dos dedos da Aniquiladora contra a pele da refém.

— Levem ela — disse, entregando-a nas mãos de dois sentinelas. Eles apenas assentiram e deram meia-volta.

Verona não olhou para trás, não abaixou a cabeça, não curvou os ombros, apenas andou até o fim de outro corredor com acesso ao interior do palácio. Parecia nervosa, mas conformada.

Algo em você me intriga, Coline LeFair, e eu não sei explicar o porquê.

Quando ela desapareceu, um terceiro sentinela se aproximou de Cleo repentinamente, o capacete abafando sua voz.

— Balthazar DeMarco solicita sua presença, Aniquiladora.

Estava demorando.

Atrevendo-se a olhar para baixo, Cleo encontrou o olhar predatório de Balthazar fitando-a fixamente, parado em frente à bancada do bar com uma taça de Martini na mão.

Vamos lá, excelentíssimo conselheiro DeMarco. Me mostre quantas palavras você consegue encontrar para me xingar.

Balthazar

Cidade de Roma, Itália

Restava apenas um broche com o formato da Runa de Ektor na bandeja que a testemunha de honra segurava. Balthazar pegou-o e alfinetou o paletó do último aprendiz de sua turma consagrado naquele ano. Uma medalha de reconhecimento que os mentores ofereciam aos aprendizes. Todo conjurador da cúpula recebia uma.

A cerimônia se aproximava do discurso de encerramento. Ainda que ele quisesse prestar atenção no que Helle havia preparado para agraciar os ouvidos do público, não conseguia parar de olhar para cima desde que vira o rosto de Merlina esperando pela chegada de Cleo. Elas haviam desaparecido pelo palácio, mas Balthazar logo teria uma conversa séria com a Aniquiladora.

Cleo era uma trapaceira. Dissera que conseguiria chamar a atenção de Verona com a garrafa de vinho e marcaria um encontro. Porém, não havia especificado *onde*. E ele sabia que fora proposital.

— Mais um ano consecutivo, tenho a honra de anunciar o fim do semestre. Hoje, recebemos cinquenta conjuradores consagrados pela cúpula em nossa sociedade — falava Helle, o vestido azul-oceano brilhando sob a luz do salão.

A pior parte de tudo, para Balthazar, era que ele tinha certeza de que já ouvira falar sobre aquele vinho, mas não conseguia se lembrar de onde.

Ele se comprometeu em pesquisar pela marca mais tarde, mas, no momento, "belladonna" não era a palavra que ele queria ler enquanto via o rosto de Merlina andando pela festa.

Porque o veneno que ela havia tomado antes de morrer tinha o mesmo nome.

Balthazar foi arrancado de seus pensamentos perturbadores quando os aplausos soaram. Forçou um sorriso sem dentes no rosto em honra aos seus aprendizes.

Eva estava na primeira fileira, os cabelos castanhos presos em uma coroa de tranças. Ela balançou o hexágono para Balthazar assim que os olhos dele encontraram seu sorrisinho animado.

"Sabia que conseguiria", ele mexeu os lábios.

"Eu sempre consigo", respondeu com uma piscadela rápida.

Quando as formalidades acabaram, os conselheiros se dispersaram pela multidão. Os novos conjuradores foram recebidos pelos braços abertos de amigos e familiares. Gritinhos e estalos de beijo sobrepuseram a cacofonia.

O conselheiro poderia terminar aquela noite com um pouco de alívio no peito, sabendo que sua turma havia recebido a honraria final. Entretanto, havia outras coisas que ele precisava enfrentar.

Assim que pôde, Balthazar sinalizou para um sentinela.

— Me traga Cleo Von Barden. Rápido.

Silencioso como todo sentinela, o homem por baixo do capacete preto assentiu e subiu as escadas.

A questão da garrafa de vinho fazia sua cabeça latejar. Balthazar foi até o balcão, estudando as unidades de álcool nas prateleiras atrás dele. Ele não sabia se queria encontrar o rótulo de Belladonna estampada em alguma delas, o nome ainda o mexia com ele, mas o conselheiro estava reunindo coragem para tirar o celular do bolso e procurar pela marca. A última vez que digitou aquele nome na barra de pesquisa foi para colocar veneno no chá de Merlina.

— Gostaria de beber alguma coisa, excelentíssimo? — perguntou a garota atrás do bar.

Balthazar não desviou seu olhar das prateleiras.

— Um Martini — determinou. — Apenas um Martini.

Com um sorriso, ela se retirou para a preparação. Enquanto aguardava, o conselheiro apoiou o cotovelo no balcão e assistiu aquele vestido vermelho marchando em sua direção. Balthazar impediu-se de revirar os olhos quando Tessele parou ao seu lado, olhando para o movimento do salão como se aquela fosse uma conversa habitual.

— Você acha que não percebo, não é? — disse, a língua tão fervente quanto o estalar de um chicote.

— Então agora você me persegue por causa de um simples piscar de olhos? Com todo respeito, conselheira, não tem mais nada para fazer a não ser vigiar Eva?

Ele podia sentir a raiva de Tessele exalando ao seu redor, um aroma forte e apimentado.

— Não brinque comigo, Balthazar, você ainda está nas minhas mãos. Ou esqueceu que eu faço parte do conselho cuja confiança você está tentando reconquistar?

O abuso de poder era mais comum do que o esperado dentro da cúpula, e Tessele Marivaldi era mestra em fazer ameaças como aquela. A justiça devia ser feita com neutralidade, mas, depois de tanto tempo entremeado entre as burocracias do conselho, Balthazar entendera que a ideia de imparcialidade não passava de uma ilusão.

— Não pode proibir a menina de falar comigo para sempre.

— Isso não está aberto à discussão. — O olhar fervoroso da conselheira acertou-o como uma navalha. — Você não tem qualquer autoridade sobre Eva.

Balthazar estava começando a se cansar de tentar ser agradável. Simplesmente pegou sua bebida assim que a taça foi deixada sobre a bancada e balançou o palito com duas azeitonas.

— Para que serve todo esse espetáculo, Tessele? — Sorveu um gole da bebida, deixando-a dissolver sobre a língua. — Eu sei que você nunca faz algo sem motivos. Tem mais do que apenas raiva de mim, não tem?

Ela bufou, tirando uma mecha do cabelo loiro da testa.

— Você não sabe o quanto me decepciona, conselheiro.

— Por que eu te decepciono?

— Porque eu achei que você fosse melhor do que isso.

— Não me responsabilizo por suas expectativas.

— Mas se responsabiliza pelas coisas nojentas que faz.

De novo. É sempre por causa disso.

— Eu estava de luto. E bêbado. Quantas vezes preciso repetir?

— E continua bebendo, não é? — Ela bateu a unha duas vezes contra o Martini, fazendo a taça tilintar. — Você nem percebe que está se perdendo, é automático. Quanto tempo vai demorar para que tenha outra recaída? Para que fique fora do controle? Para querer usar a magia da morte de novo? E o que acontece se Eva estiver por perto?

— Eu nunca faria nada com a garota.

— Ah, é? Assim como você não pretendeu arrancar o próprio dedo e romper a lei sagrada que jurou honrar?

— Tessele...

De repente, ela segurou seu pulso, fazendo algumas gotas de álcool pularem pelas bordas da taça.

— Fique longe dela. Esse é seu aviso final.

E saiu. Bateu os saltos para longe dele e para perto da filha que tanto queria colocar em uma coleira. Sua obsessão era tão forte que dava a impressão de que Tessele algemaria Eva no próprio pulso.

Eu não vou precisar ficar longe se você já tem planos de mandá-la para uma prisão em forma de escola.

Talvez os anarquistas tivessem razão de odiar a cúpula.

Balthazar virou a taça de uma vez, o líquido amargo fazendo sua garganta arder. Quando olhou para cima de novo, à espera do sentinela que havia designado, encontrou Cleo o olhando de volta, como se soubesse o que a esperava assim que descesse as escadas.

Ela foi acompanhada pela silhueta mascarada. Andou pacientemente até o salão, degrau por degrau, passo por passo, sem pressa alguma.

— Onde estava com a cabeça, Aniquiladora? — perguntou ele, a voz grave e ranzinza. O desdém estava estampado em seu rosto.

— O alvo foi preso, conselheiro DeMarco. Não era isso que queria?

Mentir não era uma habilidade de Cleo. O suave toque de ironia em sua voz servia como um xingamento para ele.

— Está querendo me provocar, menina?

— Ela era um segredo? Ah, perdão. Deveria ter avisado. — *Ardilosa. Tremendamente ardilosa.* — Você me pediu para capturá-la, senhor. É isso que estou fazendo.

— Eu tenho certeza de que você não é uma garota estúpida, então não me darei ao trabalho de explicar a situação. Se isso virar um burburinho incansável, você será penalizada.

Cleo desviou o olhar.

— Não pode me punir mais do que já fui punida — murmurou.

Balthazar precisou pensar duas vezes antes de cuspir suas palavras. Decidiu ser certeiro e rápido, o suficiente para deixar claro quem estava no comando.

— Esteja ciente de que descontarei 15% do seu pagamento por esse descuido — impôs, indisposto a negociar contrapropostas.

— O quê? Mas...

— Menos cinquenta euros por cada vez que me contestar — cortou, obrigando-a a segurar a língua dentro da boca. — Tenha um bom final de noite, Cleo Von Barden.

Balthazar puxou as duas azeitonas do palito com a boca e deixou a taça para trás, junto com a fúria intrínseca no peito de Cleo. Ele sabia que, se ela pudesse, teria enfiado aquele palito em seu olho.

Depois que ficou longe da vista de Cleo, pegou o celular e pesquisou pelo nome que o assombrava, querendo sanar suas dúvidas.

Ultimamente, Balthazar DeMarco sentia que estava fazendo uma coleção de inimigos. Havia mais nomes em sua lista do que protótipos em suas prateleiras.

Isso o preocupava.

Porque ele estava começando a aceitar o ódio e a dor que se alojaram em sua alma, e temia no que eles poderiam transformá-lo.

Verona

Cidade de Roma, Itália

VERONA FOI ESCOLTADA ATÉ A CÚPULA, O PRÉDIO VIZINHO AO PALÁcio em que a festa acontecia. Seus saltos faziam barulho contra o piso de mármore, e esse era o único ruído que ela conseguia ouvir. O resto era silêncio, do tipo mais traiçoeiro, e ela tinha a ligeira desconfiança de que o lugar não estava vazio.

Os sentinelas a levaram até um corredor que terminava em uma porta branca. Destrancaram a porta e a conduziram por mais um corredor sem saída. Havia outro portão logo no final, grande e metalizado.

O que é tão importante para ser guardado por duas portas?

Assim que a passagem foi aberta, Verona vislumbrou um lugar imenso, quase tão grande quanto o espaço festivo do palácio. Um par de colunas de sustentação em forma de estátuas gigantes seguravam o teto com as mãos, semelhantes à arquitetura do salão circular onde as cadeiras dos conselheiros ficavam. Uma delas tinha o formato de uma mulher, os braços acima da cabeça e todo corpo exposto como as antigas estátuas gregas. O outro era um homem, um rapaz com ramos nos cabelos que também estava nu. Verona forçou os olhos para ler o que havia escrito na elevação circular de pedra sobre a qual as estátuas foram construídas.

Na figura da mulher estava o nome Eco. Na figura do menino, o nome Narciso fez arrepios subirem pela sua espinha.

O mito de Narciso... A sala existe mesmo...

No centro do salão, havia uma espécie de piscina. Mas ela estava fechada por uma cobertura retrátil cinzenta e opaca, então Verona não podia enxergar a água. Quando levantou os olhos, viu uma enorme jaula quadrada suspensa por uma corrente de aço, pendendo no meio da sala como um lustre.

A dupla a escoltou até o centro da cobertura da piscina. Um dos sentinelas sacou um controle remoto e, lentamente, a jaula começou a descer até atingir o chão. Quando a portinhola foi aberta, Verona precisou prender a respiração para entrar. Tinha certeza de que, se não se controlasse, teria tentado correr e espernear como uma criança até ser colocada para dentro à força.

Ela encolheu-se no canto da jaula e abraçou os joelhos, já que era impossível ficar de pé dentro dela. Aquilo provavelmente ia sujar seu vestido, mas esse era o último de seus problemas.

Ela tentou acalmar as batidas de seu coração. A jaula foi puxada para cima pela corrente, suspensa no ar. Assim que a porta de metal se fechou e os sentinelas desapareceram, ela ouviu o som: a cobertura retrátil da piscina havia começado a se retrair.

E o que havia abaixo dela não era água. Era um líquido prateado como mercúrio. Espelhado. Belo e hipnotizante.

Não encare seu reflexo, alertou sua mente. Verona desviou o olhar, tentando pensar racionalmente.

Não acreditava no que havia feito. Ela tinha se entregado. Tinha sido presa na lendária Sala de Narciso, onde apenas os prisioneiros relevantes ficavam, mas isso não a fazia se sentir mais importante.

O que Andréas estaria pensando agora? Ele havia feito de tudo para ajudá-la e ela não podia deixá-lo na mão de novo, porque já havia o abandonado antes.

Andréas Vacchiano era seu amigo de outras vidas. Seu parceiro de negócios. E lá estava Verona, arriscando tudo em um plano incerto, desapontando-o na mão pela enésima vez.

Verona perdeu-se em seus pensamentos, enumerando quantas pessoas decepcionaria se não voltasse para casa, quando a porta de metal foi empurrada.

E Balthazar DeMarco em seu típico sobretudo verde atravessou-a, marchando pela Sala de Narciso até as beiradas da piscina prateada.

— Acabei de ter uma reunião muito satisfatória com o conselho, achei que gostaria de saber. — Ele enfiou as mãos nos bolsos do casaco longo, observando-a retrair-se.

Como se não estivesse prestes a chorar, Verona colocou um sorriso forçado no rosto.

— Você deve estar muito feliz por ter finalizado sua missão de captura, Balthazar. Meus mais sinceros parabéns — falou ela, o gosto do cinismo preenchia sua boca como saliva. — A não ser pelo fato de que não foi você que me capturou.

Ele não pareceu nem um pouco afetado e Verona odiava como seu humor parecia revigorado. Daria um jeito de mudar aquilo.

— Você parece um pouco desesperada. Pare de tentar sair por cima, Verona, sabe que não tem como escapar.

— Se não tenho para onde correr, ao menos tenho a oportunidade de irritar seus ouvidos. — Ela umedeceu os lábios, segurando as grades da jaula com uma mão. — Você não se sente nostálgico, conselheiro? De ver sua filha na sua frente? De ouvir a voz dela? Diga: pensou que teria essa oportunidade de novo?

Quando Balthazar cruzou os braços, ela soube que havia rastejado até seu pior trauma, e estava jogando sal em uma ferida aberta.

— Sua presença aqui já passou do prazo de validade, e eu farei questão de descartá-la. Isso é tudo que importa.

— Ora, por favor, não me impeça de brincar um pouco, ando tão desocupada... — Mordeu os lábios, gostando da forma com que ele retraía os ombros diante da provocação, por mais que se esforçasse para não demonstrar.

Ele manteve o silêncio sepulcral reinando pela sala por alguns segundos, provavelmente pensando em como desestabilizá-la.

— Quando pretendia me contar? — Balthazar disparou a pergunta, pegando-a de surpresa.

Verona agiu com naturalidade, como se não tivesse ideia do que ele insinuava.

— Contar o que, amor?

— Coline LeFair, não é? — Ele falou seu nome como se fosse uma maldição. — Cleo me mostrou a garrafa de Belladonna. Pesquisei a marca. Nunca imaginei que logo *você* pudesse fazer algo assim.

Que reencontro mais intrigante.

Verona fingiu costume, soltando um suspiro longo enquanto analisava as próprias unhas.

— Uau, achei que descobriria antes.

— O que aconteceu com você, senhorita LeFair? Você costumava ser uma aprendiz dedicada, uma alma boa. Minha pupila. No que você se tornou?

— Surpresa, Balthazar. — Ela abriu os braços teatralmente. — É nisso que você se torna quando morre aos 23 anos e leva o trabalho da sua vida para a cova também. Mas você não pode me julgar. Sua reputação anda muito manchada e suspeito que você precisará de mais do que expurgar minha alma para limpá-la.

— Meus crimes não se comparam aos seus.

Ela gargalhou alto, o mais alto que conseguiu.

— Meus crimes só aconteceram por causa dos seus crimes! Pense de novo, conselheiro. Estamos empatados.

Balthazar emitiu um estalo com a língua em tom de desaprovação.

— Me surpreende que esteja tranquila quanto a isso. Eu sempre admirei sua dedicação, Coline. Sua simpatia, seu bom coração. O que aconteceu com tudo isso?

— Queimou junto com meu antigo corpo.

Ela não precisou pensar antes de responder. A lembrança das labaredas de fogo consumindo tudo à volta surgiu em sua mente, os gritos das pessoas eram agudos e esganiçados, parecidos com os seus. Verona guardava a memória como um demônio dentro de sua cabeça. Ele sempre voltava para lembrá-la de que estava fadada a queimar. Na terra ou no inferno, ela queimaria.

Um dia, Verona descobriria como andar pelo fogo sem se machucar. Até lá, teria de lidar com os sussurros que a perturbavam antes de dormir.

— Você faz alguma ideia de como é morrer queimada, Balthazar? — perguntou. — Sabe como é ter seu corpo engolido pelo fogo? Arder devagar? Sentir sua pele descolar dos seus outros órgãos e não restar nada de você para enterrar além de poeira? Você sabe como é morrer jovem e ser lembrada pelo acidente que te matou?

— Eu lamentei sua morte, Coline, mas agora vejo por que as coisas aconteceram como aconteceram. O mundo precisava se livrar de você, e aposto que pensou nisso. Você não é mais a mesma.

Verona trincou os dentes. Não deixaria aquelas declarações mentirosas a afetarem. Andréas precisava dela. A osteria precisava dela.

— Pessoas mudam como o vento. Eu tentei ser uma garota boa, e isso não me levou a nada. Então o que me resta? Sentar e reclamar? — Ela soltou uma risada incrédula. — Sabe que não sou do tipo que fica parada sem tomar uma atitude. Eu não merecia morrer daquele jeito.

— Merlina também não merecia! — esbravejou Balthazar à plenos pulmões. — Minha filha deveria estar viva! Comigo! Mas você sabotou tudo e não parece se sentir mal por isso. Você não se importa, não é?

Verona havia jogado seu coração no lixo rapidamente quando voltou à cidade porque sabia que era preciso. Ela não tinha tempo para se culpar. Ela precisava sobreviver.

— Me arranje um corpo bonito que eu devolverei sua filha em um piscar de olhos. — Voltou a olhar suas unhas, insensível. — Mas aposto que você não tem um escondido aí no seu bolso, ou tem?

— Mesmo que eu tivesse como arranjar um, não o daria a você — disse ele, o desprezo nítido em suas palavras. — Que sua alma queime como seu cadáver queimou, Coline.

— Poupe a voz, conselheiro. Eu voltei dos mortos e vou voltar de novo e de novo toda vez que você me matar. — Verona sorriu e olhou-o nos olhos, perto das grades da jaula. — Você gosta de falar de santos e mitos antigos, não gosta? Então faça algo de útil e se ajoelhe. Eu sou o novo Jesus Cristo.

O olhar feroz de Balthazar foi o suficiente para que ela entendesse o recado como uma promessa de morte.

— Aproveite suas últimas horas, Coline. Você não estará mais por perto em pouco tempo.

Com isso, ele deu meia volta e saiu. As luzes da sala foram desligadas, com exceção dos nichos ao redor da piscina e no teto.

Verona voltou a abraçar seus joelhos.

Eu sou o novo Jesus Cristo, repetiu mentalmente.

Riu de si mesma.

Estava longe de ser uma salvadora.

Ela era o Judas da história.

Cleo

Cidade de Roma, Itália

Cabelos lisos, castanhos-avermelhados e longos. Olhos marrons como chocolate. Pele alva e macia. Um nariz pequeno, bochechas rosadas e acentuadas acompanhadas de lábios perfeitamente vermelhos.

Coline LeFair costumava ser um colírio para os olhos. Todavia, até o ponto em que Cleo havia pesquisado na internet, não sobrara um fio de cabelo seu para contar história.

Aquele caso não saía de sua cabeça. Não sabia explicar o que era, mas quanto mais procurava, mais queria saber. Talvez fosse apenas sua curiosidade falando mais alto, ou talvez Verona soubesse exatamente como ocupar a mente de alguém.

Ao que tudo indicava, Coline havia estudado na cúpula quatro anos antes. Meses depois de receber a runa, ela morrera no incêndio do festival. Aparentemente, Andréas — que Cleo descobriu que se chamava Dominique Dangelis, filho de Miguel Dangelis, o maior símbolo anarquista conhecido na sociedade mágica —, também havia feito parte daquele semestre, mas desvinculou-se dele muito antes do acidente de Coline.

É tão fácil trocar de nome hoje em dia...

Cleo puxou o freio de mão e encaixou o carro em uma das dezenas de vagas do estacionamento da cúpula. Saiu do banco do motorista com os pensamentos vagando pela história de Coline. Já tinha percebido que a garrafa de Belladonna significava algo para ela, mas não sabia exatamente o quê. O que tornava *aquela* unidade mais importante do que as outras? Por que Verona a guardaria num esconderijo e não numa adega? Alguma coisa estava escondida por trás da cortina de mistério que ocultava a situação, e Cleo sentia que se tratava de uma questão importante.

Cleo caminhou para dentro. Ela sabia qual caminho deveria seguir para chegar até a oficina e pegar seu pagamento, mas decidiu sanar suas dúvidas primeiro. Não teria uma nova oportunidade para confrontar Verona depois que Balthazar arrancasse a alma de seu corpo — e usar a magia da morte para encontrá-la no pós-vida estava fora de questão. O custo já era alto o bastante para gastar com coisas pequenas.

Os sentinelas não contestaram sua passagem. Abriram a porta de metal da Sala de Narciso e fecharam-na assim que Cleo entrou. Ela podia ouvir a voz de Verona ricochetear pelas paredes, conversando sozinha. A prisioneira estava de costas para Cleo quando parou de falar repentinamente e se virou para vê-la, como se alguém tivesse alertado-a sobre sua presença.

— Uau, uau... Que honra te ver por aqui, Aniquiladora. — Ela colocou um sorrisinho sádico no rosto. — Não achei que receberia uma visita tão ilustre.

— Você deve se achar muito importante, não é? Com a lendária Sala de Narciso reservada apenas para você...

— O que posso dizer? Eu sou uma hóspede especial. — Verona enrolou um cacho de cabelo nos dedos. — O que te traz até mim? Saudades?

— Já experimentou encarar seu reflexo na piscina? — prosseguiu, desconsiderando a pergunta de Verona. — Devia tentar. É um deleite aos olhos.

— Ah, sim, várias vezes. Eu morreria se não tivesse um espelho por perto.

Cleo cruzou os braços e começou a perambular pelas bordas da piscina prateada.

— Já ouviu falar do conceito por trás da criação dessa sala? — Ela admirou as duas estátuas. A primeira da ninfa Eco. A segunda do próprio Narciso. — Conhece a lenda de Narciso?

— O menino que se apaixona pelo próprio reflexo, eu sei. Conheço a mitologia.

— Balthazar criou um espelho uma vez — explicou, observando o brilho metálico refletido sob as luzes brancas. — Depois, ele o derreteu e despejou aqui o líquido prateado que conseguiu. O espelho se espalhou até preencher a piscina toda, como mágica. Quem olhar seu próprio reflexo na água prateada ficará apaixonado por si mesmo e tentará mergulhar. Então, ficará preso lá embaixo e morrerá por falta de oxigênio. Com o tempo, o corpo diluirá, e não restará nada para enterrar.

— Dramático, devo dizer. Mas requintado à sua própria maneira. Sorte minha que essas grades são firmes ou eu teria mergulhado. Mas, honestamente? Eu daria três de cinco estrelas. Diga a Balthazar que aqui dentro é muito apertado e que eu preciso mesmo de um esmalte novo.

— Posso até dizer, mas é uma pena que estará morta antes da reforma acabar.

— É realmente uma perda imensurável. Eu poderia te mostrar uma caipirinha brasileira se me deixasse sair, quem sabe.

Cleo segurou a risada. Era isso que ela queria? Barganhar sua vida por uma caipirinha?

— Convite tentador — ironizou.

— Espero que não ache somente o convite tentador...

Ela imediatamente voltou seu olhar para Verona.

— Alguém já te disse que você flerta mais do que deveria?

— Não ofenda a natureza de uma libriana, Cleo. — *E você não provoque a paciência de uma aquariana, Verona.* — É apenas meu instinto falando mais alto. Você nunca sorri?

Cleo balançou a mão em sinal de negação.

— Eu preservo minha dignidade, obrigada — retrucou, a resposta na ponta da língua.

— Agora que não tem mais nada a perder — começou Cleo —, por que não me conta sobre a garrafa? — Verona franziu o cenho. — Eu sei quem você é, Coline, mas ainda não entendi o que tudo isso significa.

Os olhos da prisioneira permaneceram concentrados nos de Cleo. Seu sorriso irônico desapareceu, dando lugar a uma expressão mais séria: os lábios levemente inclinados para baixo, os olhos estreitos e as sobrancelhas unidas.

— Você já sabe quase tudo, se fez uma boa pesquisa — confessou, subindo o decote do vestido de gala que continuava usando desde o Baile de Consagração. — Eu era aluna da cúpula, como você. Uma aprendiz de Balthazar, aliás. — Cleo arregalou os olhos. *Santo, que grande bagunça.* — Até que eu resolvi criar aquele festival, e ele tirou tudo que eu tinha, cada célula do meu corpo, cada gota de vida que eu guardava para o futuro. Tudo.

O olhar dela se tornava mais anuviado a cada palavra que dizia, recolhendo-se para trás de uma sombra soturna, sem brilho e sem o típico sarcasmo de Verona.

— Eu nunca imaginei que eu iria embora tão cedo. Eu nasci de um casamento falido, de uma família desordeira, que me abandonou e me deixou nas mãos do meu irmão muito cedo. Lorenzo fez tudo que pôde para ser um pai para mim, mas... quando eu cheguei à maioridade, ele partiu também. Não conseguiu mais me sustentar.

"Talvez o problema fosse eu. Talvez as pessoas fossem embora porque não havia nada que eu pudesse oferecer para fazê-las ficar. Eu construí essa marca porque eu precisava acreditar que eu podia ser alguém, que havia algo em mim que valia o tempo das pessoas. Senão, o que eu deixaria no mundo além de um grande monte de decepção? Eu tinha 23 anos quando a única coisa que deveria me salvar da minha própria ruína queimou e me levou com ela, Cleo."

O braço de Cleo arrepiou, todo seu corpo se contraiu de uma única vez, tocado pela história, entregue a ela.

— Eu merecia mais do que uma vida de fracassos. Eu sentia que *precisava* consertar essas coisas, por isso eu estou aqui. — Verona limpou as lágrimas com o dorso. — Verona foi o local em que tudo deu errado. Mas, quando eu voltei, quando eu conquistei minha segunda chance de ouro, soube que era por esse nome que eu queria que as pessoas me chamassem.

"Coline LeFair morreu naquele incêndio em Verona, ela queimou junto ao império que construiu. Mas Verona renasceu da fumaça que o fogo levantou. A partir do momento que peguei o nome, prometi transformar minhas tragédias em vitórias. Verona nunca mais significaria *medo, angústia* ou *dor* para mim. Verona significaria *recomeço*. Eu estou reescrevendo a história, e não vou parar até conseguir o que eu mereço."

— Não te chamarei mais por esse primeiro nome, então — refletiu Cleo, sem saber o que acrescentar.

— Quando eu morri, achei que eu nunca teria uma nova chance. Agora, estou de volta e parece muito que a morte ainda não parou de me perseguir.

Morte. A simples menção à palavra fez ela sentir aquela velha presença sombria a observando como um vulto.

— Você é uma criatura que pertence ao outro lado do véu e está num corpo que não é próprio para sua alma — observou Cleo, interligando os pontos. — É de se esperar que esteja conectada ao mundo dos mortos de alguma forma.

— A garrafa é só um símbolo, se quer saber — prosseguiu, enlaçando os ouvidos curiosos de Cleo à sua voz. — Ela é muito importante. É a única coisa que restou do meu passado... a única garrafa que sobreviveu ao incêndio.

Cleo estreitou os olhos. Verona era sentimental assim? A ponto de arriscar todo seu "recomeço" por um pedaço do seu passado?

— Então é só isso? Uma memória afetiva?

— Não me julgue, eu prezo muito pelas minhas coisas. — Deu de ombros, secando as linhas dos olhos com as pontas dos dedos e aprumando-se para sua postura cínica habitual. Cleo poderia pensar que tudo não passara de fingimento se seu relato não tivesse parecido tão sério. — Falei tanto sobre mim, e ainda sinto que não te conheço. Há algo que queira compartilhar, Aniquiladora? Tudo que sei foi que usou magia dos mortos e foi punida pelo conselho... me parece pouco para uma criatura tão complexa.

Cleo balançou o indicador de um lado para o outro.

— É você quem está na cela. Eu dou as cartas, não devo responder nada. Você parece já saber muito sobre mim.

— É que me parece estranho, entende? — O tom suspeito em sua voz fez a conjuradora enrijecer a mandíbula. — Você mexe com magia dos mortos e é mantida em uma coleira... mas Balthazar faz o mesmo e recebe uma segunda chance. Eu queria entender por quê. Você não?

Então é isso. Esse é seu plano.

Verona achava que ela era ingênua? Que era tola? Cleo sabia como andar entre as serpentes que ela tentava colocar sob seus pés. Não acreditaria em seus truques.

— Eu sei o que está tentando fazer, Verona, e vou dizer logo para que não insista nisso: não vai funcionar — alertou ela. — Foi por isso que finalmente me contou sua história? Esperou o momento certo para tentar me comover? Achou que funcionaria?

— Foi um teste, Aniquiladora, e ele já funcionou — agiu com indiferença, como se aquilo fosse o assunto menos importante para se debater. — Eu não te contei tudo na festa e você voltou para me ver, não voltou? Algo me diz que você *queria* saber mais. Agora, algo me diz que não está satisfeita aqui. E você sabe que, se quer vingança, não pode deixar Balthazar colocar as mãos em mim. Não pode deixar ele vencer. Precisa me tirar daqui e devolver a garrafa.

— Vingança? É assim que quer chamar? — alfinetou Cleo. — Por que não justiça?

— Justiça não existe. Justiça não faz seu estilo. Justiça é mais gostosa quando chamada de vingança.

Sua grande golpista. Verona sabia exatamente o que falar, tinha tudo calculado e mentalizado, estudava seu público como se quisesse seduzi-lo. O mundo dos negócios devia ter sido seu melhor professor, e seu instinto de sobrevivência aproveitava para pegar aquela falácia emprestada sempre que podia.

— Por que não falou isso naquele baile? Por que só agora?

— Você teria me deixado escapar sem antes ter seu pagamento? — Ela ergueu uma sobrancelha acusadora. — Eu tentei te fazer me dar a garrafa. Eu poderia ter sumido, mas você não quis me deixar ir. Sendo honesta, você parecia louca para colocar suas mãos em mim.

— E o que te faz pensar que agora eu te ajudaria?

— Você voltou para me ver. Ainda está pensando em mim, eu sei disso. Por que ele pode sair ileso e você não, Cleo? — A Aniquiladora desviou o olhar. Estava começando a ficar incomodada. — Se você quer fazê-lo perder, precisa me deixar ganhar.

Cleo negou com a cabeça.

— Cansei da conversa, você não sabe falar sobre nada que valha meu tempo. — Ela deu meia volta, andando em direção à porta. Se ouvisse mais uma das várias propostas insanas de Verona, perderia o controle. As coisas não eram fáceis como a prisioneira imaginava. — Boa noite.

— Da próxima vez que vier me ver, traga uma bebida e aquela bolsa que me roubou. Sinto falta dela, e não tenho nada com que ocupar minhas mãos há horas. — reclamou Verona, falando mais alto para que Cleo a escutasse mesmo do outro lado da sala, embora ela não quisesse mais ouvir uma palavra sua. — Se puder arranjar um esmalte também, agradecerei eternamente.

Ela cerrou o punho e deu alguns socos na porta de metal. Voltaria para sua rotina como se Coline LeFair não tivesse existido. Pegaria seu dinheiro e iria embora dali. Com sorte, Verona não estaria viva da próxima vez que algum conselheiro solicitasse a participação de Cleo em um serviço novo.

Quando a porta de metal foi arrastada para fora, a Aniquiladora deixou suas últimas palavras ressoarem até Verona como uma tesoura afiada, para que cada fio de esperança fosse cortado ao meio:

— Acredite, *prisioneira*. — Cleo deu ênfase ao título, de costas para ela. — Eu não vou voltar.

Então, pisou para fora da Sala de Narciso, esperando que a desilusão assolasse o coração de Verona.

Verona

Cidade de Roma, Itália

ELA CONSEGUIA OUVIR A MELODIA QUE DEIXAVA AS CORDAS DO violino mesmo a metros de distância. O cheiro de vinho e queijo flutuava pelo ar. As risadas eram altas, e a conversa mais ainda. As pessoas usavam joias no pescoço e anéis nos dedos.

O festival reunia diversas barracas de restaurantes famosos de Verona em um só lugar, atraindo um grande público.

Coline mal podia acreditar que seu conto de fadas havia saído do papel e chegado ao mundo real.

Foram meses dentro de um escritório fazendo ligações e arquitetando metas com Andréas. Meses de trabalho, de contratempos, de noites mal-dormidas e de contratos para assinar. Mas, agora, ela finalmente sabia como era ter o gosto da vitória derretendo na ponta da língua.

— Com licença! — Coline pegou o microfone na mão, um pequeno anel de diamante estava encaixado em seu dedo. — Um momento, por favor! — pediu. Seu vestido prateado de manga única cintilava em meio aos demais. — Peço somente um minuto da atenção de vocês!

Ela havia subido no palco da pequena orquestra logo que a última música terminara. A noite era importante, e não poderia terminar sem um discurso de agradecimento da criadora do festival. Os convidados interromperam suas conversas para ouvi-la. Centenas de olhos viraram-se na direção de Coline.

— Eu vou ser breve para que voltem logo às festividades, prometo. — Respirou fundo. Andréas estava na primeira fileira, assentindo para que ela continuasse, em sinal de apoio. — Não sei por onde começar a expressar minha gratidão pela presença de cada um de vocês. O festival da Belladonna se tornou o objeto de minha total dedicação nesses últimos meses. Esse sonho é antigo, e vê-lo ganhar forma me deixa orgulhosa do trabalho que fiz com algumas pessoas muito especiais. Queria poder tomar esse momento para creditá-los como merecem. — Ela ergueu o braço, apontando para os colaboradores na plateia. — Primeiramente, Luana, minha organizadora de eventos. Obrigada por ter feito um trabalho impecável e ter me impedido de arrancar meus cabelos. — Algumas risadas soaram. — Bernardo, meu queridíssimo sócio, eu não sei o que teria feito sem sua fé em mim. — O homem sorriu para ela, erguendo sua taça em uma saudação amigável. — E Andréas, meu maior investidor e amigo. Você é a melhor parte de mim, e eu te amo com todo coração, meu lindo irmão do peito.

Andréas não se conteve. Quando ele subiu no palco para abraçá-la, os aplausos voltaram a contagiar a multidão, com direito à assobios e gritos de palavras gentis. Coline não precisou olhar para reconhecer a voz de Gemma puxando a comemoração.

— É isso, meus queridos! — Andréas pegou o microfone, a mão ainda em volta da cintura de Coline. — Se divirtam até que esqueçam seus nomes! E bebam muita Belladonna hoje!

Mais aplausos, mais euforia, mais risadas e mais conversas. Andréas ofereceu a mão para ajudá-la a descer do palco quando a banda voltou a tocar.

— Vou dar uma olhada no nosso estoque — avisou Coline. — Já volto.

Ela andou até as últimas barracas, onde os caixotes de vinho estavam guardados. Várias pessoas pararam para falar com ela no caminho, algumas até pediram fotos para compartilhar nos *stories*.

O festival se tornava mais famoso a cada postagem. A divulgação havia sido intensa e incansável, estendendo-se durante todo o ano. Pessoas vinham de outros estados para participar, até mesmo de outros países. Coline fez questão de falar com cada visitante que buscou sua atenção, dedicou o máximo de tempo para que os deixasse saber o quanto se sentia honrada de vê-los comparecerem à festa.

Era a décima foto que ela tirava ao lado de seus clientes, como um ídolo cercado por seguidores apaixonados. Coline poderia estar sendo gravada naquele momento — para os *stories*, talvez para uma live no YouTube, um vídeo caseiro, um canal televisivo — sem sequer notar, tamanho era o fluxo de pessoas circulando pelo festival.

Ela não sabia exatamente de onde vinham os flashes das câmeras, como também demorou a perceber o primeiro fio de fumaça que entrou em seus pulmões.

No início, foi sutil. Um cheiro de queimado que poderia muito bem ser de alguma barraca de comida. Mas, então, alguém gritou, e o movimento começou a mudar. Ela andou na direção do som. Como anfitriã, achava que deveria garantir o bem-estar de seu público.

Mas nunca se arrependera tanto de uma decisão.

Quando aquela explosão aconteceu, Coline tropeçou nos próprios pés.

Se antes as pessoas estavam festejando, agora estavam gritando.

De repente, chamas laranjas e ardentes correram pelo festival. Outra explosão pôde ser ouvida, se alastrando pelo tecido das tendas. O local partiu de uma celebração harmoniosa para um tumulto de pessoas desesperadas atropelando umas às outras.

O ar ficou fissurado, pesado, poluído. Ela tossiu, mas, quando tentou respirar de novo, mais cheiro de matéria carbonizada inundou seu nariz.

Coline tentou correr, muita gente tentou. Mas, cada vez que avançava, era jogada para o lado com mais força. A situação ficou tão crítica que seus saltos quebraram e ela despencou, sendo pisoteada pelas pessoas ao redor.

— Socorro! — gritou. — Me ajudem! Andréas! Andréas!

Coline rastejou, escorando-se nas barracas de comida.

Ninguém veio ajudá-la.

Aos poucos, seu mundo se desintegrou. Lenta e dolorosamente, ela sentiu cada parte do seu corpo ser corroída pelo fogo. Não conseguiu protestar. Não pôde chamar por ajuda. Tudo que saía de sua garganta eram berros de dor.

E parecia que ninguém a ouvia.

As pessoas continuaram correndo até que só restasse algumas vítimas por perto. Coline fora deixada para trás, assim como aqueles cujos gritos ela podia ouvir sobrepujando os seus.

Tudo desmoronou em questão de minutos.

Uma vez abastecido, o fogo ganhava velocidade em um piscar de olhos. Primeiro intoxicava o oxigênio, depois consumia a carne de qualquer um que chegasse mais perto do que deveria.

No dia de sua morte, Coline LeFair não fechou os olhos como todo mundo fazia. Ela sumiu, fora carbonizada. Ela desapareceu.

E tudo que restara daquele acidente fora a pequena pedra de diamante que costumava enfeitar seu anel.

Verona não se lembrava ao certo de como tudo havia acontecido, só que em um momento estava ali, e no outro não estava.

O vestido prateado virou cinzas. Seus cabelos e sua pele foram reduzidos a cinzas, assim como a maioria das barracas. Ela não fora a única a morrer naquela noite de sábado. Mais onze pessoas foram engolidas pelo fogo.

Até hoje, Verona só tivera coragem para abrir uma matéria jornalística sobre o acidente. Segundo uma investigação, o incêndio começou com tubos de óleo, álcool concentrado e destilados. Os números de mortos e feridos ficaram talhados em seu crânio como a Runa de Ektor no osso.

— Você sofreu um bocado, não foi? — Merlina falou pela primeira vez desde que Cleo saíra da Sala de Narciso. Ela estava sentada ao lado de Verona, na outra parede da jaula. Era como se pudesse tocar as coisas ao seu redor, mesmo que aquilo não passasse de uma mera impressão. — Eu não sabia das coisas que você disse sobre o incêndio.

— Eu não falo muito disso… — Verona olhou para fora, para as luzes ao redor da piscina. A jaula balançava quando ela se mexia muito, então tentava não sair do lugar. De acordo com os seguranças, ela só podia ser tirada dali caso precisasse ir ao banheiro. A comida era entregue regularmente, mas a porta não era aberta.

— Eu juro que não te entendo às vezes — desabafou ela. — Você tem muita vontade de viver, não é?

Vontade? Eu anseio pela vida. É mais do que isso.

— O que há para nós além desse mundo? Eu gosto daqui. Gosto da ideia do que posso me tornar, das coisas que posso fazer.

Merlina deu de ombros.

— Esse mundo é uma bagunça. Dor, sofrimento, crueldade. Não entendo como alguém possa querer ficar.

A frase despertou sua atenção, fazendo-a unir as sobrancelhas. O que Merlina queria dizer? Que não sentia o mesmo? Verona não tinha parado para pensar naquilo. Merlina nunca havia reclamado de não conseguir voltar para seu pai, somente de ter tido seu corpo furtado. O que isso significava?

— O que está insinuando? Você não quer voltar?

— Sei lá. Eu queria, no começo — admitiu Merlina. — Mas não sei se quero mais. As pessoas tinham expectativas sobre mim, porque eu era a herdeira de uma cadeira da cúpula, uma cadeira que eu não queria. Meu pai era a grande estrela, eu só era a filha sem talento para magia que adoeceu quando tentou conjurar. Eu vivi presa nessas expectativas, tentando me encaixar no ambiente competitivo da cúpula. Costumava viver numa zona cinza. Minha vida era como uma migalha de pão: pacata, desinteressante, descartável.

— Pelo menos alguém esperava algo de você — comentou Verona. — Ninguém nunca se importou o bastante comigo para esperar algo de mim.

— Essa é a questão. Acho que não ligavam para mim, mas sim para as responsabilidades que eu, como filha de um conselheiro, deveria ter.

— *Expectativas*. Merlina estava soterrada por elas, engasgada com elas, enterrada em uma cova feita de expectativas, e seu túmulo era a prova de que nenhuma fora correspondida. — Todo mundo esperava algo de mim. Que eu fizesse isso, que eu fizesse aquilo, que eu fosse assim, que eu falasse de tal forma. E eu tentei comprar a história. Ser a futura conselheira que eles queriam. Tentei tanto, que me perdi no caminho e nunca me perguntei o que *eu* queria. É incrível como, mesmo depois da morte, o mundo dos vivos continua me causando problemas.

Uma grande confusão se formou na cabeça de Verona.

— Você não quer *mesmo* voltar, então? Para tentar mudar isso? Não quer ver seu pai?

— Eu acho que me descobri mais na morte do que na vida. Pude ver como minha situação era lastimável, como um cordeiro assustado e sem rumo. Mas não é que eu não queira ver meu pai, é só...

— Ela tomou um segundo para pensar, como se estivesse selecionando as palavras certas antes de pronunciá-las. — Eu acho que minha história acabou. Colocaram um ponto final nela e eu aceitei. Gosto de ficar com a minha mãe, longe das dores que só o mundo humano pode causar. Quando não estou aqui, atrás de você, eu volto pra lá, e tudo se acalma. A morte não é a vilã que todos falam, ela é como um alívio. A pressão sobre meus ombros desapareceu. As vozes que gritavam no meu ouvido para me obrigar a fazer o que os outros queriam se calaram. Eu não devo mais nada a ninguém.

Verona a ouvia falar sem conseguir se identificar com nenhuma de suas afirmações. A morte fora uma maldição para ela. Não se lembrava de muita coisa do pós-vida além de memórias recortadas. Ainda assim, preferia o lugar onde estava.

— Mas — retomou Merlina —, tenho consideração pelo meu pai. Ele pode não ter sido o melhor pai do mundo, mas me amava de verdade, do jeito dele, mesmo que eu e ele não nos déssemos muito bem depois que minha mãe morreu.

Isso é novidade, pensou Verona. Ela não entenderia a dinâmica daquela relação nem se decidisse estudá-la. Perguntava-se até onde o amor fraterno levava duas pessoas a lutarem uma pela outra, apesar das desavenças. Coline LeFair nunca recebera aquele tipo de amor incondicional por parte da família — pelo menos não da família biológica.

— Balthazar se afogou em álcool, você deve ter ouvido falar — continuou Merlina. — Eu o encontrava cochilando no sofá de casa com três garrafas vazias jogadas no chão todo sábado. Ele não soube lidar com o luto.

— Ouvi dizer — mencionou Verona. De acordo com Andréas, o nome de Balthazar estava envolvido em muitos boatos. Ele havia sido afastado da cúpula antes mesmo do crime, e as pessoas especularam sobre seu problema com bebida.

— Eu o amo, mas ele está apegado ao passado. No fundo, meu pai é um homem bom, mas que ainda não sabe como perdoar a si mesmo e acaba fazendo besteiras. Acho que essa é uma jornada que Balthazar deve fazer sozinho. Ele deve aprender que não pode mudar o que já foi feito.

— Você é uma garota muito inteligente, estou impressionada — confessou, sendo o mais honesta possível.

— Sem querer bancar a sentimental, mas... posso te pedir uma coisa? Um favor, na verdade. E nem pense em negar. Você me deve isso, já que pegou o que era meu.

Verona projetou o lábio inferior, pensando na proposta.

— Depende, mas você pode tentar.

— Tenha piedade do meu pai — pediu ela. — Não é muito a pedir depois do caos que você fez. — Verona pensou em corrigi-la, em lembrá-la de que Balthazar era o verdadeiro causador de tudo que estava acontecendo, mas resolveu poupá-la da provocação. — Eu sei que, se tudo der errado, ele vai ficar ainda mais desolado e pode acabar esgotando toda reserva de bebida da oficina.

— Querida, eu adoraria ajudar, mas quem está acabada sou eu. Balthazar DeMarco está prestes a conseguir tudo que quer, se não notou.

Merlina balançou a cabeça.

— Eu sei, eu sei. Mas, se por alguma terrível falha do universo o destino decidir conspirar a favor do seu plano com Cleo, trate de lembrar do que eu te pedi.

A leve camada de desilusão que cobria o rosto de Merlina não poderia ser escondida nem mesmo pelo seu tom de indiferença. Aquele era um traço fácil de ser reconhecido por Verona. Havia convivido com ela desde a infância, quando seus pais brigavam por causa da filha que tinham acabado de ganhar, mas da qual não sabiam como cuidar. Ou quando Lorenzo, seu irmão mais velho, tirou-a de casa e criou-a como filha apenas para abandoná-la no final.

— Não pode pedir algo mais prático, Merlina? — sugeriu, sabendo que, se saísse dali viva, a situação não seria nada bonita para o lado de Balthazar, nem com a cúpula, nem, com os anarquistas.

— É sério, Verona. Não tem negociação.

— Certo. Não posso prometer nada, mas verei o que está ao meu alcance.

Merlina assentiu em silêncio, contentando-se com a possibilidade.

No final, ela era apenas a filha de um homem solitário; uma filha que ainda tinha disposição para lutar por ele. De vez em quando, Verona pensava no quanto ela mesma era parecida com Balthazar. Duas pessoas sozinhas no mundo, rejeitadas de alguma forma, que agora tentavam se redimir e buscar outro propósito após uma tragédia incalculável.

Verona imaginava como seria ter alguém com quem se preocupar. Ela tinha Andréas, mas queria uma relação mais íntima do que uma amizade fraterna. O que poderia ter sido se Coline LeFair tivesse tido um pai que se importava com ela? Uma mãe que a amava de verdade? Uma namorada, uma esposa, uma amante? Alguém para oferecer seu sobrenome?

Merlina desapareceu da jaula logo em seguida. Verona sabia que ela só surgia para vê-la por que aquele corpo firmava um elo entre as duas. Quando não estavam juntas, seu espírito voltava para os braços da morte e para o paraíso que cultivava junto à mãe. Cada alma tinha sua porção de terra no reino do pós-vida: algumas com um lindo jardim, outras com um inverno interminável.

Verona continuou imaginando as respostas para aquela questão, os milhares de finais alternativos da própria vida.

O que poderia ter sido?, ela se perguntou.

O que poderia ter sido se eles tivessem me amado? O que poderia ter sido se aquele incêndio nunca tivesse acontecido?

O que poderia ter sido?

Cleo

Cidade de Roma, Itália

Cleo saiu da Sala de Narciso com a cabeça borbulhando. Tudo estava claro: Verona queria seduzi-la como seduzia qualquer um que tivesse o azar de cruzar seu caminho em alguma vida.

"Se você quer fazê-lo perder, precisa me deixar ganhar."

A frase não queria deixá-la em paz. Cleo estava em um impasse. Teria coragem de arriscar tudo por uma garota que mal conhecia? Ou permaneceria na comodidade de sua eterna punição, sabendo que aquele ciclo nunca acabaria?

Ela caminhou até a oficina com a cabeça cheia. Levantou e abaixou a aldrava da porta uma única vez.

Quando a silhueta cansada de Balthazar surgiu à sua frente, vestia apenas uma camisa de flanela preta. Era raro vê-lo sem seu longo casaco verde. Ele mediu-a de cima a baixo, como quem não estava feliz em receber visitas. Depois, lhe deu as costas, voltando para sua cadeira em frente à bancada de trabalho. Estranhamente, havia uma gaiola com um rato morto sobre a mesa. Uma caixa de metal estava perto dela.

Cleo fez uma careta de nojo, mas resolveu não perguntar.

— O que faz aqui, Aniquiladora? — disse, concentrado em pintar uma espécie de caixa dourada. O sobretudo verde estava pendurado no encosto da cadeira.

Cleo avançou para dentro. As janelas estavam abertas, uma corrente de ar fria entrava por elas, mas Balthazar não parecia incomodado.

— O pagamento — relembrou ela, para caso ele tivesse esquecido que precisava pagá-la pelo serviço.

— Pagamento? Eu só te pago amanhã, Aniquiladora. — continuou falando, sem sequer olhá-la nos olhos. — Esqueceu?

— Hoje é dia 16, conselheiro — pontuou ela. — Você me passou um e-mail dizendo que me pagaria hoje.

Balthazar soltou um suspiro de irritação e tirou o celular de um dos bolsos do sobretudo colocado na cadeira, possivelmente checando a data no calendário. Cleo observou que o outro bolso lateral do casaco tinha certo volume. Ela tinha uma ideia do que havia ali dentro. O formato quadrado denunciava o objeto que se escondia atrás do tecido.

— Eu me confundi, então — admitiu, agindo como se a situação não fosse importante para entrar em sua lista de preocupações. — Irei te transferir pela manhã. Agora estou ocupado.

— Conselheiro...

— Amanhã, Cleo — reforçou. Seu tom saiu mais alto e grave do que antes. — Aguarde até amanhã.

Balthazar estava claramente em um dia estressante. Quanto mais tempo passava, mais ele ficava fissurado em terminar seu protótipo.

Cleo guardou seus comentários para si, pois sabia que eles apenas serviriam para fazer o pagamento se reduzir a zero.

Pelo menos ele está tão focado na caixa que se esqueceu de trocar a algema.

Ela não o pressionou sobre o assunto, apenas deu meia volta em direção à saída. Uma ideia começava a se formar em sua cabeça.

— Volte depois para eu trocar sua algema — avisou, quando ela estava prestes a sumir de vista.

Droga.

Conhecendo-o como o conhecia, Cleo sabia que ele logo bloquearia seu acesso à magia. A algema que usava poderia ser ativada com um simples pressionar do botão, e o resultado seria a inviabilização total de suas runas. Se ela queria fazer o que pretendia fazer, precisava ser rápida.

Espiando para dentro da sala, Cleo viu a mão dele remexer o bolso em busca da caixinha quadrada. Não podia deixar que abrisse. Assim que Balthazar dedilhasse os botões do controle, ela perderia sua magia.

Cleo apressou-se para outro corredor. Balthazar era um homem esperto, ela tinha certeza de que ele havia ido atrás das anotações de Ektor antes de mexer com a runa da morte e, assim como ele, o conselheiro deveria ter pensado que sabia tudo que aquela magia podia fazer.

A verdade era que Ektor não tivera tempo para ir mais a fundo, ele fora engolido pela morte antes de conseguir desvendar todas as nuances que a magia guardava. Ao contrário das outras, a magia da morte oferecia um leque de habilidades extraordinárias para seu conjurador. Cada aprendiz que passava pelo despertar com a runa da alma, da mente ou da natureza recebia uma habilidade específica. Apenas uma, nada mais. Mas a morte tinha várias de uma vez, um combo completo. Por isso, ela era considerada poderosa. Por isso, a cúpula e o conselho temiam qualquer um que fosse capaz de usá-la.

Quem conhecia suas capacidades, sabia que todo o dano que a magia da morte causava sempre agia contra o próprio conjurador. Isso significava que a única pessoa a correr riscos por usá-la era quem a canalizava. Mas, por ser muito poderosa, provocava medo em toda sociedade de conjuradores de magia ao redor do mundo.

Afinal, qualquer um que pudesse controlá-la era automaticamente mais poderoso do que a cúpula, e deveria ser contido e estudado.

Exatamente como Cleo.

"A magia da morte pode até oferecer muitos poderes, mas ela é fixa. Se a magia da natureza, por exemplo, pode permitir que um conjurador mova o mar enquanto presenteia outro com a capacidade de mover as nuvens, a morte sempre dá os mesmos poderes para quem a utiliza", Ektor registrou uma vez.

Um dos efeitos mais notáveis da runa da morte era a força. A magia corria pelas veias com tanta pressão que o conjurador ganhava potência ao atacar. A energia precisava ser descarregada de alguma forma, e resultava em ataques mais fortes, difíceis de conter, algumas vezes fatais. Era a habilidade mais conhecida.

Cleo havia lido os textos de Ektor quando roubou a chave para acessar a biblioteca restrita, e nenhum deles falava sobre o truque que ela descobrira sozinha, testando os limites de sua runa.

Isso tem que funcionar.

Ela encostou na parede, perto da esquina com o corredor que dava para a oficina, e fechou os olhos, sussurrando:

— Eu te invoco, eu te invoco, eu te invoco...

Continuou repetindo aquilo até sentir o vulto observando-a nas sombras. A morte não era uma criatura, apenas uma presença. Arrepios percorreram sua coluna, o sinal de que o truque estava dando certo.

Conjurar daquela forma estava longe de ser algo confortável para ela. A presença da morte, assim como qualquer outra habilidade relacionada a ela, intensificava os assombros que perseguiam Cleo. Se a utilizasse por muito tempo, poderia ser atordoada pelas visões do pós-vida.

Cleo começou a sentir aquele arrepio de novo, aquelas vozes que imploravam por ajuda. Depois, veio um disparo. Um grito. O cheiro de carne queimada subindo pelas suas narinas. O gosto do inferno para as almas impuras.

Ela virou a cabeça e viu uma pessoa a olhando de volta. Uma mulher de cabelos loiros e compridos, mas pele cinza e rachada. Havia um buraco de bala em sua testa.

Cleo se esforçou para ignorar o fantasma.

Era isso que a morte fazia com quem se atrevia a conjurá-la: ela a atormentava com visões das almas condenadas.

— *Venha até mim, Balthazar...* — sussurrou, sabendo que aquelas palavras ecoariam dentro da cabeça do conselheiro. — *Eu estou te vendo... Sou eu, sua filha... Consegue me ouvir?*

Porém, sua felicidade não durou muito.

Ela sentiu aquele pulso de magia percorrer suas veias e não pôde segurar um gemido baixo. Balthazar havia encerrado as atividades de Cleo na missão, e agora ela voltaria a perder sua magia.

Não, não, não.

O pulso estava tentando impedi-la de canalizar, mas Cleo resistiu mais um pouco. A algema cortava seu acesso gradualmente, como uma lâmpada queimando até apagar. Ela apertou os olhos, sentindo aquele choque abater seu corpo. Segurou o próprio braço com força, sabia que só precisava de mais alguns segundos.

Vamos lá, Balthazar, morda a isca.

Cleo ouviu as janelas da oficina baterem, como um filme de terror em que as luzes piscavam e os guarda-roupas se fechavam sozinhos. Quando o ranger da porta soou, ela sabia que ele havia sido atraído para fora da sala.

— Cleo? — chamou ele. — Merlina? Está aí?

Ela sorriu em meio à dor.

A "presença da morte", como Cleo gostava de chamar, era um dos melhores usos para a runa. Uma das habilidades mais úteis e fáceis de invocar, porque todo conjurador da morte era acompanhado por ela dia e noite, então bastava chamá-la e ela atenderia.

Quando se controlava a presença da morte, o alvo conseguia senti-la espreitando na escuridão. A morte sussurrava em sua cabeça como um eco, dizendo o que o conjurador que a controlava pedisse.

— *Estou aqui, pai...* — falou Cleo, ordenando que a morte repetisse.
— *Eu quero te ver...*

Assim como Verona, Cleo também sentia a companhia da morte. Como Balthazar estava sem sua runa — ou assim ela esperava, porque a cúpula deveria ter tirado seu acesso — ele não a sentia mais. Mas aquela habilidade permitia que Cleo fizesse com que qualquer pessoa pudesse senti-la, que pudesse ouvi-la, que ficasse atraída por ela.

Quando o último suspiro de magia saiu de seus pulmões, Cleo desejou que aquilo tivesse sido o bastante para fazê-lo sair da oficina. Ela ouviu seus passos segundos depois, afastando-se para o lado contrário de onde a conjuradora estava escondida. Era tarde da noite, ninguém além dos sentinelas deveria estar na cúpula, o que tornava a oportunidade ainda mais vantajosa.

Cleo andou de volta até a oficina e viu que a porta estava aberta. Balthazar havia ficado tão hipnotizado que saíra em busca da voz sem olhar para trás.

A conjuradora se apressou até o bolso do sobretudo na cadeira e tirou a caixa. Abriu-a, pegou o controle e colocou-a de volta no lugar, apenas para que ele não sentisse sua falta.

Cleo saiu da oficina o mais rápido possível, tentando emitir o mínimo de ruído. Um misto de ansiedade e felicidade chocou-se contra seus ossos. Ela não sabia o que pensar. Não sabia o que falar. A oportunidade havia surgido e ela agarrou-a com toda força. Todos os conselheiros que pediam pelos serviços da Aniquiladora mantinham aquele controle por perto, *sempre* por perto.

Ela estava livre. Cleo Von Barden estava livre de sua punição.

Ela nunca mais precisaria assentir.

Balthazar

Cidade de Roma, Itália

— Foram quatro — contou Ling Yuhan, sentado em uma das mesas da parte externa do restaurante local. — Eles quebraram as janelas e arrombaram a porta. A pobre Ingrith disse que a casa estava toda revirada...

Balthazar torceu o nariz com a constatação enquanto remexia seu jantar, um risoto tradicional italiano. Anarquistas sempre foram o maior problema da cúpula desde a criação do conselho. A maioria tentava prejudicar o funcionamento do órgão distribuindo falácias sobre as atividades que ocorriam lá dentro. Outros grupos, considerados mais radicais, perseguiam e atacavam membros da sociedade mágica.

Dessa vez, a conselheira Bingham havia sofrido um ataque que resultara na degradação de seu patrimônio privado. Tivera sorte de não estar em casa na hora. Não era difícil que os anarquistas descobrissem os endereços dos conselheiros, por isso a maioria tinha um grupo de sentinelas fazendo ronda para vigiar a casa. Balthazar costumava ter dois pela vizinhança, considerando que já sofrera uma tentativa de assalto e um protesto em frente à calçada.

Ingrith havia se mudado recentemente e apostara que não teria problemas até se estabelecer, mas os malditos eram rápidos. Balthazar se lembrava do dia em que seis deles invadiram o prédio da cúpula e interromperam uma Cerimônia do Despertar. Um homem estava passando pela cirurgia na hora, um de seus aprendizes, e o procedimento teve que ser pausado até que os sentinelas retomassem o controle da situação.

O paciente acordara horas depois sem fazer ideia do que havia acontecido, muito menos do risco que sua vida correra.

— Estão voltando à atividade. — Balthazar limpou a boca com o guardanapo de tecido. O restaurante estava cheio para o jantar. Foi sorte terem encontrado uma mesa vaga. — Isso me preocupa.

— Os tempos estão violentos como um temporal de granizo. O que acha que isso significa?

— Pode ser por minha causa — pensou, levando o garfo à boca. — Um elo a menos na corrente de poder da cúpula, um conselheiro afastado e em luto. Estão tentando nos abalar e estão conseguindo.

— Bem, então teremos que dobrar nossas forças. — Ling sorveu um gole do vinho branco. — Acha que tentarão algo mais ousado? Contra o prédio? As festividades? Nada aconteceu no Baile de Consagração, até onde ouvi.

— A ameaça é evidente, mas conseguiremos controlá-la. O cuidado é sempre pouco, claro, mas, mesmo assim, tenho fé que sairemos bem dessa nova onda pseudo-revolucionária.

Ling Yuhan olhou para os lados, como se desconfiasse que um anarquista poderia estar na mesa vizinha, escutando a conversa.

— Ninguém sabe, não é? — Ele inclinou levemente na direção de Balthazar para falar. — Sobre o que ocorreu com você, Merlina e... todo o resto.

O conselheiro logo entendeu o que havia por trás da pergunta. Ninguém além dos conselheiros presentes em seu julgamento deveria saber sobre o caso da magia da morte. Se aquilo saísse da cúpula e chegasse aos ouvidos do restante da comunidade mágica, Balthazar não somente seria repudiado, mas o próprio conselho perderia credibilidade e os anarquistas ganhariam força.

— Ninguém — disse, repensando todas as pessoas que poderiam ter descoberto sobre o acontecimento. — Eu sei o que está em jogo, Ling. Não pretendo atrapalhar mais as coisas. Confie em mim.

Aquilo era parcialmente verdade. Balthazar estava fazendo tudo que podia, mas a aparição de Verona no baile deixara algumas pessoas confusas.

Ele fora abordado no final da festa, seus amigos comentaram sobre uma suposta nova aprendiz da cúpula que tinha o exato rosto de Merlina. Até onde sabia, nenhum conselheiro havia esbarrado com ela ou escutado os comentários sobre a réplica de sua filha morta desfilando pelo salão, e isso era o que realmente importava.

Se aquilo não era um sinal do destino agindo a seu favor, ele não sabia o que poderia ser.

— Eu sei, eu sei, me perdoe, conselheiro — rendeu-se Ling. — Como você disse, precisamos ser cautelosos. É uma fase delicada dentro da cúpula. Talvez se torne decisiva.

Balthazar assentiu, concordando. Mas, por dentro, sentiu uma pontada de dor laceando seu peito. Até mesmo seu mais antigo aliado no conselho desconfiava de sua conduta. Ling tentava apoiá-lo e entendê-lo, Balthazar conseguia ver seu esforço, mas era notável que algo havia se partido entre eles.

Aquela era uma questão que não se resolveria tão cedo.

Nenhum outro conselheiro fazia esforços para tratar Balthazar com respeito. Desde a última discussão, Tessele havia reduzido as visitas de Eva à cúpula. Antes, a garota costumava ir para lá depois da escola, todo dia útil. Agora, se ela aparecia duas vezes por semana era muita coisa. A conselheira não havia mencionado nada sobre o assunto, mas Balthazar sabia qual era a verdadeira intenção por trás do sumiço de Eva.

Ele sentia falta das tardes na oficina, das vezes que ela o desafiava a fazer um protótipo novo: um com o qual ela havia sonhado na noite anterior. Sua imaginação o inspirava, e o conselheiro nunca estivera tão desanimado quanto estava no momento.

— Pois é, Ling... — Balthazar colocou seus talheres sobre o guardanapo quando finalizou o prato. — São meses difíceis para todos nós. *Mais para alguns do que para outros.*

O conselheiro chamou a atenção do garçom para pedir o próximo prato. Resolveu escolher um dos mais caros do cardápio. Do jeito que sua vida andava, achou que merecia algo mais requintado para levantar o humor.

Ultimamente, sentia que estava ultrapassando o próprio limite para reconquistar o mínimo de dignidade no âmbito profissional. Balthazar havia causado um escarcéu. Havia deixado Verona fugir e acendido uma chama perigosa dentro da cúpula. Estava amargamente ressabiado por ter permitido que a situação tomasse aquelas proporções, em que ele tinha que correr atrás de uma falha no sistema para destruí-la. Isso sim era uma vergonha para seu currículo.

Balthazar precisava encerrar o assunto o quanto antes.

Porque, do contrário, isso seria a ruína de tudo que havia restado para alimentar sua alma solitária e cansada.

Seria o fim da cúpula. Da oficina.

De tudo.

Depois do jantar com Ling, Balthazar foi para casa. Tinha acabado de colocar seu roupão e deitado para dormir quando notou que o colar do Olho de Medusa continuava pendurado em seu pescoço. As lembranças do fatídico dia em que tentou buscar pela alma perdida de Merlina não quiseram deixá-lo pregar os olhos.

Ele havia tirado tudo de cima da mesa de jantar para repousar o corpo da filha sobre ela. O cheiro não era um dos mais agradáveis, mas ele faria qualquer coisa para tê-la de volta, e suportar o fedor da decomposição era o menor dos esforços que estava disposto a fazer.

Quando julgara que tinha tudo o que precisava, o conselheiro pegou uma linha e uma agulha para costurar seu dedo como se remendasse uma blusa velha. Ele teria de ser rápido e habilidoso, porque sabia que a morte poderia sugar sua alma para o pós-vida por um mínimo descuido.

As anotações de Ektor diziam que aquela runa permitia que o usuário abrisse um portal entre as dimensões e puxasse as almas que residiam do outro lado. Podia fazê-las interagir com o mundo físico ou retornar para seu velho corpo, caso ainda houvesse carne para ser usada. Porém, era preciso ter cuidado. Se o conjurador não fosse capaz de domar a morte e canalizá-la, seria canalizado por ela, e, então, sua alma seria puxada.

Balthazar não precisava saber de mais nada.

Aquela fora a primeira vez que ele se aventurara pelo reino da morte. Quando o vórtice apareceu no teto da sala como um portal flutuante para o outro lado, ele chamara por Merlina, invocando sua alma, tentando ancorá-la em terra firme, tentando resgatá-la.

Ele só não sabia que, uma vez que a passagem estivesse aberta, qualquer alma poderia passar por ela — quem ouvisse o chamado primeiro.

Assim que aquele vulto mergulhara para dentro do cadáver, e a cor de seu corpo começou a migrar de um tom de cinza para o corado de suas bochechas em poucos dias, Balthazar sentiu que, finalmente, teria uma parte de sua família de volta.

"Sinto muito, querido, mas eu não sou quem você está esperando", dissera ela ao acordar, para a surpresa do conselheiro. *"Pode me chamar de Verona."*

Ele se lembrava de tudo. De como Verona havia chutado seu rosto e cambaleado até a saída. De como, dias depois, ele estivera desesperado, sem saber para onde o corpo de sua filha havia sido levado. Balthazar interrompeu seu acesso à magia da morte assim que suas esperanças desapareceram.

Sempre que parava para pensar naquilo, desejava poder voltar no tempo e mudar os resultados. Se tivesse outra oportunidade, ele faria as coisas darem certo. Sabia que faria.

Por Merlina e por Fiorella, ele iria até o inferno.

Balthazar apertou os olhos e colocou a cabeça no travesseiro. Se conseguia arranjar forças para sobreviver era porque ainda tinha uma gota de esperança guardada.

Esperava que ela não fosse tirada dele assim como todo o resto das coisas boas em sua vida.

Cleo

Cidade de Roma, Itália

Na noite anterior, Cleo havia apertado o botão de desligar e sentido a trava da algema abrir, deixando a magia fluir pelo seu corpo novamente.

Em um impulso de libertação, arrancou-a do braço e conteve o sangramento dos espinhos retráteis com um pouco de gaze. Ela havia colocado o controle remoto escondido no próprio guarda-roupas — exatamente como Verona fazia. Resolvera guardar a algema junto a ele, olhando para o próprio armário feito uma criança que sabia que havia um monstro preso atrás das portas.

Cleo estava nervosa. Inquieta. Ansiosa. Precisava calcular as consequências de suas ações, e tinha de traçar um plano antes de reagir. Balthazar estranharia se ela não aparecesse no dia seguinte para trocar os braceletes. Até lá, teria de estar longe de Roma.

Se fugisse, para onde iria? Qual seria o melhor lugar para se esconder da cúpula? Poderia enterrar a algema em algum lugar, não poderia? Tinha o controle remoto agora, ele era a única coisa que poderia ser usada rastreá-la. Cleo passou horas acordada, sentada na sala com a televisão ligada, esperando Ganesh chegar do trabalho enquanto pensava nas milhares de possibilidades.

Mas acabou dormindo antes de poder falar com ele.

Seu sono não fora um dos mais tranquilos. Quando estava com as algemas, Cleo costumava ter uma noite calma. Mas, sempre que voltava a canalizar a magia da morte, ela tinha pesadelos com aquele vórtice, com aquela criatura a observando atrás da porta, e conseguia ouvir o lamento dos pecadores zumbindo em seu ouvido, como se tivesse sido transportada para o pós-vida.

Aqui é o seu lugar, sussurrou uma voz desconhecida.

Você é minha, Cleo Von Barden. Você pertence à morte.

Afligida pela voz que soprava em sua cabeça, Cleo ficou presa em seu pesadelo. E, mesmo quando abriu os olhos, ainda pôde sentir uma centena de mãos tentando puxar seu braço para impedi-la de ir embora.

De manhã, acordou com o coração retumbando, uma taquicardia passageira. Estava deitada sobre a própria cama, coberta por um lençol e uma manta. Não se lembrava de ter acordado para ir até lá, então, concluiu que Ganesh a havia ajudado com isso, apesar do ombro lesionado.

Me diga que você não se machucou, pensou ela, os olhos ainda pesados de sono.

Ela coçou os olhos, cambaleando para fora da cama. Assim que se arrumou da forma mais apresentável que conseguiu para um dia de tantas indecisões — uma blusa marrom-bronze de manga longa, calça preta e seu típico corset — saiu do banheiro e caminhou até a cozinha, de onde o cheiro oleoso de ovos fritos flutuava pela casa.

— Você parece péssima para alguém que acabou de acordar num sábado — comentou Ganesh, virando o ovo na frigideira. Ele devia comer ao menos três daqueles por dia.

Sem dizer nada, Cleo mordeu o lábio e pegou uma maçã da fruteira, puxando uma cadeira da mesa de mogno.

— Quer que eu faça um para você? — Ganesh continuava de costas, colocando a comida no prato e desligando o fogão.

— Você já viu? — Ela ergueu o punho no qual sua algema costumava ficar. Não conseguia pensar em mais nada além daquilo.

Ele repousou o prato sobre a mesa, analisando a parte enfaixada de seu antebraço.

— É. Eu notei ontem à noite. Cheguei muito tarde do trabalho, foi mal por isso — comentou, tomando seu lugar. — Balthazar teve piedade do seu pobre pulso e tirou a algema?

— Não — Cleo refutou, vendo-o comer um pedaço do ovo frito. — Eu roubei o controle.

Ganesh encarou-a como se ela estivesse brincando.

— Sei, sei. Entendi. — Ele riu. — Falou "abracadabra" e a algema abriu, é?

— Não é uma piada, Ganesh. Eu *roubei* o controle, ontem a noite.

Ele uniu as sobrancelhas em tom de estranheza, finalmente se dando conta de que Cleo nunca brincaria sobre um assunto como aquele — ou sobre qualquer outro.

— Como assim você roubou? — Ele deixou os talheres na mesa. — Cleo, o que você fez?

— Se você tivesse chegado mais cedo, eu teria te contado, mas você se atrasou.

Ganesh respirou fundo. Como um ex-militar, ele também pensava de forma estratégica.

— Lembra da rota que fizemos caso isso acontecesse? — perguntou ele. Cleo se lembrava de tudo. Ela já havia conversado com Ganesh sobre a ideia de se livrar das algemas e desaparecer do radar da cúpula italiana assim que tivesse uma chance. — Vamos pegar o primeiro trem para fora da Itália. Esse era o plano, não era? Para onde combinamos de ir mesmo? Portugal? Espanha? Inglaterra?

— Espanha. Era Espanha.

Ganesh concordou.

— Faça sua mala. Vou pegar minhas coisas.

Ele estava prestes a se levantar da mesa quando ela segurou seu braço em um ímpeto de dúvida.

Cleo se puniu internamente por aquilo, mas o plano que havia feito com ele já não era mais sua primeira opção.

— Não posso ir — admitiu entredentes. Odiava falar aquilo em voz alta, por mais verdadeiro que fosse. Seus instintos estavam à flor da pele, um conflito de interesses se intensificava em seu peito.

— Então o que vai ser? Vai me dizer que quer ficar aqui? Para eles te pegarem e te torturarem?

Dessa vez, ela não respondeu, somente apressou o passo até seu quarto e pegou a mochila de viagem sem rodinhas sobre o armário, jogando a maioria das roupas guardadas nas gavetas dentro dela.

— Eu sei que vou odiar a resposta, mas preciso perguntar. — Ganesh parou na porta, observando-a arruinar a própria vida. — O que pensa que está fazendo?

Cleo continuou colocando as coisas na mala. Pegou uma *necessaire* e passou o braço pela pia do banheiro, empurrando tudo para dentro dela. Ganesh estava certo, eles tinham de ser rápidos, e isso não permitia que entrassem em uma discussão agora.

— Não me ignore! — insistiu ele, correndo atrás de Cleo pela casa. — Estou falando com você, droga!

— Estou de saída — anunciou ela, colocando a alça da mala no ombro.

— Qual é, Cleo, pare de ser resistente! O que você vai fazer?

A resposta era simples. Cleo nunca pensou que viveria o bastante para dizer aquilo, mas, quando a frase saiu de sua boca, sentiu seu corpo inteiro queimar.

— Fazer a cúpula pagar.

Ela tinha certeza de que Ganesh estava próximo de sofrer uma síncope.

— Perdeu a droga da noção?! — Ele a segurou pelo braço apenas para fazê-la parar de andar. — O que pensa que está fazendo?

— Essa briga também é minha! Eu te contei tudo, não contei? Você deveria entender. — Cleo enfrentou-o, cada minuto mais disposta a arriscar tudo por aquela oportunidade. — Eu não vou ser o cão de caça deles para sempre, e Verona quer que eu a ajude. Ela é uma ignorante de primeira classe, mas só está aqui porque um conselheiro rompeu a regra que jurou proteger. Eles são corruptos, bactérias escorregando pela sociedade da magia e manipulando cada conjurador que confiou neles. Está mais do que na hora de receberem o que merecem, não acha?

— E você pensa que pode destruir aquele império sozinha? Eles são monstros, Cleo! — Havia um vinco de irritação estampado entre as sobrancelhas de Ganesh. — O que você vai fazer? Libertar a menina? Você tem noção da briga que está comprando? Você poderia ser livre, caramba! Finalmente livre!

— Eu não sou tola, Ganesh. Sei da dimensão das coisas, trabalhei para eles por tempo suficiente para saber no que estou me metendo — rosnou Cleo, mantendo a voz baixa e severa, pois no momento em que gritasse de volta, perderia a cabeça.

Ganesh duvidava dela, mesmo ciente de que ela odiava ser colocada naquela posição. Cleo sabia que a ideia era estúpida, e talvez ele tivesse razão, mas ela precisava tentar, porque morreria adoecida pelo arrependimento de não ter feito mais para destruir as pessoas que tiraram tudo o que ela tinha.

— Eu conheço as artimanhas deles e conheço o lugar de cima a baixo — continuou. — Eu finalmente tenho tudo que preciso não só para me libertar, mas para fazê-los pagar.

Ganesh revirou os olhos e passou a mão pelo rosto, colérico.

— Você vai colocar um alvo duplo nas suas costas! A garota não vale sua vida, nem sua liberdade!

Ela fechou os olhos lentamente e suspirou. Ganesh só estava tentando ajudá-la, ela sabia. Além dos mais, lá no fundo, Cleo não tinha certeza se voltaria viva, e queria muito fazê-lo entender seu lado para encerrar aquela discussão. Não poderia deixá-lo sabendo que as coisas estavam mal resolvidas.

— Se eles quiserem me caçar, que tentem. Eu não estou fazendo isso por Verona, estou fazendo porque Balthazar não pode sair impune — corrigiu pacientemente, domando todos os impulsos que latiam e rosnavam dentro de sua cabeça. — Pense por um minuto. *Eu* não recebi uma segunda chance para consertar as coisas quando quebrei a lei, *eu* não fui absolvida, por que ele pode sair ileso e eu não?

— Cleo...

— Eu estou certa, sabe que estou.

Ele cruzou os braços, sua expressão continuou tão azeda quanto um gole de rum.

— Nada que eu disser vai fazer você mudar de ideia, não é? — perguntou, mais decepcionado do que compreensivo.

— Não — persistiu Cleo.

— Tá. Então só posso te desejar boa sorte. — Havia certo medo por trás da voz de Ganesh, um medo que ela não compreendia. — Ou há algo que eu possa fazer para te ajudar nessa missão maluca?

— Já disse que dou conta disso.

— Ah, é... Você sempre dá conta de tudo sozinha. Nem sei por que continuo perguntando. — Ganesh bufou. — Sabe que não tem que se provar para ninguém, não sabe?

— Não estou me provando. Por que eu estaria?

— Você sempre esteve, desde que chegou na Itália. — Era como se Ganesh pudesse ver dentro de sua alma. Sempre que ele falava daquele jeito, Cleo se sentia um pouco mais vulnerável. — Disse que seus pais não confiavam no seu potencial, que não te deixavam fazer as próprias escolhas. Disse que foi por isso que veio para cá, para ficar longe deles e se descobrir sozinha. Por isso se coloca em risco o tempo todo, porque acha que dá conta de tudo. Parece que você sempre está tentando provar alguma coisa para eles, para mim, para o mundo. É isso que você quer? Reconhecimento?

Cleo engoliu em seco. Não podia se deixar levar pelas palavras que ele expelia, cruas demais para que ela pudesse digeri-las. Outro dia, se ela voltasse, teriam uma discussão sobre o assunto.

— Não é hora de jogar conversa fora. — Ela balançou a mão e mudou de assunto, recompondo-se. — Vou deixar a algema e o controle em algum ponto longe daqui, talvez queimá-los, recomendo que você arranje um lugar para ficar se não quiser morrer. — Instruiu enquanto caminhava até a mesa para resgatar sua maçã. Seu estômago continuava vazio e ela precisaria de energia para o que estava prestes a fazer. — Depois de hoje, a cúpula certamente irá querer minha cabeça, e podem vir até aqui para revirar minha casa. Então desapareça do mapa, Ganesh. É sério.

— Para onde diabos eu iria?!

Cleo sacou as chaves, abrindo a porta de saída.

— Aquele seu amigo ruivo do trabalho não pode te aguentar por uns dias? — perguntou, caminhando até o carro. O sol se escondia atrás de algumas nuvens brancas. O clima estava regular, mas o vento trazia o temporal frio.

— Eu não volto para lá nem que você me pague. A cama de visitas dele é tão dura que me faz sentir como se eu tivesse deitado no chão. Eu já te disse isso.

Ela revirou os olhos conforme abria o porta-malas e jogava a mochila para dentro dele.

— Você já está bem adulto para precisar da minha ajuda, mas vou te transferir dinheiro para um quarto de hotel. — Cleo deu a volta no carro. — Se vira.

Quando ela tomou o banco do motorista, Ganesh ficou parado do lado de fora, a carranca de desaprovação cobrindo seu semblante. Cleo precisou ignorar sua presença, ou nunca conseguiria girar a chave. Não gostava de ir embora tão rápido, mas sua vantagem só durava até Balthazar sentir falta do controle.

Ela ligou o carro e fez sua escolha. No minuto em que aquelas rodas tocassem o asfalto, Cleo deixaria um amigo para trás e colocaria sua liberdade em jogo.

Assim que engatou a primeira marcha, ela não se permitiu pensar duas vezes e partiu. Para trás, deixou Ganesh com uma bomba-relógio no colo. Ele precisava sumir de vista, ou a explosão que ela havia começado poderia respingar em seu rosto.

Verona

Cidade de Roma, Itália

Quando a jaula começou a descer, Verona já sabia o que aconteceria a seguir. Havia, pelo menos, seis sentinelas à sua espera no térreo, logo abaixo da grande gaiola pendente. A cobertura retrátil da piscina havia sido fechada especialmente para sua chegada.

Seis homens para me buscar? Que bonitinho. Vocês me acham perigosa a esse ponto?

Eles abriram a portinhola e a receberam com um puxão. Cada um tomou sua posição para escoltá-la. Dois na frente, dois atrás e dois ao seu lado, agarrando seu braço com mais força do que o necessário.

— Ei! Me larguem! Eu sei andar! — Ela puxou as mãos enluvadas dos sentinelas bruscamente. — Nunca toquem numa mulher sem pedir permissão. É rude. Ninguém ensinou nada a vocês?

Seu vestido estava minimamente apresentável, beirando o limite, mas ainda precisava de alguns reparos e uma lavagem minuciosa para voltar a ser o mesmo de antes. Verona não morreria naquele dia, claro que não. Se o que Cleo havia dito no jogo da bebida fosse verdade, sobre o conselheiro querer atingir sua alma, não seu corpo, ela ficaria ansiosa para ver o rosto de Balthazar quando sua solução milagrosa falhasse.

Os portais duplos do salão circular foram abertos assim que ela se aproximou. As seis cadeiras dos conselheiros estavam vazias, completamente desertas, assim como o resto do lugar. Havia uma sétima posicionada no centro do desenho da Runa de Ektor. Verona foi acorrentada a ela. Os sentinelas se afastaram quando terminaram, encostando-se nas paredes para observá-la de longe.

Ela começou a suar frio. Balançou a cabeça, tentando se convencer de que não havia motivo para ficar nervosa. Seus pensamentos eram uma explosão de preocupações. O que aconteceria se ela estivesse errada e ele não seguisse o caminho que ela imaginava? E se ela estivesse certa? O que aconteceria quando Balthazar percebesse que seu método era falho? E se ele descobrisse a verdade sobre a garrafa e tentasse pegá-la de Cleo? Ela a entregaria?

E se... E se... E se...

Muitas dúvidas, nenhuma certeza. Andréas havia lhe avisado que aquele plano era uma aposta às cegas, e ela aceitara continuar. O que poderia ter feito de diferente, afinal? Teria de resgatar a garrafa ou morrer tragicamente mais uma vez, sem ao menos lutar pela própria sobrevivência. Coline LeFair não tivera chance de escapar de seu destino, mas Verona teria.

Ela parou de remoer seus medos assim que ouviu os portais às suas costas serem abertos. Seis conselheiros caminharam até suas cadeiras como se Verona não existisse. Um deles, por outro lado, parou de andar um pouco à frente. Balthazar vestia um paletó preto e uma gravata xadrez em tons de cinza. Tinha uma caixa de metal nas mãos.

Está muito confiante para o meu gosto, conselheiro.

— Balthazar DeMarco — pronunciou a conselheira Tessele, em seu vestido azul marinho de gola alta. — Você convocou essa reunião porque foi acusado de romper a lei sagrada. Disse que encontrou uma solução para o problema, ou estou enganada?

— Não está enganada, conselheira Marivaldi.

Verona mordeu o lábio.

Eu não teria tanta certeza disso... só avisando.

— De acordo com o seu julgamento, foi determinado que você teria um mês para resolver a situação. — Ingrith deu prosseguimento. — Ciente de que você está dentro do prazo, o conselho da *Cupola di Consiglieri* te oferece a chance de eliminar Verona e retornar à sua cadeira no salão circular.

Balthazar parecia animado, embora estivesse contendo o próprio júbilo. Ele estava certo de que aquela história acabaria ali e, assim, poderia esquecê-la, mas Verona não pensava da mesma forma.

O conselheiro se curvou diante dos demais colegas de trabalho.

— Agradeço a oportunidade, excelentíssimos. Espero que esse dia seja definitivo para encerrar o caso. — Ele caminhou para mais perto de Verona, sem trocar olhares com ela, por mais que a garota o estivesse fuzilando com as íris amarelas que tanto o faziam lembrar de Merlina. — Apresento-lhes a Caixa de Pandora. — Ele esticou o objeto para que os conselheiros pudessem analisá-lo. Ling Yuhan se debruçou em sua cadeira para enxergar a relíquia. — Ela foi devidamente testada para ser apresentada hoje, e promete acabar com nossas preocupações de uma vez.

Que honra ser o motivo de maior preocupação para o conselho.

Se Verona morresse, morreria sabendo que havia deixado a marca que tanto queria deixar no mundo — fosse ela boa ou ruim.

— O conselho aprova que prossiga com a demonstração — autorizou Helle Sahlberg. — Comece.

Balthazar assentiu e se afastou alguns passos. Quando não teve mais como escapar, finalmente encarou Verona, encontrando aquele sorriso provocativo de sempre.

Ela imaginava o que ele estaria pensando, quantos xingamentos e palavras de ódio se passavam pela sua cabeça naquele momento. Isso só a fez sorrir mais.

Então, Balthazar abriu a tampa da caixa, e uma corrente mágica atingiu Verona em cheio, aspirando sua alma para dentro, exatamente como ela imaginava que faria. Ela não pôde conter a resposta involuntária do seu corpo quando arqueou o peitoral para frente, esticando as correntes até o limite, incapaz de resistir ao fluxo do puxão. Sentiu um formigamento percorrer seu corpo como se, de repente, não sentisse mais suas pernas. Verona segurou os braços da cadeira com força, prestes a arranhá-los.

Aquilo não poderia matá-la, mas doía mesmo assim.

Sua alma está ancorada à garrafa!, gritou dentro da própria cabeça. *Você não vai morrer até que ela seja quebrada!*

Ela sentia seu corpo sendo arranhado de dentro para fora, com unhas pontiagudas rompendo seus órgãos para rasgar a pele e permitir que sua alma se libertasse da carne. Queimava como álcool em ferida aberta. Mesmo se não morresse, havia grandes chances de que ficasse inconsciente.

— O que é isso? — Ouviu a voz de Ingrith Bingham. — O que está acontecendo?

Verona não conseguiu abrir os olhos para analisar a situação e entender do que eles estavam falando, sufocada pelo efeito da caixa.

Mas, quando a tampa se fechou subitamente, o fluxo de magia que tentava puxá-la para fora do corpo foi cortado. Verona voltou a respirar.

Estava tonta, com a visão um pouco turva e a respiração ofegante, mas ainda conseguia ouvir o burburinho dos conselheiros.

Verona tentou se recompor, os cachos grudados no suor da testa, e percebeu que todos os conselheiros haviam se levantado das cadeiras. Até mesmo Balthazar pausou sua gloriosa apresentação para entender o tumulto.

Alguns deles olhavam para cima enquanto outros procuravam nas paredes. Verona fez o mesmo, tentando acompanhá-los.

Foi quando ela notou um vulto.

Uma sombra rápida e fugaz correndo pelo salão circular e serpenteando pela escuridão. Verona estreitou os olhos, mas não conseguiu discernir do que se tratava até que ela parasse diante de Balthazar DeMarco.

A pessoa usava um manto preto que cobria todo seu corpo, menos as mãos acinzentadas. Verona se esforçou para enxergar a imagem completa. Era impressão sua ou havia uma faca fincada em seu peito?

A figura não disse uma palavra. Todos continuaram estáticos, observando a cena sem saber como agir. Um total de seis conselheiros medíocres que não conseguiam lidar com o problema.

O vulto ergueu uma de suas mãos pálidas e tocou o rosto Balthazar. No mesmo minuto, seus olhos ficaram brancos e sua pele perdeu a cor, tão cinza quanto a da própria figura sombria.

Os joelhos de Balthazar se dobraram. Em questão de segundos, seu corpo despencou no chão, o som de sua cabeça chocando-se contra o piso ecoando pela sala. Seus olhos estavam abertos e nublados por uma camada esbranquiçada, sem vida e sem pupilas.

O coração de Verona disparou.

Edgar tentou puxar Tessele para fora da sala, mas o vulto foi mais rápido e colocou uma mão sobre cada rosto. O mesmo aconteceu com os demais conselheiros. Primeiro Helle. Depois Ling. Por fim, a elegante Ingrith.

Todos os conselheiros despencaram.

Os sentinelas tentaram reagir, mas não foram mais rápidos do que a figura de manto preto. O vulto achou uma brecha de pele nua em cada um deles para encaixar seus dedos cinzentos. Eles caíram, um por um, feito peças de tabuleiro.

Verona fechou os olhos e esperou sua vez. Ao menos aquela forma de morrer parecia mais rápida do que a ideia de Balthazar.

Porém, no lugar de um toque frio e mortal, Verona recebeu o barulho dos portais do salão se abrindo.

E Cleo Von Barden surgiu.

Exibida.

Verona olhou por sobre os ombros e sentiu oxigênio entrar em seus pulmões de novo. Nunca estivera tão feliz em rever aquele rosto arrogante.

— Eu tenho que admitir... — começou a falar, ainda com a respiração desregulada. — Eu estava esperando por você.

Cleo se agachou atrás de sua cadeira, soltando as correntes.

— Acredite, eu não queria ter voltado.

Quando sentiu suas mãos e pernas livres, Verona espreguiçou-se e se levantou para chutar as correntes para longe do seu alcance.

Desapareçam, cobrinhas.

— Foi você que fez aquilo? — Verona indagou. — Aquela... sombra? Um fantasma?

— Era o espírito de uma pessoa, um fantasma que eu trouxe da morte. O que ele fez se chama *toque fúnebre*. — Cleo admirou sua própria obra, várias pessoas espalhadas pelo chão. — É a perda total dos cinco sentidos, dos movimentos, do equilíbrio, da coordenação, tudo. Seu corpo morre. Apaga. Mas sua consciência continua ali, aprisionada na escuridão. Um cérebro ativo, uma alma intacta, mas presos no corpo semimorto.

— Eles não podem nos ouvir? Nos ver? Nada?

— Nada.

— E eles vão ficar assim até quando? — Verona usou a ponta do pé para dar um leve toque na perna de Ling Yuhan, confirmando que ele estava mesmo inerte. — Para sempre?

— É temporário. Só a própria morte pode tirar uma vida. — Cleo caminhou até o corpo de Balthazar, agachando-se ao lado dele. Delicadamente, ela acariciou os cabelos grisalhos do conselheiro, deleitando-se da imagem. — Eu pagaria uma fortuna para ver o rosto de Balthazar percebendo que conseguiu perder a Aniquiladora e sua preciosa prisioneira em um único dia...

Cleo se levantou devagar, sem pressa alguma para ir embora da sala, tão confiante quanto um pavão.

Verona passeou seus olhos pelo salão circular. Podia fantasiar a cena. Balthazar se dando conta de que tudo fora perdido, os demais conselheiros despertando do sono da morte completamente desnorteados, e o poder da cúpula desafiado e derrotado. Seria um choque. A prova de que nenhum conselheiro era tão poderoso quanto pensava ser, não quando comparados à magia da morte. Um aviso para que não tentassem provocá-las de novo.

— Vamos — ordenou a conjuradora. — Tem muitos sentinelas no prédio. Quando o primeiro corpo for visto, irão nos procurar.

Ela saiu andando na frente, puxando os corpos do par de sentinelas que costumavam ficar plantados na entrada para dentro. À medida que Verona se aproximava do arco de saída, Cleo a olhava como se pensasse que ela era uma completa dissimulada.

E ela realmente era.

Um pouco.

— Você não trouxe a bebida ou a bolsa que eu te pedi, trouxe? — zombou Verona.

Cleo não demorou para bater as portas do salão circular.

— Não se anime tanto — guinchou a conjuradora. — Essa foi a primeira e última vez que salvei sua vida.

Verona apenas sorriu, inabalável, tirando seus saltos para caminhar confortavelmente até sua rota de fuga.

De uma vez por todas, ela atravessou as portas da cúpula não pretendendo voltar a vê-las. Às suas costas, uma dezena de corpos foram deixados aos pés do maior símbolo de poder da cúpula: as seis cadeiras dos conselheiros.

Verona sabia que Balthazar acordaria com mais raiva do que nunca.

Cleo

Cidade de Roma, Itália

Cleo apertou o volante, os nós dos dedos já brancos. Não tinha sido fácil fazer Verona desistir de buscar suas malas no hotel que ela havia se hospedado para o baile. Mas, depois de meia hora de discussão do porque aquilo seria uma perda de tempo, a garota parou de insistir.

— Você acha que eles já acordaram? — perguntou Verona, no banco do passageiro. — Os conselheiros, no caso. Será que demora muito para que o efeito da magia termine?

— Não sei. Nunca fiz isso antes.

— Eu queria estar lá para ver o rosto deles quando notarem que eu sumi, você não?

— Talvez. Mas não temos tempo.

— Quanto descaso, Cleo. — Verona cruzou as pernas. — Não quer falar sobre o que aconteceu?

Cleo respirou fundo. Verona já a havia perseguido o bastante para uma semana. Aparecendo em seus pesadelos, manipulando suas escolhas e agindo como se tudo que estivesse acontecendo fosse só mais um objeto para seu entretenimento pessoal.

A conjuradora piscou devagar para controlar seus nervos.

— Escute bem, amor, eu vou esclarecer a situação. — Cleo se virou para a garota em seu vestido de gala rosê desgastado. — Eu não sou sua amiga, então não aja como se fossemos íntimas. Eu não te salvei porque me importo com você. Nós somos dois tipos diferentes de pessoas que nunca se misturariam. Fui clara?

Verona umedeceu os lábios e assentiu silenciosamente, quase como se tivesse sido abalada pela constatação.

— Muito bem. Entendi.

— A sua osteria tem um campo de força contra a entrada de conjuradores, não é? — mencionou Cleo, relembrando do primeiro dia em que visitou o restaurante. — Acha que podemos ir até lá?

— É uma boa opção. Mas tenho uma condição.

— Condição? Depois de eu ter te tirado da cúpula? Francamente...

— Pare de ser cruel. Estou curiosa, só isso. Você me intriga, sabia?

Cleo franziu o cenho.

— De que maneira?

— Me conta o que te fez vir para cá. Coisas que você sonha em fazer, algo que ninguém saiba. Você é uma figura peculiar, se me permite dizer.

Peculiar.

Talvez essa fosse a única coisa que tivessem em comum. Elas eram peculiares. Tinham vidas peculiares. Uma conjuradora da morte fadada a servir à cúpula e uma garota morta que voltou no corpo de outra pessoa. O que poderia dar errado se os maiores sacrilégios da sociedade da magia trabalhassem juntos?

— Eu só tive um motivo para vir a Roma. Uma palavra, na verdade. Respeito — confessou. — Era tudo que eu queria. Vir para um país em que ninguém me conhecia e conquistar o respeito das pessoas, fosse por conhecimento ou poder. Eu descobri a cúpula por meio de contatos que fiz aqui. Hoje, os outros conjuradores têm medo de mim, e isso os fez me respeitar. Eu deveria estar satisfeita, mas só me tornei mais solitária.

Verona deu de ombros.

— Bom, se você queria respeito, já tem o meu.

— Isso é o mínimo por eu ter te tirado daquela humilhação.

— Sabe que está no meu time agora, não sabe? E eu só trago os melhores para ele.

Cleo riu com escárnio.

— No time "glorioso" de anarquistas?

— Digamos que, se sairmos vivas, eu posso te recompensar. O clube é um refúgio para conjuradores desvinculados da cúpula, parece o lugar certo para você agora.

— Generoso de sua parte trazer uma inimiga para dentro do ninho. Seus amigos não vão ser tão receptivos, mas eu diria para eles pensarem duas vezes antes de tentarem me sabotar — falou, lembrando do que Ganesh havia dito sobre ela estar trocando sua liberdade por um caso perdido. Talvez ele estivesse certo. Cleo ainda não sabia por que havia jogado todos os seus planos na lata de lixo. Mas, naquela hora, sentira que precisava traçar um destino diferente.

— Você não é minha inimiga, Cleo, não consegue ver? — Verona encarou-a com aqueles olhos de âmbar, perto o bastante para que a conjuradora pudesse ver seus detalhes. — Você tem potencial para ser mais do que isso.

Quando Verona repousou a mão em sua coxa, Cleo sentiu um arrepio no estômago. Quis acreditar que aquele tipo de gesto era apenas algo que combinava com a personalidade de Verona. Do contrário, quais motivos ela tinha para continuar querendo sua atenção se já conseguira tudo o que havia planejado?

— Estava pensando... — continuou Verona. Cleo estava perto de cruzar a fronteira do município. — Agora que temos um inimigo em comum, acho que você já pode me devolver a garrafa de Belladonna, não é?

— Vai finalmente abri-la para beber?

— Óbvio que não. Eu já disse, preciso dela.

— Você pode achar milhares iguais, por que precisa daquela? Essa história está ficando entediante.

Verona fechou o espelho e recolheu os batons, delineador de paletas de sombra espalhadas em seu colo.

— Aquela é especial. Você deixou ela em um lugar seguro, pelo menos?

— Ela está com Balthazar — disse, fazendo Verona virar a cabeça em sua direção no mesmo instante. — Ele já deve ter bebido pelo menos uma taça. Não faça drama, pode tentar comprar outra mais tarde. Além do mais, tem coisa melhor para beber do que aquilo. Se quer tanto se intoxicar com álcool, posso listar vinhos mais saborosos do que uma Belladonna.

O silêncio da garota fez Cleo estranhar sua reação. Entendia que aquela peça poderia ter um significado importante, mas ela era a última preocupação que Verona deveria ter. Precisava se desligar de bens materiais pelo bem da sua sobrevivência.

— Em nome de Deus, diga que está mentindo — implorou ela. — Diga que você não deu a ele.

Cleo revirou os olhos. Verona não havia escutado nada do que ela acabara de dizer?

— Disse para não fazer drama. Não estou com tempo ou *paciência* para isso.

— Aquela garrafa é minha âncora! — Verona aumentou o volume, a voz sonoramente embargada. — Minha alma está *literalmente* amarrada a ela! Se ela for quebrada, eu posso morrer!

Não houve aviso prévio: de repente, Cleo pisou no freio, fazendo seus corpos serem bruscamente lançados para frente. O carro de trás quase bateu na sua lataria. Ela ouviu uma sequência de xingamentos quando saiu da via para entrar no acostamento.

— O que você disse? — Cleo segurou o volante com toda força que tinha, evitando olhar diretamente para Verona, porque acabaria expulsando-a do carro.

Verona puxou os cabelos da testa para trás, sem acreditar.

— Estou acabada. Droga. Eu estou acabada. É isso.

— Por que não me avisou?! — gritou Cleo, voltando-se para ela. — Por que inventou aquela história?

— Por que eu diria para a aliada do meu inimigo que aquela garrafa poderia expurgar minha alma do corpo? Eu não tinha certeza se você voltaria! Eu achei que você estava com ela! Foi você que a roubou!

De súbito, Cleo abriu a porta do carro e saiu andando na frente, aborrecida e decepcionada. A brisa gelada precisava acalmar o calor que subia por suas bochechas ou nada se resolveria.

Testemunhando a reação, Verona logo apressou o passo, correndo com seus saltos imundos atrás da conjuradora.

— Eu estou tão assustada quanto você! — exclamou ela.

Por acaso ela achava que suas lamentações iriam ajudar?

— Espera, esse era seu plano? — Cleo se direcionou a ela, face a face. — Isso quer dizer que você nunca esteve em real perigo? Balthazar não ia conseguir usar aquela caixa para te expurgar por causa dessa garrafa e você sabia! Você sabia que ele tentaria puxar sua alma para fora porque *eu* te disse isso naquele jogo que você criou!

— Olha, eu sabia que ele não encostaria um dedo em mim. Eu estou no corpo de Merlina, não é? Isso tinha que ser vantajoso de algum jeito. Balthazar nunca usaria nenhuma tortura física, então supus que ele tentaria atacar minha alma — explicou ela. Cleo finalmente ligou todos os pontos, formando a imagem completa. — Mas, para ser honesta, *você* era o meu plano.

— E tudo isso para quê? Ele está exatamente com aquilo que precisa!

— Você nunca tenta ser otimista nem por um segundo?

Não é possível que ela queira falar de otimismo agora. Justo agora.

— Deus, eu tenho que ouvir isso de uma garota que arriscou ficar presa na Sala de Narciso para a eternidade porque prendeu sua vida à uma *garrafa*. Uma *garrafa de vidro* — reclamou consigo mesma, colocando as mãos na cintura. — Não podia ter prendido sua vida em pedaço de aço? Pelo menos não quebraria tão fácil.

— Pare de me criticar. A garrafa estava protegida por *dois* campos de força, escondida em um esconderijo dentro do ninho anarquista. Você só a achou porque sua aura bloqueadora é uma grande trapaça mágica. E Belladonna é símbolo da minha vida passada. É poético, é bonito, é arte.

— É burrice, Verona.

Verona cerrou o olhar, respirando fundo.

— Apesar do seu ceticismo, acredito que temos chances de ganhar. Sabemos do que Balthazar não sabe, assim como você não sabia dez segundos atrás. Se você é tão esperta quanto diz, então aposto que Balthazar não deveria ser uma preocupação, já que, teoricamente, ele não é tão inteligente quanto você.

— Reze para que ele ainda ache que a garrafa possa ser útil para te atrair de volta e não resolva quebrá-la. — A conjuradora passou por ela, disparando de volta para o carro. — Vamos embora.

Verona acompanhou Cleo sem questionar, ocupando o passageiro de novo.

— Qual é o plano? — indagou, porque Verona claramente não fazia ideia de como solucionar a situação.

— Você disse que eu estava no seu time, não disse? — Cleo abaixou o freio de mão e ligou o carro, a fúria fazendo seu olhar brilhar. — Muito bem. Vamos reunir o resto do time.

Verona

Cidade de Verona, Itália

Depois de sete horas de estrada, Verona estava pisando nos paralelepípedos das ruas de sua cidade preferida, inalando o frescor no ar e o cheiro de comida dos restaurantes.

Assim que Cleo entrou na osteria, foi impossível de ignorar os olhares ariscos lançados em sua direção. Muitos receberam Verona com um sorriso no rosto, que se desmanchou assim que viram sua acompanhante.

Depois da última aparição de Cleo na osteria, eles sabiam quem ela era, conheciam seu rosto, sentiam o cheiro da magia da morte como um rato atrás do queijo.

Eles terminaram de servir a clientela, entregando o conteúdo de suas bandejas para as mesas, mas os olhares continuaram atraídos pela presença de Cleo. Verona leu seus gestos como lia uma cartela de coquetéis, e eles estavam sedentos para colocar as mãos na conjuradora que havia colocado a segurança do clube em risco.

— Vem. Não encare ninguém.

Verona pegou o antebraço de Cleo e puxou-a para a passagem de acesso ao condomínio. Ela andou diretamente até a sala de Andréas, atrás de uma porta no *hall* do prédio principal. Como havia perdido a chave no meio de suas malas, deu duas batidas rápidas nela.

— Um momento — respondeu Andréas. Seus passos foram gradativamente aumentando conforme ele se aproximava da porta.

Quando Andréas abriu a porta, o sorriso que se estendeu em seu rosto foi impagável.

Verona envolveu-se em seus braços carinhosos, recebida por um suspiro de alívio. Havia grandes chances de seu paletó azul-marinho sair amassado daquele contato, mas ela não se importava, e imaginava que ele também não.

— Você voltou — sussurrou Andréas.

— Eu disse que voltaria.

Estava de volta. Estava em casa.

— E eu trouxe uma convidada especial. — Com o sorriso forçado de quem sabia que receberia uma drástica mudança de expressão, Verona puxou Cleo para o campo de visão de Andréas.

Na mesma hora, o empresário cruzou os braços.

— A Aniquiladora. — Ele analisou o rosto dela com um certo tom de desgosto. — Não posso dizer que é bom te rever.

Cleo passou a língua pelos dentes.

— Também não posso dizer que é bom estar de volta ao seu estabelecimento de quinta categoria.

Andréas endureceu a mandíbula.

— Tem coragem de vir aqui depois do que fez?

— E você? Acha que pode enfrentar uma conjuradora da morte sem acabar perdendo a própria vida, empresário?

— Por que não conversamos na sala? — cortou Verona, antes que aquilo se tornasse uma discussão fervorosa. — Vamos, entrem.

Verona os empurrou para dentro. A sala executiva de Andréas tinha uma lareira elétrica na parede adjacente ao arco de entrada. Também havia uma mesa de granito preto com um par de cadeiras para visitantes e um assento acolchoado para ele próprio se sentar. A parede logo atrás da mesa era coberta por prateleiras de mogno com nichos iluminados, todas preenchidas por livros e porta-retratos. Havia uma porta no canto, misteriosa para qualquer um que não conhecesse o lugar.

Mas Verona sabia o que tinha atrás dela.

— Antes que diga qualquer coisa, Cleo veio ajudar — explicou, puxando uma cadeira enquanto Andréas dava a volta na mesa.

— Não. Não vim ajudar *vocês*. — Cleo não se deu ao trabalho de sentar-se. — Eu não me importo realmente com esse lugar. Meu único motivo para estar aqui é a cúpula. Temos um inimigo em comum.

— Que grande surpresa. — Andréas ocupou sua cadeira, entrelaçando os dedos sobre o colo. — Agora você toma as próprias decisões, Cleo Von Barden? Como foi que tirou a coleira deles do seu pescoço? Mordeu a corda até que ela se rompesse?

Cleo levantou o pulso.

— Não. Eu cortei minha mão fora, não está vendo?

Verona mordeu a carne da bochecha, mas não interveio. Deixou os dois se alfinetarem. Talvez, assim, liberassem todo rancor acumulado e pudessem ter uma conversa séria depois. Por mais difícil que fosse confraternizar com rivais velados, eles precisavam entrar em um acordo. Os dois lados tinham algo a ganhar se trabalhassem juntos. Cleo conhecia a cúpula e os conselheiros, e Andréas liderava um ninho de anarquistas que, se bem instruídos, poderiam causar o estrago que precisavam para conseguir a garrafa.

— Seu humor me inspira, senhorita Von Barden. — Andréas bebeu o chá em sua xícara, a cordinha do sachê pendurada na borda da caneca. — Se me permitem ser sincero, não entendo o motivo dessa visita. O que traz a Aniquiladora aqui? Não deveria estar fugindo do conselho?

— Eu tirei sua amiga de uma cela, Andréas — disse, fazendo-o erguer as sobrancelhas desconfiado. — Nós fugimos, mas uma peça importante foi deixada para trás.

— Não trouxeram a garrafa?

— Não.

A resposta foi imediata: Andréas voltou seu olhar para Verona.

— E como garante que Cleo não está te sabotando? Confia nela, Verona?

Antes que pudesse responder, o ímpeto de autopreservação de Cleo falou mais alto:

— Você não quer duvidar de mim — rebateu a conjuradora. Ela colocou as duas mãos na mesa devagar, uma aranha prestes a picar a presa, debruçando-se na direção de Andréas. Queria intimidá-lo, deixá-lo com medo. Mas ele não abaixou a cabeça. — Só porque usa um terno caro e está atrás de uma mesa, não quer dizer que é indestrutível. Pessoas como você acham que estão no topo da hierarquia até alguém como eu aparecer.

— Você se estima demais, Aniquiladora. — Ele a enfrentou de peito estufado, olhos nos olhos. — Nosso último encontro nega cada palavra que acabou de sair da sua boca, quando eu te fiz rastejar pelo chão da osteria.

— Foi um erro tolo que eu não vou voltar a cometer — rosnou. — Mas sabe do que eu lembro? Que rompi seu campo de força e saí daqui com uma garrafa nas mãos. Eu baguncei seu jogo, não foi?

Verona apoiou o cotovelo no braço da cadeira e massageou a têmpora. Aquilo começava a ficar cansativo.

Quando Andréas abriu a boca para falar, Verona apressou a interromper:

— Por favor, queridos, podem agir de forma civilizada por um minuto? — Ela fitou Cleo, apontando o assento vazio ao seu lado com a cabeça. — Por favor, sente.

A conjuradora demorou alguns segundos, mas tirou as mãos da mesa e ocupou o lugar.

— Muito bem, então. — Cleo endireitou a postura, analisando as próprias unhas. — Terminem com essa perda de tempo.

Verona agradeceu internamente pelo breve momento de silêncio.

— Cleo e eu pensamos em algumas coisas na vinda para cá — revelou ela, direcionando-se a Andréas. — Irá haver outro baile. Um baile de fim de ano. Todos os conselheiros vão estar lá. Nós apostamos que Balthazar vai querer manter a garrafa por perto. O conselheiro sabe que ela tem o poder de me atrair, então... bem, vai querer se certificar de que ela esteja segura.

— E por que ele traria a garrafa para uma festa?

Naquela hora, Verona cruzou as pernas e balançou a cadeira giratória com o pé no chão.

— A festa é aqui, no anfiteatro de Verona. E Cleo disse a Balthazar que eu estava nessa cidade, apesar de ele não saber sobre o clube.

— Hum... — Andréas repuxou o canto do lábio. — Que surpresa agradável...

— Os conselheiros ficarão hospedados na cidade. Um hotel inteiro foi reservado para eles, vinculado à cúpula. Talvez a garrafa fique no quarto de Balthazar, ou talvez ele leve ao baile.

— Balthazar costumava carregar o controle das minhas algemas — comentou Cleo. — Ele achava que seria mais fácil controlá-lo se estivesse no bolso. Uma garrafa não pode ser carregada no bolso, mas talvez numa maleta. É típico dele manter as coisas que julga valiosas consigo. O colar que ele usa no pescoço, por exemplo. Andei pesquisando fotos de Merlina e, pelo visto, a bijuteria pertencia a ela.

— Belo poder de observação, Cleo — elogiou Verona. — É por que você é uma boa pesquisadora ou por que gostou de ficar olhando para meu rosto nas fotos de Merlina?

Verona soube que havia conseguido o efeito que queria quando Cleo perdeu a fala por um segundo.

— Podemos avançar contra os dois simultaneamente. — A conjuradora continuou como se não tivesse escutado. — Uma equipe para o baile e outra para o hotel. E um grande evento sempre concentra muita gente, o hotel vai se esvaziar consideravelmente na data. Se não encontrarmos nada no baile, só precisaremos segurá-los. Então, Balthazar estará fracassado.

— Além do mais, é uma festa — argumentou Verona, um sorrisinho ousado começando a surgir em sua boca. — Uma festa no anfiteatro da nossa cidade. Quer algo melhor do que isso?

— Você não perde a oportunidade de ir a uma festa, não é? — disse ele. — Isso parece alimentar sua alma.

Verona sorriu, mas se lembrou da última vez em que aceitara o convite de um baile para ter a garrafa de volta. O dia em que Cleo fugiu com ela e deixou um bilhete em sua penteadeira, o dia em que Andréas se sentou com Verona e tentou oferecer ajuda, mas ela recusou seu apoio.

— Andréas, eu sei o que eu disse antes, sobre não querer envolver seus anarquistas...

— Pare, pare, pare. — Ele ergueu a mão. — A situação tomou uma dimensão maior, eu entendo. Você sabe que estou disposto a ajudar, e tenho certeza de que meus colegas vão aceitar entrar na dança. Se podemos prejudicar a cúpula dando suporte a uma aliada, com certeza teremos interesse em fazer isso — concluiu Andréas, batendo sua xícara no porta-copos. — Lembre-se, Verona. Balthazar é quem deveria ser punido, ele quebrou a lei. Você é só a consequência que ele merece.

Ele esticou a mão, e ela apertou seus dedos macios. Por algum tempo, Verona chegou a pensar que não voltaria a tocá-los. Mas ela estava ali, sentada no escritório dele, negociando uma sentença de morte à cúpula e tudo que estava relacionado a ela. Andréas era sua família, a única que havia restado. Seu irmão mais velho, aquele que cuidava dela e que se importava com ela. Aquele que não a abandonaria, e que sabia do que ela precisava.

Família não tinha a ver com sangue, mas com amor. E ela havia encontrado sua verdadeira família.

— Obrigada, Andréas. Eu não sei o que faria sem você.

O conjurador piscou em resposta, um gesto singelo que significava mais do que aparentava. Verona podia contar com ele. Sempre. Para tudo. Nessa vida e em qualquer outra.

— Você não acha que vai entrar numa festa da cúpula do jeito que está agora, não é, Verona? — comentou Cleo.

— O que quer dizer com isso?

— Você quer ir até os conselheiros sem magia? Acha que conseguirá recuperar sua garrafa assim?

Verona olhou de um para o outro. Andréas não contestou a sugestão da conjuradora. Cleo não adicionou outra alternativa. Ninguém se manifestou contra a ideia. Verona tinha de admitir que havia tentado evitar aquela conversa o máximo que podia.

— Eu não sei se estou pronta para isso.

Andréas emitiu um estalo com a língua.

— Eu não gosto de ter que concordar com ela, Verona, mas Cleo tem razão.

— Eu sempre tenho — resmungou a conjuradora.

— Entendo seu medo, Verona. Mas, como discutimos, a dimensão do caso se tornou maior do que o esperado. Eu sei que já faz quase quatro anos desde o acidente no festival, então, se você se esqueceu, preciso te lembrar que a runa desaparece com a morte de um conjurador. Isso quer dizer que o corpo de Merlina não tem mais uma runa. A magia para de ser canalizada, a entidade rompe o vínculo e o corpo finalmente descansa. Para vencer uma guerra de conjuradores, você precisa passar pela cirurgia. Você poderia começar de novo.

— Merlina tinha alucinações, Andréas. — Verona contra-argumentou. — O que acontece se eu decidir canalizar magia e a doença dela me matar?

— Impossível. — Andréas balançou a cabeça em negação, recostando na cadeira. — Lembra do que dizem? As doenças mágicas são assunto de alma. O corpo é só uma casca que deteriora quando a alma já não consegue mais suportar a magia e está corrompida. A doença que matou Merlina não estava na carne, mas no espírito, e aposto que desapareceu quando seu fantasma foi embora desse corpo.

Aquilo colocaria tudo em risco. Se a cirurgia fosse malsucedida ou se Verona adoecesse, Balthazar venceria. Mas, se ela reconquistasse sua magia teria mais chances de ganhar ao enfrentar os conselheiros no baile de fim de ano.

Dois riscos. Uma vantagem.

— Acha que seu mestre-cirurgião consegue fazer isso?

Andréas assentiu sem pestanejar.

— Com a mão atrás das costas, minha amiga.

Verona pressionou os lábios, não muito convencida.

— Com licença... — Lisandra deu uma batida na porta, abrindo-a devagar. A conjuradora engoliu em seco quando notou a presença de Cleo. — Tem uma pessoa na osteria. Pediu para ver Cleo Von Barden.

Cleo virou o pescoço assim que seu nome foi mencionado. Verona a fitou, tão confusa quanto ela parecia estar.

Quem mais sabia que ela estava ali?

Quem as havia seguido até a osteria?

Lisandra levou-as até uma mesa do lado externo. Andréas resolvera ficar no escritório para iniciar os preparos que haviam discutido, mas pedira a que Verona o mantivesse atualizado.

Assim que Cleo pronunciou seu primeiro xingamento, ela supôs que a conjuradora conhecia o homem parado na calçada em frente à osteria.

— O que está fazendo aqui? — repreendeu, a nuvem de mau-humor voltando a chover sobre sua cabeça. — Eu não disse para você sumir?

— Boa noite, Cleo. Como você está? Fez boa viagem? Não sentiu nem um pouco minha falta? — O rapaz abriu um sorriso largo. Ele tinha a pele marrom e grandes olhos pretos, fáceis para fazer alguém se perder dentro deles.

— Você não pode vir aqui, Ganesh. — Cleo puxou um assento para ocupar. *Ganesh, nome interessante.* — Como me achou?

— Lembra do programa no seu computador? Eu só precisei de uns minutos para identificar o lugar que a tal Verona costuma ficar. Imaginei que levaria sua amiga para a casa dela.

Cleo passou a mão pelo cabelo, a raiva exibindo suas linhas de expressão.

— Você está se colocando em risco.

— Você também. Isso ficou sério pro seu lado, Cleo. Eu quero ajudar. E, de quebra, ser útil para alguma coisa. Eu sabia que você não ia deixar eu me envolver, então não te avisei. Agora que estou aqui, não tem volta.

— Você não tem chances, Ganesh! Olhe para você, um ex-militar com o ombro ferido!

— Ai! — Ele levou a mão ao peito em tom de sarcasmo. — Essa doeu. Eu já te disse para parar de deixar seu coração de molho na geladeira antes de sair de casa. Está cada vez mais insensível.

Cleo estalou a língua.

— Parece que foi *você* que se esqueceu de pegar algo antes de sair de casa, não eu.

— Algo tipo o que?

— Sua noção.

O sorriso de Ganesh só aumentou.

— Para início de conversa, eu nunca tive noção. — O rapaz colocou sua mão sobre a de Cleo, repousada na mesa. — Nós nos protegemos até agora, achou que hoje seria diferente?

— A situação é diferente.

— Não, não é — contestou ele. — Se acha que eu pensaria duas vezes antes de vir, está enganada.

— Você é um caso sem salvação, Ganesh — complementou ela. — Você sabe disso, eu sei disso, todo mundo sabe disso. Mas eu agradeço por você ser assim.

— Por eu não ter salvação?

— Por cuidar de mim. E por ser um completo inconsequente.

Ele riu.

— Obrigado por reconhecer. Cobro dez euros por hora, aliás.

Ganesh estendeu a mão, como se exigisse o dinheiro que ela estava devendo, e arrancou um meio sorriso de Cleo. A conjuradora afastou a mão dele com um empurrão no antebraço e um "não encoste" consideravelmente bem-humorado.

Verona tomou o momento como uma oportunidade.

— Bem, a osteria tem lugar para vocês dois — afirmou. — Os quartos são melhores do que qualquer outro hotel por aí. O apartamento é uma gracinha, claro. Mas o meu é mais bonito e minha cama com certeza cabe duas pessoas. Cleo pode vir passar um tempo caso vocês se cansem um do outro.

Ganesh soltou uma gargalhada sonora.

— Você não é de perder tempo, estou certo?

Verona sorriu.

— Quando se trata de mulheres? Não.

— Céus... Vocês mereciam uma medalha por serem horríveis. — Cleo fez uma careta de nojo. — Ou melhor, eu merecia uma medalha por aturar isso.

— Eu posso ser sua, é só me pedir. — Verona enrolou um cacho nos dedos.

— Você adoraria se enrolar comigo, não é? Cuidado para não começar a babar, Verona.

Com isso, Cleo deu as costas e entrou no salão. Verona a observou de longe, vendo-a sumir pela porta de acesso do condomínio, o passo firme e decidido como tudo que ela fazia.

— Bom... — Ganesh coçou a garganta. — Estou convidado a entrar para o seu clube ultrassecreto?

— Sim, claro. Entre quando se sentir à vontade. Mas, se me der licença, preciso resolver alguns assuntos agora.

Ela se retirou com um sorrisinho simpático, andando para dentro enquanto mordia o lábio.

Cleo tinha razão. Ela tinha de tomar cuidado.

Estava começando a ficar muito óbvio seu interesse pela conjuradora da morte.

Mas Verona sempre teve certo apreço pelo impossível.

E Cleo era um desafio e tanto.

Cleo

Cidade de Verona, Itália

Cleo não queria parecer deslumbrada, mas o apartamento que Verona reservara para ela não era nada parecido com os outros que já experimentara. Era muito mais amplo. Bonito. Melhor.

A primeira coisa que Ganesh fez ao abrir a porta do próprio quarto foi se jogar na cama, comemorando pelo colchão não ser mole como um marshmallow.

Ela, por outro lado, começou a desfazer as malas. Pendurou suas roupas dentro do closet. Nunca tivera um, mas se lembrava do quarto de sua mãe, de como seu closet se estendia para um segundo quarto.

Cleo vinha de uma família financeiramente abastada. Nada lhe faltara durante a infância e adolescência, exceto o cuidado de mãe. Ela dizia para si mesma que havia superado os problemas familiares, e que, agora, tinha uma nova vida. Porém, quase ninguém conseguia cicatrizar feridas daquele tipo, que se enraizavam dentro da cabeça de uma criança desde tão cedo. Cleo sabia, bem no fundo, que estava longe de esquecer seu passado, por mais distante que estivesse de tudo que lembrava Nahariya.

Suas raízes eram firmes e profundas, entremeando-se pela sua alma como um vírus que tentava se reproduzir.

Ela não havia descoberto a cura para aquela doença ainda.

Na tarde do dia seguinte, após um almoço mais do que satisfatório, a conjuradora decidiu conhecer o clube. Andréas havia batido em sua porta na noite anterior, sendo bem específico sobre Ganesh e Cleo estarem proibidos de sair das instalações. *"Questões de segurança"*, dissera o proprietário. Precauções para que ninguém descobrisse o paradeiro da Aniquiladora. Não podiam ser vistos andando publicamente pela cidade tão perto da data do baile de fim de ano. Por isso mesmo haviam almoçado dentro do apartamento, longe do salão da osteria, e seria assim até que aquela história acabasse.

As únicas opções de Cleo, agora, seriam ficar no apartamento enquanto Ganesh assistia à televisão e mastigava seus cereais barulhentos, ou explorar a área comum do condomínio e talvez encontrar algo com que se ocupar.

A segunda parecia mais agradável.

Cleo vestiu a calça e o top preto, colocando uma blusa de tule com manga comprida por cima. Calçou os coturnos em seguida. A jaqueta era de um tom escuro de azul-turquesa.

— Vou dar uma volta — avisou Cleo peara Ganesh, mas ele estava concentrado demais no suspense policial que passava na televisão para se despedir adequadamente.

Ela desceu as escadas, cansada de esperar pelo elevador. O condomínio da osteria tinha, ao menos, três salões de festa. Ela conseguia ouvir o barulho das risadas e da música saindo de um deles. Além disso, havia duas piscinas: uma fria e outra aquecida, além de uma quadra de vôlei e outra de tênis, juntamente com a academia e a sauna úmida. Um pequeno mercado fora montado no terreno, exclusivo para hóspedes e moradores, sem contar a constante presença da osteria, caso alguém quisesse pedir uma comida mais refinada.

Cleo poderia se perder por ali caso não houvesse um mapa pregado no quadro de avisos do hall.

A piscina aquecida fora uma de suas primeiras paradas. Do lado de fora, ela podia ver, através do painel de vidro, o vapor subindo da água. Ganesh teria tirado apenas os sapatos se estivesse ali, não se daria ao trabalho de arrancar a roupa, e mergulharia apesar das recomendações médicas.

Como não estava vestida para qualquer atividade na água, Cleo firmou um passo para dar meia volta quando a visão de Verona saindo da água para enxugar o corpo tomou sua atenção. Ela usava um biquíni vermelho-vinho com um laço nas alças sobre cada ombro.

Cleo contornou a área antes que Verona terminasse de se enxugar e entrou pela passagem que dava acesso à piscina. Quando percebeu que já não havia ninguém por ali, viu a porta da sauna e soube o que precisava fazer.

Ela tirou suas roupas e se enrolou em um dos roupões higienizados e empacotados em plástico para uso pessoal. Empurrou a porta de madeira da sauna, sentindo o chão quente sob seus pés, e encontrou aquele velho olhar dourado assistindo-a entrar.

— Ora, ora ora... — Verona mordeu um sorriso. — Não sabia que gostava de ambientes assim.

— Sou apreciadora do que é bom — falou Cleo, subindo até o último degrau da pequena arquibancada, mantendo uma distância respeitável de Verona. — Vamos ver se sua sauna é tão interessante quanto ouvi falar.

— É bem melhor quando se tem uma companhia para te ajudar a relaxar, se é que me entende.

— Não consigo imaginar quantas pessoas você já trouxe para cá com essa mesma desculpa.

Verona tombou a cabeça para o lado, reflexiva, batendo o indicador no queixo.

— Nenhuma, na verdade. Mas, já que você deu a ideia, poderia ser minha primeira vítima.

Ela via o que Verona fazia com as pessoas. Via como ela brincava, como se nenhum outro jogador fosse vencê-la. Cleo queria provar que ela não era o deus que imaginava ser.

— Você já pensou sobre o que eu propus? — mudou de assunto, pretendendo retomá-lo mais tarde. — Sobre a runa, a magia. Vai passar pelo Despertar?

Verona puxou seu roupão, cobrindo mais o corpo, nervosa.

— Eu sei que teria de fazer isso, mas... O que acontece se eu não acordar? — Ela se encolheu. Verona nunca se encolhia. — Isso tudo vai ser em vão.

— Você *vai* acordar — afirmou Cleo, convicta como se pudesse desvendar o futuro. — Acha que eu te deixaria morrer? Tenha dó. Eu te traria de volta. Eu faria de tudo para te trazer de volta.

Verona a olhou por alguns segundos, deixando o momento se estender sem uma resposta. Suas pupilas brilharam em uma faísca de esperança.

— Então eu posso contar com você, Aniquiladora?

Cleo assentiu, firme na decisão. O pacto estava firmado.

— Qual magia você escolheria? — perguntou Cleo. — Pensou nisso?

— Eu costumava ser uma conjuradora da natureza, e eu estou louca para poder voltar a ter meu antigo poder — cogitou ela. — Você não recomendaria a magia da morte, não é?

A conjuradora balançou a cabeça em negação.

— Nem pense nisso. Não é uma alternativa. Magia da morte é difícil de controlar. Você poderia morrer se tentasse.

— Foi difícil para você? Quando decidiu que queria arriscar?

— A runa da morte é uma maldição e uma bênção — admitiu Cleo. Doía pensar que a coisa que mais a fazia sentir poderosa era exatamente aquilo que a matava. — Ela quase me consumiu. Eu fiz tudo sozinha, e não sabia ao certo no que estava me metendo quando decidi tentar.

— O que aconteceu de verdade? O que a runa fez com você?

Cleo não costumava falar sobre aquele assunto abertamente. Nem mesmo com Ganesh, porque sabia que ele não seria capaz de compreender.

— A runa da morte tem um preço — explicou, tentando evitar o contato visual com Verona. Não queria enxergar o pesar em seu rosto, porque todo mundo que ouvia a história passava a ver Cleo como uma coitada indefesa e à beira da morte. — Ela te faz ficar dez vezes mais poderosa, mas também te assombra. A partir do primeiro contato com o mundo do pós-vida, ele te persegue. Eu vejo vultos, Verona. Eu ouço o céu caindo toda noite. E, às vezes, quando olho rápido demais, vejo um redemoinho nas nuvens ou no teto de casa, de onde as almas caem a todo segundo como meteoros.

A morte era seu medo mais obscuro, sua seguidora mais fiel. Sentia ela pressionando seus ossos, as mãos frias e acinzentadas tentando torcê-los. Cleo imaginava que, uma hora ou outra, eles se quebrariam, e ela não teria escolha a não ser pagar pelo dano causado com a própria alma, como Ektor Galewski fizera.

— Isso soa mais familiar do que eu gostaria — revelou Verona. — Eu ainda lembro da sensação de não sentir meu corpo. Talvez estejamos compartilhando da mesma dor.

— Talvez. Ou de algo parecido. Mas ela tem um preço mais caro do que esse. É por causa dele que dizem que todo conjurador da morte está doente.

— Continue.

— Não é só o corpo que paga o preço, mas a alma, como qualquer doença mágica. — Cleo reuniu toda sua força para continuar falando. Ela estava doente, não podia esconder aquilo. E a pior parte era perceber que ela própria havia decidido adoecer, mesmo que pela magia que a fazia se sentir especial. — Já ouviu algo sobre esgotamento, Verona?

— Não falam muito disso na cúpula, então a maioria não sabe nada. — Verona gesticulou para que prosseguisse. — Vá fundo. Explique.

— É a mais tortuosa doença mágica que existe. — Sentiu os arrepios brotarem na pele, apesar do vapor quente da sauna. — Ela só atinge conjuradores da morte. Quando você começa a canalizar a magia do mundo das almas, o mundo das almas passa a se alimentar da sua energia vital. É o que a morte faz, não é? Engole a vida. E, aí, não tem volta. Alguns azarados que arriscam e não conseguem domar a magia logo no primeiro contato com ela, são engolidos na hora. Outros, como eu, que conseguem domá-la, prolongam a vida, mas sabem que estão fadados a um final breve e… nada bonito.

"Todo conjurador da morte sofre de esgotamento. Quanto mais magia da morte eu uso, mais ela abre buracos na minha alma. Eu estou sendo engolida aos poucos. Por isso minhas unhas estão escurecendo. Olheiras, gengiva, boca. Tudo está escurecendo. Quando eu partir, se eu extrapolar meus limites e a morte me consumir por inteiro, eu não vou para lugar algum. Eu vou sumir. Minha alma desaparecerá do universo."

Ninguém podia fugir dela. Nenhuma pessoa, animal ou célula. A morte era uma linguagem universal, um ponto final na história de tudo que existia. O esgotamento só acelerava esse processo.

Os estudos de Ektor foram interrompidos justamente pela chegada do acerto de contas. A runa da morte havia sido a causadora de um fim precoce na vida do conjurador-supremo. Cleo não queria se deixar chegar a esse ponto, teria de se desvincular dela assim que a situação piorasse, mas era difícil abrir mão da sensação viciante que ela provocava quando estava sendo canalizada.

— Por que você procurou por ela? — indagou Verona. — Por que colocou tudo a perder pela magia da morte?

— Porque eu queria ser lembrada — admitiu, exibindo aquela ganância corrosiva que havia se instalado em seu corpo desde que saíra de casa. — Minha mãe dizia que eu não seria ninguém, então eu fui atrás de algo que me tornaria reconhecida, pelo bem ou pelo mal. Eu não sei se teria feito tudo de novo, mas sei que consegui o que desejava. Sendo assim, não me importo com mais nada.

— Não deve ter sido uma escolha fácil… — Verona mordeu a bochecha, perdendo as palavras no meio da frase.

Cleo ergueu a mão, dispensando o seu consolo.

— Isso tudo foi só para explicar por que você deve ficar longe dela. Tente a runa da natureza, Verona. É mais seguro e você sabe como ela funciona.

— Falarei com Andréas — decidiu, ainda desanimada com a ideia, mas disposta a segui-la. — Obrigada pela ajuda. Não sabia que você poderia ser prestativa a esse ponto.

Cleo esboçou um meio sorriso.

— Deixou Ganesh entrar na sua cabeça? E te dizer que eu sou uma mulher metida e insensível?

— Não, claro que não. Eu nunca deixaria ele me convencer — protestou Verona. — Afinal, eu já sabia disso antes dele aparecer.

A garota riu baixinho à medida que Cleo cruzou as pernas, jogando a franja para o lado.

— Suas tiradas são terríveis. Você é um pouco melhor quando está flertando.

— Flertando? Agora gosta quando flerto com você? — Verona esticou seu pé, alisando a perna de Cleo por meio segundo. A conjuradora sentiu outro arrepio. — Se quiser, posso trancar a porta para ficarmos por aqui mais um tempinho… Gosta da ideia?

Se eu gosto da ideia?

Ela não daria aquela resposta a ela. Deixaria a provocação jogada ao ar, para evaporar pela sauna. Cleo viu uma chance para surpreendê-la.

— Para ser sincera... — Cleo começou a desfazer o laço do roupão, tirando-o completamente de seu corpo. — Acho que já estou de saída. — Ela jogou a peça no ombro, arrastando-se lentamente para o lado, um pouco mais para perto de Verona, para sua respiração, seu calor, seus olhos. — Talvez eu te encontre mais tarde, outro dia, e então veremos o que vai acontecer — sussurrou, tão perto que quase podia tocar seus lábios. — Despedidas são mais gostosas quando a tensão libera a primeira faísca e ninguém sabe o que vai acontecer quando nos vermos de novo. — Sua mão desceu até a abertura do roupão de Verona, brincando como se fosse abri-lo de uma vez. — É sempre bom deixar alguém querendo mais, não concorda? Para acumular todo aquele desejo... — Então, repousou-a na coxa dela, acariciando-a, sentindo algo borbulhar sob sua pele. — Nos vemos outra hora, Verona.

Cleo se levantou e caminhou até a saída, sabendo que Verona provavelmente analisava sua lingerie.

A conjuradora deixou a sauna com a certeza de que havia superado as expectativas que Verona tinha sobre ela. Como a boa competidora que achava ser, não podia deixá-la envolvê-la em seus flertes sem retribuir o favor.

Se antes ela tinha dúvidas, agora todas haviam sido sanadas: elas sofreriam uma combustão. Cedo ou tarde, aquela faísca encontraria o combustível certo para causar uma reação em cadeia. Como pólvora. Como óleo. Como álcool.

Como vinho.

E talvez esse combustível fosse uma bela garrafa de Belladonna.

Balthazar

Cidade de Roma, Itália

Os conselheiros não souberam explicar o que havia acontecido. Nem mesmo os sentinelas conseguiram dar um testemunho coerente. Quando se deram conta, já estavam no chão, apagados em algum tipo de semimorte.

Naquele dia, Balthazar fora o primeiro a acordar. Como se não bastasse a sensação de tontura, ele ficara deitado no chão por mais meia hora até recuperar a coordenação motora, o equilíbrio e o controle sobre o próprio corpo.

Havia um gosto amargo na boca, metalizado, parecido com ferro. Mesmo quando retomou a consciência, a audição continuara abafada e a visão se mantivera consideravelmente embaçada.

Estar à beira da morte não era a experiência mais agradável pela qual alguém poderia passar.

Trôpego, Balthazar DeMarco batera o punho no chão e se colocara de pé. Ele tinha quase certeza de quem deveria culpabilizar por aquele afrontamento perigoso. Não teve dúvidas de seu palpite quando tirou a caixa do controle remoto do bolso e a encontrou vazia.

Filha da mãe.

Ele sabia que havia algo errado. Assim que ouviu aquele primeiro sussurrar em sua cabeça e saiu da oficina, tivera a estranha sensação de que algo irreparável estava prestes a acontecer e já era tarde para voltar atrás.

Olhando para o lado, ele conseguiu ver mais alguns corpos se remexendo. O primeiro gemido que escutou veio da direção de Ingrith, que estava encolhida no chão, a saia do vestido preto amassada entre suas pernas. Balthazar tropeçou nos próprios pés, cambaleando para chegar até ela.

— Ingrith — chamou. — Ingrith, está me ouvindo?

Não conseguindo sustentar o peso do próprio corpo, ele se ajoelhou no chão, engatinhando até ela.

Tocou o que achava ser seu ombro, chacoalhando-o com cuidado. A sensação era de que seus olhos estavam parcialmente bloqueados por uma película esbranquiçada.

— Não consigo enxergar — reclamou ela, sua silhueta turva espalmando as mãos no chão para tentar levantar. — Nós morremos? O que aconteceu?

— Eu não sei, senhorita Bingham — admitiu Balthazar. — Eu não sei.

Ele a ajudou a ficar de pé, mas sua tentativa fora inútil. Seus joelhos fracos não conseguiam dar o suporte que ela precisava, e Ingrith estava ainda mais fragilizada do que ele para sustentar o próprio peso. Impedidos de sair, ambos ficaram sentados no chão até que retomassem os sentidos e os movimentos completamente.

Aos poucos, mais conselheiros e sentinelas começaram a despertar. Primeiro, vinham os grunhidos de desconforto, depois os sons de ossos estalando conforme se levantavam. Se Balthazar tivesse noção de tempo, diria que uma hora e meia fora perdida naquele ritual de recuperação.

— Vamos, eu te ajudo — dissera Edgar Aldmin, já recuperado e consciente, oferecendo a mão para Tessele levantar-se.

Quando a conselheira fincou seus pés no chão, ainda um pouco atordoada pelo efeito da magia, ela olhou para o salão e para a cadeira com as correntes, notando a falta da prisioneira. Depois, fitou Balthazar como se ele tivesse sido o responsável por causar aquele estrago — o que não era um completo equívoco, mas ninguém precisava saber.

Todas as vítimas do ataque tomaram mais algum tempo para processar o que havia acontecido, os pensamentos bagunçados desde a última vez em que estiveram acordados. Balthazar caminhou até a oficina, o único lugar seguro para seu corpo exausto repousar. Não satisfeito, ele abriu uma garrafa de uísque e encheu o copo, destrancando seu armário de bebidas.

Talvez Tessele estivesse certa. Ele nunca havia largado seu vício, não totalmente.

Pouco mais tarde, a pedido de Tessele, Balthazar e os conselheiros regressaram ao salão circular. Desnorteados de uma forma que nunca estiveram antes, os cinco conselheiros subiram às suas cadeiras com olhares atônitos, como se a vida tivesse sido substituída por uma camada espessa de pavor.

— É difícil colocar em palavras o que o alto conselho da sociedade de magia acaba de enfrentar. — Tessele fraquejou, a entonação mais insegura e retraída do que o normal. Ela parecia perdida, muito embora quisesse fazer um discurso convicto. — Mas acho justo que tomemos algum tempo para recapitular o que foi vivenciado hoje.

Os demais conselheiros concordaram em completo silêncio, apenas balançando as cabeças.

— Dito isso, sugiro que cancelemos as aulas de segunda-feira para uma nova reunião — propôs ela. — Descansaremos no domingo, e iniciaremos o debate sobre o caso no início da semana.

— O que será dito aos aprendizes? — indagou Helle. — Falaremos sobre o ataque?

— Não — decidiu Tessele. — Se deixarmos isso chegar a outros ouvidos, a sociedade de magia pensará que a cúpula não está preparada para lidar com ameaças e os aprendizes pararão de comparecer às aulas. Precisamos de uma solução prática, não de um motivo para fazer os conjuradores duvidarem das competências da cúpula. Discutiremos mais na reunião de segunda-feira. Estamos entendidos?

Ninguém se manifestou contra as determinações de Tessele.

— Dispensados.

Balthazar não opinou. Era comum que a cúpula escondesse segredos do grande público, assim como a maioria dos órgãos políticos de qualquer sociedade. O crime que havia cometido podia servir para exemplificar toda podridão percorrendo as entranhas de um governo. Àquela altura, se fazia impossível negar que o caráter de um conselheiro era nitidamente sujo.

E Balthazar reconhecia que não estava excluído dessa soma.

No dia em que o conselho se reuniu, os alunos foram dispensados das mentorias, alegando problemas técnicos no prédio. Balthazar compareceu a reunião, convidado a depor. Não se sentou na cadeira que tanto desejava recuperar, mas permaneceu diante do conselho — o que, por si só, já provocava calafrios em seus braços.

Ao entrar no salão circular, nenhum dos conselheiros interrompeu a conversa para recebê-lo. Helle e Ling dialogavam sobre um novo restaurante que havia inaugurado a menos de um quilômetro da cúpula. Por conhecer Ling há mais de uma década, Balthazar sabia o quanto ele era fissurado por gastronomia.

Do outro lado, Ingrith e Edgar discutiam sobre o caos desenfreado do último incidente. Como sempre, o conselheiro estava dando opiniões que não foram solicitadas, dizendo que Ingrith teria tomado uma decisão equivocada ao se mudar para o novo bairro. A conselheira, por sua vez, tentava manter a compostura, assentindo pacientemente como se ele merecesse ser ouvido. Não discutia, pois sabia que argumentar com Edgar era a mesma coisa que falar com as paredes.

— Silêncio, conselheiros! — Tessele, a única que não havia se envolvido em nenhuma roda de conversa, relembrou-os de que estavam em um encontro de trabalho. — Vamos iniciar a reunião.

As vozes diminuíram até que o barulho morresse. Os olhares se voltaram ao centro do salão, onde Balthazar estava parado. Cada conselheiro se aprumou na cadeira, exibindo uma dominância que Balthazar estava exausto de confrontar.

— Até onde sabemos, o ataque sofrido não teve precedentes óbvios — prosseguiu Tessele, assim que o silêncio se instalou e o único ruído audível era sua voz. — Pelos sintomas, é possível concluir que o conselho foi atacado pela magia da morte. Conselheiro DeMarco, há algo que queira comentar?

O olhar acusatório de Tessele dizia mais do que ela traduzia em palavras.

— Creio que não — mentiu. Balthazar sabia quem havia feito aquilo, sabia que fora um descuido seu. Mas não diria nada além do estritamente necessário. — Acham que eu sabotaria minha própria redenção? Que daria condições para que a refém fugisse? Pensemos com clareza, conselheiros. Eu sei que canalizei magia da morte uma vez, mas me livrei do meu acesso — mentiu de novo, considerando que ainda tinha seu acesso guardado na oficina, dentro de um recipiente trancado: um dedo decepado e marcado pela runa. — Além do mais, eu seria a última pessoa a participar dessa armação.

Tessele tamborilou as unhas na coxa, o vestido verde-floresta se desenrolando até seus tornozelos.

— Me parece um caso facilmente compreensível, colegas — comentou Ingrith, as mãos apoiadas uma sobre a outra no próprio colo.

— Continue, conselheira — proferiu Edgar.

— Os ataques anarquistas estão se tornando mais ousados do que o esperado. Tomemos minha casa como exemplo. Invadida, furtada e vandalizada na última semana. A rebeldia do movimento anarquista está encorajando os grupos a se manifestarem contra a cúpula. É uma onda crescente que pode nos deixar soterrados em escombros caso não tomemos medidas de prevenção.

— Isso ainda não explica a presença da magia da morte, conselheira Ingrith — pontuou Helle Sahlberg, tocando no assunto que Balthazar desejava que pudessem esquecer. — Como conseguiram ter acesso a ela? Como os anarquistas poderiam ter descoberto sobre ela?

— Bem, acho plausível — rebateu Ling. — Os anarquistas se consideram fora da nossa legislação. Logo, eles conduzem seu aprendizado e a forma com que lidam com a magia da maneira que quiserem. O que os impediria de ter encontrado a forma correta para canalizar a magia da morte?

— Acham que a garota Von Barden pode ter algo a ver com isso? — indagou Edgar, fazendo os músculos de Balthazar se tensionarem. *Maldito seja.* — Alguma possibilidade de ela ter ensinado a mais alguém sobre as técnicas para canalizá-la? O que acha disso, Balthazar?

— Improvável, mas não impossível — respondeu, simples e claro, sem se estender demais na questão a ponto de chamar atenção para ela. — A prisioneira não aparenta possuir um vasto grupo de amigos, se assim posso dizer. Nunca a vi acompanhada.

— Ela ainda está sob seu controle, não está, conselheiro? — desafiou Edgar, querendo espremê-lo até que Balthazar estivesse desestabilizado.

Mas ele sequer fraquejou.

— Sempre esteve, conselheiro Aldmin — garantiu, vestindo sua máscara mais convincente para encobrir os rastros da mentira.

— Com as questões que Ingrith traz a nós — continuou Tessele —, creio que a resposta mais clara seja se tratar de um atentado anarquista. O que nos leva a questão da prisioneira desaparecida. Como Verona conseguiu fugir? Obteve ajuda? Os anarquistas sabem quem ela é?

— Conhecendo-a como a conheço — intrometeu-se Balthazar —, poderia apostar que a garota se aproveitou do nosso momento de fragilidade para desaparecer por conta própria.

— Não fale quando não for chamado, DeMarco. Você não está mais no seu lugar de direito — censurou Edgar, tão amargo quanto a esposa.

Balthazar tentou, mas não conseguiu conter a expressão de raiva que se espalhou pelo seu rosto. Narinas dilatadas, maxilar rígido e olhos semicerrados, como se pudesse cortá-lo ao meio somente com a força do pensamento.

— Como acha que Verona se livrou das correntes, DeMarco? — Ingrith se direcionou a ele, desviando a atenção de Balthazar. — É uma questão séria. Tudo que vimos foi um fantasma correndo pela sala, não uma pessoa de carne e osso. Quem o controlava? Será coincidência que o ataque ocorreu quando sua demonstração estava sendo feita? Os anarquistas queriam ajudá-la? Porque, se Verona espalhou a própria história e mais pessoas sabem sobre seu crime, conselheiro, teremos um problema de escala maior.

— Com todo respeito, julgo que essa seja uma hipótese falsa. Cleo Von Barden relatou a mim que Verona estava sozinha mesmo no dia em que foi capturada. Sem reforços, sem aliados, nada. Acredito que ela não esteja envolvida com grupo algum. — Aquilo era verdade. Nenhum grupo anarquista jamais se manifestara a favor da garota, nem mesmo no baile. Por sorte, os demais conselheiros não notaram sua presença no local. E, para que continuasse assim, Balthazar se certificou de que não havia mais nenhum intruso circulando pela comemoração. — Acredito que a refém fugiu por conta própria. Não sei como desfez as correntes, mas imagino que tenha encontrado um jeito de fugir. Todos nós estávamos desmaiados durante o ocorrido, conselheiros. Há questões que nem eu posso resolver.

Se Cleo descobrira algo a mais sobre a prisioneira, não tinha delatado a ele, e Balthazar ruminava a leve sensação de que ela havia ocultado muitos detalhes sórdidos.

— Um golpe de sorte, então — concluiu Helle. — Verona teve uma onda de sorte e você parece ter sofrido exatamente o contrário, Balthazar.

O comentário fez Edgar esboçar um sorriso de canto de lábio. Balthazar sentiu o rosto queimar de ódio.

— Todos nós poderíamos estar mortos agora — analisou Ling, acariciando seu pequeno tufo de barba, os olhos estreitos e angulosos parecendo reflexivos. — Bastava uma arma bem direcionada ou uma faca competente para fazer o trabalho. Afinal, já estávamos caídos e semimortos. Mas ainda estamos vivos. Assim como no caso da residência de Ingrith. Ninguém morreu, entretanto as consequências foram arrebatadoras. Isso não parece um tipo de aviso de que estão planejando algo, senhores? De que nossos dias estão contados? Estão tentando nos assustar, tentando nos enfraquecer. Parece claro para mim.

Balthazar sabia que não se tratava de nada daquilo. Porém, deixou-os especular. Até porque, se Cleo e Verona estavam livres e trabalhando juntas, a cúpula precisaria de reforços. Uma simples demonstração de poder da magia da morte conseguiu derrubar todos os conselheiros de uma vez, e ele não queria saber o que aconteceria se, em um próximo encontro, eles não estivessem preparados.

O conselheiro imaginava que Cleo atacaria novamente. Até lá, manteria segredo sobre sua fuga. Tinha de ser ágil se quisesse fazer aquilo funcionar. Quando a encontrasse, colocaria aquela algema em seu pulso antes que ela ou qualquer conselheiro notasse o que estava acontecendo.

— Para mim, parece que o baile de fim de ano corre perigo — acrescentou Helle. — Os anarquistas certamente guardarão o espetáculo de encerramento para a celebração.

— Deveríamos cancelar. — A fala de Ling fez muitas cabeças virarem em sua direção, como se a ideia fosse uma afronta à cúpula. — Em nome da segurança de nossos aprendizes, deveríamos pensar na ideia de remarcar o evento para outro momento.

— Tem que parar de fantasiar absurdos em voz alta, mestre Yuhan. — Edgar apoiava os dedos na têmpora, o cotovelo no braço da cadeira.

— Como minha digníssima esposa discursou ontem, precisamos de soluções, não de motivos para que duvidem da cúpula. O que vão achar que somos? Patifes sem capacidade de lidar com um grupo de anarquistas? A cúpula perderia sua preciosa credibilidade. O baile de outono é uma tradição, um dos eventos mais aguardados do ano depois da consagração. Já combatemos dezenas de ameaças anarquistas, não é agora que isso vai mudar.

Ling se encolheu na cadeira, desmotivado a argumentar.

— Pensando bem, o hotel e o anfiteatro já foram reservados — acrescentou Helle, posicionando-se a favor de Edgar. — Teríamos que pagar uma multa imensa se cancelássemos a reserva tão em cima da hora.

Balthazar privou-se de fazer comentários. Agora que assistia de fora, podia dizer que o ponto mais fraco da cúpula era seu orgulho. Conseguia enxergar o quanto os conselheiros colocavam a própria vaidade à frente das decisões racionais.

Até onde havia experienciando, isso não costumava resultar em algo lucrativo.

— Sugiro duplicarmos os sentinelas em entradas e saídas — disse Ingrith, pensando em uma solução efetiva, como sempre fazia. — Algum protesto?

Ninguém se apresentou para debater a proposta.

— Perfeito. Eu mesma me candidato para tomar providências. Teremos equipes sólidas até nossa comemoração de fim de ano.

Todos concordaram, inclusive Balthazar, que acompanhou os demais conselheiros em uma sequência de cabeças assentindo pacientemente diante da sugestão de Ingrith.

— Como seu prazo ainda não chegou ao fim, respeitaremos o acordo que foi selado no julgamento — determinou Tessele, dirigindo-se ao conselheiro no centro do salão. — Seu tempo está acabando, DeMarco. É melhor que se apresse.

Ele a saudou com um gesto da cabeça.

— Estou ciente, conselheira Marivaldi.

— Está dispensado por hoje, Balthazar DeMarco. — Helle esticou o braço na direção da porta. — Pode ir.

Mais uma vez, ele agradeceu o tempo dos conselheiros e caminhou para fora do salão circular, mais devastado e preocupado do que antes.

Agora, Balthazar não tinha mais a ajuda da Aniquiladora. Ele só tinha sua Caixa de Pandora e uma garrafa de Belladonna.

Se ela havia sido útil para capturar Verona da primeira vez, provavelmente funcionaria uma segunda.

Balthazar não desistiria da vitória. Ele podia senti-la, mesmo que de uma distância maior do que quando Verona estava encarcerada na Sala de Narciso.

Não havia tempo para descansar. Não ainda.

E ele não descansaria até o último segundo de seu prazo final.

Verona

Cidade de Verona, Itália

Verona pegou a toalha do cabideiro, enxugando o rosto. Sentia-se sufocada, como se houvesse uma corda enrolada na traqueia. Se dissesse que estava animada para retomar sua runa, estaria mentindo.

O problema não era a magia. Verona tinha saudades dos poucos meses que havia passado sendo capaz de conjurá-la na vida anterior. Dos ramos das flores, do pólen arroxeado, das cerejas negras penduradas nos brotos. A grande questão era a cirurgia, o fato de que aquele novo corpo seria cortado e aberto ao meio para que o mestre-cirurgião encontrasse suas costelas. Uma sensação ruim havia se alojado em seu corpo como moscas zumbindo sob a pele, provocando um arrepio de ansiedade do qual ela não gostava.

Verona poderia ir atrás de Andréas para cancelar o procedimento. Poderia se enrolar nos lençóis e dormir na própria cama aquela noite. Poderia fingir que nada estava acontecendo, que sua garrafa estava guardada no esconderijo do closet e jamais seria roubada de novo.

Vestiu as roupas íntimas, mesmo sabendo que elas seriam tiradas quando fosse colocada na maca cirúrgica. Andréas tinha lhe assegurado que não existia motivos para desconfiar da segurança do procedimento, embora ele fosse totalmente clandestino. Ele vigiaria tudo de perto e, como prometera, garantiria seu retorno. Cleo também estaria lá, mesmo a contragosto de Andréas. Como já havia sinalizado inúmeras vezes, Verona era sua aquisição mais valiosa do momento. Ela valia incomparavelmente mais viva do que morta para Cleo, unicamente porque tinha o poder de prejudicar a cúpula.

Verona se sentia como uma engrenagem fundamental para decidir o futuro dos conselheiros. Algo que poderia ser usado a favor ou contra eles.

E Cleo parecia enxergá-la como uma ferramenta para seu objetivo. Nada mais.

Era assim que deveria ser, não era? O que Verona esperava? Cleo não era uma anarquista, ela não tinha vínculos na osteria, sequer gostava de Andréas, e o resto do clube parecia não simpatizar com ela também. Aquela história tinha tudo para terminar no segundo em que recuperasse a garrafa.

Mas, depois de tanto esforço, de tanto estudá-la, de tanto pensar em como convencê-la de seus planos, uma parte de Verona não queria que ela fosse embora. E essa parte, às vezes, falava mais alto do que o seu bom senso.

Em frente ao espelho do banheiro, ela mergulhou a mão no pote de creme modelador e amassou seus cachos, sentindo o aroma adocicado de amêndoas e romãs misturando-se ao óleo de banho que preenchia o banheiro com o vapor.

Com a toalha, ela enxugou a raiz dos cachos, prestes a encerrar o tratamento. Foi quando notou uma movimentação estranha na entrada do banheiro. Uma silhueta que entrou e saiu rapidamente, que ela não conseguiu identificar pelo espelho embaçado.

Verona deslizou a mão sobre ele, desobstruindo a visão.

— Cleo? — chamou, jurando ter visto curtos cabelos pretos recuando para fora.

— Pensei que estava vestida — Verona ouviu a voz dela, ainda sem ver seu rosto. — Engano meu.

Verona soltou uma risadinha.

— Me viu de biquíni ontem e agora está fingindo ter alguma decência? Não se acanhe. Entre.

Hesitante, Cleo surgiu, a cabeça erguida e o olhar atrevido passeando pelo seu corpo. A lingerie branca pareceu surpreendê-la.

— É um conjunto de renda interessante — comentou, caminhando lentamente em sua direção. — Por acaso planeja seduzir o mestre-cirurgião essa noite?

— Seduzir? — Verona riu. — Não posso dizer que quero seduzi-lo. Já estou muito investida em outra pessoa.

— Então isso tudo é para ela?

— Sim — disse, deixando a toalha no gancho. — Ela vai estar lá durante a cirurgia. Resta saber se ela vai gostar.

Cleo assentiu e se virou para o espelho, consertando os fios desalinhados do cabelo. Ela tinha entendido a indireta, claro que tinha.

— Preciso dizer. — Cleo apoiou a lombar na pia e pegou um batom sobre ela. Retirou a tampa e girou a base, observando o tom do rosa queimado emergir aos poucos. — Sua ousadia é uma qualidade. Mas, entre tantos corpos, você tinha que escolher a filha de um conselheiro?

— A oportunidade veio e eu a agarrei, não foi como se eu tivesse tido escolha — disse, esculpindo alguns cachos bagunçados. — Não me diga que você não gosta do que vê. Olhe esse rosto, ele não podia ser terrivelmente desperdiçado pela morte.

Cleo pegou um vidro de perfume em seguida, o formato de diamante impresso na embalagem. Ela analisava cada produto sobre a bancada de mármore de Verona.

— É um rosto bonito. — *Bonito? Só bonito?* — Mas eu também acho que Coline tinha uma beleza peculiar, se faz você se sentir melhor.

Verona sentiu o nó na garganta se afrouxar.

— Ah, é? — Colocou a mão na cintura, olhando diretamente para ela, embora Cleo estivesse concentrada nos cosméticos sobre sua pia. — Peculiar quanto?

— O suficiente para me fazer olhar duas vezes. — Com um suspiro leve, ela devolveu o último produto ao seu lugar de origem.

— Também acho a sua peculiar — correspondeu Verona.

— Peculiar quanto?

Verona encurtou minimamente o espaço entre elas, soterrada por aqueles olhos verdes e traiçoeiros, semelhantes a ervas daninhas enrolando-se em volta de seu pescoço.

— Apenas o suficiente para me fazer pensar nele toda noite antes de dormir.

Cleo não esboçou reação, permaneceu imersa no momento, retribuindo a atenção que ganhava de Verona como se desviar o olhar fosse matar as borboletas em seu estômago.

Verona queria acreditar que Cleo estava sentindo o mesmo que ela sentia.

— Posso te perguntar uma coisa? Você seria sincera? — pronunciou Verona, dessa vez usando um tom mais baixo, macio como veludo.

— Não prometo uma resposta.

Se Verona era uma pétala de rosa, Cleo era os espinhos logo abaixo. Espinhos sorrateiros, preparados para encontrar o sangue sob a pele dos dedos de alguém despreparado para tocá-los.

— Sei que só está me ajudando porque quer dar a Balthazar a punição que ele merece. — Permitiu-se pegar uma mecha do cabelo preto dela, distraída com o movimento do fio conforme falava.

— Continue.

— Há alguma fração sua... — Verona subiu os dedos para a parte do cabelo mais próxima à bochecha, sua pele encontrando o rosto de Cleo em contatos rápidos e delicados, como gostava de fazer. — Algum ínfimo lado seu que.... se importa comigo?

Verona percebeu quando ela esquivou o olhar para seus lábios e retornou-os aos seus olhos. Abriu a boca para falar, mas desistiu, tomando algum tempo para processar a pergunta.

— Eu não sei — confessou. — Eu não me importo com muita gente. Com ninguém além de Ganesh, para ser exata. É estranho, porque eu prometi a mim mesma que sairia desse país assim que tirasse minhas algemas, mas...

— Você voltou — completou Verona.

Ela podia sentir as borboletas crescerem em seu estômago, expulsando os ramos de plantas carnívoras que antes tomavam conta do jardim.

— Você se arrepende? — insistiu, buscando algum sinal nos olhos dela. — De ter ido atrás de mim?

— Não. — Cleo não precisou de tempo para pensar em uma resposta dessa vez. — Eu raramente me arrependo do que escolho fazer.

— Vai recuar se eu me aproximar? — Ela deixou sua mão escorregar pelo braço de Cleo, terminando em um aperto em seu quadril. Queria senti-la mais perto, mais quente, mais *sua*.

— Não pretendo atacar se você abaixar seus muros.

Verona mordeu um sorriso.

— Não se preocupe — sussurrou perto de seus lábios, suas respirações se encontrando no curto caminho até a boca da outra. — Meu veneno é lento, e garanto que é tão doce quanto açúcar.

Em um movimento que Verona não previa, Cleo segurou seu rosto.

— Então me deixe prová-lo.

Suas bocas se encontraram tão rápido quanto suas línguas romperam as barreiras que antes pareciam distantes. Algo ardente consumiu o corpo de Verona. Um fogaréu. Uma explosão. Uma combustão instantânea.

Verona agarrou-a pela bunda e colocou-a sobre a pia. Não podia negar que havia imaginado como seu gosto seria, como a textura de seus lábios se encaixariam contra os dela, como seu calor faria Verona *queimar*.

Quando Cleo começou a brincar com os dedos na alça de seu sutiã, descendo até as bordas de sua calcinha, Verona quis tirar sua própria lingerie e jogá-la pela janela, quis que Cleo a rasgasse com os dentes.

Sentia algo pulsando de desejo dentro de si, o rosto corado pela ansiedade em colidir seus corpos de uma vez. Cleo deslizou sua mão para dentro da sua peça inferior, e Verona foi incapaz de conter um gemido entre o beijo ininterrupto.

Movimentos circulares massagearam seu sexo. Ela sabia como tocá-la. Verona contorceu-se, sentindo-se estremecer até os ossos. Estava tão rendida que chegou a pressionar a mão de Cleo dentro de sua calcinha, apertando-a com firmeza.

Ela podia sentir a umidade entre suas pernas, o pulsar que fazia seu corpo ansiar por algo mais profundo. Era um deleite, a sensação de júbilo em sua mais pura forma. Toda vez que Cleo calava seus gemidos com beijos, Verona queria gritar contra sua boca, implorando para que nunca parasse.

Quando sentiu o primeiro dedo penetrá-la, seus joelhos vacilaram por um segundo. Cleo a tinha conquistado por inteira, cada canto dela. Verona estava derretida em suas mãos, à deriva do prazer que ela lhe proporcionava.

— Timidez não combina com você — sussurrou a conjuradora. — Se entregue.

Mais um dedo se juntou ao toque, determinado a fazê-la sentir o paraíso se apossar de seu corpo. Seus movimentos eram lentos e concisos, como se Cleo já tivesse feito aquilo milhares de vezes em si mesma para saber quais pontos deveriam ser tocados com mais atenção.

Dentro de alguns minutos, Verona não conseguiu mais se conter. Ela chegou ao clímax quase como se sonhasse acordada.

Abriu um sorriso malicioso quando Cleo lambeu os dedos que antes estavam mergulhados em seu sexo, notando que havia conseguido o resultado que queria.

— Você é a pior — confessou Verona, o sorriso ainda marcando a satisfação em seu rosto.

— Se sente melhor agora?

Aquilo sequer deveria ser uma questão. Mas Verona não aumentaria o ego de Cleo. Não mais do que ele já estava inflado.

— Eu sei que você deve preferir me ver assim, mas acho que preciso do meu roupão agora — falou, distanciando-se até o cabideiro. — Acha que a pessoa que eu queria impressionar gostou da lingerie? — Verona vestiu o roupão, amarrando-o na cintura.

— Acho que ela preferiria te ver sem nada. Seria mais inspirador.

— Acho que vou deixá-la querendo mais, retribuindo o favor que ela me fez numa sauna vazia.

Cleo caminhou até ela.

— Vou te esperar na adega. Não se atrase.

— Não irei.

Era melhor que Cleo fosse embora, ou Verona nunca sairia daquele lugar até tê-la por inteira, cada centímetro dela.

A conjuradora saiu do banheiro, batendo a porta do apartamento quando saiu.

Ela estava brilhando de novo, sorrindo sozinha enquanto repassava cada diálogo e toque trocado com Cleo.

Verona deixaria sua porta destrancada mais vezes.

Balthazar

Cidade de Roma, Itália

A MAIORIA DOS APRENDIZES ACHAVAM OS SENTINELAS INTIMIDAdores. O uniforme completamente preto, os capacetes opacos e as botas pesadas batendo contra o piso de pedra eram feitos para tornar sua imagem mais misteriosa e amedrontadora.

Muitos dos jovens conjuradores se candidatavam a trabalhar na cúpula. A maioria achava mais vantajoso estar em um emprego familiar e bem-remunerado do que tentar a vida fora da sociedade de magia. Além disso, eles eram livres para treinar e aprimorar suas habilidades com a runa enquanto estivessem dentro das acomodações do prédio.

Alguns escolhiam o departamento de venenos para gerenciar todo processo logístico e burocrático de contagem e checagem do que saía e entrava do Cofre de Venenos. Outros eram treinados como enfermeiros, dedicando-se a auxiliar o mestre-cirurgião nos procedimentos da Cerimônia do Despertar. Também havia aqueles que organizavam os eventos no palácio e na cúpula, como o Baile de Consagração e o próprio despertar.

Mas, quem queria um trabalho mais assíduo, escolhia a Ordem dos Sentinelas.

Eles eram soldados jurados de corpo e mente a servir o conselho, os conjuradores e os aprendizes em qualquer questão que envolvesse a sociedade da magia.

Sempre que tinha um tempo de sobra, Balthazar presenciava o Culto do Juramento, em que novos sentinelas devidamente preparados eram aceitos no time de recrutas. Balthazar era um dos únicos conselheiros que apreciava o ritual a ponto de testemunhar a entrega dos uniformes. Ele era apaixonado por cultura, e via a cerimônia como parte da liturgia da cúpula.

No Culto do Juramento, os novos sentinelas vestiam o uniforme recebido, mas não colocavam o capacete até terem sua insígnia: um pequeno broche de metal no formato da Runa de Ektor. O emblema era costurado em qualquer parte do corpo que eles preferissem, e ficava preso à pele por todo período servido, simbolizando que seu corpo pertencia à cúpula e que seu esforço e heroísmo eram reconhecidos por ela.

Balthazar reuniu três filas de sentinelas no pátio, discutindo com o comandante do batalhão a quantidade de homens que poderiam ser levados à cidade de Verona.

Na última reunião do conselho, Ingrith havia dito que cuidaria pessoalmente da segurança do baile. Porém, ela acabou ocupada com as reformas da casa e pediu seu apoio. Balthazar, que não era estúpido de recusar uma proposta para exercer a autoridade de conselheiro da qual fora restringido, aceitou ajudá-la de prontidão.

— Olha só quem já se recuperou do luto. — Balthazar reconheceria a voz irritante de Edgar Aldmin em qualquer lugar. — Ficou animado para o baile de fim de ano, DeMarco?

Luto, essa era a palavra que fora publicamente usada para explicar a ausência de Balthazar na cúpula. Edgar a proferiu com tanto escárnio que soou como uma provocação.

Mesmo querendo expulsá-lo do pátio, Balthazar forçou um tom amigável para se dirigir ao conjurador.

— Não esperava te ver por aqui, Edgar — admitiu, juntando as mãos atrás das costas.

— E eu esperava encontrar Ingrith, para ser sincero. — Edgar passou o braço por seus ombros em um gesto mais ameaçador do que gentil, conduzindo-o para longe dos ouvidos dos sentinelas. — Onde está com a cabeça, amigo? Você foi proibido de atuar com a autoridade de um conselheiro em seu julgamento, Balthazar. Esqueceu que não pode comandar as forças dos sentinelas?

— Eu recebi permissão. O que está fazendo com seu nariz empinado por aqui, Edgar? — Ele tirou o braço do conselheiro de suas costas. — Veio se entreter com meu tormento?

— Bem que eu adoraria fazer isso. — Edgar soltou uma risada cínica. — Só passei para checar a recrutagem. Mas, já que está aqui, eu e os conselheiros discutimos após sua partida ontem e achamos que você precisaria de ajuda para terminar o caso de Merlina DeMarco — falou, abrindo um enorme buraco de desprezo na alma de Balthazar. — O conselho está preocupado com as consequências da fuga de Verona. A questão deixou de ser um problema unicamente seu, e eles não acreditam que vá solucionar sozinho.

Balthazar enfiou as mãos nos bolsos do casaco. Devia ter previsto que o conselho deixaria de confiar em sua competência, ainda mais depois do desaparecimento da refém.

— Aposto que você se voluntariou — comentou, a brisa do outono batendo contra seu rosto. — É bem típico de seu feitio que goste de se aproveitar dos outros.

Edgar gargalhou.

— Você é tão criativo, meu amigo! Deveria usar essa criatividade para resolver o caso logo. — O conselheiro deu dois tapinhas em seu braço. Balthazar contraiu o corpo involuntariamente, querendo se afastar do gesto. — Eu sempre soube que teria que intervir para resolver o seu problema. Sabia que você não ia conseguir solucionar a bagunça que você mesmo causou. Um breve toque meu no cadáver de sua filha e ele se despedaçará até virar farinha.

Ele tentou conter a cólera infernal que a última frase lhe causou, mas a quentura que sentia rastejar pelo seu rosto dizia a Balthazar que não adiantava escondê-la.

— Não se atreva a encostar um dedo imundo em Merlina — cuspiu ele, a cabeça erguida em forma de desafio.

— Eu farei o que for necessário para acabar com a palhaçada que você criou — retrucou Edgar, aceitando a disputa. — O que você vai fazer? Cortar outro dedo para me ameaçar com ele?

Balthazar olhou no fundo de seus olhos castanho-madeira, cheios de farpas e pontas afiadas, querendo arrancá-los fora. Poderia marcar sua pele alva com hematomas naquele segundo, puxar seus cabelos pretos e enforcá-lo com eles.

— Eu encontrarei um jeito de fazer *você* virar farinha, Edgar — rosnou. — Não subestime o que eu faria para tê-la de volta.

— Não subestimo sua perseverança estúpida, só sua capacidade de ser bem-sucedido nas coisas que se propõe a fazer.

— Escute bem: não encoste em Merlina — ameaçou, os olhos tomados pelo fulgor da raiva. — Sequer pense em fazer o corpo da minha única filha virar pedra moída. Eu posso ter errado em muitas coisas, mas eu prometo que você terá o que merece.

Balthazar era mais experiente do que ele, muitos anos mais velho, um veterano mais importante e mais conhecido. Edgar deveria ser lembrado de onde pertencia, de que sua cadeira fora transferida a ele há apenas doze anos, mas Balthazar já estava lá há mais de vinte.

Ele não entendia como alguém tão estúpido poderia ter criado uma menina tão doce quanto Eva. Talvez a garota tivesse o pai como modelo do que *não* ser quando crescesse.

"Meu pai é meio distante às vezes", dissera Eva uma vez. *"Ele não tira muito tempo para ficar comigo, só sabe perguntar como foi meu dia e se eu já fiz a lição de casa. Eu sei que é chato dizer isso, mas... não sinto uma grande amizade entre a gente."*

Pobre Eva. Uma joia tão valiosa perdida em meio às rochas.

Edgar Aldmin era um besouro, pequeno e barulhento. E Balthazar o esmagaria com o solado da bota.

— Se me der licença, Ingrith pediu pessoalmente para que eu cuide das preparações para o baile de fim de ano — disse, alisando o próprio paletó. — Fique longe, Edgar. Será melhor para nós dois se você encontrar o caminho de volta.

Com aquilo dito, ele lhe deu as costas, o punho cerrado e as unhas violentamente pressionadas contra a palma. Aquela era a forma mais eficaz de extravasar o ódio crescente que queria descontar no estômago de Edgar.

A próxima pessoa que proferisse o nome de Merlina para desrespeitar sua memória não seria poupada. Aquele frenesi incontrolável que queimava seus órgãos consumiria a pouca paciência que lhe restava, como fogo se embebedando de óleo.

Balthazar não recuaria, por mais que tentassem fazê-lo desistir. E havia ódio acumulado o bastante para transformar qualquer comemoração em uma catástrofe.

Verona

Cidade de Verona, Itália

Verona pegou o elevador até o térreo, o frio na barriga se alastrando por todos os seus músculos. Dentro de poucos minutos, a Runa de Ektor seria talhada em seu osso, cravada como se esculpida em um pedaço de madeira.

Ela não usava nada além de um roupão e um par de sandálias. No hall do prédio, deu duas batidas na porta do escritório de Andréas, com as mãos levemente trêmulas. Assim que ela foi aberta, Verona notou a presença de Cleo e Ganesh dentro da sala. Eles mantinham uma conversa descontraída quando ela avançou o primeiro passo, e seus olhos foram imediatamente atraídos para sua direção.

Ganesh a cumprimentou com um gesto da cabeça, já Cleo não se moveu, somente a encarou, o olhar de quem compartilhava da mesma pontada de temor que Verona carregava.

— Tudo pronto? — indagou Verona para Andréas, vendo-o girar a chave na porta para trancá-la.

Ele suspirou devagar e mordeu o lábio. A tensão que pairava pelo escritório era palpável.

— Garanti que sim — disse ele, parecendo mais abatido do que confiante.

Você ainda pode voltar atrás, a expressão de Andréas fez Verona relembrar. *Não*, desconsiderou o pensamento. *Não vou desistir agora.*

Por algum tempo, ela o encarou, uma despedida silenciosa caso as coisas não corressem como esperado. Embora eles tivessem tomado todas as precauções, o futuro ainda era um inimigo indecifrável.

Como se soubesse disso, o empresário simplesmente segurou sua cabeça para depositar um beijo delicado na testa de Verona. Os lábios macios encostaram na pele dela, amortecendo os calafrios que subiam por sua coluna.

— Não te perderei uma terceira vez, minha amiga — assegurou Andréas, as testas coladas uma à outra. — Não sob meu comando.

— Você é meu irmão. — A voz de Verona embargou com a emoção que ameaçava transbordar de seus olhos. — Você me acolheu quando ninguém mais quis. Você acreditou em mim quando todo mundo me abandonou. Sabe disso, não sabe?

Mesmo de olhos fechados, ela sabia que ele estava sorrindo.

— Eu nunca vou esquecer do dia em que Coline LeFair conheceu Dominique Dangelis. Do dia em que eu te trouxe para a cúpula. Das vezes em que planejamos construir nosso próprio negócio juntos. — Havia saudade na voz dele, talvez uma gota de lamento, mas também gratidão. — Quando meu pai morreu e eu abandonei tudo para erguer a osteria, você nunca deixou de me visitar em Verona, mesmo ainda estudando na cúpula. Isso tudo é nosso, Coline. E está a salvo agora que você voltou.

Um último beijo fora deixado em seu rosto, dessa vez em sua bochecha. Andréas acariciou seus cabelos e se afastou, apontando o caminho para ela com o braço.

— Vamos?

Verona engoliu em seco, silenciando o pulsar que tentava segurar seus pés no lugar, e andou até a porta dentro do escritório.

Ela deu de frente com as familiares escadas de quartzo preto. Seus olhos podiam ver os degraus decrescentes terminando em um arco aberto para a adega pessoal de Andréas.

Verona desceu, passo a passo, vislumbrando as dezenas de prateleiras com garrafas de vinho pregadas nas paredes. Andréas costumava passar tempo ali quando queria relaxar, por isso havia uma sala montada no centro do espaço, com um tapete de cores neutras, uma luminária, sofás, poltronas e divãs, além de um balcão imitando um minibar, que comportava estoques de queijos, azeitonas, rodelas de salame, pães e qualquer petisco que ele quisesse desfrutar para acompanhar um bom vinho — isso sem contar a mesa de bilhar que havia sido retirada mais cedo.

Tudo fora realocado para posicionar a maca cirúrgica e os demais equipamentos de que o mestre-cirurgião precisaria — menos a luminária. Salvatore, o homem de cerca de quarenta anos que organizava uma série de instrumentos no carrinho de metal, era o responsável pela cirurgia do dia.

— Tudo que você precisa já está aqui — prometeu Andréas. — Não terá que se preocupar com nada. Eu posso sair se você ficar mais confortável assim.

Verona olhou para a maca, para o lugar em que seu corpo se deitaria e de onde talvez não se levantaria, sentindo o puxão no estômago querendo fazê-la desistir. Precisava esquecer que ele estava ali, ou correria até o quarto como um animal assustado.

Ela se calou, pensando qual seria a forma mais segura de passar pelo seu ritual do despertar. Talvez uma companhia confiável fosse adequada.

Porém, quando Verona abriu a boca para responder, uma terceira pessoa entrou na sala e fez isso em seu lugar.

— Pode ir. — Cleo cruzou a entrada da adega, expulsando Andréas como se fosse a verdadeira dona da reserva. — Você está fazendo hora extra por aqui, senhor Vacchiano.

O empresário passou a língua pelos dentes. Parecia exasperado de ter que discutir com Cleo.

— Já conversamos sobre isso, Von Barden — repreendeu Andréas. — É melhor que fique de fora dessa vez.

— Verona é *minha* responsabilidade. Eu vou ficar na adega durante a cirurgia e não há o que diga para me fazer mudar de ideia.

Cleo puxou uma das poltronas para se sentar, e Verona tinha certeza de que ela não sairia de lá, não importava o quanto Andréas reclamasse.

O empresário esfregou a nuca, desconfiado. Depois, se virou para Verona.

— Você concordou com isso?

Ela assentiu.

— Fique em paz. — Verona repousou gentilmente uma mão em seu braço, um sinal de conforto. — Estarei em boas mãos.

Ninguém em plena consciência confiaria que Verona estaria segura ao lado de uma conjuradora da morte. Pelo seu semblante, Andréas não era uma exceção.

— Você ouviu, rapaz. Deixe as garotas cuidarem disso. — Cleo cruzou as pernas, dispensando-o com um gesto da mão. — Vá fazer companhia a Ganesh. Seja útil.

Inconformado, ele apenas olhou para Cleo e balançou a cabeça em negação, reprovando a atitude.

— Te vejo em breve — disse Andréas a Verona, lançando um último olhar de soslaio nada amigável para Cleo.

Com isso, o empresário avançou pelas escadas. O barulho da porta sendo fechada no andar de cima fez Verona sobressaltar em um pequeno susto.

Não havia como voltar atrás.

— Tire as roupas — ordenou Salvatore, os olhos focados nos materiais milimetricamente organizados em sua bandeja.

De longe, Verona podia notar o quão metódico o mestre-cirurgião era. Com sorte, suas mãos seriam tão incisivas quanto sua capacidade para organizar ferramentas por ordem de tamanho.

Verona começou a tirar o roupão, já escorregando as sandálias para fora dos pés com suas unhas recém-pintadas de roxo. Esmalte não era o produto mais recomendado para usar durante uma cirurgia, mas ela decidiu deixá-lo ali. Se morresse, pelo menos morreria bonita. Esse era o sentido de todo o cuidado que tinha com o corpo de Merlina, não era?

De repente, Verona começou a tremer. Não de frio, mas de medo. Seus ossos pareciam pesar toneladas a cada movimento que fazia.

Quando notou que Verona havia congelado no lugar, sem conseguir prosseguir sozinha, Cleo se posicionou às costas dela, puxando o roupão de seus braços.

— Respire fundo — aconselhou. — Estou aqui. Vai terminar logo, Verona.

Algo na sua aproximação parecia mais intenso, sincero, do que das outras vezes. Havia preocupação naquele gesto. Talvez fosse o oxigênio pesado que rodeava a sala, entrando e saindo com dificuldade. Na adega, o ar estava tomado pelo cheiro do medo que ela exalava pelos poros. Não havia mais prazer ou diversão, somente o aroma azedo da incerteza.

— Você ficará bem — sussurrou Cleo, seus dedos indo de encontro com o fecho do sutiã. — Eu te trago de volta a qualquer sinal de problema.

— Eu sei... Eu sei.

Verona puxou o sutiã aberto e virou-se, entregando-o a ela. Não tinha problema algum em ser vista pela conjuradora da morte, não depois do que acontecera mais cedo. Cleo apressou-se para deslizar sua calcinha pelas pernas, recolhendo suas roupas íntimas junto ao seu roupão.

— Não vá embora — pediu Verona. — Não me deixe aqui sozinha nem por um segundo, por favor.

Cleo concordou.

— Não sairei do seu lado.

De alguma forma, ela se sentiu mais protegida. Segurou aquela linha de confiança e a amarrou em seu braço, vestindo-a como uma pulseira.

Ela se deitou na maca, o coração acelerado. Salvatore, que até agora não a havia fitado nos olhos, virou o braço de Verona para cima e dedilhou a dobra interna do cotovelo em busca de uma veia para inserir a agulha.

A picada veio logo em seguida, mas ela sequer se mexeu ou demonstrou sinais de dor. No minuto seguinte, Verona sentiu seus olhos pesarem, sabendo que era apenas o efeito da anestesia. Um sono incontestável tomou conta de seu corpo, como uma vela queimando até o limite de seu pavio.

Ela sabia o que viria a seguir.

Teria o encontro que nunca pensou que voltaria a ter.

Porque, do outro lado daquela cirurgia, a entidade da Runa de Ektor estava esperando para encontrá-la em seus sonhos.

"Coline LeFair...", chamava o vento que circulava pelo bosque noturno. "Coline LeFair..."

A entidade por trás da runa sempre trazia seus conjuradores para aquele lugar. Ninguém sabia ao certo onde ele se localizava, mas não restava dúvidas de que o bosque estava longe da Terra, provavelmente fora do sistema solar.

Os céus não tinham nuvens, mas estrelas que envolviam a floresta em um manto de pontos brilhantes. Ali, não havia sol ou lua, apenas um universo extenso e misterioso.

Verona olhou para baixo, admirando o enorme esqueleto soterrado na terra. Apenas pequenas partes de alguns ossos se projetavam para fora, o restante estava coberto por uma espessa camada de grama verde.

A criatura morta cujo último suspiro de magia deu origem à entidade por trás da runa estava ali, sob seus pés. Ektor nunca descobrira quem ela era ou *o que* vivia naquele mundo.

— Coline LeFair — chamou, a voz ressoando às suas costas.

Ela se virou, encontrando seu antigo rosto olhando-a de frente. Como de costume, a entidade assumia a forma do receptor de sua runa, do conjurador que a recebia. Sua forma original.

E, para sua nostalgia, Verona também era incorporada naquela dimensão com seu rosto de nascença.

Ela puxou uma mecha do cabelo, percebendo o sumiço dos cachos de Merlina e sendo atingida pela presença de seus antigos fios castanhos-avermelhados.

Como ela queria que aquele corpo ainda existisse...

— Seja bem-vinda de volta, Coline. — Sua voz era como um eco, ressoando pelo bosque.

A única diferença da silhueta de Verona para a silhueta da entidade eram os olhos brancos, brilhantes como estrelas, que o espírito mágico portava. Ektor costumava ter olhos idênticos quando deixava a magia da runa tomar conta de seu corpo, como se estivesse sendo possuído por ela.

— Deve saber que deixei de ser Coline há algum tempo. Agora, me chamam de Verona — corrigiu ela, imaginando que a informação seria irrelevante. — Mas acho que você já notou.

A entidade uniu as mãos em frente ao corpo e sorriu despretensiosamente.

— Você sabe como isso funciona, Coline — respondeu, sem levar o que ela dissera em consideração. *Convencida.* — Escolheu a runa da natureza. Você já conhece sua magia dessa ordem, deseja reatribuí-la?

— Desejo.

Nos tempos em que Coline LeFair estudava magia, aquela tese costumava ser ensinada nas aulas práticas da cúpula. *"Uma habilidade para um conjurador"*, a citação havia se tornado uma das mais famosas do legado de Ektor Galewski.

"Vejamos o caso do voluntário Marcello Ribeiro, um conjurador da mente. Ele podia se comunicar por telepatia. Quando o matei, sua runa desapareceu, como toda runa faz assim que um conjurador vem a falecer. No mesmo dia, quando eu o trouxe de volta e refiz a cirurgia, remarcando a runa em seu

crânio, ele recuperou a mesma habilidade de antes: telepatia. *Se a habilidade que a runa da mente ofereceu a Marcello era telepatia, ela sempre será telepatia. O mesmo vale para as outras magias, com exceção da runa da morte, considerada fixa. É assim que a entidade estabelece as aptidões e capacidades que mais se encaixam com cada indivíduo. Uma habilidade para um conjurador",* era o trecho que Verona havia decorado para uma prova de teoria da cúpula, ainda na vida passada.

Quando ela era uma aprendiz do conselho, Coline recebera um dom mágico por meio da runa da natureza. Agora, Verona o receberia de volta. Embora estivesse em um corpo diferente, sua alma continuava a mesma. E a magia estava atrelada a ela.

— Te ensinarei a usar sua magia, senhorita LeFair — continuou a entidade, circulando a passos lentos. — Irá sentir como se tivesse passado horas, até dias, conversando comigo. Posso acelerar sua noção de tempo, manipulá-la como eu bem quiser. Porém, no mundo real, perceberá que terá perdido somente algumas horas.

— Não terá tanto trabalho dessa vez — alertou Verona. — Eu já sei como usá-la.

A entidade sorriu novamente, aproximando-se dela para tocar-lhe o ombro.

— Que a magia floresça por você, Coline LeFair.

De súbito, antes que ela pudesse se dar conta do que estava acontecendo, a criatura atravessou sua alma, fundindo-se a ela. Verona cambaleou para trás, sentindo aquele pico de energia, as mãos e os pés formigando e coçando para libertá-la de uma vez.

"Conjure-a...", dizia a voz dentro de sua cabeça. *"Conjure-a..."*

A vontade se tornou insuportável de controlar. A magia falava por si própria, implorando para ser usada, e estava prestes a tomar conta de sua alma.

Então, cedendo ao pedido, foi isso que Verona fez.

Ela conjurou.

Cleo

Cidade de Verona, Itália

Salvatore era o mestre-cirurgião mais detalhista e vagaroso que ela havia conhecido. As horas que Cleo passou na adega foram desperdiçadas em um procedimento que poderia ter sido muito mais rápido.

Ela chegou a perambular pelas prateleiras e decorar o nome de cada vinho que Andréas tinha guardado. Chegou a pegar uma garrafa e despejar seu conteúdo em uma taça atrás do balcão do minibar. Uma Belladonna, em homenagem à mulher desacordada na maca. A bebida não era tão ruim quanto havia julgado antes de prová-la, bem como a própria criadora.

O torso de Verona tinha acabado de receber seu último ponto. Assim que Salvatore finalizou a costura, os ferimentos se fecharam em um passe de mágica. O mestre-cirurgião retirou a linha e tudo que restou foi uma leve cicatriz que desapareceria em alguns dias.

A entidade da runa sempre era bondosa com seus conjuradores, principalmente quando se tratava do período de recuperação.

A teoria mais aceita na cúpula dizia que a entidade era a própria magia. Sendo assim, ela era apenas uma substância no universo que precisava de um hospedeiro. Como não podia se manifestar no mundo físico, pois pertencia inteiramente ao mundo espiritual, começou a depender dos humanos. Por isso, cada pequeno mal-estar causado pela cirurgia era curado, para que o novo conjurador pudesse canalizar magia o quanto antes e, assim, alimentasse a entidade por trás da runa. Ela ficava mais forte a cada vez que sua magia era usada. Se não houvesse ninguém para canalizá-la, a entidade provavelmente desapareceria no universo.

Cleo derramou preguiçosamente mais uma dose de vinho na taça, assistindo ao líquido preto-arroxeado preenchê-la. Estava cansada, suplicando para que os ponteiros do relógio girassem com mais rapidez. Soltou um suspiro, vendo o ar condensar, como se o ambiente tivesse ficado ligeiramente frio de repente.

Cleo uniu as sobrancelhas.

Ela olhou pela sala. Salvatore estava terminando o procedimento, prestes a encerrá-lo. Tudo parecia calmo, mas o instinto de Cleo dizia o contrário.

Não havia janelas na adega que pudessem permitir a entrada de ar, apenas uma tubulação, mas também não existiam indícios de que uma corrente fria estivesse passando por ela. Cleo se levantou da cadeira, observando a sala como se qualquer movimento pudesse ser suspeito. Ela já havia sentido aquilo antes. Quando acordava de manhã, despertando de seus pesadelos. Quando conjurava sua magia, acessando sua segunda runa.

Morte. É um sintoma da morte.

O coração de Cleo disparou.

Ela correu até Verona, tocando seu braço. Ele também estava frio — mais frio do que o normal. Cleo não tinha nenhuma licença médica, mas entendia mais de magia da morte do que qualquer conjurador vivo.

E ela estava vindo até Verona.

— O que pensa que está fazendo, garota? — disse o cirurgião, mas as palavras de repreensão de Salvatore sequer surtiram efeito sobre Cleo.

— Se afaste! — ordenou ela, firmando suas mãos no braço de Verona.

Cleo fechou os olhos. Ouviu Salvatore se preparar para falar mais alguma coisa, mas as palavras desapareceram pouco antes de uma massa de ar fria subitamente tomar conta da adega. Os curtos cabelos da conjuradora flutuaram com o fluxo de ar, que girava pela sala como um redemoinho. Ela apertou as pálpebras com mais força, até que sentisse aquela presença. A morte tentava escapar de sua magia, mas Cleo não a deixaria se esconder.

— *Se revele!* — gritou, puxando-a com mais força.

Quando a ventania cessou, ela abriu os olhos.

E lá estava, ao lado da maca de Verona, com um véu sobre a cabeça.

A morte usava um vestido preto, mas ninguém podia dizer que se tratava de uma figura feminina. Ela não tinha um rosto conhecido, muito menos curvas aparentes. Sua roupa era pesada e seu corpo estava totalmente coberto, incluindo as mãos.

Ela era uma incógnita. Um ponto de interrogação. O véu que cobria seu rosto e as roupas pretas representavam o luto, mas não era possível tirar conclusões sobre nada para além daquilo.

A morte não tinha voz, então não se pronunciou. Era quieta e misteriosa. Salvatore recuou lentamente, indo para longe da figura assombrosa que havia surgido no centro da sala. Ela estava parada do outro lado da maca, virada para Cleo. Mas, quando sua cabeça se voltou para a direção do rosto de Verona, a conjuradora cerrou o punho.

— Você veio tentar reivindicar a alma que te pertence, não veio? — perguntou Cleo, mesmo sabendo que ela não lhe daria uma resposta. — Eu sabia que viria.

A morte ergueu a mão, prestes a tocar o rosto de Verona para tentar romper seu vínculo com a garrafa. Cleo imitou seu movimento com rapidez, a runa em seu dedo decepado canalizando o máximo de magia que poderia sustentar.

A mão da silhueta misteriosa estancou no ar, impossibilitada de se mover. A morte tentou usar a outra mão, mas Cleo as prendeu em suas costas. Com um esforço um pouco maior, ela a impediu de se mover.

— Volte para o seu fim de mundo — rosnou entredentes.

Cleo invocou aquele vórtice, moveu as correntes de ar a seu favor. Um redemoinho de sombras e nuvens se abriu no teto da adega. A criatura resistiu, tentando libertar suas mãos, mas Cleo cerrou os dentes e canalizou o máximo que podia.

Aos poucos, a silhueta da morte começou a desaparecer, convertendo-se em fumaça; uma fumaça cinza que foi sugada para dentro do vórtice.

Quando sua presença sumiu, Cleo apoiou as mãos na maca antes que seus joelhos a puxassem para baixo. Sua respiração estava pesada, com a cabeça jogada entre os braços.

Ela sabia. Sabia que a morte tentaria achar um momento de fraqueza para tomar Verona de volta. Ela não gostava de ser roubada, de perder uma de suas milhares de almas. Mas Cleo a controlava, e isso a irritava.

· Cada vez que Cleo conjurava, a morte tomava um pedaço de sua alma. Mas ela sabia o que precisava ser feito. E, naquele momento, precisou salvar Verona, não importava o custo.

Salvatore avançou alguns passos para perto. Ele a encarou como se soubesse quem ela era, o que fazia e de onde vinha, mesmo sem dizer nada. Depois de tantos olhares tortos, ela deveria estar acostumada com a desconfiança das pessoas.

Se o resmungar de Verona não tivesse atraído sua atenção, Cleo teria falado algo, provavelmente para enxotá-lo ou insultá-lo.

Os olhos castanhos-amarelados sonolentos se abriram por um breve momento, apenas para se fecharem de novo. Verona repetiu o movimento várias vezes, com dificuldades para mantê-los abertos.

— Está me vendo? — chamou, tentando identificar seu nível de consciência. — Consegue me ouvir?

Verona continuou piscando até seus olhos se estabilizarem no rosto de Cleo.

— Sim — respondeu, rouca.

— Você conseguiu — avisou Cleo, para caso ela não estivesse raciocinando plenamente. — Está de volta, Verona.

A mão de Verona se esticou com dificuldade. Ela pegou o braço de Cleo e encontrou sua mão para repousar os dedos. Não esperando pelo gesto, Cleo contraiu a musculatura.

— Você ficou.

— Fiquei.

— Obrigada.

— Não precisa dizer nada.

Ela parecia frágil. A Verona confiante e persuasiva desaparecera, deixando seu lado mais inseguro no lugar.

— Pode se vestir — autorizou Salvatore, monossilábico assim como nas horas que se passaram.

Ele estava no outro canto da sala. Recolhia seus materiais para esterilização e nem se dava ao trabalho de auxiliar a paciente.

Desleixado.

— Levante — pediu Cleo. — Eu te ajudo.

Ela a puxou pela mão até que estivesse sentada.

Cleo pegou o conjunto de roupas íntimas, seguido das sandálias e do roupão. Verona vestiu-os com dificuldade, tentando não se mexer além do limite. Ficar de pé foi seu maior desafio, tanto que Cleo precisou envolver sua cintura para ajudá-la a subir as escadas. O consultório improvisado na adega não era um dos lugares mais acessíveis para pacientes operados.

— Deixe que eu pego ela. — Andréas largou sua caneca na mesa assim que viu Verona atravessar a porta.

Cleo entregou-a aos seus braços, que a receberam como se estivessem segurando uma frágil taça de cristal. Verona estava sonolenta, à mercê de quem a conduzisse, tudo por consequência da anestesia. Notando sua debilidade, Andréas agarrou-a com firmeza e saiu pela porta, a caminho do apartamento onde iria deixá-la passar o resto da noite.

Havia uma tábua com pedaços de pães e recipientes acrílicos para patês sobre a mesa do escritório de Andréas. O cheiro se fazia impossível de ignorar. Ele e Ganesh deviam ter desenvolvido conversas tão profundas que foram dignas de um jantar adiantado.

— Fez amizade na minha ausência? — Cleo mergulhou o dedo em um creme com pedaços sólidos, levando-o à boca em seguida. *Patê de ricota*.

Ganesh cruzou os braços, parando ao seu lado.

— Andréas é um cara bacana — constatou ele. — Engomadinho, mas bacana. Deveria dar uma chance para ele.

— Talvez em uma próxima vida. — Ela raspou um pouco do molho de pimenta com um pedaço de pão. Seu estômago estava reclamando desde que a primeira hora de cirurgia chegara ao fim.

— Você parece estar morta de fome — mencionou ele. — Verona te fisgou mesmo, não é? Para te fazer esquecer do lanche da tarde e aguentar ficar presa numa adega até agora.

— O que você quer dizer com isso?

— Eu? — Apontou para si mesmo. — Nada, imagina... — Cruzou os braços. — É só que você não costuma se dedicar tanto a alguém.

— Eu não vou te explicar o que vim fazer aqui pela segunda vez — disse, mordendo uma torrada com creme de alcachofra.

— Eu sei, eu sei. Todo aquele negócio de ferrar o Balthazar, fazer ele pagar, tanto faz. Mas é só isso? Ela é só o baú de ouro que você tem que proteger? Não tem nada a mais?

— Não coloque o nariz onde não é chamado, Ganesh.

Ele cutucou-a com o ombro.

— Então eu acertei, você gosta mesmo da garota.

Cleo se virou para ele preguiçosamente.

— O que você quer que eu fale? — Levantou a sobrancelha. — Nós nos beijamos. Mas isso não te convém.

— Quando foi isso?

— Hoje mais cedo.

— E você gostou?

— Sim.

Cleo limpou as mãos uma na outra, terminando de mastigar o pedaço enquanto Ganesh pensava sobre o assunto.

— Ela gosta de você?

— Não, nada disso. — Encostou a lombar na mesa. Lembrou quando fez a mesma coisa na pia de Verona, segundos antes de sua boca encontrar a dela. — Verona flerta com muita gente, e só está comigo porque sabe que minha ajuda é valiosa. Quando tudo isso acabar, seguiremos nossos caminhos. Eu vou com você para outro país e ela continuará a vida por aqui, com Andréas. — Ela se esforçou para acreditar em cada palavra que dizia.

— Andréas me disse que Verona pediu para que você ficasse com ela — insistiu Ganesh, aparentemente tentando extrair o máximo da situação. — *Você*, não ele, o famoso "irmão do peito". Acha que não significa nada?

— Significa que Verona sabia que eu podia protegê-la com minha magia. Não veja algo onde não tem, Ganesh, faz mal. É bom para exercitar a imaginação, mas é péssimo quando você descobre que suas expectativas não foram atingidas.

— Você tem expectativas quando se trata de Verona, Cleo?

Cleo umedeceu os lábios.

— Não, nenhuma.

Cortando o assunto pela raiz, ela saiu andando até a porta, abrindo-a para que retornassem ao próprio apartamento.

— Vamos. Preciso de um jantar decente.

Ganesh olhou para ela com um semblante de dúvida. Embora ela soubesse que Ganesh ainda tinha perguntas, ele resolveu engoli-las e somente atravessar para fora.

Cleo fechou a porta do escritório e seguiu até o elevador. Ela era uma péssima mentirosa. Quando sentia algo novo, algo como o que Verona causava nela, suas emoções entravam em estado de negação. Mesmo querendo reprimir a verdade, Cleo sempre sabia o que queria. E ela queria ter Verona em suas mãos mais uma vez.

Ganesh devia ter notado que ela havia mentido.

Era tarde do dia seguinte, o sol estava a caminho de desaparecer do horizonte. Andréas havia convocado uma reunião. Segundo ele, Gemma queria estabelecer uma aliança generosa entre todas as partes do acordo.

A mesa de refeições estava montada com uma toalha bordada. Bolos, torradas, sucos, croissants e creme de avelã. Um deleite aos olhos.

— Obrigada por ceder o apartamento, Verona — Andréas agradeceu quando todos se sentaram à mesa, admirando a seleção de lanches. — Sabendo que está mais recuperada hoje, convoquei essa reunião para discutirmos alguns detalhes sobre o baile. — Ele se virou para a namorada, passando a palavra. — Gemma, por favor, fale aos convidados o que conversou com nossos colegas.

A garota assentiu brevemente.

— Como esperado, eles foram resistentes no início. — Os curtos cabelos vermelhos e olhos azuis de Gemma enganavam qualquer um facilmente. Sua postura centrada não correspondia à sua aparência meiga. — A presença da Aniquiladora na osteria não foi de grande ajuda. Eles ainda não confiam totalmente nela.

— Nossa, se você não dissesse eu nunca poderia adivinhar... — alfinetou Cleo. Andréas lhe encarou com um olhar de desprezo.

— Mas eles confiam em Andréas e em Verona — continuou Gemma. — Por isso, aceitaram ajudar.

Andréas puxou a aba de seu paletó.

— Pensamos em concentrar um maior número de pessoas no baile, já que é lá que estará a grande parte das pessoas — completou ele. — O resto dará conta de revistar o hotel quando ele estiver consideravelmente vazio durante o evento.

— Em qual equipe resolveram me colocar? — perguntou Ganesh. — Já separaram os nomes?

— Você irá com Gemma para o hotel. O resto de nós estará no baile.

Ganesh somente assentiu e colocou o cotovelo na mesa e repousou a mão no queixo, pensativo.

— O baile acontece depois de amanhã — relembrou Andréas. — A data está próxima. Considerem já começar a pensar nisso.

— Acha que temos alguma chance? — A linha de expressão na testa de Verona denunciava sua preocupação. — Vamos estar separados. Não teremos a equipe completa. Talvez seja melhor apostarmos em um só lugar.

— Não há tempo para isso — refutou Andréas. — Não podemos fazer apostas. Não sabemos se Balthazar vai deixar a garrafa no hotel ou levar ela ao baile, mas sabemos que ele vai trazê-la, porque é a única coisa que pode te atrair, Verona, e ele não vai deixá-la desprotegida em qualquer lugar para que seja roubada. Estou colocando todo meu pessoal nisso. Se não conseguirmos recuperar a garrafa, de um jeito ou de outro, será um investimento perdido. E eu odeio investir em algo que está fadado ao fracasso.

— A questão é que será muito mais difícil invadir o segundo lugar depois que o conflito tiver sido iniciado — completou Gemma. — Por isso, estaremos agindo contra os dois ao mesmo tempo.

— O que os outros acham disso? — perguntou Ganesh. — Dessa empreitada dupla?

— Eles concordaram — afirmou Andréas . — Como já foi dito, confiam no nosso discernimento.

Então era isso. Eles tinham um plano, alguns voluntários e o desejo de acabar com a raça da cúpula.

Cleo precisava que aquilo funcionasse. *Tinha* de funcionar.

Gemma comentou algo sobre sua reunião com os anarquistas, mas Cleo perdeu o foco da conversa quando uma mão tocou a sua por debaixo da mesa.

Verona conversava com eles, assentindo e agregando algumas ideias. Mas, para além do diálogo, ela encontrou os dedos de Cleo e apertou-os devagar, agradecendo-a silenciosamente.

— Não vai comer nada? — indagou Ganesh, servindo-se de café.

"Você tem expectativas quando se trata de Verona, Cleo?", Ganesh havia perguntado.

"Não, nenhuma", ela havia respondido.

Uma tremenda mentira.

— Daqui a pouco — disse Cleo.

— Você anda fazendo sucesso por aqui, não anda? — sussurrou ele, de modo que apenas ela pudesse ouvir.

— De que maneira, exatamente?

— Os anarquistas. Seu nome é o assunto do momento. E eles realmente não gostam de você.

— Também não gosto deles.

Ganesh segurou a risada.

— Você está no território rival e nem parece preocupada.

Cleo deu de ombros.

— Nenhum deles é uma ameaça pra mim.

Ganesh apenas negou com a cabeça, saboreando o café.

— Como está a lesão? — Cleo o cutucou com o cotovelo.

O comentário o fez movimentar o músculo do ombro, massageando o local com a mão livre.

— Bem, na medida do possível.

— Você ainda lembra algo do seu treinamento militar?

Ganesh respirou fundo.

— Como não lembrar?

— Andréas provavelmente vai te arranjar uma arma.

— Já conversei sobre isso com ele. — Ganesh engoliu em seco, sua expressão se tornando um pouco mais séria do que o usual. — Eu posso até não ter tido uma boa experiência militar, mas tive um bom desempenho.

— Espero que sim.

Cleo pegou um brioche recheado, sentindo sua barriga implorar por alguma migalha de comida.

De soslaio, viu Verona cortando uma fatia de bolo enquanto conversava com Andréas. Cleo não sabia por que era tão *bom* olhá-la. Talvez fossem seus cabelos perfeitamente arrumados, talvez fosse o jeito como ela falava, como gesticulava, como ficava bonita enquanto fazia isso.

Cleo mordeu o pão, pensando que não deveria se apegar a ela. Algo havia mudado depois do episódio no banheiro. Ela queria *mais* daquilo, *mais* de Verona. Isso poderia ser um problema.

Verona não se importava com ela de verdade, só queria sua ajuda para recuperar a garrafa.

Certo?

Havia um cordão de arame farpado separando as duas. Se tentassem ultrapassá-lo, se cruzassem a fronteira, se estabelecessem mais contato do que o saudável, poderiam acabar feridas. Porque aquilo era temporário.

Não era?

Cleo era como água fria e Verona era como óleo fervente, substâncias que não se misturavam.

Mesmo assim, Cleo continuava intrigada.

Mesmo assim, Cleo queria beijá-la de novo.

Porque, *céus*, se algo na terra chegava perto da divindade, eram os lábios dela.

Balthazar

Cidade de Verona, Itália

Ele estava a um pensamento de distância de abrir sua segunda garrafa.

Balthazar havia esvaziado a primeira em menos de meia hora. Sua reserva de álcool estava cheia, o armário tinha sido abastecido no dia anterior, mas a despensa não duraria muito se o conselheiro mantivesse aquele ritmo.

Sempre que achava que estava se recuperando, que a falta de Fiorella não o mataria de forma lenta e tortuosa, algo na rotina o fazia lembrar dela, fossem as orquídeas no jardim ou o armário sem suas roupas coloridas.

E aquilo acabava com ele.

Balthazar estava sentado à mesa, com as luzes da cozinha apagadas. O dia havia amanhecido chuvoso e agora se desvanecia coberto pela neblina. Ele girou seu copo na mão, observando o movimento circular das gotas que escorriam por suas paredes em direção ao fundo. As pálpebras pesavam, prestes a derrubá-lo. Não se lembrava da última vez que tinha tido uma noite de sono agradável.

— Cheguei! — Merlina bateu a porta da casa. Balthazar ouviu o barulho das chaves sendo colocadas na mobília. — Onde você está?

Ele continuou vidrado no movimento do copo vazio, pensando se deveria continuar seu lento processo de inebriação ou se conseguiria lidar com mais uma noite solitária no quarto em que deveria dividir com a falecida esposa.

— De novo, pai?

Sim. De novo.

Merlina deixou a mochila nos pés das escadas, caminhando até a garrafa sobre a mesa para afastá-la de suas mãos. Ela abriu a reserva da cozinha e deu um suspiro de decepção.

— O que você está tentando fazer, Balthazar? — perguntou, vendo o armário cheio. — Vai gastar todo salário em bebida? Quer ter bafo de álcool para sempre?

Ele largou o copo sobre a mesa, esfregando as têmporas. Quanto mais o tempo passava, menos Balthazar sentia que o luto tinha um prazo de validade.

— Eu sei o que estou fazendo, Merlina — afirmou, mesmo que não tivesse ideia de onde queria chegar. — Onde estava? Não te encontrei de manhã.

— Fui comer fora com uns amigos. — Ela pegou uma garrafa de água, enchendo a caneca. — Não mude de assunto. Você pode até tentar me convencer de que é adulto e sabe se virar sozinho, mas ultimamente está sendo péssimo nisso. — Merlina puxou a porta do micro-ondas, colocando a caneca para esquentar por um minuto. Em seguida, apoiou as costas na bancada da cozinha, cruzando os braços. — A gente tem que falar sobre isso. — Balthazar lançou-lhe um olhar de desdém. — E nem pense em fazer essa cara. Não dá mais para chegar em casa todo fim de semana e te encontrar desse jeito. Eu não consigo te ver decair assim. Mamãe foi embora, mas eu ainda estou aqui. Será que você não vê isso?

O micro-ondas apitou, o salvando de responder. Ela misturou um sachê de chá de gengibre na água, colocando a caneca na mesa, logo à sua frente.

— Beba — ordenou. Ele abriu a boca para contestar, mas ela falou antes: — Beba logo. Isso não é um pedido.

— Você vai insistir até falarmos sobre isso, não é? — Balthazar ignorou o chá, inalando o cheiro de gengibre no vapor que subia da caneca quente. — Eu não tenho nada a dizer, Merlina. Sua mãe morreu há três meses. Esperava que eu estivesse agindo diferente?

— Eu esperava que você ficasse de luto, assim como eu estou, só não esperava que jogasse sua vida fora de uma vez, titubeando por aí com uma garrafa na mão.

— Eu não fico "titubeando por aí".

— Você me entendeu.

Balthazar pressionou os lábios em sinal de indignação, recostando na cadeira. Sempre que ela abria a despensa, ele sabia que ouviria os sermões de Merlina até o dia seguinte — isso se ela não tentasse jogar tudo no lixo. Suas forças estavam esgotadas, seus ombros estavam duros e doloridos, e ele estava começando a se acostumar com aquela sensação. Balthazar já não se importava com a profundidade do buraco que havia cavado para si mesmo.

— O que quer que eu faça, Merlina?

— Não é só o que você faz, é o que você pensa. — Merlina puxou uma cadeira. — Você age como se o mundo fosse um grande vácuo. Você virou uma sombra aqui em casa. Eu só queria que você olhasse para mim uma vez, pai. Por que não consegue fazer isso? Por que não consegue me ver? Eu estou aqui! Eu sempre estive! Por que eu tenho que implorar pela sua atenção?

Balthazar a encarou, duvidoso e levemente cético. Nada era tão simples quanto ela achava que era.

— O álcool vai te destruir. Ele não é o amigo que você acha que ele é. Não pode descontar seus problemas nele. Por que não tenta me deixar carregar esse peso junto com você? Por que você me afasta desse jeito?

Porque eu não quero que você sinta o que eu sinto.

Talvez fosse uma escolha egoísta. Talvez a dor de Merlina fosse tão grande quanto a que sentia, mas deixá-la de fora de suas questões era a melhor decisão que poderia fazer. Nada se comparava àquela falta. Havia um eco dentro dele. Sua filha achava que poderia ajudá-lo, mas Balthazar tinha certeza de que, se continuasse afundando e Merlina tentasse salvá-lo, seria puxada para o fundo junto a ele.

E ele não deixaria aquilo acontecer.

— Você não pode me ajudar — falou ele. — Eu sei que se importa e eu sei que dói, mas precisa me deixar fazer isso sozinho.

Merlina tamborilou os dedos na mesa. Os traços em seu rosto denunciavam sua insatisfação.

— O que eu tinha para falar eu já falei. — Ela desistiu. — Você está certo, me dói muito. Me doeu perder minha mãe. Mas me dói ainda mais perder o meu pai, que mesmo que não esteja morto, parece estar quase lá.

Aquilo atingiu Balthazar de uma forma diferente, algo que ele não conseguiu tratar com apatia.

— Ao menos beba o chá. — Ela empurrou a caneca mais para perto dele.

Diziam que chá de gengibre ajudava com os efeitos do álcool. Merlina havia pesquisado sobre o assunto, tanto que a casa estava cheia de sachês.

Se era incapaz de compartilhar aquele sentimento sem desabar à sua frente, Balthazar achou que reconhecer o esforço dela era o mínimo que podia fazer. Ele segurou a caneca, sentindo seus dedos frios se chocarem contra a temperatura quente da porcelana, e deu três longos goles no chá.

Como sempre, o gosto era excelente.

— Agradeço — disse, sendo o mais receptivo que poderia ser.

— Me agradeça jogando suas garrafas fora. — Ela bateu a mão na mesa e se levantou, colocando a alça da mochila nas costas e subindo as escadas até seu quarto.

Mais uma vez, Balthazar ficou sozinho. E estar acompanhado apenas de si mesmo havia se tornado um perigo para ele.

O conselheiro terminou de beber o conteúdo da caneca, sentindo a pungência da dor de cabeça amenizar. Ultimamente, estivera agindo como a pior versão de um homem que deveria ser um pai, um mentor e um conselheiro. Não era tolo. Tinha ciência do que fazia e de como suas escolhas afetavam todas as áreas da sua vida.

Porém, ele não podia evitar os rompantes de fraqueza que voltavam para visitá-lo. Todas as memórias dolorosas ainda estavam lá, vívidas em sua mente, manifestando-se em pesadelos. O fluxo do luto não havia melhorado. E ele duvidava que iria.

Balthazar DeMarco havia se perdido e não via um caminho para se reencontrar.

E nem que ele conseguisse cavar uma estrada pela floresta fechada, saberia qual direção deveria seguir para voltar para casa.

As duas malas foram levadas até o vigésimo andar do hotel, assim como as outras caixas que ele havia trazido na viagem.

Balthazar não pôde conter o bocejo. Trocar uma cama ortopédica por um assento desconfortável de trem havia feito com que ele tivesse passado toda a viagem acordado, com uma dor insuportável nas costas. Mesmo instalado nas cabines mais caras e seletivas do vagão, o conselheiro não gostava do balanço do trem.

A arquitetura do hotel relembrava as construções romanas, algo que remetia ao clássico panteão italiano, agregado às colunas de sustentação características do estilo coríntio. Assim como o esperado, o local estava vazio, apenas à espera dos conjuradores que haviam reservado seus quartos.

Três sentinelas o acompanharam até o elevador, subindo para o dormitório cujo número estava gravado na etiqueta da chave que lhe fora entregue. Antes que as portas pudessem se fechar, Ling Yuhan enfiou o braço perigosamente para dentro do elevador, a ínfimos centímetros de prendê-lo na entrada.

— Opa, opa. — Ele deu uma risadinha nervosa quando entrou, puxando suas malas para dentro desengonçadamente. — Deus, estou cada vez mais atrapalhado. Me desculpem por isso.

— Por que está carregando a bagagem, conselheiro? — questionou Balthazar, ajudando-o a puxar as três bolsas com auxílio dos sentinelas. Duas delas estavam penduradas nos braços de Ling, a outra ficou no chão, presa entre suas pernas. — Devia ter entregado elas para os funcionários.

— Bobagem! — Ele fez um gesto displicente com a mão. — Eu consigo fazer isso sozinho.

Balthazar elevou a curvatura dos lábios, um sorriso sincero surgindo no rosto.

— Vejo que trouxe muita coisa. — As portas se fecharam. O elevador tremeu quando começou a subir. — Se não for intromissão da minha parte, devo dizer que nunca te vi tão animado para um baile antes.

— Ah, pois é. Kira arrumou minhas coisas dessa vez — explicou ele, fazendo menção à esposa. — Ela não quis vir, a viagem é muito longa, e o tratamento para o lúpus está em uma fase delicada. Nosso filho ficou em casa para cuidar dela. Mesmo assim, Kira fez questão de arrumar minhas coisas. Você sabe que não sou um homem muito exigente, metade do que tem aqui são coisas que eu não priorizaria, mas cá estamos. O que as esposas pedem, nós obedecemos, não é?

Ling falava em tom de brincadeira. Entretanto, assim que notou o tópico que havia acabado de abordar e percebeu que Balthazar não sorriu de volta, ele começou a gaguejar.

— Ah, desculpe. — O conselheiro comprimiu os lábios. — Eu não quis dizer que...

— Está tudo bem. — As portas do elevador abriram, o corredor do último andar estendendo-se logo adiante. — Tenha uma boa noite, Yuhan. Nos falamos em breve.

Sem olhar para trás, Balthazar saiu do elevador, seguido de sua escolta de segurança. Ao longe, avistou os cabelos loiros de Tessele parados em frente a uma das portas. Passou por ela, percebendo que seu quarto fora reservado justamente ao lado do dormitório da conselheira. Ele sacou sua chave, girando-a na fechadura para ter seu merecido descanso, quando fraquejou por um segundo e olhou para o lado, vendo Tessele se esforçar para abrir a porta que parecia emperrada.

Ele sabia que, se oferecesse ajuda, Tessele certamente o ignoraria, ia preferir continuar insistindo na porta defeituosa a aceitar seu apoio. Por isso, ele não lhe deu um aviso, apenas se aproximou, puxou a porta — para que conseguisse girar a chave — e abriu-a em seguida.

Tessele o encarou com um semblante mordaz, os braços cruzados e a sobrancelha erguida.

— Já terminou? — disse.

Balthazar não esperava uma reação diferente, embora quisesse ser surpreendido.

— Um agradecimento seria mais apropriado, acredito eu.

— Não devo agradecimento algum a você.

Tessele puxou suas malas de rodinhas para dentro e bateu a porta com força. Quando ele pensou que a tortura havia chegado ao fim, uma mão falsamente amigável deu dois tapinhas em seu ombro.

— É melhor não mexer com minha mulher, conselheiro. — Ao sentir o perfume enjoativo de Edgar, Balthazar quase revirou os olhos. — Vai fazer bem a você.

Edgar lhe lançou um sorriso cínico e também entrou no quarto. Dessa vez, Balthazar ouviu a porta sendo trancada, um claro sinal de que ele deveria ir embora.

O conselheiro inspirou o máximo de oxigênio que seus pulmões suportavam. Ele poderia dizer coisas horríveis a Edgar. Poderia devolver todos os olhares de desgosto de Tessele. Mas sabia que isso só daria a eles mais motivos para levar Eva para um internato.

Os três sentinelas se espalharam pelo corredor. Um ficou de plantão na janela, o outro posicionou-se perto do elevador e das escadas, e o último guardou a entrada de seu quarto.

A suíte era equipada com uma cama de casal e uma banheira, além de cortinas pesadas nas janelas, mesas de cabeceira e dossel. O dormitório ainda incluía um sofá, uma bancada de escritório e uma televisão. Mas Balthazar estava com a mente ocupada demais para reparar em qualquer outro detalhe.

O conselheiro deixou as bagagens sobre a cama. Uma delas, Balthazar simplesmente organizou no armário, arrumando suas mudas de roupas, desamassando seus ternos, desempacotando seus sapatos sociais e espalhando os produtos de higiene pelo banheiro. A outra, no entanto, comportava todo tipo de material que ele tinha achado necessário trazer da oficina, contando com algumas das suas criações. Um tridente comprido e pesado, não havia cabido dentro da bagagem, mas Balthazar encontrara um jeito de colocá-lo em um estojo especial, parecido com as capas que os musicistas usavam para envolver seus instrumentos. Um dos sentinelas o tinha ajudado a trazê-lo para dentro.

A garrafa de Belladonna, por sua vez, era uma exceção à regra, mas igualmente valiosa quando comparada às demais peças guardadas na mala. Balthazar pegou-a nas mãos, analisando o rótulo da marca que Coline LeFair havia promovido antes da morte. *"O veneno de Romeu e Julieta"*, como costumava divulgar.

Com cuidado, ele a guardou em sua maleta. Pretendia tornar a jornada de Verona ainda mais passageira do que seu tempo útil na vida anterior, fossem quais fossem as consequências.

Balthazar não a deixaria escapar uma terceira vez. Ela havia testado seus limites, cruzado e destruído sua fortaleza, roubado e pisoteado sua crença de ter Merlina nos braços.

Dessa vez, seria diferente.

Dessa vez, ele havia trazido seus brinquedos preferidos.

Verona

Cidade de Verona, Itália

A impressão de Verona era que a manhã da sexta-feira havia dado lugar a uma noite fresca muito mais rápido do que no dia anterior. O baile de outono seria dali a menos de vinte e quatro horas, mas ela não sabia se estava pronta para ele.

Verona ainda não havia tentado conjurar sua magia. Ela sentia o vibrar de suas mãos elétricas, implorando para que a energia internalizada fosse solta ao mundo. Porém, ela queria cultivá-la; guardá-la para que, então, quando fosse utilizá-la, despachasse toda tensão bem em cima do nariz de Balthazar.

Por volta das dez horas da noite, Verona se deitou para dormir, sua camisola branca de cetim substituída por um conjunto de veludo vermelho, quente e macio o bastante para mantê-la aquecida. Ela puxou os cobertores, a imagem do rosto de Cleo retumbando em sua cabeça como o som repetitivo de um rádio quebrado. Não conseguia esquecê-la. Talvez estivesse emotiva demais, sentindo coisas que normalmente não sentia sobre as pessoas com quem se envolvia. Talvez fosse pura carência ou algum sintoma novo de TPM, mas isso não importava.

Porque Verona estava a ponto de sair do próprio apartamento só para encontrá-la. Elas não haviam se esbarrado durante o dia inteiro, e seu cheiro fazia falta no quarto.

Se tivesse um pouco mais de coragem, Verona se levantaria da cama para bater na porta de Cleo. Mas não queria parecer desesperada, muito menos alguém que precisa de colo.

Portanto, escolheu se agarrar ao orgulho.

— Então você conseguiu. — A voz soturna de Merlina acordou Verona em um susto, fazendo-a se sentar na cama. — A Sala de Narciso. Você fugiu dela.

Verona colocou a mão sobre o peito, o coração disparado enquanto encarava a intrusa sentada sobre seu colchão com as pernas cruzadas.

— Por Deus, Merlina. Não pode aparecer no meio da noite assim... — reclamou, puxando o cordão que acendia o abajur sobre a mesa de cabeceira. — Sabia que temos um código de privacidade no condomínio?

— Não dá para saber quando é noite ou dia nesse mundo do outro lado, eu só apareço — explicou ela, observando a luz da lua atravessar a janela.

Verona coçou os olhos com o dorso da mão.

— O que você veio fazer? Não pode esperar até amanhã?

— Não — determinou. Verona previu aquela resposta. — Já que você venceu, queria te lembrar da sua promessa.

— Pode fazer isso quando eu acordar amanhã...

— Estou falando sério.

Verona respirou fundo.

— Querida, sabe que não posso ser razoável com o homem que roubou minha garrafa, não sabe? — Forçou um sorriso.

— Devo te lembrar que foi você que roubou meu corpo ou o que? — pressionou Merlina. — Você me *deve* isso.

O pedido fez Verona rir — um riso mais próximo do nervosismo do que do bom-humor.

— Balthazar seria mais feliz justamente se eu acabasse com seu sofrimento de uma vez, não acha? Não acha que seria mais fácil se ele reencontrasse você? Do outro lado?

Merlina negou com a cabeça.

— Não é você quem decide isso. A vida dele não acaba assim.

Toda conversa com Merlina deixava Verona um pouco mais insegura. Ela era uma voz em sua cabeça, uma voz que implorava, que sussurrava, que trazia à tona a culpa que Verona tentava jogar fora.

— Como eu já disse, verei o que posso fazer — repetiu, pois não podia lhe dar certeza sobre nada. — Mas devo avisar que será difícil agora que recuperei minha magia.

— Uau, olhe só. Você passou pela cirurgia?

Assentiu.

— Bom, isso é terrível. — Merlina não mascarou sua decepção. — Se você vencê-lo, ao menos diga que eu o perdoo. Ele não precisa de um fardo além do que o que já carrega.

"Se você vencê-lo", porque ainda havia a possibilidade de que ela não ganhasse a batalha final.

— Como é do outro lado? — Verona abraçou o próprio corpo, acariciando o braço. — Eu não lembro de quase nada e... eu queria saber.

— É bom. Para mim, né. — ressaltou Merlina, como se o pós-vida não fosse ser tão hospitaleiro com Verona quanto era com ela. — Todo dia é primavera, mas nunca fica cansativo. Eu vejo minha mãe podar as flores do jardim toda manhã. Não tem fome. Dor. Sede. Nada disso.

— E aqueles que não merecem o paraíso?

Talvez, por estar presa em um sonho, Merlina não soubesse o que acontecia nos pesadelos torpes das almas pecaminosas. Ainda assim, ela se lembrava mais do reino da morte do que as escassas memórias de Verona poderiam dizê-la.

— Solidão, eu acho. Uma eternidade dentro de uma pós-vida vazia e cinza. Eu não sei exatamente como explicar.

— Imaginei.

Verona temia o julgamento que determinaria o destino de sua alma. Merlina tinha muito a ganhar junto à mãe, levando uma pós-vida à margem da paz que qualquer humano havia sonhado em ter enquanto vagava entre os vivos. Mas Verona não tinha ninguém para encontrar do outro lado. Não tinha amigos com quem se importasse, parentes pelos quais prezasse, nem mesmo um animal de estimação. Tudo o que tinha estava no lugar que, até semanas atrás, ela fora impedida de visitar. Deixara seus bens mais preciosos em terra firme. No reino dos vivos. No velho mundo corpóreo e cruel que ela conhecia. E era ali que queria ficar.

— Posso ver pelas suas olheiras que você está cansada, então vou parar de te incomodar — concluiu Merlina, a conversa perdendo seu sentido. — Eu odiaria ser vista com o rosto tão abatido.

Verona não acrescentou nada, apenas deixou-a partir. Aquela interação havia mexido com algo trancado no fundo de sua alma, um tipo de pavor que pensara ter superado.

— Lembre do que eu te disse ou eu voltarei para te obrigar a lembrar. — Foi a última frase que Merlina proferiu antes de desaparecer.

Verona se encolheu e abraçou as pernas. Não voltou a se deitar. A luminária permaneceu acesa, envolvendo suas milhares de perguntas com um pouco de clareza. O que seria dela no reino da morte se as linhas do futuro não agissem a seu favor?

Somente o baile de fim de ano poderia respondê-la.

Em poucas horas, Verona viveria o dia mais decisivo de sua segunda vida. Ela teria que confiar em sua magia. Confiar que ela era o bastante.

Puxou as mangas. Ela descartou todo plano sobre guardar aquele poder para despejá-lo sobre Balthazar. Tinha de escutar sua runa, e tinha de fazer isso agora.

Pela primeira vez desde a cirurgia, Verona conjurou. Assistiu a sua magia se espalhar pelo quarto, reivindicar cada centímetro dele, dominando-o por inteiro.

Coline LeFair não teria orgulho de quem ela havia se tornado, mas Verona ainda tinha muitas coisas a fazer, e, com sorte, aquele capítulo de sua vida estava apenas começando.

Seu vestido tinha diamantes cravejados por toda extensão e o batom vermelho nos lábios era como cereja. Era assim que Verona se apresentaria para o baile que aconteceria naquela noite.

Ela havia passado o dia inteiro se preparando para a invasão. Tentou não pensar muito sobre o que poderia acontecer assim que entrasse no salão. Distraiu-se combinando bolsas e saltos, brincos e colares, esmaltes e maquiagens. Somente dessa maneira sua cabeça encontrou algo no que se concentrar, trocando seus medos e demônios por delírios de vaidade.

Verona ficou trancada no apartamento até a hora marcada, quando Andréas fechou a osteria antes do fim do horário de comércio para reunir a equipe no salão vazio. Ela desceu já vestida, usando um casaco branco felpudo por cima do vestido, por causa do frio.

Andréas estava lá, perto do bar, com um drink na mão, provavelmente um uísque. Verona parou ao lado dele, cumprimentando-o com um aceno da cabeça.

— Já bebeu quantos desse? — perguntou ela, depositando o peso do corpo em uma perna.

— É o primeiro da noite. — Ele girou o copo, fazendo o líquido se mover. Não havia mais do que um gole dentro dele. — Se eu não precisasse ficar sóbrio hoje, certamente já estaria na terceira dose.

— Somos dois. — Ela puxou as abas do casaco enquanto monitorava o fluxo de pessoas. A noite estava fresca. Nem tão fria, nem tão quente. — Está uma bela noite para uma Marguerita, não acha? — Viu Andréas esgotar o conteúdo que bebia, virando-o na boca.

O empresário bateu o copo no balcão.

— É sempre uma ótima noite para uma Marguerita, Verona.

Ela sorriu.

— De fato.

O lugar começou a encher perto do horário marcado para o encontro. As pessoas conversavam entre si, algumas usando roupas formais para se integrarem à festa, outras preferindo se vestir casualmente, de forma que ficassem mais confortáveis para os episódios que encerrariam a noite.

Cleo foi uma das últimas a comparecer, acompanhada de Ganesh. Verona perseguiu-a com o olhar. Estava de preto e azul, sua típica paleta de cores além do amarelo-dourado que pintava o piercing em seu nariz. Linda como sempre. Ao contrário dos demais, ela prosseguiu até o bar, tomando uma cadeira. Se Andréas era um professor falando com seus alunos, Cleo se colocaria à altura dele, jamais atrás.

— Podemos iniciar? — Andréas sobrepôs sua voz, abraçando a cacofonia do salão.

As pessoas lentamente pararam de falar, virando suas cabeças na direção do empresário. Algumas puxaram suas cadeiras, agrupando-se nas mesas circulares. Quando tudo que podia ser ouvido era o som de uma tosse, Andréas tomou fôlego, prestes a iniciar seu discurso.

— Não vou me demorar muito no que vim falar hoje — começou ele, batendo uma única palma. — Acredito que tudo que tinha para ser discutido já foi falado. Sei que estão preparados, que sabem o que esperar. Não posso fazer mais nada além de declarar meu orgulho por ter formado uma comunidade unida que sabe o valor de criar uma corrente de apoio.

Ele voltou seu olhar brevemente para Verona, que respondeu com uma piscadela simpática.

— O que faremos hoje será em nome de uma amiga. Uma velha amiga. Alguém que tornou tudo o que temos possível, que construiu esse lugar comigo. — Andréas passeou os olhos por aqueles rostos, analisando suas dezenas de conjuradores. Eles não eram como os sentinelas, criaturas sem identidade, padronizadas dentro de um uniforme. Tinham ideologias, personalidades e força de vontade. Era isso que os tornava poderosos. — Fiz questão de esclarecer nosso propósito a vocês. Deixei que se voluntariassem, não quis obrigar ninguém a vir esta noite. Mesmo assim, a maioria decidiu comparecer, e devo admitir que não fiquei surpreso. Reconheço a dedicação de vocês. É por isso que eu sei que não poderia ter reunido pessoas melhores para agir em prol da nossa comunidade.

— Seríamos idiotas se não viéssemos, Andréas. — Ângelo estava sentado com o braço apoiado no encosto da cadeira. Ele tinha a cabeça raspada, pele negra retinta e usava um terno preto. — Essa é uma oportunidade. Se queremos lutar contra a supremacia da cúpula, precisamos aproveitar todas elas. Não adianta ficar sentado reclamando das coisas se não fizermos nada para mudar. E eu certamente vou adorar fazer um conselheiro ajoelhar para mim hoje à noite.

Um coro de saudações e comemorações prosseguiu sua fala. Pessoas bateram nas mesas, chacoalhando o ombro de Ângelo em animação.

— Já faz mais de dois anos que não conseguimos uma chance como essa! — Eleonora era uma mulher intensa, impositiva, alguém que Verona apelidou carinhosamente de "pimenta". Tinha cabelos tingidos de vermelho-vivo, tatuagens no pescoço e unhas pintadas de preto. Ela costumava cuidar do bar aos fins de semana. — Seria burrice não participar, até porque isso vai além de Verona. Estamos aqui para defender nossa autonomia. Um conselheiro não pode se sentir confortável em mexer com um de nós! Principalmente quando o verdadeiro criminoso da situação é ele mesmo!

A agitação que sua fala provocou no salão conseguiu tirar um sorriso maldoso de Verona.

— Tudo bem, tudo bem. — Andréas ergueu a mão, retomando o controle da conversa. — Vocês estão certos, é um dia atípico. Nós nunca fomos como os outros ninhos anarquistas, que perseguem e atacam conselheiros e conjuradores membros da cúpula gratuitamente. Somos cautelosos, estratégicos, escolhemos nossas batalhas, mas isso não significa que sejamos fracos.

— Estamos longe de ser — reiterou Ângelo.

— Eu arrisco dizer, amigos... — O empresário emitiu um estalo com a língua. — Que, se vencermos hoje, protagonizaremos uma das maiores investidas anarquistas que a sociedade de magia italiana vai conhecer.

Dessa vez, as pessoas assentiram. Verona trocou um rápido olhar com Cleo, que assentiu em retorno.

— Quando entrarmos, precisaremos ser cautelosos. Gemma coordenará a investida sobre o hotel. — A mulher de cabelos ruivos se levantou do lugar, apresentando-se para a equipe. — A Aniquiladora entrará por uma segunda porta, no anfiteatro, como mapeamos hoje de manhã. — Cleo apenas encarou a multidão, impassível. — Mas todos os outros que forem para a arena irão cuidar do batalhão da frente. Assim que estivermos dentro, entra em ação todo o esquema que já discutimos.

Uma anarquista ergueu a mão.

— Diga, Amélia — autorizou Andréas.

— O que acontece se não conseguimos entrar na arena? — perguntou a garota. — O avanço contra o hotel continuará?

— Sim, precisamos aproveitar a chance. — respondeu ele. — Mas não se deixem levar por essa hipótese. Apenas se certifiquem de que sabem qual papel desempenharão quando saírem pela porta. Estaremos mais seguros se agirmos rapidamente e com um objetivo claro.

— Todos foram muito bem-preparados, não há desculpas para cometerem erros. — Gemma caminhou até o bar, entrelaçando seu braço no de Andréas. — Confiamos em vocês. Sabem o que têm que fazer. Repassamos tudo hoje de manhã. Se estiverem atentos a isso, não há motivos para se preocuparem.

— Quero todos reunidos na garagem daqui dez minutos — exigiu Andréas. — Juntem suas coisas, peguem tudo que precisarem. Partiremos em breve.

Com isso, os conjuradores começaram a se dispersar, reiniciando suas conversas paralelas, levantando de seus lugares e organizando as cadeiras espalhadas. Verona teria seguido seu grupo, alcançado Andréas para esperar os demais conjuradores na garagem, mas uma mão agarrou seu braço antes que ela pudesse sair.

— Pegue. — Um papelzinho dobrado surgiu em seu campo de visão. — Não abra até tudo isso acabar.

— O que é isso?

— Uma garantia — respondeu Ganesh.

— Garantia? Garantia de quê?

— Vai saber.

Ganesh não lhe deu mais explicações. Ele partiu, embrenhando-se na fila de pessoas. Verona foi deixada para trás, abandonada com aquela urgência. Queria sanar sua curiosidade, ler o que estava escrito.

Porém, ela apenas guardou o papel no sutiã e saiu andando.

Tinha mais com que se preocupar. Tinha mais a fazer.

Porque um confronto estava para acontecer. E Verona era a principal peça dele.

36

Cleo

Cidade de Verona, Itália

Dois quarteirões à frente e ela estaria no anfiteatro da cidade de Verona. De dentro do carro, Cleo conseguia ver os veículos luxuosos em fila para entrar no estacionamento. Observava-os atravessar a avenida enquanto esperava seu sinal.

Cleo estava inquieta conforme observava o trânsito. De acordo com a tática que haviam calculado, Andréas e Verona invadiriam as portas frontais, enquanto Cleo se responsabilizaria por dominar a entrada lateral, aquela com a placa de "acesso restrito" pendurada na porta. Já passava das oito horas da noite, e isso significava que os portões haviam se fechado e todos os convidados estavam dentro das instalações do baile.

Não muito longe dali, Gemma e Ganesh deviam estar a ponto de iniciar o ataque contra o hotel.

No meio-tempo, Cleo bateu o indicador contra o volante repetidamente. Andréas havia assegurado que conseguiria desmaiar os sentinelas e neutralizar a entrada principal com ajuda da magia de Verona, uma vez que seus poderes da mente eram ineficientes contra sentinelas com capacetes. Assim como o toque fúnebre que Cleo havia invocado para derrubar os conselheiros, Andréas também precisava estar em contato com a pele de sua vítima para atingi-la. Especificamente, em contato com sua testa. Provavelmente, o ataque de Andréas seria útil contra os convidados, mas não contra as centenas de sentinelas. O que quer que Verona conjurasse, precisava ser algo poderoso.

Seu celular apitou, a notificação de Andréas saltando na tela de bloqueio. Estavam prestes a entrar. E era sua vez de brincar.

Cleo saiu do carro e bateu a porta, os passos largos e decididos indo em direção à via principal. Chegando perto de atravessar a rua, ela parou e encostou no muro. Seus olhos se fecharam, chamando pela runa da morte.

Venha até mim...

Quando olhou para cima, duas nuvens se uniam discretamente, formando um redemoinho nos céus, o vórtice pelo qual as almas do reino dos mortos encontravam o mundo dos vivos. Cleo não precisou olhar para trás para saber que havia alguém espreitando em sua sombra. Podia senti-la, inalar sua presença como o cheiro de fuligem. Ela apenas sorriu e avançou.

Uma dupla de sentinelas guardava as portas laterais, mas havia mais um deles circulando pelo anfiteatro. Cleo o esperou desaparecer de vista e, quando a passagem estava limpa, ela se aproximou por trás. Avançou sorrateiramente, sem emitir barulho, usando os sons do trânsito na rua de trás a seu favor. Sabia como ser discreta quando queria. Desde que fora sentenciada, a cúpula treinou Cleo para ser sorrateira, incisiva e estratégica, uma lutadora eficiente que soubesse obedecer. Foi afiada pelos sentinelas dos conselheiros como uma lâmina, fizeram com que o treinamento a transformasse em uma máquina.

Eles apenas não esperavam que ela se libertasse da algema.

Antes que o primeiro deles pudesse se virar, ela arrancou sua luva.

Sem demora, o fantasma tocou sua mão, e ele foi envolvido pela sensação decrépita da semimorte.

O segundo sentinela investiu contra ela, deferindo um golpe que acertaria seu rosto. Cleo recuou para o lado, deixando-o cambalear para frente, e chutou suas costas para fazê-lo cair. Quando ela arrancou seu capacete, o fantasma alcançou a pele do seu rosto.

Estavam apagados.

Cleo vasculhou o uniforme. Assim que ouviu o tilintar das chaves, roubou-as do sentinela. Em seguida, enfiou-as na fechadura da porta. Estava prestes a entrar no anfiteatro quando sentiu a primeira vibração tremendo sob seus pés.

Aquilo estava longe de ser um bom sinal.

A conjuradora caiu assim que uma rachadura dividiu a calçada. O asfalto começou a explodir e entortar, como se houvesse montanhas eclodindo diante de seus olhos, tentando encontrar um caminho para expulsar a pressão acumulada debaixo da terra.

O terceiro sentinela que ela achou ter despistado havia voltado.

Cleo correu para a avenida, tentando sumir de vista, mas ele era rápido, talvez mais do que ela. O sentinela parou o trânsito, criando mais erupções no asfalto. Os carros deslizaram sobre a pista, se amontoando perto do desnível, o cheiro de borracha de pneu queimada preenchendo o ar. Cleo tropeçou, mas se apressou para levantar-se, porque o sentinela estava furioso e caminhando até ela.

A conjuradora se escondeu entre os carros, empurrando as pessoas que saiam do banco do motorista para gritar umas com as outras e entender o que estava acontecendo. Porém, o sentinela subiu no teto de um veículo e, com um girar da mão, o chão à frente de Cleo explodiu, a estrada se abrindo e se curvando.

É assim que quer fazer isso? Muito bem. Faremos isso.

Cleo pulou no capô de um outro carro e também subiu no teto. Notando seu movimento, o sentinela fez o chão empurrar o automóvel para cima, uma nova erupção emergindo e obrigando-o a tombar para o lado. Mas, àquela altura, Cleo já tinha pulado para o seguinte.

Ele virou mais um veículo, o som dos vidros se estilhaçando pela via alcançando os ouvidos de Cleo. Depois, mais um foi ao chão, disparando o alarme do carro ao lado. As pessoas gritavam e corriam para longe da confusão. Cleo torcia para que os motoristas tivessem seguro.

Ao menos outros três veículos foram tombados, mas Cleo não parou até que chegasse perto o bastante para tirar uma peça do uniforme do adversário. O sentinela atacou-a de frente, tentando um gancho em seu maxilar. Porém, a conjuradora escorregou para fora de seu alcance e girou até estar às suas costas.

— Tenha uma boa noite, sentinela — sussurrou, logo após arrancar seu capacete.

Então, o fantasma tocou seu rosto e o homem desmaiou sobre o teto do veículo.

Cleo espalmou as mãos e pulou do carro, ignorando os olhares acusatórios dos motoristas. Não perdeu mais tempo: correu até a rua ao lado, destrancou a porta do anfiteatro e infiltrou-se nele. Nos corredores de acesso, Cleo sentiu aquele arrepio, um dos seus amigos mais antigos. As peças que a morte pregava em sua cabeça a obrigaram a apertar os olhos e se concentrar no mundo real para não se desprender dele. Cleo podia ouvir aquela voz, aqueles gritos, aquela agonia interminável. Podia sentir uma boa parte das assombrações que a atordoavam sempre que conjurava magia da morte.

Ignorou cada uma delas.

Não demorou para a cacofonia de vozes e música estourar em seus ouvidos. A arena estava decorada com vasos, cordões de flores, varais de luzes e mesas redondas com buquês em tons de vermelho e laranja para caracterizar o outono. Tudo fora organizado aos mínimos detalhes, como toda festa da cúpula costumava ser. Cleo estava sedenta para virá-la de cabeça para baixo.

Havia sentinelas espalhados por todo lugar, mas nenhum sinal de Verona ou Andréas com seus anarquistas confrontando os conselheiros. Havia tantos conjuradores que seria fácil se perder na multidão. Eventualmente, ela localizou Balthazar, que conversava com Ingrith perto da mesa de petiscos. Parecia despreocupado, mas havia uma maleta em sua mão.

A orquestra passava por um solo de violino quando todos os convidados do baile se estagnaram. Pouco a pouco, os musicistas afastaram as mãos de seus instrumentos e direcionaram suas cabeças para onde todo o resto do público olhava.

Um sentinela estava sendo arrastado pela gola do uniforme, passando pela entrada principal da festa. Ele parecia estar apagado e indefeso. Ninguém poderia afirmar que ainda havia vida naquele corpo, apenas rezar para que sim. Andréas soltou-o em um gesto de desprezo. O queixo do rapaz desacordado bateu contra o chão. Verona estava logo ao lado do empresário, em seu vestido de diamantes que caía até os joelhos.

Outros anarquistas surgiram junto a eles. Cleo reconheceu Enzo, o brutamontes que havia monitorado-a no apartamento de Verona quando fora capturada na osteria.

A música cessou. A conversa dos convidados, que antes era expansiva e dominante, converteu-se em um sussurro. O baile estava prestes a se tornar uma guerra política.

— O que temos aqui? — falou Andréas, unindo as mãos. Ele era ainda mais esnobe quando visto de longe. — Uma festa para a qual não fomos convidados? Não quiseram mandar o convite para o nosso endereço?

Todos os sentinelas se posicionaram em defesa dos conjuradores, virados para a ameaça que entrava pela porta principal.

Aquele era o momento perfeito para Cleo agir.

— Parece que fomos esquecidos esse ano — completou Verona. Se Balthazar estivesse segurando uma taça agora, Cleo tinha certeza de que ele a teria esmagado assim que Verona esboçou aquele sorriso ladino. — Mas isso não é mais um problema.

Cleo esgueirou-se sorrateiramente entre as mesas, aproveitando a comoção que os anarquistas haviam causado.

— Dominique Dangelis — pronunciou Ingrith Bingham, impondo-se entre os convidados. — Quanto tempo a cúpula não vê seu rosto... O que deseja aqui, anarquista? — indagou. Os sentinelas agruparam-se um pouco mais em direção ao grupo de intrusos.

— Balthazar DeMarco possui algo que nos pertence — respondeu ele. Cleo continuou avançando até o alvo. — Devolvam e a festa poderá continuar em paz.

— O que vieram resgatar, senhores? — prosseguiu ela. — Qual a finalidade desse espetáculo?

Havia menos de um metro de distância entre Cleo e o conselheiro. Quando Andréas esboçou um sorriso malicioso em vez de dar uma resposta completa, ela meneou a mão. A sombra se esgueirou pela arena, percorrendo as arquibancadas como o vulto de um presságio de morte. O fantasma surgiu às costas de Balthazar, a ponto de tocá-lo, tão inesperado e repentino que ninguém teria tempo de raciocinar sua presença.

O que Cleo não imaginou foi que seu alvo seria mais rápido do que da última vez.

Ela viu o exato momento em que o conselheiro percebeu a aproximação de canto de olho. Em um reflexo rápido, Balthazar voltou-se para a mesa de petiscos ao lado. Apanhou a faca de uma das sobremesas e girou o braço, rasgando o espírito ao meio.

"O toque fúnebre pode ser retardado se o fantasma em questão for atravessado por algum objeto físico, qualquer que seja ele. O espírito ficará

indisponível temporariamente e logo retornará a mando do conjurador que o controla. A única forma de espantá-lo de maneira permanente é neutralizando a pessoa que o trouxe, ou seja, o próprio conjurador da morte", dissera Ektor.

Ele deve ter feito a lição de casa depois do que aconteceu, pensou ela.

Em um ímpeto, Cleo aproveitou a distração do conselheiro com a presença do fantasma e arrancou a maleta de sua mão.

Ela a abriu o mais rápido possível, antes que ele tivesse tempo de reagir ao furto, confirmando que não havia uma garrafa ali, mas sim uma algema de pulso único. A *sua* algema.

— É uma pista falsa! — gritou a conjuradora.

De repente, três sentinelas investiram contra ela. Cleo arremessou a maleta o mais longe possível e tentou correr para o lado oposto. Infelizmente, não conseguiu dar mais de dois passos, surpreendida quando aquela lâmina pressionou sua garganta.

— Diga aos seus anarquistas que se rendam! — Balthazar desenhou um pequeno corte na pele do pescoço de Cleo, fazendo-a chiar. — Ou eu não pouparei a vida dela.

Os ombros de Andréas se tensionaram. Ele engoliu em seco, sem mais cartas para jogar. Todos os anarquistas pareciam nervosos, mas Verona expressou uma reação totalmente avessa ao previsível: uma gargalhada. Uma risada alta, artificial e presunçosa. Nem mesmo os anarquistas entenderam o que ela havia visto de engraçado na situação.

— Acha que é o único que tem truques, querido? — Sem pressa alguma, Verona andou até a mesa mais próxima, pedindo licença aos convidados para pegar uma das facas do conjunto de talheres. *O que ela pensa que está fazendo?* — Vejamos... — Ela girou a lâmina e, decidida, fez um corte profundo no próprio braço, o sangue vermelho-cereja escorrendo até pingar no chão. Cleo sentiu Balthazar enrijecer o corpo atrás dela. — Devo continuar?

— Você é completamente maluca — disse o conselheiro. Cleo podia sentir a entonação de nojo na frase.

— Se eu não vencer, vou garantir que você também não. — Verona posicionou a faca na clavícula e rasgou a pele em uma linha horizontal. Os suspiros de pavor ressoaram por toda parte. — Você quer o corpo da sua filha, não quer? Porque eu vou me divertir com ele antes que você tenha a chance de colocar as mãos em mim de novo. — Ela fez outro corte no próprio braço. O conselheiro aplicou mais pressão sobre Cleo.

— Solte a garota, Balthazar. Ou eu destruo o que restou da sua família.

Dissimulada. Ela é uma dissimulada.

Balthazar tinha uma escolha. Poderia eliminar uma inimiga perigosa, com Cleo à mercê de suas mãos, ou poderia poupar a lembrança da filha de um final tortuoso. Ele demorou para demonstrar qual caminho seguiria, mas retirou a faca do pescoço de Cleo e a empurrou para frente.

Os conjuradores ao redor se puseram alarmados com sua decisão. Olhando sobre os ombros, Cleo notou que até mesmo Ingrith parecia preocupada, mas Balthazar personificou o semblante mais apático que tinha, com os olhos semicerrados fincados na presença de Verona.

Cleo atravessou a arena, sendo perseguida por milhares de observadores temerosos. Nenhum sentinela se atreveu a impedi-la, o comando silencioso de Balthazar refletindo sobre eles.

Assim que alcançou seus aliados, Verona a recebeu com um selinho rápido. Era proposital, Cleo sabia. Para irritar Balthazar, para chocar o público e para declarar guerra.

— Se machucou? — perguntou ela, como se estivesse preocupada.

— Não precisa fingir que se importa, Verona.

— Acha que eu machucaria esse corpo por qualquer um? Não estou fingindo.

Cleo uniu as sobrancelhas.

— Não?

Verona abriu um sorriso, do tipo que faria reis e rainhas caírem aos seus pés. Então, segurou o rosto de Cleo e a beijou de novo, demorando-se em seus lábios, querendo ter certeza de que ninguém havia perdido a cena.

— Eu não finjo nada quando se trata de você, amor — sussurrou.

Verona puxou-a para o lado, as mãos dadas e os dedos entrelaçados.

Cleo queria poder acreditar nela.

— E então? — Verona ergueu o queixo, passeando os olhos pelos convidados. Ela era letalmente poderosa e elegante. Uma planta carnívora atraindo moscas antes de engoli-las. — Qual será o próximo brinde da noite?

Balthazar

Cidade de Verona, Itália

Todos os seus ossos estavam rígidos, esperando pelo momento certo para liberar a energia destrutiva que se expandia pelo corpo.

Bastava olhar para o rosto de Verona, que um dia pertencera a uma menina tão bela quanto o nascer do sol, e enxergar todas as intenções torpes por trás do sorriso tendencioso, que o conselheiro ardia pelo desejo incomparável de querer fazer a alma dela queimar.

— Varram eles daqui. Todos eles — ordenou Balthazar, em alto e bom som. — Mas deixem a garota de olhos amarelos intocada. Ela é minha.

Quando o primeiro sentinela invocou uma corrente de ar poderosa sobre o inimigo, todos os convidados no salão correram para a saída mais próxima.

Ingrith Bingham, que antes estava ao seu lado, puxou Ling e Helle até as arquibancadas, encontrando uma porta para fora da arena. Desapareceram de vista antes que a situação se tornasse crítica.

Edgar, na outra ponta do anfiteatro, acompanhou Tessele até as passagens laterais em que as pessoas se atropelavam para sair. Quando a esposa saiu, ele deu meia-volta e confrontou seu primeiro anarquista. Ágil como a picada de um escorpião, Edgar enfiou a mão no estômago do alvo, atravessando a carne para tocar a alma dentro do corpo, e fez a pele do indivíduo ficar branca como gesso até se desfazer em pó.

Edgar Aldmin era conhecido por ser especialista em destruir almas — e corpos, no processo.

Balthazar se agachou ao lado da mesa de jantar. Debaixo dela, puxou um tridente de prata esculpido na oficina há mais de um ano. Como a maioria dos protótipos que produzia por puro deleite pessoal, o conselheiro nunca tivera a oportunidade de usá-lo, portanto, aquela seria sua noite de estreia. A hora de tirá-lo do estojo para testar o quão poderosa era a magia de um deus como Neptuno, que provoca as mais temíveis tormentas, havia finalmente chegado.

Assim que tomou posse do tridente, Balthazar viu, de canto de olho, uma pequena raiz de planta rastejando pelo chão, como uma víbora escamosa se acercando sorrateiramente. Ele fincou seu tridente nela, erguendo o pedaço de planta morta até a altura dos olhos.

Desgraçada.

— Sentiu saudades da minha magia, querido mentor? — Verona estava a poucos metros de distância, dando um passo atrás do outro, a aproximação lenta, confiante e gradativa. — Lembra quando eu passei pela Cerimônia do Despertar? Você estava tão, tão orgulhoso...

Verona o saudou com uma explosão de raízes de Belladonna crescendo por baixo do chão da arena. Antes que elas pudessem abraçar seu corpo, Balthazar enfrentou-as com o tridente, fazendo as plantas se enrolarem no entorno do garfo. Ele puxou sua arma com toda força que tinha, rasgando os ramos ao meio.

— Belladonna — pronunciou ele, pensando nos milhares de significados tenebrosos que aquela palavra representava em sua vida. — É sempre Belladonna, não é, Coline?

— É uma planta linda, não acha? Eu sabia que a queria assim que a vi pela primeira vez.

O conselheiro dilatou as narinas.

— Veremos se ela é tão poderosa quanto é bonita.

Balthazar apertou o cabo do tridente, invocando todo poder que podia tirar dele. Seus dedos brilharam com o toque, ativando a magia que apenas o criador da peça poderia conjurar. Suas relíquias eram exclusivas e intransferíveis. Essa era a graça de brincar com elas — porque ninguém mais podia.

Nos céus, um barulho estrondoso fez a maioria dos combatentes olharem para cima. As nuvens se fecharam sobre o anfiteatro, robustas e escuras.

De súbito, a primeira gota de água atingiu a bochecha do conselheiro. Então, o chuvisco se tornou uma garoa, e a garoa se tornou chuva.

— É isso que você tem? Chuva? — Verona mordeu o lábio em uma provocação nítida. — Ora, Balthazar, que decepção...

Quando ele menos esperava, Verona girou a mão e vários botões de Belladonna brotaram do chão, expelindo uma espécie de pólen roxo que ele nunca achou que voltaria a ver. Balthazar tampou a respiração antes que pudesse inalar o pó tóxico, clamando para que a água precipitada dos céus afogasse cada um dos brotos.

Verona ria como se aquela batalha não passasse de um combate formal para oficializar a vitória que já era sua. Balthazar trincou os dentes. Estava em desvantagem por combater uma inimiga que não podia ser fisicamente ferida.

Mas ele já tinha uma ideia de como conseguiria vencê-la.

A água da chuva se aglomerou em uma esfera sobre sua mão, que aumentava conforme mais pingos se uniam ao núcleo, atraídos como um imã. Com um pensamento, a esfera se modelou até a imagem de um sentinela, de pé ao lado do conselheiro. Então, se repartiu em dois. Em três. Em quatro.

Cinco sentinelas feitos de água.

— Capturem — ordenou.

Nenhum deles tinha consciência própria, portanto, o quinteto de matadores virou o rosto na direção de Verona quando Balthazar mandou. Por um breve momento, o sorriso desapareceu de seu semblante vitorioso.

O primeiro sentinela partiu para segurá-la. Verona recuou e conjurou um arbusto de ramos de Belladonna, eclodindo debaixo do concreto da arena até a superfície. Quanto mais soldados avançavam, mais ela criava buracos no piso para tentar pará-los — o que se mostrou insuficiente para destruir criaturas feita de água.

Nem mesmo seu pólen venenoso tinha efeito contra eles. Nada que ela pudesse fazer iria salvá-la.

Tentando outro ataque, Verona invocou mais raízes e investiu-as sobre os sentinelas, as direcionando para atravessassem o corpo líquido bem ao meio. Com conjurações rápidas, fez isso com os cinco de uma vez, reduzindo-os ao seu ponto de origem: gotas inofensivas. Mas Balthazar sequer esboçou reação.

Quando Verona achou que o combate havia terminado, Balthazar ordenou que as poças de água que compunham os cinco soldados, agora espalhadas pelo chão, se reagrupassem até formar ainda mais de seus manequins.

E foi isso que elas fizeram.

Verona estava encurralada. Os sentinelas eram como uma *Hidra*: a criatura de três cabeças que, toda vez que uma era cortada, fazia duas surgirem no lugar. Ela insistiu em destruí-los mais uma vez, apenas para vê-los ressurgir de novo. Com um pouco mais de tempo, a luta se tornaria insustentável.

— Você achou que ia ganhar de mim? Um conselheiro da cúpula?

Ela desintegrou mais um sentinela, uma feiticeira tentando controlar um feitiço.

Balthazar apertou ainda mais o punho em volta do cabo do tridente, querendo acabar com aquela guerra infrutífera. Porém, antes que pudesse terminar de conjurar mais uma dupla de sentinelas, ouviu a aproximação vagarosa da Aniquiladora, o som sorrateiro de seus passos, e desviou para o lado a um segundo de ter seu tridente roubado.

Cleo encarou-o de frente, a aura branca brilhante iluminando sua silhueta.

— Por que não está usando sua magia da morte, Von Barden? — indagou o conselheiro. — Ela já começou a te fazer definhar? A te fazer ver e ouvir coisas? Quem é você sem ela?

A expressão raivosa de Cleo, ao mesmo tempo que era gananciosa e confiante, apelava para arrancar um sorriso satisfeito de Balthazar. Logo ela, que se achava tão invencível, estava acorrentada às limitações da própria magia, e essa era uma situação que o agradava profundamente.

— É aí que você se engana — rosnou ela.

No mesmo segundo, Balthazar girou o tridente e atingiu o fantasma às suas costas. Ele desapareceu como vapor, mas o conselheiro sabia que ele voltaria e só pararia de persegui-lo quando Cleo estivesse inconsciente.

Com plena noção de que nenhum de seus soldados de água poderiam atacar Cleo debaixo da aura bloqueadora — pois desmanchariam assim que se aproximassem — Balthazar avançou com seu tridente. Ela pulou para o lado, mas não rápido o bastante para desviar de uma das pontas do garfo, que abriu um rasgo em sua blusa preta. A pele por baixo se abriu, derramando as primeiras gotas de sangue.

Enquanto a conjuradora se recuperava, o fantasma de Cleo surgiu ao seu lado e partiu para confrontá-lo. Mais uma vez, o conselheiro atravessou o tridente no espírito incorpóreo, afastando-o por um tempo.

Balthazar tentou um novo ataque. Cleo abaixou-se e deu uma cambalhota no chão. Ela acertou o nariz do conselheiro com uma cotovelada tão agressiva que ele pôde jurar que ouviu seu osso quebrar. O próximo movimento foi um chute em seu maxilar, fazendo-o tropeçar para trás.

Ele levou a mão ao sangue que escorria de uma das narinas.

Raivoso, Balthazar cortou o ar com o tridente. Uma, duas, três vezes em sequência. Cleo se esquivou. Ela chegou a tentar repetir o último golpe, rolando pelo chão, mas o conselheiro fincou o tridente no concreto a um centímetro de distância de arrancar parte da mão da oponente.

— Cleo, Cleo, Cleo... não seja tão teimosa. O que aconteceu com aquela menina obediente?

Investindo de novo, Balthazar obrigou-a a se esquivar até os limites da arena. Cleo ainda conseguiu fazer desvios rápidos, mas, quando ela estava onde ele queria, o conselheiro cravou o tridente na pele de seu braço, prendendo-o contra o degrau da arquibancada. Por sorte dela, apenas a ponta de um dente encontrou sua carne, deixando seu osso do bíceps ileso, mas a pele em volta dele destruída.

Cleo gritou, tentando puxar o tridente preso no concreto sem ter que rasgar o resto do braço.

— Precisa de ajuda, Aniquiladora? — disse o conselheiro, com tom irônico.

Ela continuou tentando retirar os dentes do garfo, mas somente Balthazar conseguiu arrancá-lo da parede. Um líquido vermelho jorrou de seu braço quando ela caiu de joelhos. A conjuradora tentou conter o ferimento com a mão, o que apenas a fez ficar ainda mais suja com o próprio sangue.

Balthazar ergueu o tridente, prestes a cravá-lo em uma das pernas da conjuradora para fazê-la mancar pelo resto da batalha. Não queria matá-la, mas Cleo Von Barden definitivamente era uma adversária com grande potencial de magia que não podia ser deixada longe da lista de prioridades. Seu único compromisso de não ferimento era com Verona. E somente com Verona.

O conselheiro ergueu seu tridente. Bastava uma fração de segundo, e ele poderia fazer Cleo rastejar pelo chão da arena. Não tinha razões para voltar atrás ou ser piedoso. Não depois do baile de outono ter sido arruinado.

Mas, de repente, uma dor excruciante atingiu a cabeça de Balthazar.

— Agonize, conselheiro. — Uma voz masculina surgiu ao seu lado.

Ele bateu o cabo do tridente no chão e estremeceu, curvando-se. A dor se tornando mais corrosiva e atordoante a cada segundo.

Para sua surpresa, o sentinela responsável por aquela magia foi até Cleo, ajudando-a a se levantar do chão.

Um sentinela? Um maldito traidor?

O homem misterioso pegou o braço sadio de Cleo, puxando-a para cima, e rasgou a própria manga do uniforme para enfaixar o machucado. Algo parecia estranho. Errado. E não era porque um sentinela da cúpula estava ajudando uma adversária.

Erguendo seu olhar mortífero na direção da dupla, Balthazar só conseguiu pensar em uma pessoa que tinha aquele tipo de habilidade da runa.

— Ganesh.

A indução de vertigem começou a diminuir diante da palavra, como se ela tivesse enfraquecido o conjurador o suficiente para que o conselheiro retomasse sua postura.

— Você não costuma ser tímido, soldado. Mostre como está o rosto de um traidor.

O sentinela estagnou. Até mesmo Cleo olhou para ele, para o capacete escondendo seu verdadeiro rosto, com a mais pura camada de dúvida em sua face.

Com um movimento incerto e ocioso, o soldado tirou a peça que lhe cobria a face.

Ganesh havia crescido desde a última vez que se viram. Os braços se tornaram mais musculosos, a mandíbula mais definida, o corpo mais alto e a moral mais suja.

— Que surpresa vê-lo novamente, soldado — ironizou o conselheiro. — Parece que está escolhendo o time errado dessa vez.

Ele não o respondeu, sequer fez menção de lhe dar alguma satisfação, assim como no dia em que desistiu do cargo de sentinela e desapareceu.

Balthazar conjurou um par de soldados de água entre uma frase e outra, especialmente para Ganesh. Mas, dessa vez, os dois brotaram logo atrás da vítima.

Cleo foi a primeira a notar. Com um grito de aviso, por pouco Ganesh não foi atingido pelo golpe de um deles. A conjuradora tentou ajudá-lo, usando sua aura protetora para desintegrá-los. Porém, era questão de tempo até que os sentinelas de água voltassem à sua silhueta original.

Balthazar tomou um minuto para apreciar sua obra. Cleo e Ganesh de um lado e Verona de outro. O ataque não cessaria até que os dois primeiros estivessem terrivelmente feridos, e a segunda se rendesse ao cansaço de um combate interminável. A chuva, sua maior aliada, era eterna e cairia até que ele dissesse o contrário, como o deus dos mares costumava fazer nas antigas epopeias épicas.

Verona estava encharcada, os cachos molhados e pesados batendo conforme seus movimentos rápidos conjuravam a magia. Sua determinação, apesar de admirável, era exaustiva de assistir.

— Basta! — O grito de Verona fez a garganta de Balthazar secar.

Porque, logo depois, algo que ele não imaginou ser possível aconteceu.

O piso da arena foi aberto ao meio. Dele, um paredão de raízes de vinte metros de altura dividiu o anfiteatro em dois. Os brotos de flores roxas e cerejas negras saíram de toda parte. Enormes arbustos de Belladonna foram erguidos, impedindo que qualquer um contornasse o bloqueio pelas arquibancadas.

Um paredão de flores.

Jamais havia passado pela fértil imaginação de Balthazar que Coline LeFair poderia expandir sua magia daquela forma.

Brilhante.

Não era à toa que ela costumava ser sua pupila.

Enquanto as raízes se uniam cada vez mais, entremeando-se e juntando-se para bloquear totalmente a visão do outro lado da arena e consolidar um muro maciço, alguns ramos se enroscaram nos tornozelos de Ganesh e Cleo e os arrastaram até a fronteira entre as zonas. Qualquer anarquista que estivesse na área, era puxado até a conjuradora que controlava as raízes.

Do outro lado do paredão, Verona o encarava friamente através dos poucos buracos restantes. Balthazar ergueu a cabeça sob o olhar de uma inimiga astuciosa que queria transformá-lo em um grão de areia.

Ele esboçou um sorriso involuntário.

Seja corajosa, Coline.

Me mostre tudo o que você escondeu até agora.

Cleo

Cidade de Verona, Itália

Mais um pouco, e Cleo tinha certeza de que poderia implodir de tanta raiva.

Ela ignorou o paredão de Belladonna, ignorou a chuva, ignorou toda luta que acontecia no anfiteatro. Não sabia o que fazer: se deveria acusar Ganesh ou agradecê-lo por tê-la salvado.

Em um impulso, ela o empurrou com as mãos pressionadas em seu ombro lesionado, arrancando um gemido de dor dele.

— Você mentiu para mim! — acusou ela, a cortina de Belladonna se fechando às suas costas. — Há quanto tempo você conjura, Ganesh?

— Calma. — Ele ergueu a mão, aberta em frente ao corpo. — Espere até isso acabar e eu vou te explicar tudo.

— Explique agora! Diga a verdade! — postulou Cleo. Era inacreditável pensar que, mesmo quando achava que conhecia alguém, ainda poderia ser enganada. — Me deixou no escuro todo esse tempo? Pensando que você não sabia nada da cúpula? Me deixando te contar tudo como se você não entendesse de magia?

— Não foi minha intenção. Eu juro que vou explicar depois, Cleo, precisa se acalmar.

Ela balançou a cabeça em negativa.

— Eu nem sei se vou querer te ouvir depois.

— O que é que aconteceu por aqui? — Andréas se colocou no espaço entre os dois. Seu terno verde-musgo estava rasgado na costura do braço. — Por que os ânimos estão tão aflorados?

— Quem você é, Ganesh? Um ex-militar da cúpula? Esse foi o trabalho que te destruiu? — Cleo ignorou a presença de Andréas. — Por isso você liga toda vez que saio em uma missão? Por isso você disse que os conselheiros eram monstros?

— De onde tirou esse uniforme, rapaz? — O empresário virou o olhar para ele, esmiuçando-o da cabeça aos pés.

— Diga quem você é de verdade — insistiu ela.

A frase esmagou seu coração quando foi pronunciada. Cleo achava que o conhecia. A única certeza que tivera, desde que chegara a Roma, era de que poderia confiar nele, de que Ganesh sempre estaria ao seu lado, de que ele seria justo com ela mesmo quando o resto do mundo não era.

— Sahlberg — falou ele, a palavra resgatando uma sensação ruim dentro do peito de Cleo.

— O que disse?

— Ganesh Rachid Sahlberg. Filho primogênito de Helle Sahlberg. Uma das conselheiras da magia da alma.

Filho de uma conselheira. Herdeiro de uma das cadeiras da cúpula. Um desertor da Ordem dos Sentinelas. Um mentiroso em todos os sentidos.

— Você conjura? Como conseguiu entrar no clube? — perguntou Andréas. — Como passou pela proteção?

— Cleo me falou sobre o campo de força. Disse que só conjuradores convidados podiam entrar. Então, pedi permissão para Verona quando cheguei, de maneira bem sutil.

Cleo sentiu as lágrimas virem antes que pudesse contê-las. Ela se virou, evitando olhá-lo de frente, e abraçou o próprio corpo.

— Cleo, por favor... — Ele tentou alcançar seu braço, mas ela se esquivou mais rápido.

— Por quê? — perguntou Cleo. — Por que fez isso? Achou que eu teria te entregado para eles?

— Não! Óbvio que não! Eu queria esquecer aquela vida, queria nunca ter que falar sobre ela ou conjurar de novo! A Ordem dos Sentinelas não faz coisas muito diferentes do que você costuma fazer, Cleo. Eles me destruíram, e iam te destruir também.

— Balthazar te conhece. Ele *te conhece*. O que você fez? Entregou sua carta de demissão e tentou se esconder deles?

— A cúpula nos enviava em missões para eliminar anarquistas toda semana. Até que, em uma delas, muitos de nós foram presos em uma armadilha e morreram pelas mãos de um conjurador de gás venenoso. Eu saí de lá por sorte, mas com o ombro quebrado e uma equipe de amigos a menos. Aquilo não era vida, Cleo.

Ela não conseguia parar de pensar em como aquele uniforme servia perfeitamente nele. Ganesh devia tê-lo mantido guardado por todos aqueles anos, em algum lugar secreto que nem mesmo Cleo conseguira encontrar.

— Eu teria sumido — confessou ele. — Se não tivesse te encontrado, eu teria sumido. Aquela casa era provisória até que eu conseguisse arrumar o dinheiro para viajar. Mas, então, você chegou e alugou o quarto ao lado. Eu não queria que você soubesse de onde eu vinha, mas eu tentei te fazer desistir da magia. Você, claro, nunca me ouviu. Tive medo de que eles fizessem com você o que fizeram comigo. Então, eu fiquei para tentar te ajudar. E porque você me fez achar que não estava mais tão sozinho.

— Você sente vergonha desse passado? — perguntou ela, engolindo toda angústia presa na garganta. — É por isso que escondeu tanta coisa? Que nunca me disse o nome dos seus pais?

— É parte do motivo. O resto você já sabe. — Ganesh passou a mão pelos cabelos molhados, afastando-os do rosto. — Mas eu fui contra tudo isso hoje, para chegar até você. Eu coloquei o uniforme que ainda carrega as manchas de sangue daquele dia e vim até aqui. Eu incorporei meu pior trauma e vesti ele de corpo inteiro. Espero que possa me perdoar, Cleo.

A mágoa cravou-se em seu abdômen como uma navalha. Depois, um gosto azedo invadiu sua boca. Ela não queria ter que discutir ali, no meio de uma luta contra a cúpula. Ao mesmo tempo que estava chateada, sentia que ele não merecia seu completo ódio.

— Bom, parece que nosso amigo aqui tem um grande segredo. — Andréas uniu as mãos em frente ao corpo. — Mas é assim tão grave querer esquecer que a cúpula existiu?

— Cleo... — Ganesh voltou a chamá-la. — Fale comigo...

Cleo sentia um temporal varrendo seu estômago, ventanias tão fortes que eram capazes de arrancar postes de luz da calçada. Afundou as unhas na palma da mão, cerrando o punho. A chuva pesava em seus cabelos, como se a água tentasse inutilmente lavar seus sentimentos.

— Cleo, eu...

Ganesh foi interrompido quando a primeira pedra de gelo atingiu o chão da arena. Ela rachou contra o concreto, quebrando como vidro. Um cristal se estilhaçando diante de seus olhos.

No mesmo segundo, Cleo se virou para Verona.

Ela olhava para cima, para o topo da cortina de Belladonna. Alguns ramos começaram a despencar, caules firmes e grossos desmanchando-se conforme eram atingidos pelas pedras de granizo.

A conjuradora disparou até ela.

— Cuidado! — Cleo puxou Verona para longe do muro.

Verona cambaleou para trás. No entanto, seu olhar anuviado continuou focado no movimento de destruição do muro. Ramo por ramo, flor por flor, folha por folha e cereja por cereja, ela viu cada broto despencar junto ao gelo. Havia centenas de pétalas roxas cobrindo as mesas reviradas na arena, flutuando até repousar no chão.

O granizo limitou-se a cair dentro das dimensões do muro. Longe dele, Cleo não sentiu nada mais do que gotas frias de água. As pedras de gelo não choviam além dos arredores do bloqueio.

— Não vai resistir. — Verona se abaixou para pegar o botão de uma flor de Belladonna, como se aquela magia fosse uma parte de sua alma que morria em frente aos seus olhos. — Temos pouco tempo.

— Qual é o plano? — perguntou Cleo. — O que precisa que façamos?

— O tridente — determinou Verona. — Temos que tirá-lo dele.

Restavam somente alguns anarquistas conscientes na arena. Dois deles estavam nos pés das arquibancadas, limpando o ferimento que um sofrera perto das costelas. Havia um corpo desmaiado atrás de uma das mesas. Outro conjurador, um dos poucos que ainda conseguiam ficar de pé, estava com o joelho fraturado.

— Eu posso ajudar — voluntariou-se Ganesh. — Consigo induzir vertigem. Se eu chegar perto o bastante, Balthazar ficará enfraquecido.

— Então temos uma equipe de quatro membros. — Andréas puxou a gravata do pescoço, atirando-a ao chão. Em seguida, tirou o paletó, enxugou o rosto com o casaco e jogou-o no primeiro canto que viu. — Temos alguma chance? — O empresário arregaçou as mangas.

— Talvez sim, se formos rápidos. Se preparem — alertou Cleo. — Só um milagre vai nos fazer sair inteiros daqui hoje.

Ela caminhou para longe da fronteira, pulando cadeiras e vasos de flores quebrados. Ganesh a seguiu, Andréas e Verona demoraram mais alguns minutos para se posicionarem.

— Será que podemos lutar juntos dessa vez? — Ele parou ao seu lado, colocando-se a um braço de distância. Ambos estavam vidrados na dança do paredão, apreciando a cascata de flores levada pelo vento da tempestade.

Cleo cruzou os braços.

— Talvez.

— Sabe que eu nunca quis te machucar, não sabe?

O gosto azedo na língua de Cleo se converteu em algo agridoce.

— Ainda não, mas vou tentar acreditar nisso.

Verona caminhou até o lado de Cleo, seguindo a fileira. Andréas, por sua vez, firmou a outra ponta da corrente.

Quatro elos. Quatro conjuradores. Todos esperando o cair do último ramo de Belladonna.

Verona esticou a mão ao encontro da sua. Elas trocaram olhares rápidos, entrelaçaram os dedos e não soltaram uma à outra até que o paredão estivesse completamente desfeito.

Ganesh lhe lançou uma breve piscadela, que Cleo não retribuiu. Ela não estava pronta para perdoá-lo. Não estava pronta para aceitar suas mentiras, e talvez demorasse a processá-las.

Por um momento, Cleo fingiria que seu coração não estava despedaçado.

Porque se Balthazar trazia uma tempestade de gelo, Verona trazia uma chuva de rosas.

Eles ainda tinham uma chance de ganhar, e precisavam agarrá-la com unhas e dentes.

Verona

Cidade de Verona, Itália

A CHUVA DE PÉTALAS DE BELLADONNA CESSOU QUANDO A ÚLTIMA pedra de granizo rachou contra o chão da arena. O anfiteatro estava coberto por uma manta de flores, mas algo dentro de Verona dizia que ele logo seria tingido de sangue.

Por que as flores sempre apareciam pelos caminhos em que a morte andava?

O paredão se tornou uma pequena mureta, que desmanchou-se com a chuva. Uma fileira de sentinelas os aguardava do outro lado, protegendo os conselheiros como uma fortaleza.

Fora questão de segundos até que suas Belladonnas corressem por baixo do concreto, rasgando o chão da arena como uma tesoura cortando um pedaço de tecido. Elas explodiram sobre os sentinelas, expelindo pólen roxo. Verona vislumbrou cerca de cinco inimigos caindo desacordados aos pés de suas flores.

Cleo e Ganesh dispararam à frente, indo de encontro a suas primeiras vítimas. Eram quatro anarquistas contra dezenas de sentinelas, e Verona não tinha certeza se conseguiria dar o suporte que precisavam.

A aura de Cleo brilhava ao seu redor, cintilando como uma estrela da morte. Mesmo quando um conjurador da natureza invocou raios para nocauteá-la, seus ataques recaíram sobre ela com o peso de uma pena.

Ela girou no ar, acertando um chute em seu rosto tão forte que, muito provavelmente, havia lhe arrancado um dente.

Notando que um montante de sentinelas estava se agrupando ao redor de Cleo, Verona invocou mais Belladonnas para segurá-los. Envolveu seus pescoços, neutralizou seus braços e mãos, impedindo-os de conjurar. Cleo, por sua vez, apagou cada um deles com uma série de golpes calculados.

Do outro lado da arena, Ganesh infligia vertigem a cada sentinela que se aproximava com um simples movimento da mão. Eles caiam de joelhos aos seus pés, segurando a cabeça como se ela fosse explodir. Alguns estavam com os olhos revirados, brancos como leite. Os sentinelas que tentaram o atacar por trás foram amarrados pelos ramos de Belladonna, surpreendidos quando as flores os arrastaram até as arquibancadas para prendê-los nos degraus.

Nenhum deles conseguiu se livrar dos ramos, principalmente depois que os botões de flores liberaram seu pólen e os sentinelas foram obrigados a respirá-los.

Andréas lutava perto de onde Verona estava, fazendo o melhor que podia para impedir que os adversários chegassem até ela. Mas, quando dois sentinelas avançaram em sua direção, longe da área em que Andréas estava, Verona invocou seus botões de pólen, intoxicando-os até que ficassem com as veias do pescoço saltadas.

Eles caíram antes que pudessem retribuir o golpe.

Para Andréas, a luta era duas vezes mais difícil do que para o resto da equipe. Ele precisava enfrentar os sentinelas até conseguir arrancar seus capacetes. Não havia outra maneira. Sem o toque físico, sua magia não funcionava, e isso resultava em um atraso maior.

Andréas havia trazido uma arma para ajudar, apenas para atirar nas pernas do oponente para poder se aproximar — não que fosse um excelente atirador, mas era um ótimo estrategista, o que o permitia conseguir a distância necessária para acertá-los.

Verona conjurou todas as Belladonnas necessárias, até que o chão da arena estivesse despedaçado. Do outro lado do anfiteatro, Cleo lançou-se em direção aos sentinelas de água, desintegrando-os assim que eles tentaram tocá-la sob sua aura.

Ela deixou um rastro de corpos para trás, se tornando uma ameaça maior a cada passo que dava em direção ao tridente. Um amontoado de sentinelas se acumulou ao redor dela quando Cleo invadiu o território adversário. Verona enlaçou ao menos três deles em suas flores, mas havia muitos correndo até ela, tentando pará-la, mesmo que sem o uso da magia.

Cleo esquivou-se de um chute que poderia ter quebrado sua mandíbula. Retribuiu com um golpe no estômago, seguido de outro na têmpora, e repetiu a mesma sequência de movimentos com o próximo sentinela que tentou atacá-la.

Verona usou suas gavinhas para agarrar dois deles pelo tornozelo, afastando-os do cerco que havia se formado ao redor de Cleo. Não estava conseguindo acompanhar o ritmo dos sentinelas. Três soldados se juntaram para cortar todos os ramos de Belladonna que se aproximavam, enquanto um sentinela enganchou o braço no pescoço de Cleo.

Ela se debateu, mas ele não a soltou. Outros dois agarraram seus braços para que ela não pudesse lutar. Em desespero, as raízes de Verona partiram na direção deles. Os olhos de Cleo começavam a se fechar, deixando o coração de Verona triplamente mais aflito.

Eu não posso deixar você ir, foi a única coisa que passou pela sua cabeça.

O rosto de Cleo ficou roxo. O sentinela com o braço em volta de seu pescoço tirou os pés dela do chão, tamanha era a força que aplicava.

Ele não teria parado de enforcá-la se aquela vertigem não o tivesse atingido primeiro.

Ele ficou tão desnorteado, que seu braço se afrouxou sobre Cleo, dando o espaço necessário para que ela se desfizesse do enlace e chutasse seu rosto.

— Pega o tridente! — gritou Ganesh, afligindo o máximo de sentinelas que podia. — Corre, Cleo!

Corre, Cleo.

E foi isso que ela fez.

Cleo não olhou para trás, ela avançou pela esquadra de sentinelas de água de Balthazar, transformando-os em gotas de chuva. Quanto mais criaturas eram invocadas, mais seus ataques pareciam inúteis perto da aura protetora de Cleo. Balthazar recuava enquanto conjurava, tentando atrasá-la. Mas sua técnica se tornou insustentável quando ela desviou de seu tridente, mergulhando na arena, e acertou seus joelhos com um chute.

Dessa vez, Cleo não perdeu a oportunidade. Verona também não. Ela invocou um novo ramo para se enrolar no braço que segurava o tridente.

Dois contra um.

Quando Cleo lhe deu uma rasteira Balthazar não pôde se defender ou se esquivar, se desequilibrou e caiu, dando a chance perfeita para que ela acabasse com seu jogo. Cleo pisou na mão que persistia em segurar o tridente, obrigando-a a soltar o cabo. Balthazar se contorceu de dor, um gemido tão alto que chegou aos ouvidos de Verona.

Quando Cleo tomou o tridente do conselheiro, a chuva parou, como se um sopro houvesse conduzido as nuvens para longe.

Derrotado e caído, o alto conselheiro da cúpula de conjuradores não tinha mais para onde correr.

— Você me enoja, conselheiro DeMarco. — Verona leu os lábios de Cleo. — Você me enoja tanto, que eu poderia matá-lo se não precisasse daquela maldita garrafa.

Ela o circulava como um corvo esperando pela carniça, enquanto Balthazar segurava a mão que havia sido pisoteada, sentindo a dor pungente de seus ossos partidos.

Aquilo não era nem metade de uma punição justa para ele.

Com o tridente em mãos, Cleo olhou para Verona e assentiu. *"Missão cumprida"*, dizia seu olhar.

Havia mais sentinelas desmaiados do que ela podia contar. Mesas haviam sido viradas, taças se estilhaçaram no chão e cadeiras foram quebradas. Mesmo assim, a luta não tinha acabado.

Porque, do outro lado da arena, Ganesh ainda tentava conter Edgar Aldmin.

Ele havia desferido um soco na bochecha do conselheiro, logo depois de Edgar acertar seu ombro ferido. Era uma briga violenta ao julgar pelos hematomas no rosto dos dois. Pontos roxos e vermelhos se espalhavam por toda a pele exposta do conselheiro e, apesar do uniforme de sentinela, ela imaginava que Ganesh estaria igual.

Ganesh tentou investir sobre ele, mas o conselheiro era rápido como um leopardo, e sua precisão chegava a ser assustadora. Ele não lhe dava tempo para conjurar magia, e só iria parar quando o adversário estivesse derrotado no chão.

Ganesh girou para ganhar velocidade. Porém, o conselheiro desviou de seu chute. Quando tentou outro soco, Edgar segurou seu punho com a própria mão, usando o braço livre para acertá-lo.

Não houve tempo para um contragolpe.

Foi questão de segundos. Talvez menos do que isso. Talvez Verona pudesse ter feito algo. Talvez ela só estivesse paralisada demais para ajudá-lo.

Com os olhos arregalados, Verona viu o punho de Edgar atravessar o peitoral de Ganesh, rasgando a carne para alcançar a alma, e conseguindo sugar cada resquício de vida que lhe restava.

Assim que os ramos de Belladonna alcançaram os braços de Edgar, Ganesh já estava no chão, e Cleo já estava correndo até ele.

—*Não!* — berrou ela.

As mãos de Ganesh começaram a endurecer como gesso. Ele as ergueu à altura do rosto, vendo seu próprio corpo definhar diante de seus olhos.

— Não, não, não, não... você não! *Você não!*

Assim que Cleo pegou a mão de Ganesh, seus dedos começaram a esfarelar, dissolvendo em forma de poeira. Ela jogou o tridente ao lado.

— O que você fez? — O grito de raiva e dor tomou conta do anfiteatro. — O que você fez, Ganesh?

Sua boca havia secado. Verona se aproximou lentamente, o coração submetido às palpitações que o choque havia provocado em seu corpo. Pegou o tridente, fazendo questão de que Balthazar não voltaria a tocá-lo.

A magia de Edgar era destrutiva, tão destrutiva que chegava a aterrorizá-la. Verona sentiu suas pernas pesarem, cada passo que dava era mais arrastado do que o anterior, como se não quisesse chegar tão perto, mas fosse atraída até eles.

— Eu sabia — tossiu Ganesh, um sorriso quase sarcástico surgindo no rosto.

— O que? — pressionou Cleo. — Diga!

O sorriso diminuiu quando ele a fitou nos olhos.

— Eu sabia que a cúpula me mataria.

A sensação de ver a cena assimilava-se a uma faca cortando o estômago. O calafrio que veio em seguida tomou conta de Verona. Ela não conseguia imaginar o tipo de dor lacerante que crescia dentro de Cleo.

— Não diga isso... — Seus olhos lentamente se enchiam de lágrimas. O queixo de Ganesh tremeu, segundos antes de seu pescoço empalidecer.

— Eu não quero morrer assim... — Seu rosto começava a petrificar, as linhas brancas tomando conta de cada célula viva que havia restado para corromper. — Me ajude... Por favor...

— Eu não posso! — Cleo apertou os olhos. — Eu devia ter prestado atenção em você! Porque aí eu saberia! Saberia quem você era, do que tinha tanto medo, o porquê me alertava tanto sobre a cúpula, de onde você vinha! Eu saberia!

Quando seus dedos começaram a diluir, levados pelo vento como pó e fuligem, ele deu um último toque no rosto de Cleo.

— Desculpa.

Era tarde demais. De pouco em pouco, o corpo de Ganesh se converteu em poeira, dissolvendo com o ar, como se ele nunca tivesse existido.

O colo de Cleo, onde o corpo de Ganesh estava deitado até segundos atrás, foi coberto por uma camada de poeira branca. Ela esfregou os dedos, observando a brisa levá-lo com o fluxo do vento.

Ganesh Rachid Sahlberg estava morto. E ele não poderia ser encontrado em qualquer outro lugar. Nem nos céus, nem na terra, nem no mar, tampouco no reino da morte. Porque sua alma havia desaparecido do universo, assim como seu corpo.

E doía pensar que ele tinha partido pelas mãos dos conselheiros que havia jurado destruir.

— Cleo? — chamou Verona, baixinho, dando um passo à frente. — Consegue me ouvir, Cleo?

A cabeça da conjuradora estava abaixada, com os ombros caídos e retraídos. Era impossível prever que tipo de reação ela teria quando resolvesse se levantar. Se iria gritar ou chorar, se iria bater seus pés para fora do anfiteatro ou se iria cortar Edgar em mil pedaços. A única certeza que Verona tinha era de que algo muito profundo havia se quebrado dentro de Cleo.

— Fala comigo — continuou Verona. — Você está me ouvindo?

Cleo continuou imóvel, a respiração pesada e entrecortada se tornando quase audível. Verona pensou se deveria abraçá-la, tentar oferecer algum conforto, mas não sabia como Cleo costumava lidar com emoções tão fortes como as que deveria estar sentindo. Então, ficou parada, esperando alguma resposta. Só se virou quando Andréas cutucou seu braço.

— As nuvens — apontou. — Olhe para cima.

Ele tinha razão. Havia um redemoinho nas nuvens. Uma espiral desenhada nos céus.

Um vórtice.

— Acabou — murmurou Cleo, atraindo sua atenção de volta.

Verona não perguntou a que a conjuradora se referia quando a viu cerrar os punhos.

Aos poucos, Cleo ergueu a cabeça. Mas algo não parecia certo em seu olhar.

Verona e Andréas recuaram assim que perceberam do que se tratava.

Brancos. Seus olhos estavam brancos e brilhantes. Acesos como um feixe de luz.

Cleo fincou um pé seguido do outro, erguendo-se do leito de morte.

— Que eles queimem — disse, logo quando Verona se deu conta de que havia alguma coisa acontecendo nas arquibancadas.

Havia pessoas sobre os degraus. Incontáveis delas. Centenas, talvez até milhares. Usavam roupas de gladiador, alguns com elmos e armadura, outros apenas com panos sobre o corpo.

Não. Não eram pessoas. Eram almas. Fantasmas.

Um exército de gladiadores que haviam lutado naquela arena.

Os fantasmas se mantiveram parados, esperando o comando de sua conjuradora.

Mas havia um entre eles, uma alma específica, que Verona não conseguiu ignorar.

A alma de Merlina.

— Cleo. — Verona se direcionou a ela. — O que está fazendo?

Seus olhos continuavam brancos. Não havia vida neles, nenhum sinal de emoção.

Ela não lhe deu uma resposta, mas também não precisou fazê-lo. Porque, diante daquele batalhão de almas, Verona sabia exatamente o que estava acontecendo.

Cleo Von Barden era uma conjuradora-suprema.

Ela tinha os olhos brancos de Ektor Galewski. Ela tinha compatibilidade total com a runa, e, naquele momento, a entidade havia se apossado inteiramente de seu corpo.

Bastava uma ordem, e aqueles fantasmas partiriam para cima de cada inimigo que continuava respirando. Ela não só havia virado o jogo, como tinha acabado de derrubar o tabuleiro.

Cleo nunca mais responderia aos conselheiros.

Agora, eram eles que deveriam temê-la.

Cleo

Cidade de Verona, Itália

Não existiria um inimigo sequer capaz de escapar do ataque quando Cleo libertasse seus cães famintos.

Seus fantasmas estavam nas arquibancadas, imóveis, inertes, sem expressão ou reação, controlados pela magia que fulminava cada músculo que ela tinha.

O calor era inexplicável. Havia algo vibrando em seu interior com muito mais intensidade do que costumava fazer. Ela sentia a entidade da runa falando com ela, tentando aconselhá-la. *"Destrua quem te destruiu"*, era sua sugestão. E Cleo estava inclinada a segui-la.

— O que está fazendo? — perguntava Verona.

Eu estou começando a me divertir. É isso que estou fazendo.

Ela passou os olhos pelas milhares de almas que havia tomado emprestado da morte. Andou até o centro da arena, desviando de mesas tombadas, cacos de vasos quebrados e cadeiras, esmagando as pétalas das flores de Verona.

Então, ela ergueu a mão.

Seu simples estalar de dedos fez todos os fantasmas correrem até os sentinelas.

Mais uma vez, e pela última vez, o conflito tomou conta do anfiteatro. Cleo não foi piedosa. A primeira alma que enviou para a arena correu até Edgar. Num piscar de olhos, ela quebrou o pescoço do conselheiro como se ele fosse tão frágil quanto um palito de dente.

Ela viu seu corpo amolecer e desabar. A Belladonna que o estava segurando deixou Edgar colidir contra o chão.

Morto. Edgar Aldmin estava morto. E ele nunca mais poderia destruir uma alma como destruiu a de Ganesh.

Cleo Von Barden havia acabado de matar seu mentor e não se sentia mal por isso.

Os gladiadores eram imparáveis e incansáveis. Uma alma não se desgastava, não estava limitada às necessidades de um corpo.

Entretanto, entre aquela multidão de fantasmas, uma única alma havia ficado intacta no lugar, ainda parada sobre as arquibancadas.

A alma de Merlina.

Cleo subiu um degrau. Depois outro e outro, em direção à filha do conselheiro. Ela sentiu o olhar de Verona, a forma duvidosa como ela as observava, mas desconsiderou-o.

— Então você é a famosa Merlina. — Sem poder se mover por causa da influência de Cleo, ela se manteve estática. A única exceção eram seus olhos, que estavam agitados e minimamente arregalados.

Para possibilitar o diálogo, a conjuradora afrouxou a mordaça que a magia havia colocado em sua boca.

— Responda, garota. Não tenho todo tempo do mundo.

— Não tenho nada para dizer à uma traidora.

A frase rendeu uma boa risada de Cleo.

— Traidora? Eu? — Cleo começou a rodeá-la, encurtando suas rédeas. — Cuidado com as coisas em que acredita. Elas podem acabar te cegando.

— Eu sei muito bem quem você é, sei que não cumpriu com o seu dever.

— Pelo que *eu* fiquei sabendo, seu pai também não cumpriu com os dele. — Cleo parou à sua frente, bem onde ela poderia vê-la. — Acha que é melhor do que eu, Merlina? — Passou as costas da mão em seu rosto frio, acariciando-a. Sua invocação era poderosa a ponto de tornar uma alma desprovida de um corpo em algo palpável. — Acha que caráter vale mais do que poder?

— Eu acho que você deveria tomar cuidado com os questionamentos que faz.

— Olhe para o que está a sua frente, Merlina. — Abriu o braço, apontando para os fantasmas que lutavam contra os últimos sentinelas da cúpula. — Vê? A cúpula não parece tão poderosa agora. Todo mundo que chega um pouco mais perto sabe que os conselheiros não têm nem um pingo de caráter. A questão é que o meu é bem pior que o deles.

— O que você quer? — Merlina cerrou o olhar. — Clamou por um exército de gladiadores e eu sou a única aqui que não faz parte da panelinha.

— Sabe, eu não tenho bons motivos para te importunar, mas eu simplesmente quero. — Cleo meneou a mão, obrigando-a a descer os degraus junto a ela. — Quer rever seu pai, não quer?

A reação de Merlina estava mais próxima de se parecer com pavor do que com alívio.

E esse era o exato resultado que Cleo procurava.

— Não faça isso — pediu Merlina.

— O que, exatamente?

— Qualquer coisa idiota que esteja pensando em fazer.

— Você não tem que se preocupar, então. — Cleo aumentou o controle sobre as pernas de Merlina, percebendo que ela tentava resistir. — Porque eu nunca penso em nada que é idiota.

O caminho pela arena se abriu para ela. Cleo andou entre dezenas de homens sendo estrangulados, golpes sendo desferidos e sentinelas se rastejando pelo chão.

Balthazar continuava no mesmo lugar em que Cleo o havia deixado. Ele rastejara até uma das mesas, apoiando suas costas nela, interpretando o papel do fracasso em sua forma mais pura.

— Tenho uma surpresa para você, conselheiro — disse Cleo, usando seu tom mais diabólico. — Levante a cabeça.

Mesmo antes de obedecer a ordem, os olhos de Balthazar já estavam cheios de água. Talvez ele soubesse o que Cleo faria. Talvez ele estivesse se preparando para aquele reencontro.

— Não é emocionante? — provocou ela. — Pai e filha se vendo novamente, depois de tanto esforço. Por que não está sorrindo, DeMarco?

— Não faça isso... — suplicou ele. — Já é o bastante, Cleo. Você venceu.

— Por que eu pararia agora? Você não parou quando colocou aquelas algemas em mim. Acha que eu teria qualquer compaixão por aqueles que me torturaram? — Ela forçou Merlina a andar mais um passo na direção do pai. — Seu amigo, Edgar, está morto, jogado em algum lugar dessa arena. E o próximo é você.

Com um simples gesto da mão de Cleo, Merlina agarrou o pai pelo pescoço, obrigando-o a levantar do chão. Ela não tinha qualquer controle sobre o que fazia. Merlina estava impelida a obedecer a cada ordem que lhe era dada. Cleo impediu-a de conversar com ele, mas manteve-a totalmente acordada, para que pudesse raciocinar o que estava fazendo.

— Onde colocou a garrafa? — perguntou Cleo.

— Está tudo bem — falou o pai, a voz engasgada pela pressão que Merlina fazia em sua garganta. — Ficarei bem, filha. Minha garota. Me perdoe.

Cleo ordenou que ela apertasse seu pescoço com mais força, odiando ter de continuar ouvindo o som irritante da sua voz. Se não fosse dizer nada de útil, então que não falasse nada.

Ela nunca mais queria vê-lo. Nunca mais queria encontrar com seu rosto, muito menos com a cúpula. Então, faria questão de enterrá-lo junto ao título de Aniquiladora.

— Pare! — A ordem chegou aos ouvidos de Cleo.

Verona agarrou sua mão com o dedo decepado, interrompendo o controle sobre a alma de Merlina.

— Não faça isso — pediu ela. — Por favor, não continue.

A conjuradora franziu as sobrancelhas.

— Está defendendo o homem que quis te matar? O que acha que isso é? Um passeio no parque? — Cleo puxou seu pulso das mãos de Verona.

— Não. Eu só... — Verona olhou para Merlina, mas, logo, voltou-se para a conjuradora. — Eu quero decidir o que vai acontecer com ele.

Cleo crispou os lábios, desconfiada. Mas parte de si acreditava que as vítimas deveriam ter o direito de lidar com seus opressores, ou ao menos algum poder de decisão sobre sua punição.

— Vá em frente. — Cleo cruzou os braços, trocando o peso do corpo para a outra perna.

Assim que Merlina afrouxou a mão no pescoço do pai e deu dois passos para trás, a mando de Cleo, Verona se aproximou do conselheiro. Ele massageou o local, tentando amenizar a marca vermelha na região.

— Pobrezinho. — Verona soltou uma risada. — Seria um fracasso enorme se eu te matasse agora. Imagine, eu, a garota que roubou o corpo da filha que você perdeu, e o resultado da magia que você errou, tirando sua vida.

— Se você me matar... — Balthazar vestiu sua pior expressão de desdém. — Eu acharei um jeito de te levar comigo.

— Tolinho, não se iluda. — Ela deu um tapinha no ombro dele. — Eu deixarei que você escape dessa vez. Volte para a cúpula com o rabo entre as pernas, Balthazar. Mas, se tentar me capturar novamente, deixarei Cleo terminar o trabalho. Estamos de acordo?

Balthazar hesitou. Olhou para Cleo e para Verona, como se tudo não passasse de um truque. Mas, quando nenhuma delas demonstrou estar brincando, ele aceitou a oferta.

Ele *assentiu*.

Em um curto lapso de tempo, Cleo podia jurar que viu Verona piscar para Merlina.

— Deixe a menina falar com o pai — solicitou. — Só por um minuto ou dois. Depois mande ela de volta.

— Por que está sendo tão piedosa com eles? Vai deixar seu pior inimigo vivo?

Verona olhou sobre o ombro, na direção do pai e da filha.

— Fui eu que os separei. Devo ao menos isso a eles.

Sua misericórdia exacerbada trazia cada gota de nojo que Cleo sentia à tona.

A Aniquiladora abriu a boca para contestar, mas Verona a interrompeu:

— Não seja tão insensível, amor. Deixe que se vejam uma vez, mas peça que ele revele onde a garrafa está em troca. Balthazar não dirá nada se enfrentá-lo com força, mas poderá ser mais flexível se apelar para a sentimentalidade. O que acha?

Ela revirou os olhos. Não achava justo que Balthazar tivesse o que queria. Mas Verona tinha razão sobre a garrafa: ainda precisavam saber onde ele havia a escondido.

— Deixarei que converse com sua filha, conselheiro. — Cleo se direcionou a ele, vendo a respiração ofegante dele fazer seu peito subir e descer. Ele transpirava pela testa, com mechas de cabelo grisalho grudadas nela. — Só tem uma condição. Precisará dizer onde deixou a garrafa.

— No hotel. No meu quarto de hotel. — Ele respondeu tão rapidamente que o ímpeto de Cleo desconfiou de suas intenções. — Vão buscá-la, conjuradoras. Boa sorte com isso.

Armadilha. Era uma armadilha. Ele parecia estar falando a verdade, e Cleo não tinha dúvidas de que o conselheiro havia trazido dezenas de protótipos na mala. De alguma forma, ela sabia que havia algo por trás daquela revelação.

Mas quaisquer que fossem seus truques, elas conseguiriam desarmá-los.

Então, Cleo libertou a alma de Merlina de seu controle, aceitando a decisão de Verona.

Logo que sentiu seus braços e pernas livres das correntes invisíveis que a conjuradora firmara em seu fantasma, a garota correu para o abraço do pai.

— Me desculpe — falou Balthazar, acariciando os cabelos de Merlina, como se a sensação de tocá-los não passasse de uma ilusão. — Por não ter te escutado antes. Por ter colocado a bebida acima de você. Por não ter te salvado quando você ainda estava aqui.

— Precisa seguir em frente, pai. Não pode deixar que isso mate você também. Eu não quero te ver do outro lado tão cedo — aconselhou ela, o queixo encaixado sobre o ombro de Balthazar. — Mostre a eles que nossa família ainda tem força. Mamãe e eu estamos bem aqui. Me prometa que vai superar isso, que vai me deixar partir dessa vez.

— Estou sozinho. — Ele fechou os olhos, agarrando-se a ela como se Merlina fosse partir assim que ele a soltasse. — Não resta nada nesse mundo que valha a pena. Preciso de você.

— Eu sei. Tenha paciência, as coisas vão se acertar. Eu nunca parei de acreditar em você, pai. Ficará tudo bem.

Balthazar não conseguiu responder, engasgado pelas próprias lamúrias.

Cleo já estava terrivelmente entediada.

— Quinze segundos — avisou ela, contando um exato minuto.

— Ficarei bem — dissera ele, deixando um último beijo em sua testa. — Não precisará se preocupar comigo.

— Dez — pressionou Cleo, propositalmente acelerando a contagem regressiva.

— Adeus, pai.

— Cinco.

— Obrigado por isso, Merlina.

— Fim do tempo.

Cleo recolheu a alma de Merlina como um vagalume colocado em um pote de vidro. Balthazar a abraçou até que a filha evaporasse no ar, subindo de volta para o vórtice que havia se formado nas nuvens. Seus braços, que antes podiam segurá-la, caíram ao lado do corpo, pesados e inúteis.

— Vamos. — Verona pegou sua mão, entrelaçando os dedos de Cleo aos dela.

Ela deu as costas para o conselheiro, abandonando seu lamento solitário.

Caminharam pela arena, juntas, duas das maiores pecadoras conhecidas pela cúpula saindo vitoriosas de um confronto intenso.

A única coisa que faltava para que pudessem comemorar era uma garrafa de Belladonna.

E, de acordo com Balthazar, ela estava no hotel, protegida por alguma armadilha que cabia a elas desarmar.

Verona

Cidade de Verona, Itália

DE ACORDO COM ANDRÉAS, O HOTEL QUE A CÚPULA RESERVARA para receber os convidados e acomodar os conselheiros ficava próximo ao anfiteatro.

O baile de outono era uma tradição antiga; o primeiro evento patrocinado pela cúpula. O momento em que uma festa exclusiva para conjuradores era planejada para arrecadação de fundos. O valor final contribuía para a manutenção das atividades oficiais — além do salário dos conselheiros.

Pela primeira vez em décadas, o baile havia se transformado em uma data catastrófica para a reputação da cúpula, graças à Verona. Ela estava certa de que aquela tragédia não seria superada até a próxima edição da festa.

Depois do que Cleo fizera, o grupo de sentinelas havia sido colocado em desvantagem, tentando inutilmente despistar seus fantasmas. Quanto mais tempo passava, menos pessoas uniformizadas de preto eram vistas de pé na arena.

— Liguei para Gemma — notificou Andréas, aproximando-se de Verona e Cleo, que apreciavam o confronto como se estivessem diante de uma tela de cinema. — A maioria dos convidados voltou ao hotel. Os outros conselheiros também. Precisam de reforços, e é urgente.

— Eu vou ficar — determinou Cleo. — Levem todo o resto. Posso dar conta daqui sozinha.

Verona não contestaria sua capacidade de sustentar as últimas horas de combate, mas perguntava-se o quanto aquilo sugaria a energia de sua alma amaldiçoada pela morte.

— Nos encontre na osteria assim que acabar — solicitou Verona, pegando sua mão. — E fique a salvo. Preciso falar com você.

— Não se preocupe comigo.

Verona inclinou-se para beijá-la, provando seus lábios uma última vez antes de partir. Mas eles estavam frios; Cleo estava fria. Verona sentia pela forma como falava, até pela postura com a qual se portava. Tinha algo mais profundo do que raiva transbordando por ela, possivelmente algo mais perigoso do que fúria. Talvez fosse *vingança*. Um ímpeto que poderia derrubar impérios inteiros.

Andréas sinalizou para ela. Verona olhou para Cleo mais uma vez, que estava com braços cruzados observando o estrago causado. Depois disso, não voltou a vê-la.

Eles correram para o portão de saída. Verona espremeu seus cabelos no caminho, antes que entrasse no carro com aquele vestido encharcado. Andréas atravessou a avenida, parando os carros que tentavam circular. Quando se tratava de Gemma, ele não parecia se importar com a etiqueta de empresário.

— Eu devia ter colocado outro terno para vir hoje — reclamou ele, dando partida no veículo. — Meu paletó está destruído.

— Sabia que isso iria acontecer. — Verona tirou uma pétala de Belladonna que estava enrolada nos cachos úmidos de Andréas. — Eu te disse para usar uma roupa descartável hoje, não disse?

— E participar de um dos maiores golpes contra a cúpula malvestido? Eu passo. — Ele ironizou, pisando no acelerador. Verona esboçou um pequeno sorriso em retribuição.

Ele pisou no acelerador mesmo quando os sinais de trânsito estavam vermelhos. Verona não entendia muita coisa sobre regras de trânsito, mas algo lhe dizia que as ultrapassagens que ele fazia não eram permitidas. Ela se assegurou de que seu cinto de segurança estivesse bem afivelado.

O hotel se revelou diante de seus olhos em pouco mais de dez minutos. Estava longe de ser uma acomodação humilde. Parecia um castelo antigo, algo que relembrava o Império Romano em sua época de glória. De uma forma mais desagradável do que familiar, o prédio tinha traços parecidos com a arquitetura da cúpula, o que nem de longe poderia ser tratado como um elogio.

Ela bateu a porta do carro, calçando os *scarpins* prateados de volta. A recepção do hotel acolheu-os com uma dose generosa de corpos caídos e pessoas com ferimentos à mostra.

Andréas partiu adiante, em busca da namorada. Logo atrás, Verona usou os vasos de bromélias que compunham a decoração para invocar suas Belladonnas, lançando-as contra qualquer conjurador que se opusesse ao seu avanço.

Quanto mais terra conseguisse encontrar, mais pontos teria para brotar suas flores. Ela procurou pela maior quantidade de vasos que seus olhos alcançavam quando Andréas caminhou até a zona externa. Tudo dependia da presença de um solo propício, independentemente da qualidade. Ela era incapaz de invocar suas plantas a partir de um chão de mármore ou madeira.

Toda habilidade tinha uma limitação. Aquela era a sua.

Foi questão de tempo até que os inconfundíveis cabelos ruivos de Gemma surgissem. Com um gesto, Verona usava suas flores para puxar os capacetes dos sentinelas no caminho, e Andréas os atacava com sua magia.

Em um movimento rápido, ela olhou para trás e vislumbrou uma dezena de pesadelos vagando pelos jardins do hotel. Havia gente correndo, havia gente se lamentando, e havia gente rastejando pelo piso de pedra.

Andréas não estava brincando quando dissera que sua magia era capaz de fazer uma pessoa vivenciar sua pior memória pela segunda vez. O hotel foi dominado por uma centena de projeções. Um balé de pesadelos. Imagens quase transparentes, nada sólidas, tampouco tangíveis. Algumas pareciam com acidentes de carro, macas de hospitais e valas de cemitério. Personificações vítreas que recontavam eventos traumáticos.

Um coro de gritos compôs a música que acompanharia a decadência dos sentinelas. Verona viu-os terem um encontro com seus demônios, dançando uma valsa junto aos próprios pesadelos, condenando suas almas a nunca os superar.

E Andréas Vacchiano era o único culpado por isso.

— Os quartos dos conselheiros estão no último andar! — adiantou Gemma, assim que avistou o namorado. — Eu e os demais vamos tentar segurar o máximo de conjuradores aqui embaixo. Vão atrás da garrafa!

Ela abanou a mão, expulsando-os do jardim. Andréas roubou um selinho de despedida antes de correr até o elevador. Segurou a porta, esperando Verona entrar, e apertou o botão do vigésimo andar sem muitas cerimônias. Nenhuma palavra foi trocada até que chegassem no último corredor do hotel, pois ambos os olhares estavam fixos no painel que indicava o andar pelo qual estavam passando.

Ela contou os segundos até a porta do elevador se abrir. Um suspiro profundo deixou seus lábios, como se tudo estivesse se movendo em câmera lenta.

Logo que teve o vislumbre do corredor, seus olhos foram imediatamente atraídos para um vaso de lírios.

Perfeito.

Quando o primeiro sentinela surgiu, seu ramo de Belladona disparou até ele, indo de encontro ao seu pescoço. Andréas tomou conta do segundo, conseguindo surpreendê-lo antes que fosse tarde. Um terceiro soldado avançou contra Verona, apertando seu pescoço.

Enquanto se sentia sufocada, ela viu Andréas derrubar o quarto sentinela de plantão, puxando seu capacete e atacando-o com um simples toque na testa.

Suas flores rastejaram pelo piso como serpentes, agarrando-se às pernas do homem que a mantinha imobilizada. Quando elas expeliram seu pólen roxo, o sentinela desmaiou no corredor.

Ela tossiu, apoiando a mão na parede para recuperar o ar perdido. Verona não havia sido criada para entrar em conflitos corpo a corpo, lutas marciais ou qualquer tipo de coisa que, necessariamente, dispensasse o uso de saltos.

— Sei qual é o quarto dele — falou Andréas, sinalizando para ela se aproximar.

— O quê? — Tossiu. — Como?

— A maçaneta dessa porta. Veja.

Ela analisou a peça, comparando-a com as maçanetas das portas vizinhas. Havia algo de errado nela. Era mais redonda, mais dourada, mais brilhante. Diferente.

Não é possível.

Balthazar podia ser um canalha, mas era inteligente.

Então essa era sua armadilha, conselheiro?

— Acha que é a maçaneta da oficina, não acha? — indagou Verona, recebendo um movimento de cabeça em resposta. — Como abrimos isso?

— Basta não tocar nela de mãos nuas.

Os rumores diziam que Balthazar DeMarco havia feito uma maçaneta especial para impedir que convidados indesejados invadissem a oficina. Ninguém sabia ao certo qual era a consequência para quem tentasse girá-la, mas as más línguas especulavam que um garoto tinha se transformado em ouro quando fora espiar o que havia dentro da sala. Depois, Balthazar derreteu-o como se fosse uma pepita qualquer, usando-o de matéria-prima para moldar seus próximos protótipos.

O protótipo recontava o mito do Rei Midas. Algo sobre um monarca que podia converter pessoas em ouro puro. Sabendo da fascinação que Balthazar cultivava por criar relíquias baseadas em mitologia, ela tinha quase certeza de que as duas coisas estavam interligadas. Ele nunca perdia a oportunidade de trazer um conceito às coisas que produzia.

Andréas roubou o molho de chaves de um dos sentinelas, destrancando a porta do quarto. Verona, em um movimento sutil, levou sua Belladonna até a maçaneta. Uma vez que Andréas encaixou a chave, sem encostar um dedo no objeto enfeitiçado, os ramos da flor se entremearam nela, girando-a na fechadura. Em seguida, viraram a maçaneta e as juntas da porta rangeram.

A armadilha fora desativada.

Eles avançaram em silêncio. Andréas apontou para a direita e mandou-a seguir pela esquerda.

Verona se perguntou o que Cleo faria se estivesse em seu lugar. Ela fora rápida ao achar seu esconderijo no closet da primeira vez que fizera uma visita ao apartamento. Verona procurou por azulejos soltos, compartimentos secretos, tubos de ventilação ou algum sinal de buracos na parede. O banheiro fora seu primeiro alvo, seguido do dormitório principal, onde estava a mala de relíquias de Balthazar.

Ela abriu o estojo de seu tridente, apenas para se certificar de que não era mais uma pista falsa. Revirou a bagagem, não encontrando nada além de acessórios e ferramentas. Como a mala de um fabricador poderia ser tão desinteressante?

Abriu o armário, revirando suas roupas, tirando todas dos cabides e das prateleiras para jogá-las ao chão. Balthazar estava afundado em tons de verde, azul e cinza. Não havia combinação mais monótona e decadente do que sua coleção de camisetas e paletós. Todos os seus sapatos sociais eram marrons ou pretos, uma dezena de pares de mocassins idênticos.

— Achei algo! — gritou Andréas, do cômodo ao lado.

Verona se apressou até a sala de televisão. Estava decorada com uma escultura de Rômulo e Remo, duas crianças sendo alimentadas pela loba, feita de um material parecido com a obra original, exposta em um dos Museus Capitolinos de Roma.

Apesar da réplica ser assustadoramente parecida, o que mais interessou a Verona foi a maleta preta que Andréas ergueu no ar.

— Estava dentro do sofá. — Ele entregou o compartimento.

— Dentro? — Verona puxou o tranco da maleta.

— Balthazar tentou esconder, mas era notável que havia algo estranhamente rígido embrenhado na espuma do estofado.

Verona abriu a maleta. Lá estava ela: a garrafa de Belladonna. O motivo de suas piores insônias e maiores dores de cabeça. Ela sentiu, por um breve momento, seus olhos arderem, um misto de alívio e realização.

A garrafa estava exatamente como ela havia deixado. Sem arranhões ou partes trincadas. Balthazar cuidara dela como cuidava de suas outras relíquias, do jeito que deveria ser.

Quando finalmente pôde tocá-la, Verona sentiu um gosto doce diluindo em sua língua, como suspiros de açúcar. A sensação invadiu sua boca. O sabor exato que alguém que sobreviveria por mais um dia deveria sentir.

— Vamos embora — Andréas cutucou, ancorando-a à realidade. Aquele conflito ainda não havia chegado ao fim. — Temos que levar isso para um lugar seguro.

Concordando com a cabeça, Verona devolveu o objeto à maleta e atravessou até o quarto — que havia virado de ponta-cabeça.

Ela achou que aquilo tinha acabado. Realmente achou que, a partir daquele ponto, seria suficiente passar pela recepção do hotel até o arco de saída para nunca mais ter que enfrentar um conselheiro em sua vida.

Mas aquele rosnado furioso lhe disse o contrário.

Ela deveria ter imaginado. Claro que deveria. Mas tinha ficado tão focada na busca pela garrafa, que se esqueceu de que Balthazar gostava mais de mitologia do que gostava de si mesmo.

Ele poderia ser apaixonado pela cultura grega, mas o mito de Rômulo e Remo e sua loba criadora era um dos mais famosos em toda Roma.

E, ao julgar pelo som gutural que zumbia às suas costas, a escultura da loba não era apenas uma escultura comum.

Verona paralisou. O rosnado se tornou um latido. Ela olhou para Andréas, notando que ele a olhava de volta.

E correu.

Correu até o banheiro, trancando-os assim que Andréas entrou pela porta. A loba arranhou-a com voracidade. Verona pôde ouvir suas garras rasgando a madeira enquanto pressionava seu corpo contra ela.

Então essa era a grande armadilha, conselheiro.

Verona duvidava de que a loba a mataria, mas Andréas definitivamente era um alvo. Aquela estátua enfeitiçada deveria estar aguardando sua chegada. Balthazar havia feito de tudo para recuperar o corpo da filha, e não seria agora que isso mudaria. Ela deveria fazer o trabalho que Cleo havia recusado: capturar o alvo. Mantê-lo preso e encurralado naquele apartamento.

E a loba estava sendo bem-sucedida na função.

— Seria de grande ajuda se você pudesse conjurar agora. — Andréas afundou suas costas na madeira, tentando conter a ira da loba de bronze.

— Queria que fosse possível — disse ela, forçando-se na superfície da porta. — Esse é o vigésimo andar. Não tem terra debaixo dos nossos pés, e eu não vi nenhum vaso para usar com fonte.

Andréas rangeu os dentes.

— Tem que haver uma saída.

Uma saída.

Sim. É isso.

— Segure com força — disse ela, subitamente rompendo seu contato com a porta.

A madeira colidiu contra a batente quando Andréas precisou compensar a falta da ajuda de Verona, emitindo um estrondo.

— O que está fazendo?!

Ela abriu o box do chuveiro, notando a presença de uma janela. Era quadrada e pequena. Na ponta dos pés, Verona espiou através dela, procurando algo no que se empoleirar.

— Foi assim que Cleo fugiu da osteria com a garrafa. — Lembrou-se daquele dia, do momento em que foi até o quarto e notou a saída para a varanda aberta. — Temos que pular.

— De todas as coisas insanas que você já sugeriu... — Andréas grunhiu com a cabeçada que a loba investiu contra a porta. — Essa foi a mais maluca.

Verona tirou seus saltos, largando-os sobre o azulejo. Ela não deu ouvidos a Andréas. Segurou a limiar da janela e impulsionou o corpo para cima, sentando-se nela. A passagem era estreita, mas facilmente contornável. Ela balançou seus pés no abismo que a separava da avenida, contemplando-o conforme os arrepios percorriam sua coluna.

— Meus ombros são largos demais para isso, Verona! — reclamou ele. — Volte para dentro! Vamos pensar em outra alternativa!

— Venha logo!

Havia uma pequena beirada proeminente na parede do hotel, uma linha que seguia logo abaixo das janelas dos dormitórios, na qual seus pés puderam repousar. Ela andou dois passos para o lado, seu coração palpitando tão forte quanto a explosão de fogos de artifício.

Vendo que não teria outra escolha, Andréas pulou na janela assim que a loba invadiu o banheiro. Verona ouviu-o puxar o box, em um esforço para tentar atrasá-la, mas o vidro quebrou mais rápido do que ele conseguiu fechá-lo. Por questão de segundos o pé de Andréas não foi abocanhado por uma mandíbula duas vezes mais maciça do que a de um lobo real.

Eles conseguiam ouvir o som da avenida, um misto de buzinas, sirenes e escapamento de motos. Verona tentou abafá-los. Sentia que poderia dar um passo em falso e todo seu esforço seria em vão, porque a garrafa na maleta que segurava, assim como seu corpo, seriam encontrados em milhares de pequenos pedaços pela rua.

— Tente a janela do seu lado — pediu Verona, com as costas pregadas na parede. — Do apartamento vizinho. Tente.

Andréas avançou a passos curtos, um menor e mais cauteloso do que o outro. Forçou a janela seguinte, mas ela não se abriu. Tentou outra, reunindo coragem para percorrer o trajeto até ela, e obteve o mesmo resultado.

Sem sucesso.

— Tente do seu lado! — gritou ele.

Verona colocou um pé para o lado, completamente descalça. Segurou a maleta com toda força que tinha. Mais cinco passos a levaram para a janela vizinha. Cuidadosamente, Verona a empurrou, descobrindo que ela estava aberta.

— Encontrei. — Soltou o ar pela boca. — Encontrei uma.

Ela esperou Andréas retornar. Sabia que teria de deixar a maleta em suas mãos ou não conseguiria atravessar a janela. Então, Verona pulou para dentro do box do banheiro vizinho. Puxou a maleta em seguida, então ajudou Andréas a fixar seus pés em uma superfície segura.

Estavam dentro.

O empresário fez sinal para que ela o seguisse, depois de um pedido de silêncio. Verona logo entendeu o que Andréas quis dizer. Não sabiam o que poderiam encontrar naquele apartamento. O território era desconhecido, eles estavam pisando em pedras para cruzar um mar de lava.

Andréas abriu a porta do banheiro, abaixando a maçaneta devagar. Havia uma luz acesa no cômodo ao lado. Pareceu hesitante quando a viu, mas, uma vez dentro do quarto, ele andou até a porta. Tudo que Verona queria era chegar ao elevador social e entrar no carro. Por ansiedade ou por desespero, ela poderia ter disparado em direção a saída e sequer olhado para trás.

Mas não o fez.

Porque aqueles olhos azul-marinho a alcançaram primeiro.

Tessele segurou a respiração, os olhos levemente arregalados quando finalmente os viu. Ela segurava uma mala de viagem quadrada, puxando-a pelo quarto.

— Poderiam ter batido antes de entrar. — A conselheira pressionou o interruptor do quarto. As luzes se acenderam. Tessele prosseguiu até o guarda-roupas, tirando os vestidos do cabide para guardá-los na mala vazia. — A porta está trancada. A chave está na mesa de cabeceira da cama. É só pegar e ir embora. Não quebrem nada.

Verona e Andréas se entreolharam, como se a sugestão não passasse de uma piada terrivelmente sem graça.

— Não vai tentar nos impedir? — arriscou Verona.

— E me intrometer nos assuntos de Balthazar? — Ela tirou o par de brincos das orelhas, devolvendo-os ao porta-joias. Ainda usava o vestido amarelo que havia trajado no baile. — Eu não faço mais isso.

O que quer que tivesse acontecido entre ela e Balthazar, não fora algo bom.

— Não tem medo? — Verona continuou. — Dois anarquistas invadem seu apartamento e você não fica com medo?

— O tempo em que eu me surpreendia com essas coisas já acabou. — Puxou o zíper da mala. — Eu não ataco vocês e vocês não me atacam. É simples. Saiam logo daqui.

Ela provavelmente não nos deixaria ir se soubesse que Edgar está morto agora.

Antes que Andréas pudesse contestá-la, Verona tomou o molho de chaves e destrancou a porta. Abriu-a, sinalizando para que o empresário seguisse em frente. Sem mencionar uma palavra, ele correu para apertar o botão do elevador. Verona observou os longos cabelos loiros de Tessele. A conselheira não olhou para ela, agiu como se ela não estivesse presente. Parecia melancólica, apesar de manter sua postura habitual. Organizava suas malas enquanto fingia que não havia uma guerra acontecendo no térreo do hotel.

Verona poderia ter perguntado alguma coisa, mas o apito do elevador atraiu-a ao seu encontro. Correu para dentro da cabine, sentindo os pés desnudos tocarem o piso de pedra fria. Tinha de admitir que sentiria falta daquele par de saltos. Porém, sua vida valia mais do que qualquer acessório que pudesse comprar.

O caminho para a recepção continuava interditado, lotado de conjuradores atrás de táxis e sentinelas tentando conter os anarquistas. Por isso, Verona puxou Andréas para o lado oposto, certa de que aquela não era a única saída que o hotel tinha. Ela cruzou o jardim, procurando algum ponto pelo qual pudesse ir embora.

As luzes submersas da piscina estavam ligadas quando passaram por ela. Porém, a área estava revirada. Espreguiçadeiras tombadas, boias em formato de rosca estouradas e guarda-sóis caídos. Outro palco para os conflitos que ocorreram pelo hotel.

Verona não viu uma saída, apenas uma portinha que dava acesso ao depósito de utensílios do salva-vidas.

— Decepcionante, não acha? — Seus ossos se contraíram. Aquela voz não era de Andréas. Era uma voz feminina. Uma voz que ela não ouvia há muito tempo. — Toda essa guerra... Essa luta... E para quê? Para atrapalhar as pessoas que estão tentando encontrar a própria paz?

— O conselho não sabe o que é isso — Andréas respondeu em seu lugar. — O que deseja aqui, Ingrith Bingham?

— Um amigo me pediu para ajudá-lo. — Ela indicou a maleta com a cabeça. — Isso não parece pertencer a vocês.

Uma terceira armadilha, Balthazar. Meus parabéns.

O empresário projetou-se para falar, mas Verona colocou a mão em seu ombro, pedindo a palavra.

— Que terrível engano o nosso, excelentíssima — disse ela, soando mais suave do que o toque de uma pena de pássaro. — Tem razão, a maleta não nos pertence. Mas o que há dentro dela certamente não é de Balthazar. Por isso, estamos pegando a maleta emprestada. Pretendemos devolver, é claro.

Verona sutilmente escondeu uma das mãos atrás da própria coxa, preparando o ataque que teria que conjurar se quisesse vencer a conselheira.

— Ora, não precisarão se preocupar em devolver nada — alertou Ingrith, com a saia de seu vestido preto voando na direção da brisa. Ela costumava ser uma referência de elegância para Coline, mas não passava de uma vilã para Verona. — Vocês não levarão essa maleta a lugar algum.

Verona não tardou: suas Belladonnas rastejaram até Ingrith, brotando de todos os jardins que seus olhos puderam avistar. Saindo das moitas, dos vasos de orquídeas, das árvores e dos arbustos como ervas daninhas.

Mas algo as estagnou no lugar assim que chegaram a centímetros de distância dos pés da conselheira.

Ingrith Bingham uniu as mãos em frente ao corpo, observando calmamente os ramos de flores congelarem no lugar, como se não fossem uma ameaça merecedora de sua atenção.

Conjuradora da mente. É isso que ela é.
Uma conjuradora da mente com telecinese.

Verona não podia acreditar que tinha se esquecido de um detalhe tão importante.

— Curioso... Acho que conheço essa magia de algum lugar... — disse, dando um passo adiante. Ingrith pisou em seus brotos com a ponta dos saltos, com o claro intuito de ofendê-la. — Coline LeFair, não é? Me lembro de você.

Verona recuou o passo que ela avançou, com Andréas logo ao seu lado.

— Bom saber que fui uma figura marcante para vossa excelência — provocou ela.

— Certamente — admitiu a conselheira. — Mas receio que, depois daqui seu nome será apagado da história.

As cadeiras e os guarda-sóis começaram a vibrar. Quando Ingrith abriu seus braços, todos flutuaram no ar, movidos unicamente pelas vontades da conselheira.

— Abaixe!

Andréas a protegeu com o próprio corpo, abraçando-a pelas costas. Tentou levá-la para longe do raio de Ingrith. Verona conjurou mais ramos quando a conselheira estava ocupada levitando os objetos da área da piscina, mas ela contra-atacou atirando as espreguiçadeiras na direção de suas flores. Nem mesmo o pólen venenoso chegou a causar dano.

Por questão de milímetros, um cabo de guarda-sol não rasgou seu rosto ao meio. Pelo visto, Ingrith não se importava em destruir o corpo de Merlina. Se Balthazar havia pedido para que ela tivesse pudor, a conselheira o havia ignorado.

— Soube que você estava atrás dessa garrafa... — Ingrith conseguiu paralisar a mão de Verona. Andréas tentou se mover, mas ela também o petrificou na posição. — Me pergunto o que há de tão especial nela.

Verona foi impossibilitada de reagir. Ela se esforçou para resistir à magia, mas, quando se deu conta, a maleta flutuou até as mãos da conselheira, e a garrafa foi tirada de dentro dela.

— Sabe o que eu acho? — Ingrith analisou o rótulo, deslizando os olhos por ela. — Que você não começaria uma guerra por algo tão banal.

Essa garrafa vai além do que aparenta, estou certa? Ela é valiosa de alguma forma que eu não sei ainda...

Qualquer coisa que dissesse poderia comprometer o julgamento de Ingrith. Portanto, Verona guardou a língua dentro da boca, engolindo as palavras.

— Vamos ver o que isso realmente significa para você.

Então, Ingrith Bingham deixou a garrafa cair.

O som do vidro quebrando e a visão do vinho se espalhando foi o suficiente para fazer o coração de Verona parar de bater por breves segundos.

Suas vias respiratórias se fecharam. Uma tonelada de arrependimentos recaiu sobre seus ossos. Como se já não fosse castigo o bastante, Ingrith girou a mão, e Verona foi atirada para dentro da piscina.

Silêncio. Tudo à sua volta era silêncio. A água bloqueava a maior parte dos ruídos externos. Porém, Verona gritava dentro do próprio pensamento.

A morte começou a fazer seu trabalho. Ela sentiu o corpo se chocar contra a água, sentiu a temperatura fria abraçá-la enquanto submergia para o fundo da piscina.

E, depois, não sentiu muita coisa.

Ouviu uma discussão longínqua, mas não conseguiu discernir sobre o que se tratava. Viu as luzes dos postes atravessarem a água, mas não por muito tempo, porque uma centena de pontos pretos começaram a poluir sua visão.

O processo era lento, seu corpo desligava aos poucos, parte por parte, e a sensação não poderia ser mais amarga.

Voltar a senti-la quase fazia Verona querer implorar para estar morta.

Quando já era tarde demais para que conseguisse nadar sozinha até a borda, ela notou uma mão agarrar seu braço. Verona foi puxada para cima; para o oxigênio que entrava em seus pulmões com dificuldade. Tossiu, expelindo a água que havia obstruído a circulação de ar. A voz de Gemma era um zumbido para seus ouvidos, mas ela ainda podia ver seus cabelos ruivos.

— Eu não consigo... — Tentou falar. — Eu não estou ouvindo direito...

Um par de braços a ergueu do chão molhado. Verona não conseguiu identificar a pessoa que a pegou no colo, mas tinha certeza de que Andréas não a teria abandonado sem tentar salvá-la.

Havia uma corda fantasma amarrada em seu pescoço. Uma corda que puxava sua alma para fora dele. Havia outra em seu pulso e ainda outra no tornozelo. Ela estava sufocando, perdendo o rubor, sentindo a ponta dos dedos formigar enquanto observava as rachaduras que se formavam em suas mãos. A âncora que antes mantinha Verona presa em terra firme, agora estava atada às margens do reino da morte.

Ela pôde sentir o balanço do carro quando se deitou no banco traseiro — mas, para seu total infortúnio, isso foi o máximo de informação que conseguiu absorver. O barulho do trânsito não passou de pequenos ruídos abafados. Mesmo a voz de Andréas havia se tornado fraca e distante.

Tudo estava escuro. Muito escuro. Dentro do carro, a situação era ainda pior. Verona — que, àquela altura, tinha dificuldades de estabelecer um raciocínio coerente — pensou em fechar os olhos, descansar as pálpebras, ceder à vontade que lhe corroía a mente. Mas, sempre que tentava, alguém segurava seu ombro e balançava seu corpo.

— Abra os olhos! — Ela sentiu uma mão chacoalhar seu braço. — Acorde, Verona! Não vai ser assim que você vai morrer!

A voz era feminina. Provavelmente pertencia à Gemma. Verona estava muito cansada para pensar com clareza.

O simples ato de mover a própria mão se tornou exaustivo. Ela lutou. Realmente lutou. Tentou piscar, tentou afastar o desejo avassalador que a fazia fechar os olhos, tentou concentrar-se na respiração, mas suas forças se esgotavam a cada segundo que corria pelo relógio.

— *Verona!* — Chamava a voz, determinada a mantê-la desperta. — *Resista, Verona!*

Como ela poderia resistir? De onde tiraria energia? Como Verona poderia lutar se já estava cambaleando pelos limites da inconsciência?

Andréas voltou a pegá-la no colo quando o carro estacionou. Ela poderia morrer ali, em seus braços, e estaria satisfeita por ser acolhida daquela forma, ao lado de um irmão, em vez de sentir a fumaça do incêndio penetrar cada célula do seu corpo.

— Está ouvindo, Verona? — perguntou ele, perto do seu ouvido, correndo para algum lugar que ela não soube distinguir. — Não pode me deixar aqui uma segunda vez, escutou?

Seu corpo foi deitado em um sofá. Verona estava anestesiada do pescoço para baixo, e mesmo a conversa de Gemma e Andréas pareceu difícil de discernir dessa vez. Subitamente, ela sentiu o ambiente esfriar, como se uma corrente gélida tivesse invadido o espaço. Ela podia ver uma sombra parada ao seu lado, mais nítida do que qualquer outra coisa que estivesse ao redor. A silhueta vestia um véu preto sobre a cabeça. Uma aura fúnebre girava ao seu entorno, densa e misteriosa.

Verona não precisou perguntar para saber quem ela era.

O vórtice surgiu acima de sua cabeça, na altura do teto daquela sala, antes que pudesse resistir.

"Está na hora."

Uma centena de mãos acinzentadas escorregaram para fora do vórtice. Ela pôde ver, com facilidade, uma corrente de almas descendo para colocar seus dedos frios ao redor dos braços de Verona.

Quando se deu conta, ela estava sendo puxada para cima.

E seu corpo, o corpo de Merlina, havia sido deixado inerte naquele sofá.

— *Não!*

De repente, outra mão a agarrou. Agarrou sua *alma*.

Não a mão de Andréas, tampouco a mão de Gemma.

Merlina. O fantasma de Merlina estava ali, tentando segurá-la dentro do corpo.

Verona não soube como reagir.

— O que está fazendo?

— Você manteve sua promessa — disse ela, esforçando-se para combater o ímpeto da morte. — Fique viva, Coline.

Merlina estava a salvando. A garota que ela achou que a odiava, a última pessoa que Verona pensou que a ajudaria, havia pegado seu pulso para trazê-la de volta ao corpo que não a pertencia.

Se houvesse lágrimas para chorar, Verona estaria derramando todas elas.

Um terceiro condutor enrolou-se em seus pés. Um fio dourado e brilhante, que estava tentando prendê-la em terra firme.

A magia de Gemma.

Duas forças contra uma.

Lentamente, sua alma flutuou de volta ao chão. As dezenas de mãos, que estavam notoriamente sedentas por consumi-la, foram obrigadas a soltá-la.

Sua alma colidiu com o corpo.

Então, escuridão. Silêncio. Nada além de um completo breu e sua consciência pairando pelo vazio.

— Verona — alguém falou. — Verona, por favor.

Primeiro, sentiu o cheiro de álcool.

A adega.

Depois, o cheiro de suor misturado com perfume masculino.

Andréas.

Verona resmungou quando um par de mãos colocou alguma coisa em seu pescoço.

— Verona, conseguimos — falou Gemma, cutucando-a com a ponta do dedo. — Está me ouvindo? É o diamante do colar, Verona. Ele é sua nova âncora.

Diamante.

Um diamante só poderia ser riscado por outro diamante. Estava classificado entre os materiais mais resistentes do mundo. Era inquebrável, indestrutível, imortal.

Assim como Verona.

Quando ela abriu os olhos, sentindo o formigamento se transformar em calor.

Soube que havia sobrevivido.

Cleo

Cidade de Roma, Itália

Ela havia ido até a osteria. Realmente havia. Mesmo exausta, Cleo aceitou a carona de Andréas, que voltou ao anfiteatro para buscá-la. Ela deixou a arena para trás assim que o sol começou a nascer.

O empresário contou tudo que Cleo precisava saber. Sobre o conflito no hotel. As armadilhas. A garrafa quebrada. O diamante no colar. Tudo. Quando ela chegou, Verona ainda estava deitada no quarto, tomada por um sono profundo.

Cleo não se despediu dela. De ninguém. Depois que enfaixou seu braço machucado, ela recusou a oferta de Andréas para levá-la à estação de trem e pediu para que não a procurasse mais. Nem ele, nem os anarquistas, nem Verona.

O trem partiu pela manhã. Cleo havia retirado seu dedo decepado, tentando inviabilizar as ilusões que sucediam seu excesso de uso de magia da morte. Para compensar a falta de uma noite de sono, ela passou a viagem dormindo, com a cabeça encostada na janela. Assim que colocou os pés em Roma, pegou um táxi até sua casa. Por sorte, ela ainda não estava revirada. Mas, depois do fiasco da madrugada anterior, tinha certeza de que o conselho não demoraria para procurá-la.

Ela pegou tudo que viu pela frente. Blusas, calças, sapatos, produtos de higiene, livros e até mesmo a luz noturna que usava para ler antes de dormir e jogou seus pertences na mala, determinada a sumir dali.

Mas, quando Cleo passou pelo corredor, a caminho da sala, e ouviu a porta do quarto de Ganesh ranger, o sentimento que estivera reprimindo durante toda viagem para Roma atingiu-a como uma avalanche.

Cleo largou as malas no chão, deixando-as cair. Seu queixo tremeu. Suas mãos se fecharam em punhos. Seus olhos encheram de água. Em questão de minutos, a única pessoa que ela havia confiado durante seus últimos anos fora levada pelo vento, e não deixara sequer um corpo para ser velado.

A conjuradora passou a noite chorando. Mal se deu conta do momento em que adormecera no sofá, com os olhos injetados. A casa estava escura, somente a televisão permaneceu ligada madrugada adentro. Ela despertou no dia seguinte com as costas doendo, deitada no mesmo lugar, sem Ganesh para pegá-la no colo, apesar do ombro ferido, e colocá-la na cama.

Ela sentiria falta daquilo. De tudo aquilo.

Levantou-se em um pulo. Sua cabeça latejava, mas ela não tinha mais tempo a perder. Engoliu um analgésico e colocou suas malas perto da porta. Precisava ir embora. Precisava fugir. E, por mais que tivesse de fazer isso sozinha, não podia voltar atrás.

Cleo tirou todos os cabos da tomada. Geladeira, micro-ondas, internet, televisão. Estava de saída, e não pretendia voltar. Pegou as chaves da casa para deixá-las dentro do vaso de flores do jardim, assim, o proprietário poderia pegá-las, quando a campainha tocou de repente.

O conselho.

Era tarde. Os sentinelas já deviam ter cercado o perímetro para impedi-la de sair. Um deles poderia estar do outro lado daquela porta, esperando para levá-la à cúpula, onde seria julgada e colocada numa cela para apodrecer.

Sorrateiramente, Cleo avançou até a sala, abrindo as cortinas das janelas apenas o suficiente para espionar o que acontecia do lado de fora. Não conseguia ver quem estava diante da passagem de entrada, mas certamente não usava um uniforme preto.

Cleo estranhou. Já não tão certa sobre a possibilidade da cúpula tê-la encontrado, ela destrancou a porta.

Assim que tomou consciência da pessoa por trás daquela visita inesperada, Cleo podia jurar que perdera o fôlego por um breve instante.

— Olá, Cleo Von Barden — disse a dona daqueles familiares cabelos cacheados e olhos atipicamente amarelos. — Quanto tempo.

Sua boca secou. A última coisa que ela esperava — e queria —, era ver Verona ali, parada diante da porta de sua casa.

— Se não vai me convidar para entrar... — continuou ela. — O que imagino que não irá fazer... — Verona deu um passo para dentro. Depois outro e outro. — Então eu mesma faço questão de entrar.

Você sempre pega o que deseja, não é, Coline LeFair?

Os olhos de Verona circularam pela sala enquanto caminhava pacientemente até o sofá. Usava uma calça de linho bege, acompanhada de uma blusa rosa de cetim com mangas esvoaçantes. Sempre chamativa. Sempre tentando ser o centro das atenções.

— O que veio fazer em Roma? — Cleo bateu a porta. A pergunta era genuína, mas fora feita sem ânimo algum.

— Andréas disse que você foi à osteria, mas não quis me ver. Gostaria que tivesse se despedido, claro, mas eu entendo que, daqui para frente, você vai seguir um novo caminho... não é?

— Como me encontrou? — Cleo cruzou os braços.

— Ganesh me deu um bilhete antes de irmos para a arena. — Verona uniu as mãos com a bolsinha branca pendurada entre elas. Os braços de Cleo se arrepiaram com a menção do nome. — Tinha um endereço e uma mensagem nele. Ganesh pediu para que eu prestasse atenção em você. Não queria que ficasse sozinha caso ele não voltasse para casa...

Ganesh... tão preocupado e tão intrometido.

— Não precisava ter gastado seu tempo, nem seu dinheiro. — O desprezo transbordava de seus lábios, circundando suas palavras. — Estou saindo da Itália. Não me procure, não tente achar meu número e muito menos finja que se preocupa comigo. Se já conseguiu o que queria, pode ir.

— Eu acabo de chegar e você quer me expulsar? — Verona emitiu três estalos com a língua, em tom de negação. — Que feio, Cleo. Você tem um jeito muito peculiar de tratar as visitas....

— Você não é uma visita — contestou ela. — É uma intrusa que entrou sem minha permissão, e eu não estou disposta a conversar agora.

Cleo deu um passo para o lado, abrindo caminho para Verona seguir até a porta.

Mas ela não obedeceu.

— Perdão. — Verona encolheu os ombros. — Entendo que o momento é delicado, devo estar chegando em hora errada. — *Você nem faz ideia.* — Mas fiquei preocupada.

Ela estava mentindo. Desde a primeira vez em que se encontraram, Cleo deveria saber que suas palavras não passavam de estratégias de manipulação. Verona não se preocupava com ela. Não se importava com Cleo de verdade. Só queria uma aliada poderosa ao seu lado, alguém que pudesse conjurar um exército de fantasmas a qualquer hora. Era assim que Cleo a via a situação. Era assim que as coisas funcionavam com Verona.

— Você acha que preciso da sua falsa preocupação? Das condolências? É isso que pensa? Que você vai mexer as cordas e eu serei sua marionete de novo? — enfrentou ela. — Eu te ajudei e isso acabou comigo! Eu fui contra *tudo* pra te salvar! E eu… Eu quase comecei a *gostar mesmo* de você. — Cleo se aproximou dela, falhando em domar o leão que rugia dentro de sua cabeça. — Você causou esse estrago.

Os lábios de Verona, aqueles lábios quentes e acolhedores, que transmitiram conforto para Cleo em um passado recente, se fecharam antes que pudessem dizer algo. Verona tomou tempo para observá-la, como se não soubesse o que dizer. Cleo havia conseguido roubar as palavras de alguém que sempre sabia exatamente o que falar.

— Você está chateada — reparou ela, parecendo conformada. — Tudo bem. Eu entendo. Tem toda razão. Mas minha preocupação não é falsa, Cleo. Creio que esteja me interpretando errado. Eu sei que você não quer me ver agora, mas eu tinha que tentar falar com você antes de te perder de vez. — *Como você poderia me perder? Como? Se nunca me teve?* — Eu não sei se eu estou disposta a desistir de você agora.

— Deveria.

Verona a encarou, sem entender.

— O que?

— Deveria desistir de mim. — As lágrimas começaram a brotar novamente. Lágrimas de dor e ódio. — Você causou uma guerra para recuperar uma vida que já tinha acabado. Tem noção de quantas pessoas colocou em risco? Dos limites que cruzou? Pessoas morreram para que *você* pudesse sobreviver. A sua vida vale mais que a deles? Ou você só sabe pensar em si mesma?

— Não fale assim — pediu Verona, acuando-se. — Sabe por que fiz o que fiz. Sabe o que significa para mim estar aqui.

— É. Eu sei. — Engoliu em seco. — Mas isso não muda o que aconteceu. Isso não trará Ganesh de volta.

— Você entrou nisso porque quis, Cleo. Eu nunca te obriguei.

— Você me manipulou!

— Não. Você *quis* sua vingança.

Verona abaixou a cabeça.

— Olha, sei que não foi justo — admitiu ela. — Eu tentei evitar que isso acontecesse. Fui sozinha até aquele Baile de Consagração porque não queria ver pessoas morrendo por minha causa. Isso saiu do controle, eu sei. — Verona passou o dedo pela linha dos olhos, impedindo a lágrima de borrar sua maquiagem perfeitamente desenhada. — Mas a pior parte é saber que magoei alguém de quem eu gosto.

Uma onda fria repuxou seu estômago.

— Gosta de mim?

— Ora, por favor, como pode escolher não ver o que está na sua frente? — Em um ato repentino, Verona tentou tocar seu rosto, mas Cleo afastou sua mão. — Eu sei que te decepcionei, mas vim aqui para tentar juntar os pedaços, mostrar que eu me importo. Entretanto, pelo jeito como você me olha, parece que não vou conseguir fazer isso.

— Não, não vai — reafirmou Cleo. Ela não entendia como Verona conseguia despertar tantos sentimentos incomuns, coisas que ela não estava acostumada a lidar. Se aquilo que havia entre elas era temporário desde o início, se Cleo jurava que havia conseguido reprimir suas expectativas, então por que sentia algo arder em sua garganta toda vez que engolia? — Volte para a osteria — aconselhou a conjuradora. — Proteja todo mundo que sobreviveu. Você deve isso a eles.

— Vai viajar ainda hoje?

Cleo somente assentiu, limitando-se ao simples gesto.

— Boa viagem, então — desejou ela, tirando um cartãozinho da bolsa para deixar sobre a mobília. — Para caso precise de ajuda — apontou para o pedaço de papel com a logo da osteria, indo a caminho da saída.

— Espero que encontre a paz que merece, Von Barden.

Cleo virou a chave. Olhou para ela uma última vez e, com um suspiro pesado, abriu a porta.

— Espero que faça essa vida valer a pena o sacrifício, Verona.

Com um olhar anuviado, ela passou pelo limiar e deu às costas à Cleo. Sem mais declarações ou insistências. Verona parecia entristecida, mas decidida a respeitar seu ponto de vista.

Quando Cleo fechou a porta, a casa voltou ao monótono estado de silêncio que ela havia aprendido a repudiar. Sua vida seria assim para sempre? Uma montanha-russa que a fazia perder as melhores pessoas que conhecia?

Ela escorregou as costas na porta e se sentou no chão. Recolheu os joelhos, abraçando-os, com a cabeça apoiada para trás.

Quando ela finalmente seria livre? Livre da cúpula? Dos seus traumas? Do luto? De todos os arrependimentos?

Cleo havia retirado as algemas que Balthazar colocara em seu pulso. Mas, por alguma ironia do destino, ela ainda podia sentir que havia uma delas apertando seu braço, acorrentando-a aos seus piores dias do passado.

Ela precisava virar a página. Seguir em frente.

Porém, ainda não sabia como fazer isso.

Balthazar

Cidade de Roma, Itália

Balthazar colocou suas bagagens dentro do porta-malas do táxi. Seis sentinelas estavam enfileirados na porta do hotel, convocados especialmente para levar os conselheiros até a estação de trem.

A morte de Edgar havia deixado Tessele mais fria e distante do que já costumava ser. Ela não falou com ninguém desde que soube o que havia acontecido — e, para piorar, ela tivera de ouvir a notícia vindo da boca de Balthazar.

A primeira coisa que Tessele disse assim que processou o acontecimento ainda ecoava por sua cabeça.

— Quando chegarmos em Roma, convocarei uma reunião para discutir seu caso, Balthazar. É melhor que esteja preparado.

O estrago que fora causado era quase incalculável. Ingrith Bingham estava com a testa enfaixada depois de ter sido acertada por uma anarquista. Garota ruiva, de mão pesada, dizia ela. Ling e Helle estavam silenciosos e abatidos. Nenhum deles quis interagir com Balthazar desde que ele havia retornado da arena com nada além de notícias ruins e homens feridos.

A polícia chegou ao anfiteatro logo que os fantasmas desapareceram junto com a conjuradora da morte. Ambulâncias foram chamadas para retirar os corpos e tratar aqueles que precisariam de pontos. Normalmente a cúpula não envolvia as forças institucionais fora da sociedade de conjuradores, mas aquele era um caso especial em que não conseguiriam esconder o que havia acontecido.

A maioria dos sentinelas deu depoimento à polícia, mas a situação era tão absurda e inexplicável que nem mesmo os militares conseguiram entendê-la.

— Então você está dizendo que essa mulher tentou te atacar com... flores? — perguntou o homem de farda, anotando a história numa caderneta.

— Foi o que eu disse.

— Belladonnas?

— Sim.

Pela expressão do policial, a suspeita mais óbvia era de que os envolvidos estavam sob efeito de álcool ou drogas alucinógenas, o que poderia ter a ver com o pólen das flores roxas distribuídas pela arena.

Nada fazia muito sentido, pelo menos não para alguém que estivesse fora das competências da sociedade mágica. Assim como na maioria dos episódios conflituosos que alguns conjuradores já tiveram com a polícia, o caso provavelmente seria arquivado e resolvido com uma multa para reparar os danos causados. Por isso, o assunto deveria ser tratado pela cúpula.

Balthazar entrou no banco traseiro do carro, vendo Ling e Ingrith conversando na recepção do hotel. Se antes eles já não confiavam em seu discernimento, agora achavam que Balthazar era o cerne de todo o prejuízo.

Seu carro foi o primeiro a sair, seguindo direto para a estação de trem mais próxima.

Balthazar DeMarco teria sete horas de viagem até que pudesse conhecer sua trágica sentença final.

— Quinze mortos e dezenas de feridos. — Helle estava com o relatório nas mãos, contabilizando todos os problemas gerados pelo infortúnio do baile de outono. Os óculos de grau que usava eram redondos e transparentes, apoiados no centro do nariz. — Devemos bancar uma indenização que ultrapassa sessenta milhões de euros, incluindo reformas no hotel, no anfiteatro e apoio às famílias afetadas pela catástrofe.

Balthazar esperava pelo momento em que a culpa seria jogada em suas costas. Era inevitável, ele sabia. Desde que havia voltado para Roma, para a cúpula, ele pensou em meios para tentar reduzir sua pena. Todavia, estava certo de que, por mais convicto que seu argumento fosse, os conselheiros já deviam ter uma ideia de qual seria sua punição mínima. E, depois de tudo, ele imaginava que uma algema bloqueadora não seria suficiente.

Na sociedade de conjuradores de magia, ninguém tinha direito a um advogado. A palavra do conselho era a palavra suprema, aquela que deveria ser ouvida e respeitada, aquela que precisaria ser obedecida. Desde sua criação, nunca ocorreram mudanças. Era a tradição. A cúpula ainda funcionava do mesmo modo de sempre, dentro das antigas burocracias e dos velhos termos.

— É inevitável afirmar que o baile de outono desse ano acaba de marcar uma das maiores calamidades na história da cúpula — relatou Helle, repousando os papéis no colo. — A perda do conselheiro Edgar Aldmin e do herdeiro da cadeira Sahlberg, Ganesh Rachid Salhberg, é arduamente lamentável. Conselheira Tessele, há algo que queira falar?

Tessele estava vestida de preto dessa vez. Não havia maquiagem em seu rosto, nenhum traço de vaidade. Apenas olhos inchados e luvas de renda em suas mãos.

— Como gostaria de se declarar, Balthazar DeMarco? — cuspiu ela, dirigindo a palavra ao homem no centro do salão. — O senhor causou tudo isso. Acha que consegue se defender dessas acusações?

Pela expressão da conselheira, não importava o que ele dissesse, sua sentença não seria alterada. Mesmo assim, parecia que ela queria vê-lo implorar pelo perdão que jamais conseguiria conquistar.

— Com todo respeito, conselheiros... — Balthazar iniciou sua defesa, embora soubesse que havia muito pouco a seu favor. — O ataque era de autoria anarquista. Sabíamos que isso aconteceria, não sabíamos? — *Cogitamos, na verdade.* Até então, Balthazar sabia que Cleo e Verona estavam agindo em conjunto, mas jamais poderia ter imaginado que existia uma força anarquista agindo por trás das duas. — Tivemos a chance de nos precaver. Falhamos. Creio que seja justo lidarmos com as consequências todos juntos.

— União? — interrompeu Tessele. — Quer me falar de união, senhor DeMarco? Meu marido está morto. O ataque sofrido no baile de fim de ano estava estritamente relacionado com o seu caso criminal. Te oferecemos uma chance de consertar a situação miserável em que colocou a integridade desse conselho, mas você não só perdeu a prisioneira como, aparentemente, perdeu a Aniquiladora também. Vê quantos problemas trouxe a nós?

Ele pensou duas vezes antes de pronunciar qualquer palavra. Havia grandes chances de que pudesse acabar sendo mais sincero do que deveria, e não era isso que precisava no momento. Balthazar não ressentia a morte de Edgar, nem por um minuto. Poderia parecer egoísta de sua parte admitir, mas, se Tessele não estivesse no conselho, provavelmente ninguém mais estaria chorando sobre seu cadáver.

— Ainda há três dias até meu prazo terminar, vossas excelências — relembrou do primeiro julgamento, da validade de um mês que fora oferecida para sua redenção. — Peço que respeitem o tempo estimado.

— Já foi decidido — rebateu Tessele, erguendo a mão em um pedido de silêncio. — Este conselho se reuniu sem sua presença e chegou a um acordo unânime. Ingrith, por favor, faça as honras.

Diferentemente de Tessele, os olhos de Ingrith carregavam algo que se assemelhava a compaixão. Ela fitou Balthazar, deixando os segundos de silêncio se estenderem como se estivesse tentando poupá-lo do que viria a seguir.

— Balthazar DeMarco, alto conselheiro da cúpula, mestre nas artes da magia da natureza e um dos seis conjuradores designados para mentorear novos aprendizes, o senhor acaba de ser expulso da sociedade de magia, e será impedido de frequentar qualquer evento relacionado à cúpula ou sequer pisar dentro das instalações do prédio novamente — pronunciou a conselheira, adquirindo a postura autoritária que seus olhos contradiziam. — Uma algema bloqueadora de magia será colocada em seu pulso. A cadeira da família DeMarco está banida desse conselho, e ninguém mais poderá assumi-la. Além disso, sua oficina será desmontada e setenta por cento dos custos da indenização serão inteiramente retirados dos seus fundos pessoais.

Uma faísca queimou dentro de Balthazar.

— O que disse, conselheira? — perguntou ele, como se o que tivesse ouvido não passasse de um erro de compreensão.

— Que parte precisa que eu repita?

Aquilo era muito dinheiro. Uma imensidão de dinheiro. Muito mais do que ele poderia pagar. Além disso, nenhuma cadeira de uma família fundadora jamais fora retirada do altar. Aquilo era um insulto aos seus antepassados, uma mancha para o sobrenome que carregava.

A cúpula havia tirado sua família. Eles poderiam dizer o que quisessem, mas a magia havia matado sua esposa e sua filha e a lei sagrada havia impossibilitado qualquer chance de um reencontro.

Agora, parecia que eles queriam tirar tudo que havia restado.

— Ling e Ingrith concordaram com isso? — Ele procurou alguma justificativa crível nos rostos dos conselheiros. Ling Yuhan sequer teve coragem de encará-lo. — Eu sei que errei em minhas escolhas, colegas, mas essa sentença está fora do sustentável. Os valores são muito altos, e não deveria ser possível retirar uma cadeira desse altar. Seria desrespeitoso. Seria uma terrível falta de comprometimento com a memória das seis famílias que prometeram erguer esse prédio. Seria um...

— Você tem algum herdeiro para assumir em seu lugar, conselheiro? — Tessele cortou, destilando o sentimento odioso que Balthazar sabia que estava corroendo-a por dentro. — Porque, até onde eu sei, Merlina DeMarco está morta.

Seu sangue borbulhou. Bastou uma simples menção, e ele sentia que se afogaria no próprio rancor. Balthazar se lembrou da promessa que havia feito para si mesmo, aquela em que a próxima pessoa que proferisse o nome de sua filha em tom pejorativo seria severamente punida.

— Devo lembrá-lo de que você não tem mais lugar para opinar sobre as decisões deste conselho, Balthazar — prosseguiu ela. — Sua sentença foi debatida e decidida. Nada que disser será capaz de mudá-la.

Helle bateu duas palmas, chamando a atenção do par de sentinelas parados à porta.

— As malas! — requisitou ela.

Os dois homens de preto saíram pelos portais duplos do salão circular e voltaram com uma mala de bagagem e uma maleta marrom.

Suas malas.

Ambas foram deixadas aos pés de Balthazar. Os sentinelas se retiraram da sala enquanto o ex-conselheiro abria o zíper da primeira mochila e dava de cara com alguns dos seus protótipos. Uns mais antigos, outros mais novos.

Ele piscou devagar, a raiva subindo como bile pela garganta. Odiava quando mexiam em suas coisas sem pedir permissão.

— Sua oficina começou a ser desmontada enquanto a reunião estava em vigência. Terá dois dias para levar tudo que precisa — declarou Helle.
— Em consideração aos seus antepassados, o que foi declarado no julgamento não será divulgado. Os aprendizes reconhecerão sua renúncia ao cargo como consequência do luto. Concorda, senhor DeMarco?

Mentirosos. Eles não tinham consideração por aqueles que ocuparam a cadeira DeMarco antes de Balthazar, só estavam protegendo a reputação do conselho, mantendo em sigilo o fato de que um deles havia violado a lei sagrada.

Balthazar olhou bem para eles. Para cada um deles. E concluiu que não os reconhecia mais. Queria acreditar que a situação não passava de uma piada de mau gosto, mas o que havia sido dito naquela reunião sequer poderia ser tratado como brincadeira. Do dia para a noite, tornou-se difícil imaginar que Balthazar já os havia considerado como colegas, aliados, alguns até como *amigo*s.

— Sabe, eu também gostava de brincar de Deus quando estava aí em cima. — Balthazar armou-se com todas as opiniões que reprimiu, pela primeira vez sem medo de expressar os pensamentos sujos que havia guardado dentro de uma caixa lacrada. — Mas, estando aqui embaixo, posso ver o quão fúteis nós continuamos sendo. E eu só me incluo nessa frase porque sei que também não sou passivo de anistia.

— Por favor, tente compreender. Nós confiamos em você quando te oferecemos uma segunda chance — falou Ling, finalmente se manifestando sobre a decisão. — Queríamos que pudesse retornar. Tentamos de tudo para ajudá-lo. Mas isso foi longe demais, amigo...

— Não. — Balthazar negou com a cabeça. — Vocês *nunca* confiaram em mim. Era só um jogo político. Não queriam que os outros conjuradores descobrissem sobre toda a corrupção que acontece aqui dentro, todas as injustiças que cometemos ao longo dos anos. Era com isso que estavam preocupados, não comigo.

— Lamentamos, Balthazar, mas você conhecia as regras e mesmo assim as descumpriu — pontuou Ingrith. — Você não nos deu escolha.

— Vocês não lamentam — retrucou ele, quase que instantaneamente. — Eu sei que não. Eu já estive aí, onde vocês estão. — Apontou para eles. — E eu *sei* que, na verdade, nenhum conselheiro se importa. Tudo que fazem é fingir. E, nisso, vocês são ótimos.

— Cuidado com o que diz — repreendeu Tessele. — Está falando com seus superiores agora.

Não. Ela estava enganada. Balthazar não os via como superiores, muito menos como figuras de autoridade. Se a cúpula havia sido um dos seus maiores objetos de idolatria alguma vez, ela já não podia ser classificada da mesma forma.

Ele estava cansado de seus jogos de poder e vaidade, das peripécias que circundavam o conselho. Portanto, Balthazar DeMarco pegou a mochila que havia sido entregue a ele, deixada como se fosse uma bagagem para ser despachada junto ao seu dono, e abriu o zíper.

— Devo admitir que não gosto dessa decisão... — começou ele, afundando o braço dentro da mala. — Mas, às vezes, somos obrigados a fazer coisas de que não gostamos por uma crença maior. E, às vezes, algumas coisas já passaram da data de validade.

— Se não tem nada de útil a dizer, Balthazar — começou Tessele —, o conselho pede que se retire do salão circular imediatamente.

— Tem razão. Não tenho nada de útil a dizer. — Ele puxou a Caixa de Pandora de dentro da mochila. Seu acabamento dourado metalizado reluziu sob as luzes do salão. — Mas certamente eu ainda não fiz tudo que queria fazer.

Ingrith ergueu uma sobrancelha.

— O que pensa que está fazendo, DeMarco?

— Da última vez, não tive a oportunidade de encerrar minha demonstração adequadamente para vossas excelências — ressaltou, repousando a mochila em seu lugar de origem. Ele segurou a caixa com as duas mãos, portando-se diante do conselho.

— Vá direto ao ponto — exigiu Helle, massageando a própria têmpora. — O que quer dizer com isso?

— Era uma vez, seis conselheiros... — iniciou ele. — Um deles cometeu um terrível erro, algo que abalaria a sociedade de magia para sempre.

— Basta de divagação, Balthazar — Tessele se prontificou. — Você está dispensado. Não escutou?

— Esse conselheiro fez de tudo para recuperar a confiança de seus colegas de trabalho. — Ele desconsiderou a interrupção de Tessele. Os olhos de Ingrith se estreitavam à medida que Balthazar falava. — Mas acontece que nenhum deles era muito melhor do que o conselheiro que havia sido julgado.

— Você teve sua chance e a desperdiçou! — Tessele espalmou a mão no braço da cadeira, visivelmente irritada. — Cavou a própria cova, Balthazar DeMarco!

— Muito pelo contrário, conselheira Marivaldi. Foram vocês que condenaram a si mesmos.

Quando Ingrith finalmente se deu conta do que estava prestes a acontecer, arregalando os olhos, já era tarde demais.

Balthazar abriu a tampa da Caixa de Pandora, puxando todos os males do mundo para dentro dela.

Primeiro, a alma de Helle Sahlberg.

Segundo, a alma de Ingrith Bingham.

Terceiro, a alma de Tessele Marivaldi.

Quarto, a alma de Ling Yuhan.

— Me perdoe — silabou, antes que Ling fosse inteiramente arrancado do próprio corpo. — Lembrarei de você, velho amigo.

Por fim, como se tivessem sido sincronizados, os quatro cadáveres tombaram para frente, caindo de seus tronos.

Ele trancou a caixa para que nenhum deles jamais pudesse retornar e jurar vingança.

Seu coração estava disparado, suas mãos estavam suando, mas ele sabia o que precisava ser feito.

Quando os sentinelas que estavam no salão tentaram avançar contra ele, Balthazar somente tirou o colar do Olho de Medusa de dentro da camiseta. Abriu o pingente, revelando a esmeralda escondida dentro dele. Em uma fração de segundo, todos haviam se transformado em pedra. Um olhar era o suficiente para fazer qualquer pessoa ser afetada pela magia incrustada no pingente.

Nenhum conjurador jamais voltaria a ser feito de carne.

Balthazar abriu os portais do salão. Antes que mais sentinelas notassem que ele era uma ameaça, o ex-conselheiro usou o colar para petrificá-los, andando pacientemente pelos corredores. Fez isso com todos os soldados que encontrou a caminho da biblioteca. Não poderia deixar testemunhas, seria estupidez de sua parte. Por isso, ele contabilizou, ao todo, sete estátuas de mármore branco.

— Eva? — chamou, assim que entrou na biblioteca.

Ela tem que estar aqui. Sempre está aqui.

— Eva, está por aí? — Ele viu que havia alguns livros espalhados pelas mesas, fora das prateleiras. — Eva?

— Nunca ouviu dizer que se deve fazer silêncio na biblioteca, conselheiro? — De repente, ela saiu do meio das estantes, com um livro de magia da natureza nas mãos.

Balthazar conhecia aquela capa. Era seu antigo livro de consulta.

— Por Deus, Eva, responda quando eu chamar!

— Calma, homem! Por que está bravo assim? — Ela abraçou o volume. — O que aconteceu?

— Vá para o estacionamento. Use a saída lateral e me espera lá fora. Corra o mais rápido que puder e não olhe para trás — instruiu ele. — Me ouviu bem, Eva?

A garota arregalou os olhos.

— O que aconteceu? Você não está me contando alguma coisa!

— Eva. — Ele segurou seus ombros, olhando no fundo de sua íris castanha. — Corra para fora agora! — disse, com uma pausa entre cada palavra proferida.

O tom de Balthazar estava longe de ser ameno. Diante daquela ordem, ela não fez mais perguntas. Eva recolheu o máximo de livros que pôde e saiu disparada pelo corredor.

Cada minuto que passava era um minuto perdido. Assim que ela sumiu de vista, seguindo suas instruções, ele apressou o passo. Tinha uma ideia na cabeça, motivada pela adrenalina que tomava conta de cada uma das suas células. Se conseguisse executá-la a tempo, poderia ter uma chance de fugir da cúpula e nunca ser tido como suspeito.

Balthazar abriu os portais do salão circular, escancarou-os impacientemente. Precisaria ser ágil se quisesse se livrar de todas as provas que poderiam ser usadas contra ele.

Primeiro, ele pegou o cadáver de Tessele. Carregou-o em direção a Sala de Narciso. Deixou-o ali, onde poderia retornar para pegá-lo, e voltou para o ponto de partida, repetindo o processo com o corpo de Helle.

Ele a jogou por cima do ombro, rangendo os dentes. Certamente não tinha mais força para carregar pessoas adultas no colo. Mesmo assim, Balthazar arranjou disposição para fazer isso com os quatro conselheiros, um por um, até suas costas doerem. O último passo foi abrir a cobertura da piscina espelhada.

O líquido prateado cintilou pela sala, brilhante e pastoso como ele se lembrava. Aquela sala fora um dos motivos de seu maior orgulho desde sua inauguração. Era triste ter de se despedir tão cedo.

O ex-conselheiro esperou até que a piscina estivesse completamente aberta. Assistiu à cobertura se retrair, sem pressa para ir embora, sabendo que não a veria uma segunda vez.

No momento em que a totalidade da piscina se revelou para ele, Balthazar despejou os quatro corpos dentro dela.

Tessele. Ingrith. Helle. Ling. Todos mergulharam.

Em pouco tempo, a carne apodrecida seria dissolvida e desapareceria. Era a melhor forma de limpar seus rastros, porque ninguém nunca acharia provas sobre o paradeiro dos cadáveres.

Balthazar espalmou as mãos uma na outra, limpando-as. Assistiu aos corpos afundarem, certificando-se de que não estariam visíveis caso alguém resolvesse abrir a cobertura da piscina após sua saída.

Com isso feito, o ex-conselheiro só tinha uma última situação para resolver.

A porta da oficina estava destrancada quando ele chegou, causando-lhe a pior de suas crises de cólera, porque era óbvio que alguém havia revirado suas coisas. Ao entrar, Balthazar pegou o máximo de garrafas de álcool concentrado que conseguiu achar. Separou-as. Depois, foi até seu armário, encontrando a caixa que guardava seu dedo decepado. Sabia que já estava mais do que na hora de parar de interpretar o papel do homem arrependido.

Com um pouco de cola para madeira, Balthazar DeMarco encaixou o dedo de volta no lugar.

Ele era um conjurador duplo. Da natureza e da morte. Dos vivos e dos infernais. Ele era um pecador e estava cansado de lutar contra o título.

Balthazar despejou cada gota de álcool pelo salão circular. Guardou as garrafas vazias na terceira mala que levava consigo, apenas para não levantar suspeitas.

Com as malas feitas e os rastros encobertos, ele voltou à oficina. De lá, pegou um isqueiro, guardou-o no bolso, e, ao chegar no destino final, acendeu sua primeira faísca.

Balthazar DeMarco queimou o salão circular. Queimou as seis cadeiras. Queimou a placa de metal com a lei sagrada. Queimou tudo.

Ele saiu andando, deixando o fogo se alastrar pela cúpula. Quanto mais ele consumisse, melhor seria.

— Quando você vai me dizer o que está acontecendo? — perguntou Eva, no banco do passageiro da caminhonete. Balthazar girou a chave no contato.

— Um incêndio — disse ele, abaixando o freio de mão.

Eva soltou um suspiro de susto.

— Minha mãe! — gritou ela. — Onde está minha mãe?!

— Não há mais tempo. Eu preciso te tirar daqui primeiro, Eva. — Deu a partida no carro. — Fique calma. Tudo irá se acertar. Estou aqui com você.

O choro no rosto da garota partiu seu coração em milhares de pedaços. Balthazar sabia como era perder a família, como era se sentir solitário. Mas Eva estaria melhor sem eles, longe de Edgar Aldmin e Tessele Marivaldi.

Porque Balthazar jamais a deixaria sozinha.

Quando o carro ultrapassou o portão de saída, com as dezenas de caixas de protótipos colocadas pelos sentinelas balançando na traseira da caminhonete, Balthazar sentiu aqueles familiares calafrios subirem pelas costas, desenhando sua coluna; uma sensação que ele nunca imaginou que teria novamente.

Olá, morte.

Aquele era o fim de seus dias de impotência, dos seus ossos do ofício. A partir dali, ele mesmo escreveria as leis que deveria seguir, porque era o maior criminoso que a cúpula teria o azar de conhecer.

Um conselheiro. Um mentor. Um homem que não só costumava colaborar com o sistema, mas reiná-lo.

Balthazar DeMarco havia acabado de instalar a era da anarquia na sociedade de conjuradores da magia.

Cleo

Cidade de Roma, Itália

Cleo pisou na plataforma da estação de trem, segurando uma mala nas mãos e carregando uma mochila nas costas. O painel brilhava para ela, piscando os nomes dos diversos destinos disponíveis para viagem.

A estação estava cheia e o ferimento em seu braço ainda ardia de vez em quando. Cleo viu algumas pessoas se abraçando, despedindo-se uma das outras, malas de rodinhas sendo puxadas por viajantes e crianças com bichos de pelúcia sendo arrastadas por pais que estavam atrasados para embarcar no trem.

Ela respirou fundo e voltou a ler os nomes na tela. Lembrou-se de todos os planos que havia feito com Ganesh sobre desaparecer do radar da cúpula para, de uma vez por todas, ter o poder de escolher qual direção sua vida tomaria.

Se alguém tivesse dito a ela que o sonho de se libertar da sociedade de magia se estendia a Ganesh, Cleo não teria acreditado.

Ela ainda se perguntava como havia deixado aquilo passar. Ganesh era ótimo em muitas coisas, mas esconder segredos definitivamente não era uma delas — ou, pelo menos, era o que ela achava.

Como ela não leu os sinais? Como não percebeu o que toda a preocupação que ele tinha sempre que Cleo saía em missão significava? Por que ignorou a forma como ele não confiava nos conselheiros?

Agora, só havia mais uma pessoa à sua frente na fila para a bilheteria e Ganesh não estava aguardando ao seu lado.

Ela ficou estagnada diante do painel por vinte minutos, decidindo em qual cidade se hospedaria até que tivesse um plano melhor. Pela primeira vez, se sentiu incomodada pela própria independência. Ela estava sozinha, atirada ao mundo, à mercê do desconhecido. Por dois anos, tudo que Cleo conheceu foi Roma, a cúpula e sua velha casa de aluguel. Estivera amarrada ali, sem poder ir a lugar algum. Agora, poderia viajar para qualquer continente.

Anos antes, ela teria desaparecido sem pensar duas vezes, como fez para sair de casa. Mas seus planos haviam sido destruídos, Ganesh não estava ali, e lidar com o luto não era uma tarefa fácil.

Cleo Von Barden estava quebrada e sem companhia. E talvez ela pudesse se tornar um perigo para si mesma.

Era frustrante ter que partir sozinha. Para piorar a situação, Cleo não se satisfez com sua escolha de viagem. Algo lhe dizia que estava traçando o caminho errado, que Ganesh teria tido uma ideia melhor. Porém, como não tinha meios para consultá-lo — nem nessa ou em qualquer outra dimensão do universo — seguiu o impulso que insistia em direcioná-la para um dos caminhos mais imprudentes que poderia selecionar.

— Só uma, por favor — pediu Cleo.

A funcionária passou uma passagem de trem por baixo do vidro do caixa, com o nome do destino marcado nela.

Uma sensação estranha borbulhou em seu estômago.

Cleo se direcionou à plataforma final, sentou-se em um dos bancos de madeira e prendeu sua mala entre os pés enquanto observava os trilhos vazios, no aguardo do próximo trem.

Havia pensado muito sobre aquilo durante o caminho até a estação. Ela encarou novamente o nome marcado na passagem, destacado em negrito e em caixa alta. Queria poder mentir para si mesma e fingir que a certeza de que aquilo daria certo era mais cristalina do que água.

Mas não poderia.

Quando o barulho do atrito dos trilhos se tornou audível, Cleo se levantou, puxando sua bagagem de mão até a entrada do trem. Entregou a passagem, tomou seu assento e apoiou a cabeça na janela.

Por um breve momento, ela fechou os olhos. Podia imaginá-lo ali, cutucando-a enquanto mordia algum tipo de barrinha de cereais. Ganesh faria falta, e o tempo só seria mais cruel com Cleo.

Ela sabia, bem lá no fundo, embora não gostasse de admitir, que aquele buraco jamais seria fechado novamente. Quase conseguia ter compaixão pelo luto de Balthazar — *quase*, mas ainda não sentia remorso por tê-lo feito sofrer.

Para alguém como ela, só restava um caminho a ser seguido.

E Cleo Von Barden estava indo direto para ele.

45

Balthazar

Cidade de Roma, Itália

Com um fast food à beira da estrada e um copo de álcool na mão. Balthazar não tinha mais nada a perder além da própria sanidade.

Eva mordeu o primeiro pedaço do hambúrguer que havia pedido. Estava exausta, os olhos pesados e cheios de sono. Balthazar não podia tirar sua dor, mas ao menos conseguia fazer algo para matar sua fome.

— O lanche está gostoso? — dirigiu-se a ela, assim que Eva terminou de mastigar.

— Até que sim. — Ela mordeu mais um pedaço.

Razoável, Eva quis dizer.

Balthazar devia ser uma das poucas pessoas que não conseguia frequentar nenhuma rede de refeições rápidas. Tudo era muito artificial, constituído à base de aromatizantes e produtos congelados. Para um velho amante da gastronomia como ele, a situação chegava a ser ofensiva. O ex-conselheiro havia trazido sua própria bebida, a única que sobreviveu ao incêndio, e escolhido forrar o estômago com ela até que encontrasse um ponto de alimentação decente.

— Para onde estamos indo? — Eva lambeu os dedos lambuzados de queijo, sugando o refrigerante pelo canudo.

— Logo você verá.

Na verdade, Balthazar não sabia qual rota tomar. Ele havia cometido outro crime, um crime mil vezes mais grave do que o anterior, e ninguém sabia do seu envolvimento. Era o único conselheiro vivo, o último dos seis. Se o encontrassem, seria óbvio que Balthazar tinha culpa, não haveria o que contestar. Ele precisava, mais do que nunca, desaparecer de vista.

— Você não está assustado? — perguntou Eva, de boca cheia. — Foi tudo muito de repente. Num minuto eu estava na biblioteca, no outro eu tive que sair correndo sem nem saber o que tinha acontecido...

— É difícil de digerir — confessou Balthazar. O sentimento era verdadeiro. — Mas não deixe suas costas pesarem com preocupação. Estaremos a salvo em breve.

— Não entendo — reclamou ela, deixando seu lanche no prato. — Por que não fomos para casa? Por que estamos saindo da cidade?

— Alguma coisa aconteceu na cúpula. Tenho minhas suspeitas, mas todo cuidado é pouco. As coisas andam incertas. Isso pode ser mais perigoso do que parece.

— Foram os anarquistas?

— Acredito que não.

— Não?

Não era fácil esconder a verdade dela. Eva era a última pessoa que havia sobrado, a única que ainda acreditava nele. Mas ela deixaria de confiar em Balthazar se soubesse o que ele havia feito.

Um ponto de luz que se apagaria se ele não a mantivesse no escuro.

Ele precisava cuidar dela. E, para isso, Eva precisava estar ao seu lado.

Havia algo profundo e obscuro dentro de Balthazar, que ele tentaria esconder dela o quanto pudesse. Porque, depois de tudo que aconteceu, Eva era a família que ele não poderia perder; a filha que ele jamais deixaria partir.

Seu recomeço.

— O salão circular começou a pegar fogo de repente. — Balthazar elaborou sua mentira. — Os conselheiros ficaram cercados em questão de minutos. Eu, por sorte, consegui alcançar a porta, e corri para ir até você antes que a situação se tornasse mais séria.

— Você não viu quem fez isso?

— Não.

Eva apertou os lábios, abaixando a cabeça.

— Acha que foi proposital? — cogitou ela. — Que alguém de dentro pode ter feito isso?

— Tudo é possível.

— Eu queria saber se eles estão bem... — choramingou. — Acha que todos morreram? Que os conselheiros...?

— Não posso assegurar nada, Eva. — A saliva desceu pela sua garganta como pequenos cacos de vidro, cortantes e afiados, fazendo-a sangrar a cada palavra mentirosa que corria por ela. — Será melhor se conseguirmos encontrar um abrigo até termos mais notícias.

A garota concordou com a cabeça, voltando a comer seu hambúrguer.

Não havia muitas pessoas na lanchonete. A noite se acomodava do lado de fora, essencialmente fria, afastando as nuvens com sua chegada. Balthazar achou melhor parar de beber antes que o sono o impedisse de continuar dirigindo.

— Irei ao banheiro — avisou ele. — Não saia daqui.

O ex-conselheiro caminhou para os fundos, puxando a porta do lavatório masculino. Para sua sorte, o lugar estava deserto. Balthazar parou em frente ao espelho, lavou o rosto, secou as mãos e encarou o próprio reflexo. Precisava de tempo para pensar. Tempo para decidir o que faria. Tempo para elaborar um objetivo.

Onde estaria seguro? Em que lugar do mundo um criminoso poderia ter certeza de que não seria encontrado?

Junto a outros criminosos, sua mente sussurrou.

Era esse seu lugar agora? Entre os sujos? Os violadores de leis? Um mês foi tempo suficiente para fazer Balthazar trocar todos os valores que carregara durante anos dentro da sociedade de conjuradores por um caminho estreito e torpe. Ele deixou de ser um conselheiro renomado para se tornar um criminoso vingativo. Abandonou o título de protetor da magia para aceitar o rótulo de pecador da cúpula. Mesmo que enganasse os outros, não poderia enganar a si próprio.

Balthazar apertou os olhos. Afastou seus devaneios. Se pensasse demais, acabaria desistindo do que estava prestes a fazer.

Ele bateu a porta do banheiro e caminhou até a mesa em que Eva estava sentada. Ela terminava de beber as últimas gotas de seu refrigerante quando o ex-conselheiro chegou.

— Vamos embora — chamou ele, fechando os botões do casaco.

Eva largou seu prato, jogou o copo descartável no lixo e amassou os guardanapos usados. Balthazar abriu a porta da lanchonete para ela, que correu na direção da caminhonete, abraçando o próprio corpo para se proteger do frio.

Uma vez dentro do veículo, Balthazar pegou a via principal para atravessar as fronteiras de Roma. Ele tinha uma ideia de onde se hospedaria. Tudo que precisava era de um endereço. O resto, se resolveria sozinho.

Mas uma coisa era certa: ele nunca mais voltaria para a cúpula.

Verona

Cidade de Verona, Itália

Quase dez horas da noite. Verona havia acabado de retornar para a osteria, de mãos vazias e cabeça cheia. Abriu uma garrafa de vinho e esvaziou-a sozinha enquanto comia o pedaço de lasanha que havia encomendado na cozinha.

Ela não tinha motivos para lamentar o que não poderia ser mudado, e de nada adiantaria chorar pelo passado. Cleo podia ter razão, mas Verona tinha o que tanto lutou para recuperar. Ela não deveria se sentir mal. Não deveria pensar além do necessário, remoer coisas que haviam acontecido e que jamais seriam desfeitas. Portanto, colocou uma música na televisão — Brividi, do Blanco —, para que o barulho dos alto-falantes gritassem mais alto do que o remorso que invadia sua cabeça.

Ela acabou na cama por volta da meia-noite e dormiu até às nove horas da manhã seguinte. Acordou sentindo sua cabeça latejar, mas nada que um comprimido não pudesse resolver.

— Passou um furacão por aqui e eu não vi? — comentou Andréas assim que entrou no apartamento, vendo a garrafa tombada na mesa de jantar, a taça restando apenas algumas gotas de vinho, um prato com migalhas, um pano de cozinha jogado no balcão do bar e o tapete amassado.

— Acho que sim — respondeu ela, esticando o tapete da sala com os pés. — Furacão Verona.

— Vejo que o diamante continua aí. — Ele indicou seu colar com um movimento da cabeça. — Tome cuidado com ele. Não acha melhor guardá-lo?

Verona se sentou no sofá, massageando a têmpora.

— Sim, acho. — Cruzou as pernas sobre o estofado, tirando as sandálias. — Preciso de um novo esconderijo antes.

— Concordo.

Ela fechou os olhos, ainda se concentrando no pulso que fazia sua cabeça doer. Ouviu os passos de Andréas se aproximarem da sala.

— Posso trazer seu almoço, se quiser.

Ela negou.

— Tenho sobras de ontem. Está tudo bem.

Andréas soltou um suspiro audível.

— Isso tudo é por causa de Cleo?

Cleo. Cleo Von Barden.

O nome provocou arrepios.

— Vou ficar bem — assegurou, sem ter mais o que acrescentar.

Andréas enfiou as mãos nos bolsos da calça.

— Mande mensagem se precisar de algo.

Ele deu meia volta e fechou a porta.

Verona continuou no mesmo lugar, vendo, através da parede de vidro, a garoa molhar a cidade.

Ela havia feito o impossível para sobreviver. Havia iniciado um combate, colocado tudo a perder pela vida que não era sua, pelo corpo que não era seu.

A adega de Andréas devia estar cheia de pacientes para o mestre-cirurgião tratar. Da última vez que Verona fora visitar os anarquistas, a maioria estava ferida, com cortes na pele e lesões profundas, mas todos se recuperavam gradativamente bem.

Mesmo que a cúpula tivesse sido derrotada, Verona ainda não se sentia completa. Faltava algo. Uma parte sua que ela não sabia o quanto gostava até perdê-la.

Infelizmente, não existia nada que pudesse fazer para convencer Cleo a ficar.

Às oito da noite, o salão da osteria começava a ficar cheio. As luzes amareladas do bar foram ligadas, em contraste com a iluminação amena do resto do restaurante. O público começava a formar uma fila na entrada, grande parte composta por casais. Outros, como influenciadores e celebridades, eram encaminhados para a segunda entrada, com acesso à área restrita.

Verona havia colocado um vestido branco, calçando os saltos pretos da *Versace* que Andréas lhe deu de presente certa vez. Cumprimentou os clientes, conversou com alguns conhecidos e, principalmente, ajudou Andréas a receber o crítico gastronômico que esperava agradar naquela noite.

Como sócia, era seu trabalho ajudar a divulgar o negócio de Andréas. Muito embora Verona não estivesse no melhor de seus dias, sabia fingir o contrário. A maquiagem escondia suas olheiras e o vestido a fazia parecer mais confiante.

— Tudo bem? — Andréas a cutucou, falando baixo.

Verona assentiu.

— Foque no trabalho, querido. Não se preocupe comigo.

Com isso, ela partiu atrás da mesa circular onde alguns rostos familiares estavam acomodados.

Verona conhecia a maioria dos clientes desde que eles costumavam chamá-la de Coline. Agora que tudo havia mudado, ela se apresentava como uma nova investidora da osteria. Por mais que nenhum deles achasse que a conhecia, Verona não tinha dificuldades para reatar a amizade.

Ela se sentou à mesa e serviu-se de uma taça de Belladonna. Rebecca Lindsay, uma famosa blogueira de viagens, falava sobre sua última visita à Madrid enquanto bebia um Cosmopolitan. Verona se esforçava para manter a atenção na conversa, mas a verdade era que seus pensamentos não passavam de um rabisco em uma folha branca.

A música de fundo parecia mais interessante do que aquela conversa. Por isso, ela pegou a garrafa de Belladonna para encher seu copo pela segunda vez. Estava prestes a derramar a primeira gota de vinho na taça quando seus olhos enxergaram a silhueta que entrava pela porta da frente.

Rebecca continuou falando, mas Verona não a ouviu. Gentilmente, com um sorriso forçado, pediu um minuto de licença, saindo da mesa em direção a pessoa que havia acabado de entrar no salão.

A primeira coisa que ela fez foi entregar um papel à Verona.

— O que é isso? — perguntou, pegando-o para analisá-lo.

— Meu destino — respondeu Cleo, apontando para o nome destacado na passagem de trem. — O antigo ditado diz que "todos os caminhos levam a Roma". Parece que, no meu caso, todos os caminhos me levam a Verona.

— Achei que iria embora.

— Não consegui.

— Como assim?

Cleo olhou para os lados, para as pessoas conversando nas mesas.

— Podemos falar em outro lugar ou você está muito ocupada?

Verona procurou Andréas. Porém, não o viu em lugar nenhum. Foi atrás de Gemma, que cumprimentava um casal de clientes, velhos conhecidos da osteria.

— Estou saindo mais cedo — avisou. — Diga a Andréas.

— Por quê? — Gemma olhou para ela, procurando o motivo de sua evasão precoce. — Algo te incomoda?

Verona não disse nada, apenas apontou para Cleo com o queixo. Gemma entendeu o que aquilo significava na mesma hora. Evitou mais perguntas.

A mão de Cleo era fria contra a sua. Mesmo assim, Verona a puxou até o elevador do condomínio. No andar de seu apartamento, ela trancou a porta quando a conjuradora entrou. Cleo ocupou um lugar no balcão, permitindo que Verona preparasse um coquetel para ela.

— E então? — pressionou Verona, após alguns minutos de silêncio, selecionando a garrafa de bebida que usaria. — Você me mostrou aquela passagem de trem, entrou pela porta da frente... bem teatral, devo dizer. Sou uma grande admiradora de tudo que leva um pouco de poesia, você sabe.

Cleo somente levantou as sobrancelhas em compreensão, mas não se pronunciou.

— Permita que eu pergunte o motivo do seu retorno — disse, cautelosa com as palavras. — O que aconteceu?

Cleo olhou para o lado, através da parede de vidro, observando as luzes da cidade noturna.

— Eu ainda não sei para onde ir — admitiu ela. Cleo estava escondendo algo, Verona sabia que sim. Depois de todas as acusações que a conjuradora proferiu contra ela, aquela justificativa simplória não parecia plausível. — Acho que, assim que eu voltar a costurar aquele dedo, a morte vai vir atrás de mim, e ela não vai me poupar por ter extravasado minha magia naquela arena. Quero me reestabelecer antes de partir, e minha casa não é segura. Depois do que aconteceu, acho justo que permita que eu fique aqui por mais um tempo.

— Esse é o único motivo?

— Se eu tivesse outro, qual acha que seria?

Verona chacoalhou o coquetel, a mistura perfeita de fruta e álcool, depois derramou-o no copo.

— Seu quarto continua vago. — Colocou a bebida sobre o balcão, mudando de assunto. — Pode ficar com ele.

Cleo provou o conteúdo do copo, lambendo os lábios em seguida.

— Ótimo.

Havia tantas coisas que Verona queria dizer, tantas coisas que mereciam uma explicação, mas Cleo não parecia disposta a entrar em detalhes agora. Falava pouco, mal olhava Verona nos olhos, quase como se envergonhasse de ter voltado.

— Você disse que eu era egoísta — começou Verona, incapaz de manter suas angústias para si mesma. — Ainda acha isso?

— Nada mudou — disse Cleo, conforme Verona dava a volta no balcão para sentar-se ao seu lado. — Mas eu sei que também tenho culpa no que aconteceu. Escolhi te ajudar. Escolhi deixar Ganesh se juntar a nós. Se não fosse por mim, ele nunca teria ido ao baile.

— Eu nunca quis que essas coisas acontecessem. Eu sabia que a garrafa era problema meu e tentei recuperá-la sozinha. Não deu certo.

Cleo colocou o copo sobre a bancada.

— Não quero falar sobre isso.

— Cleo, por favor, escute...

A conjuradora apertou os olhos.

— Pare. Só pare. — Ergueu uma mão. Verona obedeceu, retendo suas palavras. — Olhar para você ainda me faz lembrar do que aconteceu com ele — disse, de uma vez, como se tivesse segurado aquele pensamento por muito tempo. — Ter aceitado ir atrás de você foi a missão que me libertou da cúpula, mas me tirou a pessoa mais importante que eu tinha. Isso está longe de ser razoável.

— Eu sei. — Verona mordeu a parte interna da bochecha. — Mas é tão ruim assim, estar aqui, comigo?

— Eu *não sei*.

— Não faça isso. — Verona sabia que não estava em posição de pedir nada, mas precisava de uma última chance para se posicionar. — Não finja que é indiferente a mim. Por que tem que tornar tudo tão difícil?

— Eu sei que você não é tão doce quanto aparenta. Você só me quer pelo que tem a ganhar com isso.

— Esse é o problema. Você não consegue acreditar que alguém goste de você de verdade — argumentou Verona. — Por quê? Por que faz isso?

Verona estava olhando para ela, mas Cleo não ousava virar o rosto em sua direção.

— Às vezes imagino onde eu estaria se não tivesse te conhecido. — Aquela simples sentença conseguiu feri-la mais do que o corte da ponta de uma flecha. — Porque você pode ter sido a melhor e a pior coisa que já me aconteceu.

Verona engoliu em seco.

A melhor e a pior.

— Acha que foi um erro? — arriscou. — Que tudo foi um erro?

Cleo sorveu mais um gole. Pequeno, dessa vez. Quase tímido. Como se beber daquela taça fosse errado.

— Não sei. — Cleo ainda evitava encará-la. — Ter perdido Ganesh foi um erro. Ter escolhido ficar em vez de fugir foi um erro. Ter te beijado foi...

— Um erro? — completou Verona.

— Você me deu algo que eu não sabia que precisava. Um calor, uma chama — continuou Cleo. — Eu deveria te odiar, mas não consigo. Porque, agora, eu quero te ter por perto toda maldita hora.

Verona perdeu a fala.

Finalmente, Cleo tornou o olhar para ela.

— Quer saber por que eu vim? A verdade?

Verona concordou.

— Eu não queria ficar sozinha. Senti falta das sensações que você causa. Senti *sua* falta. E, para ser honesta, isso é horrível. Porque eu deveria te deixar para trás e ir embora, mas eu não *consigo*.

As borboletas, que haviam morrido quando Cleo decidiu ir embora, voltavam a dançar no estômago de Verona.

— Se você me permitir ser um pouquinho egoísta, eu diria que isso é bom. Porque eu também estou sozinha e sentindo sua falta.

Cleo fitou-a, analisou-a. Parecia reflexiva. Verona a encarava como se os pensamentos de Cleo estivessem escritos em sua pupila. A conjuradora não elaborou nenhuma resposta além do silêncio; aquele que não dizia nada, mas significava mais do que aparentava. Mil suposições do que ela queria expressar por meio dele passavam pela cabeça de Verona.

As especulações cessaram quando Cleo se inclinou para beijá-la.

As palavras foram dispensadas. A conversa estabeleceu-se entre seus corpos. A mão de Cleo subiu até sua nuca, agarrando seu cabelo. Verona passeou por sua boca, deixou-a entrar. Aquilo era mais do que poderia pedir.

Quando o assunto era Cleo, Verona sentia algo diferente. Sentia falta dela. De suas respostas amargas que nunca eram levadas a sério por Verona. De seu jeito esnobe, mas decidido. De seus toques, porque foi a partir deles que tudo começou a mudar.

Agora, deslizando os dedos por dentro de seus cabelos, agarrando seu rosto para prendê-la contra seus lábios, Verona sentia seus ombros relaxarem, seu corpo amolecer. Poderia congelar naquele momento, viver dentro dele.

Se Cleo Von Barden era sua destruição, ela se permitiria ser destruída.

— Durma aqui — sugeriu Verona, quando os pulmões pediram por um pouco de ar. — Não vá para o seu apartamento. Não hoje. Durma comigo. Me deixe beijar suas cicatrizes até que elas sumam.

Cleo fixou-se em seus olhos, ainda tomada pelo efeito do beijo.

— Só se você não me deixar sozinha — pediu a conjuradora, sussurrando.

— Não deixarei. *Céus,* tudo que eu quero é ficar com você.

Sem saber se ela retribuiria o gesto, Verona puxou-a para dentro de um abraço. Talvez pudesse confortá-la daquela maneira. Nada que dissesse compensaria sua perda, então, com sorte, aquilo serviria como um remédio mais eficiente.

— Vamos consertar isso, só me dê mais tempo. Eu faço *qualquer coisa* pra tirar sua dor, Cleo. — prometeu Verona, apertando-a com mais força, como se ela fosse escapar assim que seus corpos se separassem. — É uma pena que eu tenha demorado uma vida inteira para te encontrar.

Cleo não hesitou ao envolver seus braços ao redor dela.

— Estou aqui agora. — Ela afundou o rosto no seu pescoço. — Você é o meu destino final, Verona.

Balthazar

Cidade de Verona, Itália

BELLADONNA. O PRIMEIRO RESULTADO DA PESQUISA FOI A IMAgem de uma flor roxa, com cerejas negras penduradas entre suas folhas. Quando a palavra "vinho" foi adicionada na barra do Google, a marca que Coline LeFair costumava investir antes de morrer apareceu na tela.

Uma garrafa de Belladonna custava cerca de 75 euros. Havia sido lançada no mercado poucos anos atrás, em um festival de bebidas — o mesmo em que o nome de Coline apareceu creditado junto aos organizadores do evento.

Andréas Vacchiano estava entre os principais responsáveis pela distribuição da marca — ou, como o ex-conselheiro costumava conhecê-lo, Dominique Dangelis. Agora que sabia que ele estava envolvido na coisa toda, com um simples clique no seu perfil do Instagram, Balthazar foi levado até a página da osteria, e soube exatamente para onde ir.

Eva estava dormindo, mergulhada em um sono profundo, com a cabeça deitada no vidro da caminhonete. Tudo o que a garota sabia era que a cúpula havia deixado de ser um lugar seguro. O ex-conselheiro não entrou em detalhes, mas tentou dar o máximo de explicações que podia.

Balthazar abotoou o sobretudo e bateu a porta do carro, deixando-o estacionado dentro do raio em que seus olhos poderiam encontrá-lo. Partiu até a fachada da osteria, mas não pôde avançar para dentro quando sentiu aquela vibração queimar a pele do dorso da sua mão.

Um campo de força.

Olhou para cima, perguntando-se o tamanho da extensão daquele bloqueio. Não conseguia determinar o ponto em que ele acabava ou começava. Todavia, observando com mais atenção, podia ver algo ondulando no ar, um detalhe que apenas alguém atento o bastante teria notado.

— Com licença. — Ele interrompeu um casal que estava prestes a entrar no restaurante. — Assim que entrarem, poderiam pedir para algum garçom chamar por Verona? Sou um velho conhecido. Gostaria de conversar com ela.

O casal assentiu, sorrindo. Balthazar se despediu com um agradecimento.

A noite na cidade parecia calma, algo que ele jamais teria em um lugar como Roma, que era sempre tão movimentada e apreciada; caótica e bela da sua própria maneira.

Balthazar não gostava do que estava fazendo. Mas, depois do que acontecera na cúpula, tinha certeza de que havia se tornado mais digno de repúdio do que qualquer anarquista. Além do óbvio, ele precisava de um lugar para Eva, e sua casa estava longe de ser um refúgio. E que lugar seria mais apropriado para fugitivos da cúpula do que junto aos maiores criminosos da sociedade de magia?

Os olhos de Verona se arregalaram assim que ela passou pela porta. Olhos castanhos-amarelados, os mesmos que Balthazar tanto havia desejado ver de novo.

Mas não daquela maneira.

Ela recuou um passo, como se quisesse fugir e clamar por ajuda, como se estivesse diante de um pesadelo e não pudesse obrigar a si mesma a acordar.

— Eu levantaria uma bandeira da paz se tivesse uma — disse Balthazar, quando Verona estava prestes a desaparecer de sua vista. — Creio que eu tenha notícias que vão te agradar.

Dessa vez, Verona passeou os olhos por sua figura, possivelmente procurando algum truque, uma prova de que ele queria atraí-la para outra armadilha.

— Pode procurar o quanto quiser — declarou Balthazar. — Não vai achar nada. Estou limpo.

— Esvazie os bolsos — exigiu ela.

O ex-conselheiro puxou o forro dos bolsos para fora.

— Limpo. — Deu ênfase.

Verona caminhou até os limites do campo de força, analisando-o mais de perto.

— Possui tantos brinquedinhos e não se deu ao trabalho de fabricar uma bandeira da paz mágica? — ironizou ela, embora não houvesse humor em sua voz. — O que quer aqui?

— Abrigo.

— Abrigo?

— Sim.

A mulher semicerrou o olhar, exibindo sua desconfiança.

— Como sei que não é mentira?

— Tenho uma menina de doze anos dormindo naquela caminhonete. — Apontou para o veículo. — Se não quiser me receber por livre vontade, faça isso por ela.

— O que leva um conselheiro a buscar ajuda de uma anarquista? De sua pior inimiga? — Ergueu a sobrancelha. — A situação ficou tão ruim assim, querido Balthazar?

— Veja por si mesma. A notícia saiu há poucas horas. — Ele ergueu a tela do celular, aberta em uma manchete sobre o incêndio.

Verona leu a primeira parte da matéria.

— O que quer dizer com isso?

Balthazar guardou o aparelho no compartimento interno do sobretudo.

— Que eu queimei a cúpula.

— O que disse?

— Foi o que ouviu.

Ela não acreditaria nele. Verona pensaria que aquilo era uma espécie de armadilha até que o ex-conselheiro mostrasse alguma prova concreta, que fosse indubitável.

Com um bufar impaciente, Balthazar puxou as pontas da luva. Tirou-a e ergueu a mão para que Verona pudesse vê-la sob a luz alaranjada do poste.

— A marca da morte — ressaltou ele. — Estou com ela de novo.

O olhar de Verona alternou entre o dedo decepado e o rosto de Balthazar, processando a informação. Analisou a marca, a runa talhada na carne putrefata, para ter certeza de que não era uma mentira.

Uma vez decidida, Verona começou a rir.

Ele sabia o quão humilhante seria ir ao seu encontro desde que resolveu procurá-la. Um inimigo pedindo refúgio a outro inimigo, admitindo sua derrota. Porém, Balthazar ainda achava melhor estar naquela posição do que em frente ao conselho para testemunhar mais uma batalha de egos.

— Uau, Balthazar — disse Verona, com um sorriso de escárnio formado nos lábios. — Eu sabia que você tinha um segundo lado misterioso, só não imaginava que ele venceria no final da história.

— Isso soa engraçado para você?

— Se você se refere ao fato de um conselheiro vir bater na porta de uma anarquista pedindo por ajuda, então eu diria que sim. — Cruzou os braços. — Isso é, no mínimo, fascinante.

Aquela era a última palavra que Balthazar usaria para descrever a situação.

— O que decidiu? — inferiu ele, sério, pedindo por uma resposta. — Acha que seus aliados me deixariam entrar?

Ela olhou para cima, admirando o campo de força que protegia a osteria.

— Você sabe como isso funciona, Balthazar? Sua mente brilhante de conselheiro poderia adivinhar?

Ele não negou nem assentiu. Esperou que ela terminasse a linha de raciocínio.

— Esse campo de força só deixa um conjurador estrangeiro entrar se outro conjurador que já esteja dentro convidá-lo — explicou, voltando sua atenção a ele. — Devo convidá-lo, conselheiro?

Levantou um ombro em descaso.

— Se assim desejar, o faça.

— Vai permitir que eu fique com esse corpo?

— Eu tenho alguma escolha?

Verona mordeu o sorriso, convencida de que não precisava responder à pergunta.

— Entre, Balthazar DeMarco. — Deu um passo para o lado, abrindo passagem para ele. — Vai ser uma delícia assistir à um conselheiro se submeter às regras de um ninho de anarquistas.

Balthazar não avançou a princípio, absorvendo o gosto de sua decisão. A partir do momento em que passasse pelo campo de força, jamais voltaria a ser quem era antes. Jamais viveria da mesma forma, sendo respeitado e ouvido ou visto como uma figura de sabedoria.

Ele sabia que estava cutucando uma colônia de vespas. Mas o título de conselheiro já não vestia seu corpo como antes. Se alguma vez a cúpula recaiu sobre ele como uma manta para o frio, agora ela era algo justo e limitador, similar à uma camisa de força.

Balthazar nunca mais andaria pelos corredores daquele prédio. A lembrança de sua oficina vazia e dos cadáveres jogados na Sala de Narciso o perseguiriam até o resto dos seus dias.

O que um conjurador poderia ser senão um membro da cúpula? Senão um seguidor fiel das ordens que ela impunha?

Só havia uma resposta certa para aquilo.

Ele era um anarquista.

Balthazar estava em um escritório, sentado em uma cadeira, de frente para o rapaz que conheceu como Dominique Dangelis, filho de um dos maiores mártires da causa anarquista.

Imediatamente, começava a se arrepender.

Ele sabia que aquela não era a escolha mais prudente; um ex-conselheiro e a filha de Tessele e Edgar refugiados em um ninho anarquista. Mas, depois do que fizera, o mundo lá fora estaria procurando por eles, buscando respostas e explicações que Balthazar não podia dar. A mídia procurava pelos desaparecidos. E ele sabia que, cedo ou tarde, os outros conselhos de magia mundial saberiam da queda da cúpula italiana, e começariam a investigar.

Balthazar precisava de um lugar para se esconder.

Afinal, existiam inúmeras cúpulas ao redor do mundo. O lugar que ele incendiou era apenas uma célula entre dezenas de outras. Balthazar não duvidava de que o conselho grego — o maior núcleo de magia mundial, local onde Ektor Galewski trabalhou antes da morte — logo tentaria restabelecer a cúpula italiana.

Eva havia sido levada para um quarto onde pudesse dormir. Verona assegurou que ninguém a machucaria, já que a causa que defendiam nada tinha a ver com uma criança tão jovem. Todavia, sua palavra não tinha o menor valor para ele. Balthazar naturalmente contestou a ideia, e descobriu que teria um longo caminho até se acostumar a não ter suas vontades atendidas.

— E então? — Andréas entrelaçou os dedos sobre o colo, fitando o ex-conselheiro após trancar a porta do escritório. Balthazar estava rígido na cadeira. — Verona me mostrou a notícia. Falou sobre seu dedo. Mas eu ainda não entendo, honestamente. Poucos dias atrás você estava determinado a aniquilar meu pessoal. O que aconteceu desde então? Foi demitido e se sentiu injustiçado?

— A história é longa.

— Temos tempo.

Balthazar olhou para Cleo, parada ao lado da cadeira giratória de Verona, que também estava voltada para ele.

— Vocês parecem ter aceitado uma rata traidora muito facilmente nesse lugar — declarou ele. — Não deve ser tão difícil entrar para seja lá que tipo de clube semeiam por aqui.

— Eu não estou mais usando suas algemas, Balthazar — confrontou Cleo. — Se for necessário, posso pedir para que cortem sua língua. Talvez, dessa maneira, seja mais fácil conviver com você.

— Você é um conselheiro — interrompeu Andréas. — Ela era uma criminosa que vocês resolveram manipular como bem entendessem. Há uma grande diferença, não acha?

Ele estava prestes a levantar daquela cadeira e ir embora. Desaparecer do mapa. Mas, se houvesse qualquer chance de que descobrissem sua relação com o atentado, a cúpula notificaria os demais órgãos reguladores da magia espalhados pelo mundo, as dezenas de outras cúpulas, e Balthazar seria procurado internacionalmente.

Ele poderia fugir. Poderia passar a vida fazendo isso, pulando de lugar em lugar, mas não seria capaz de colocar Eva nessa vida, nem de protegê-la enquanto fosse procurado. O mais inteligente a se fazer, no momento, era procurar por aliados.

Porque ele não seria capaz de lutar sozinho.

— A cúpula estava dominada por víboras — continuou Balthazar. — Eu só fiz o que deveria ser feito. O lugar não me representa mais.

Andréas levantou as sobrancelhas, trocando olhares sugestivos com Verona e Cleo.

— Deve haver mais do que isso, não é? — investigou, recostando-se na cadeira. — A menina que trouxe. Eva Aldmin Marivaldi. Por que ela está aqui?

— Porque eu a salvei.

— Ela sabe o que você fez?

— Não. E nunca saberá — determinou. Eva não o perdoaria se soubesse da verdade. Mesmo que seus pais fossem pessoas terríveis, ainda eram parte da família que a criou. — Um dia, ela se dará conta de que as coisas foram melhores assim.

— Você se considera superior a essas víboras que mencionou, Balthazar? — A conjuradora mudou de assunto. Cleo estava tentando encurralá-lo. Era algo que ele esperava que ela fizesse. Balthazar a conhecia melhor do que ela imaginava. — Se eles tivessem te aceitado de volta como conselheiro, você estaria aqui, pedindo por ajuda? Teria começado um incêndio? Ou teria sentado no seu bom e velho trono sem reclamar?

— Minha vida dentro daquele lugar acabou. Eu escolhi cometer um crime. Nada do que os conselheiros pudessem ter feito mudaria isso. Estou aceitando meu lugar, aceitando que não sou o que todos esperavam que eu fosse. Isso parece o bastante para o juízo de vocês?

— Um pouco — ponderou Andréas. — Mas receio que eu ainda não consiga confiar inteiramente na sua palavra.

— Só estou aqui por Eva — explicou ele, porque não existia motivo maior para que Balthazar engolisse seu orgulho do que por uma filha. — Nada mais me interessa além da segurança da garota.

Cleo riu.

— Dizer isso depois do que fez com a cúpula me parece contraditório.

— Não devo mais explicações — afirmou Balthazar. — Tirem meu acesso à magia da morte, confisquem meus protótipos, façam o que quiserem. Mas me deixem cuidar da garota.

Andréas demorou alguns segundos para tomar uma atitude, ainda sem dar um veredito consistente. Em vez disso, ele se abaixou, puxando sua gaveta, e jogou uma algema absorvedora de magia sobre a mesa.

Balthazar nunca odiou tanto ter autoria sobre um projeto.

— Vocês usaram essa algema no meu pai. Se lembra dele?

Assentiu.

— Você poderá ficar aqui, DeMarco, mas, definitivamente, não poderá usar sua magia até que eu decida o contrário. — Andréas empurrou o objeto até ele. — Estamos entendidos?

O desejo de sair pela porta se tornou mais forte do que antes.

Por Eva, por Eva, por Eva.

Balthazar balançou a cabeça positivamente.

— Cleo —, o empresário indicou a algema —, faça as honras.

Tinha de ser ela. Era nítido que seria ela. A escolha era previsível. A Aniquiladora algemaria seu opressor.

Cleo pegou o objeto. Balthazar sequer a olhou, mas sentiu as microagulhas perfurarem sua pele, soltando um chiado ao apertar os olhos. Aquele pulso vibrou por todo seu braço, alastrando-se pelo corpo. Era pior do que havia imaginado.

— Que isso sirva de lição, conselheiro. — Cleo se aproximou do rosto dele. Balthazar virou o pescoço enquanto ela falava. — Pessoas como você sempre cultivam os próprios inimigos. E, uma hora, eles voltam para cobrar o preço.

Ela abaixou seu braço bruscamente, largando-o sobre o colo. Retornou para o lado de Verona, que não fazia mais do que observar e apreciar a cena. Cleo roubou um selinho de seus lábios, sabendo que ele notaria o gesto. Era outra provocação, assim como fizeram no baile de outono.

— Você será levado até seu quarto. Tente não causar nenhum infortúnio. — Andréas apontou para a porta. — Retire-se, por gentileza.

Ele não precisou insistir.

Balthazar arrastou a cadeira e caminhou para fora, apesar de sentir o julgamento deles acorrentá-lo a um sentimento inóspito.

Girou a maçaneta. Saiu. Bateu a porta. Um anarquista o esperava do outro lado para guiá-lo até o elevador.

Balthazar massageou o braço, sentindo o local em que a algema estava inserida latejar.

Em outro contexto, ele teria desistido. Teria dado um jeito de não precisar se submeter a tamanho afronte. Costumava ser um homem respeitado, cercado por elogios e bajulações, símbolo do império mágico que

Ektor Galewski inspirou com suas pesquisas. Agora, Balthazar DeMarco era o nome de um traidor.

Com sorte, ele seria reconhecido como morto após o atentado na cúpula.

Estava absolutamente disposto a morrer para o resto da sociedade de magia.

Eva estava deitada no quarto quando ele chegou, os olhos fechados e a cabeça sobre o travesseiro. Talvez estivesse sonhando, ou talvez estivesse tendo um pesadelo do qual não pudesse escapar.

Porque foi assim que aconteceu com ele, um ano atrás, logo depois de enterrar a esposa.

Ele notou que Eva começou a piscar algumas vezes, vendo sua silhueta parada à porta. Balthazar não queria ser invasivo a seu respeito, protegê-la tanto a ponto de sufocá-la. Mas, considerando as condições em que havia a colocado, se sentia responsável por cada pequena coisa que acontecesse com ela dali em diante.

— Perdão por interromper seu sono, Eva. — Deu passos leves para dentro, vendo a menina se sentar sobre a cama. — Não era minha intenção.

Eva coçou os olhos, o rosto abatido e vermelho por causa das lágrimas. Ela puxou a corda do abajur, iluminando o quarto escuro.

— Tudo bem — disse, desanimada. — Só estou um pouco confusa. Acabo dormindo e acordando toda hora.

— Compreensível — concordou ele. — Você tem muito a processar.

O ex-conselheiro se sentou na beirada do colchão. Eva virou-se para ele.

— Já teve alguma notícia sobre minha mãe?

Enxergar a pouca esperança que ainda havia em seu olhar fazia Balthazar querer voltar atrás, porque partir seu coração doía a ponto de quebrar o dele também — ainda mais do que já havia sido, se isso era possível.

— Nada sobre ela ainda — falou. Nenhuma coluna de notícia havia divulgado os resultados da investigação. Balthazar sabia que a polícia e os bombeiros estavam envolvidos, nada além disso.

— Que lugar é esse? — Eva olhou para o próprio quarto como se não se reconhecesse nele. — Por que estamos aqui?

— Eu já te disse. Porque a cúpula não é mais segura. — *Em todos os sentidos.*

Os lábios dela se comprimiram. Balthazar podia sentir a mesma pontada de medo que achava que Eva sentia.

— Escute, Eva. — Ele pegou sua mão, esquentando-a sob seus dedos quentes. — A cúpula está passando por um momento crítico e eu acho que não voltaremos para lá. A partir de agora, precisará me ouvir. Não acredite no que ler ou no que te falarem. Confie em mim, sempre. Se formarmos essa aliança, estaremos seguros e salvos. Acha que pode fazer isso?

— Eu sempre confiei em você — disse ela, tirando um pouco da preocupação que pesava sobre os ossos dele. — Você sabe quem causou o incêndio?

— Pode ter sido um acidente — mentiu, refutando toda confiança que ela tinha sobre ele. Aquilo era inevitável, não adiantava resistir. Era uma medida que precisava ser tomada. — Mas, se houver alguém por trás, estaremos bem longe do alcance dessa pessoa. Concorda?

Ela assentiu.

— Tome. Tenho uma coisa para você. — Balthazar retirou o cordão de seu pescoço, o item que havia usado para transformar os sentinelas em pedra maciça. Ele o entregou a Eva, vestindo-o nela. — Eu o fiz especialmente para um dos aniversários de Merlina. Queria que ela pudesse se proteger mesmo quando eu não estivesse por perto. Agora, acho justo que ele pertença a você.

Eva analisou o pingente, uma esfera fechada que escondia uma esmeralda dentro, moldada em volta do formato de um olho.

— Não o abra até que esteja em apuros — aconselhou ele. — Conhece o mito de Medusa?

— Quem não conhece? É a mulher de cabelos de cobra.

— Então sabe o que ela faz?

— Eu sou de exatas — argumentou ela. — Você é o fã de mitologia aqui, não eu.

Balthazar riu. Definitivamente, história e filosofia não eram o ponto forte de Eva.

— Esse olho transformará qualquer um que olhar para a joia dentro dele em pedra — explicou ele, colocando o pingente para dentro da blusa de Eva. — Use-o com sabedoria, porque o efeito não poderá ser revertido.

— Por que está me dando isso?

— Quero que fique bem. E que sobreviva.

Eva parecia fora de órbita, perdida, mas ainda assim receptiva perto das ideias de Balthazar. A garota apreciou o objeto mais uma vez antes de devolvê-lo à parte interna da blusa.

— Agradeço o presente.

Um sorriso pequeno, quase imperceptível, desenhou o rosto de Balthazar.

— Volte a dormir. — Ele puxou os cobertores até a altura dos ombros de Eva assim que ela se esgueirou para baixo deles. — Qualquer coisa, estarei no quarto ao lado.

— Boa noite, Balthazar.

Ele apagou a luz do abajur. Andou até a saída, puxando a porta do quarto.

Como se pudesse fingir que aquela era mais uma noite normal, como se pudesse viver na fantasia de que tudo estava dentro dos eixos, em um mundo em que o amanhã era uma certeza, não uma incógnita, Balthazar se despediu da garota:

— Boa noite, Eva.

E fechou a porta.

Verona

Cidade de Verona, Itália

— Já está pronta? — gritou Cleo, da sala de estar.

Verona espalhou o pó rosado pelas bochechas, pincelou-as o suficiente para que estivessem cintilando. O vestido, dessa vez, era vermelho como rubi, e descia até metade das coxas.

— Um minuto! — Ela jogou os cabelos pelos ombros, certificando-se de que seus cachos teriam volume até o final da noite.

Satisfeita com a própria produção, Verona pendurou a alça da bolsa no ombro e fechou a porta do banheiro. Cleo estava na sala, usando seu *body* azul e preto. Vestia botas de plataforma que a deixavam sete centímetros mais alta — o que *quase* a tornava párea para os saltos de Verona.

Cleo havia dormido com ela pela segunda noite seguida. Parecia confortável daquela maneira, pouco disposta a se mudar para um apartamento individual. Verona não podia negar que gostava da sua companhia, do seu cheiro, das vezes em que seus pés se tocavam, mesmo que por acidente. Notavelmente, Cleo não estava habituada a dividir um momento tão íntimo com outra pessoa. Ainda dormia de costas para Verona e pedia para que ela fizesse o mesmo. Com o tempo, talvez isso pudesse se tornar diferente.

Mas, por enquanto, tudo que tinham eram as horas em que o clima mudava e Cleo não hesitava em trocar alguns beijos com sua parceira de cama.

— E aí? — Verona apoiou o quadril na parede, elaborando sua pose como se alguém fosse tirar uma foto. As únicas lentes que realmente importavam eram os olhos de Cleo. — O que achou?

Antes vidrada na televisão da sala, a conjuradora migrou sua atenção para a dona da voz. Cleo analisou sua roupa de cima a baixo, da presilha de flor em seus cabelos até as fivelas vermelhas de seus sapatos.

— Isso justifica a demora — comentou ela, curvando o canto dos lábios.

Aquele era o melhor elogio que Verona conseguiria ganhar dela. Cleo não demonstrava seus sentimentos com facilidade, mas isso não significava que ela não os tinha. Verona era capaz de traduzir, a partir das menores demonstrações de afeto, o que seus lábios nunca diziam. Havia mais por trás dela do que Cleo se permitia exibir.

— O que está assistindo? — perguntou Verona, aproximando-se da televisão.

A conjuradora pegou o controle remoto, aumentando o som do noticiário.

— Veja por si mesma.

O apresentador falava algo sobre o incêndio na cúpula, narrando a investigação em torno do acidente. Enquanto Cleo recolhia suas coisas de cima da mesa de jantar — carteira, celular e chaves provisórias do apartamento —, Verona olhava para a tela como se a informação fosse inédita.

Quase nada na cúpula além do salão circular tinha sido queimado — o que não tornava a situação menos dramática. Os bombeiros chegaram a tempo de controlar o avanço do fogo. Mesmo assim, todo local afetado acabou completamente destruído, impossível de ser habitado. As quatro estátuas que costumavam sustentar o teto estavam carbonizadas. Dentro daquela sala, nada havia ficado intacto.

Mas a parte realmente interessante só veio a ser anunciada depois, quando Verona semicerrou seus olhos ao ver as fotos de Tessele, Ling, Helle, Ingrith e Balthazar estampadas na matéria. Os cinco rostos foram colocados na tela, com a faixa de "desaparecidos" enfatizada pelo destaque vermelho. A polícia parecia não ter encontrado vestígios do corpo de nenhum deles, mas o caso continuava incerto. A principal suposição era de que eles continuavam vivos.

Existiam grandes chances dos conselheiros terem sido mortos da mesma forma que Coline LeFair: abraçados pelo fogo e consumidos pelas chamas. Mas, isso, só Balthazar DeMarco poderia afirmar.

— Acha que ele fez isso com os conselheiros? — indagou Verona, ainda hipnotizada pela tela. — Acha que foi proposital?

Cleo deu de ombros.

— Ele foi capaz de incendiar a cúpula, acredito que tenha imaginado que as pessoas poderiam morrer — pontuou ela.

— Fomos superados. Ele definitivamente carrega a culpa pelo evento mais marcante da sociedade italiana de magia. — Verona mordeu o lábio, vendo a foto de Balthazar. — Ele não é bobo. Conseguiu fazer algo pior do que nós fizemos.

— Ele tinha um conflito moral enorme, isso sim. — Cleo fechou o zíper da bolsa e vestiu sua jaqueta amarela-dourada. — O homem estava a ponto de sucumbir ao ódio e à solidão. Não me surpreendo que tenha acabado desse jeito. A cúpula destrói tudo que toca.

Verona voltou-se para a conjuradora, esboçando um sorriso sugestivo.

— Isso foi uma pequena demonstração de empatia por ele, Cleo? Foi isso que ouvi?

— Não exagere — cortou, ríspida. — Acha que estou errada? Acha que a cúpula não tortura cada conjurador que pisa ali em algum momento?

— É, tem razão.

— Eu dormiria mais tranquila se Balthazar dissesse de uma vez que matou os conselheiros. — Verona pegou o controle, desligando a televisão. — Odeio conviver com alguém que guarda segredos.

— Não acho que ele vai se abrir tão cedo.

Cleo destrancou a porta do apartamento, desligando as luzes. Verona andou para o lado de fora, entrelaçando suas mãos nas mãos de Cleo assim que apertou o botão do elevador.

— O que você acha de, talvez, a gente pegar uma garrafa de Belladonna... — Verona puxou o zíper da jaqueta de Cleo para baixo, abrindo-a devagar. — Pedir para a sobremesa ser entregue aqui em cima... — Passou a mão em seu cabelo, alisando os fios negros. — E terminar nosso encontro no quarto?

— Nem chegamos no restaurante e você já está pensando no fim do jantar?

— Você sabe como eu sou, amor. Sempre pensando na melhor parte. Cleo puxou Verona para dentro do elevador e roubou-lhe um beijo.

— Pensarei no seu caso, *amor*.

O salão da osteria estava lotado naquela noite, assim como na anterior. As luzes estavam baixas, reconfortantes, mantendo o ambiente acolhedor. Os investimentos de Andréas não foram infrutíferos. Todo o tempo dedicado, os repórteres e críticos convidados, as noites passadas em claro, tudo valeu a pena. Desde o início até agora, quando havia uma fila na porta e mesas insuficientes para acomodar todo mundo, nada foi desperdiçado.

Verona e Cleo tinham reservado uma mesa. Na noite anterior, da forma mais desinibida possível, Verona chamou a conjuradora para um jantar assim que teve uma mísera brecha para fazer o convite. Nunca perdia tempo. Via oportunidades a cada esquina e tentava aproveitá-las, como uma investidora faria.

Andréas estava recebendo algumas pessoas no restaurante, acompanhado de Gemma. Ela usava um vestido púrpura, enquanto ele usava um terno azul-marinho. Verona acenou antes de tomar seu assento.

— Uma Belladonna — solicitou. — E, para Cleo...

— O mesmo que ela — disse, fechando o cardápio. — Só isso, por enquanto.

O garçom — Ângelo, um dos anarquistas por quem Verona mais tinha simpatia — se retirou com uma piscadela amigável. Assim como os outros participantes do clube, ele havia aprendido a receber Cleo. Depois do baile de outono, ninguém questionava sua lealdade. Não restavam dúvidas de que sua luta era a mesma que a deles.

— Achei que já tinha enjoado de Belladonna. — Por debaixo da mesa, Verona alisou sua perna com a ponta da sandália.

— Ainda não. — Ela tirou a jaqueta, pendurando-a no encosto do assento. — Pretendo tentar não me enjoar rápido. Sei que vou ter que bebê-la por um bom tempo.

— Um bom tempo, é? — Verona repuxou os lábios. — Pretende ficar aqui?

— Não sinto saudades de pagar aluguel.

A garrafa chegou acompanhada de duas taças e alguns aperitivos, a seleção de patês típica da osteria de Andréas. Verona mergulhou o pão no creme de azeitonas pretas, saboreando-o devagar, deixando o gosto preencher sua boca.

— Olhe lá. — Cleo apontou a direção com a cabeça, despreocupada em ser vista encarando a pessoa que entrava no restaurante pelo acesso do condomínio. — Veja quem não quis perder a festa.

Verona seguiu sua indicação e enrijeceu as costas.

Ele não deveria estar ali. Claro que não. Não depois que suas fotos estamparam todos os telejornais da cidade. Mas, de forma ou de outra, ele não parecia se importar tanto — o que certamente não era do seu feitio.

Devia estar bêbado, mesmo que pouco. Seus olhos cansados falavam mais do que ele imaginava. Por sorte ou bom senso, não havia sinal de Eva por ali, tão tarde da noite. Balthazar agarrou o ombro de Ângelo, quase o fazendo derrubar a bandeja equilibrada em suas mãos. Sussurrou algo perto do seu ouvido e soltou-o logo em seguida, permitindo que continuasse o trajeto para a mesa que estava servindo.

Poucos minutos depois, Ângelo trouxe uma sacola para ele, uma com o logotipo da osteria, daquelas que eram usadas para embalar os pedidos dos clientes. Balthazar entregou algumas notas para ele — porque sua estadia não era gratuita — e foi embora sem dizer nada, muito menos olhar para as pessoas.

— Acha que é mais bebida? — indagou Verona, perseguindo-o até que estivesse fora de sua visão. — Ou ele só estava comprando o jantar?

— Não sei. — Cleo entornou um gole do vinho. — Ele parece se importar com a garota. Se tiver um pouco de responsabilidade, não irá abusar do álcool enquanto estiver com ela.

— Merlina me disse que a relação com ele era difícil por causa disso — comentou, observando as lágrimas do vinho escorrerem perto da boca da taça. — Acha que ele repetiria o erro?

— Balthazar não é o homem mais equilibrado do mundo.

— Definitivamente não. Mas eu admito que meu ego está três vezes mais inflado desde que o homem que jurou me matar veio pedir ajuda para mim.

— Pobre Eva... — disse Cleo, circulando a ponta do dedo pelas bordas da taça. — Talvez nunca saberá que está convivendo com o assassino da própria mãe...

E do pai também. Cleo não havia sido piedosa com Edgar.

— Será que ela não sabe?

— É óbvio que não, Verona. — Cleo quase soltou uma risada de escárnio, como se a situação não pudesse ser mais clara. — Ele pode ter destruído a cúpula, mas ainda é um conselheiro. E uma vez sentado naquele trono, a essência nunca desaparece por completo.

Ela voltou a olhar para a porta pela qual Balthazar havia saído, seguindo seus rastros. Cleo podia ser rude quando queria, mas, na maior parte das vezes, estava certa no que dizia.

Verona achava que aquele era um desses casos.

Balthazar não podia voltar atrás. Embora estivesse ali, agora, talvez nunca conseguisse esquecer a pessoa que costumava ser. Havia vivido a maior parte de seus dias naquela cúpula, com as pessoas que matara.

Merlina sempre achou que a morte era como um alívio para certas pessoas. Talvez Balthazar DeMarco pudesse ser uma delas.

— Vai pedir o prato principal? — perguntou Cleo, folheando o menu.

— Escolha por mim, querida. Me surpreenda.

Ela não protestou. Responsabilizou-se pelo jantar — afinal, gostava de estar no controle ainda mais do que gostava de estar certa.

— Você não se importa, não é? — perguntou Cleo, virando uma página do cardápio.

— Com o quê?

— Que talvez eu morra jovem. Por causa da magia da morte.

Verona arrepiou. Não esperava que o assunto viesse à tona tão de repente. Um pequeno sorriso complacente surgiu nos lábios.

— Cleo, Cleo, Cleo... — Ela se aproximou para segurar seu queixo, o polegar acariciando seu rosto. — Somos duas almas amaldiçoadas pela morte. Quando você for embora, eu te encontrarei do outro lado. Só não deixe a magia consumir sua alma até lá. Não suma para sempre.

— Tentarei — respondeu, encarando a boca de Verona como se quisesse beijá-la de novo.

Atendendo ao pedido que seus olhos comunicavam, Verona encontrou seus lábios. Macios, molhados, magnéticos, chamando por ela.

Cleo não queria deixá-la. Verona sabia disso, tinha certeza disso. E o sentimento era mais recíproco e grandioso do que já fora por qualquer outra pessoa.

Apesar de não ter recebido as velhas visitas repentinas de Merlina desde que sua garrafa fora quebrada, Verona ainda sentia aquela segunda presença, a sombra que tentava puxá-la do mundo dos vivos a cada chance que encontrava.

Uma mulher que renascera da morte, uma conjuradora que podia controlar a morte e um homem cujo crime foi invocar a morte.

Três pessoas. Três almas ligadas pela mesma coisa.

Fosse uma bênção ou uma maldição, aquele era o elo que os unia.

E, querendo ou não, a morte sempre vinha.

Não importava o tempo, espaço ou universo. O clima, o dia ou a hora.

Ela estava lá.

Sempre estava lá.

Esperando.

EPÍLOGO

Balthazar

*Cidade de Verona, Itália
Dois meses depois*

— Você demorou para vir me ver. — Merlina cruzou os braços, vendo seu pai puxar uma poltrona.

A adega de Andréas era o lugar mais reservado que a osteria podia oferecer. Depois de um mês no condomínio, Balthazar recebeu uma flexibilização em sua restrição mágica por "bom comportamento" — mas não por livre e espontânea vontade de Verona ou Andréas.

Depois da segunda semana, ele tomou coragem para pedir um momento a sós com Merlina. Agora que tinha a runa da morte, queria fazer proveito dela. Balthazar disse que precisaria de um lugar reservado e de uma cadeira para sentar-se, nada mais. Andréas lhe deixou sem resposta por três dias até que tivesse o consentimento de Gemma, Cleo e Verona.

Ele poderia invocá-la uma vez por mês, desde que fosse supervisionado. Um anarquista sempre mantinha o controle de sua algema por perto, e câmeras foram instaladas na adega apenas para vigiá-lo. Tinha poucos minutos para conversar com a filha, contabilizados no relógio como uma visita ao presídio.

— Sei que demorei — respondeu o pai, acomodando-se na poltrona. — Estive tentando colocar a cabeça no lugar, como você aconselhou.

Merlina e Balthazar só haviam tido um encontro até o momento. Já era o primeiro dia do segundo mês. Ela sabia de tudo que havia acontecido. Da última vez, ele confessou todos os seus piores pecados a ela, desprovido de medo de admitir a culpa.

— Diga, pai. — Cruzou os braços. Não se sentou, perambulando pela adega. — O que mudou?

Balthazar esfregou as calças e bufou. Ele tentava se manter sóbrio, mas, às vezes, tudo que queria era um copo cheio e um estoque completo.

— Não muita coisa. — *Além da perturbação em minha cabeça.* — Cleo continua por aqui, mesmo que eu jurasse que ela teria ido embora depois da primeira semana.

— Ela gosta da garota. Verona pode ser muito sedutora quando quer. — Merlina deu de ombros.

— É uma paixão doentia, a meu ver — comentou ele, apoiando as costas no encosto. — Uma é dissimulada e a outra é problemática

— Para mim, elas combinam perfeitamente

— É. Pode ser. — Passou a mão no rosto.

— E Eva? — Merlina contornou as prateleiras, analisando todo conteúdo que Andréas escondia na sala. — Disse que está cuidando dela agora. Como ela está?

Balthazar balançou a cabeça de um lado para o outro.

— Caminhando. — Apertou as mãos. As luvas continuavam ali, apenas por precaução. Balthazar não gostava de ver suas unhas escurecendo conforme usava magia da morte. — É uma fase delicada para ela. Eva não sabe o que aconteceu.

— Pretende contar para ela? Não acha que ela vai descobrir alguma hora?

— Talvez ela descubra, talvez não. Mas não sei se há uma maneira certa de contar que matei a mãe dela, e que o pai morreu por causa de Cleo, com quem ela convive agora.

Eva era como uma filha. A filha que ele tinha perdido. Todo mundo cochichava pelos corredores, dizendo que Balthazar estava usando a menina para suprir a sensação corrosiva que o mastigava de dentro para fora desde a partida de Merlina, mas ninguém dizia isso a ele.

De qualquer forma, ele cuidava bem da garota. Dava a ela tudo que precisasse. Sentia-se mais completo quando estava com Eva, apesar de seu rosto lembrá-lo dos traços delicados de Tessele.

— As pessoas falam muito por aqui — desabafou ele. — Sei o que pensam. Que sou inconsequente, um desertor que não merece confiança. — Balthazar colocou o cotovelo no braço da poltrona, massageando a têmpora com a ponta dos dedos. — Para ser sincero, acho que as pessoas deveriam ser mais gratas. Afinal, fui eu que acabei fazendo todo o trabalho sujo. Fiz mais pela anarquia do que os próprios anarquistas.

— Bem, isso é incontestável. — Merlina deu de ombros. — E como ficou o caso do incêndio? Alguma novidade?

— Eu e os demais conselheiros continuam desaparecidos para a grande mídia. Torço para que continue assim — comentou Balthazar, com um longo suspiro. — A última notícia que recebi foi sobre a cobertura de gastos do anfiteatro e do hotel. Parece que a família Marivaldi está sendo pressionada a pagar a dívida, já que o prédio da cúpula está no nome deles, e alguém tem que ser responsabilizado. Nenhum pronunciamento por parte das cúpulas mundiais *ainda*.

— Ah, eles devem estar indignados. — Merlina emitiu alguns estalos com a língua, em tom de negação. — Pobre família Marivaldi... foi jogada aos cães. Sem Tessele, sem Eva, e com uma dívida de milhões de euros para sustentar.

Balthazar uniu as mãos no colo, lembrando-se do depoimento que a família deu ao repórter televisivo, com o desespero de ter perdido os parentes estampado em seus olhos. Os nomes de Tessele e Eva pulavam na tela sempre que os Marivaldi apareciam em cena.

Eva estava bem na osteria, mas não totalmente bem. Balthazar gostava de pensar que ela melhoraria, que a aura colorida que sempre girara em volta de seu corpo voltaria a brilhar. Mas isso era só ele tentando se convencer de que não havia arruinado a vida da garota.

O que mais o ajudava a seguir em frente era pensar que Edgar e Tessele nunca seriam bons pais para Eva. Eles não apoiavam suas escolhas, seus sonhos e seu futuro. Ela tinha mais a ganhar estando com alguém que respeitasse suas ideias. Balthazar queria ser essa pessoa. Além disso, antes de tudo acontecer, ela já pensava em se tornar uma conjuradora da natureza com a ajuda de Balthazar. No fundo, Eva sabia que seria melhor ter aulas com ele do que com a própria mãe.

— A cúpula está em reforma — anunciou ele, mudando de assunto. — Vai levar um tempo até que consigam reajustá-la. O lugar está interditado. Eu não faço ideia de quem assumirá o comando da sociedade de magia italiana, mas o conselho de outros países certamente vai entrar em reunião para resolver o problema.

Depois do incidente, pelo menos dez novas estátuas deveriam estar decorando os corredores do prédio — estátuas dos sentinelas que Balthazar havia petrificado com o Olho de Medusa.

— O que acham que vão fazer com a sua oficina? — comentou Merlina, com um toque de sarcasmo na voz. — Acredita que vão transformá-la em um banheiro?

Balthazar soltou uma risada anasalada, sem animação.

— Aposto que ela já virou um depósito. Por outro lado, a Sala de Narciso deve estar intocada, vazia e trancada a sete chaves.

Ninguém imaginaria que os corpos de quatro conselheiros poderiam estar debaixo da piscina prateada — e, certamente, ninguém mergulharia para achá-los. Até porque, àquela altura, cada osso, músculo e resto de carne já devia ter sido diluído.

Seus tronos haviam sido queimados e destruídos. O salão circular jamais seria como nos tempos antigos. A regra sagrada passara a ser inválida no momento em que a placa de metal fora chamuscada pelo fogo. Balthazar fizera questão de destruir todos os símbolos da hierarquia da sociedade mágica.

— Para a sua sorte, é bom que ninguém resolva investigar a Sala de Narciso. — Merlina olhou para o lado, onde o anarquista responsável por vigiá-los estava de pé, em frente à porta. — Se livrou de todas as provas, não foi? — sussurrou, para que ninguém além de Balthazar ouvisse.

— Não precisa se preocupar com isso. — O ex-conselheiro abanou a mão no ar. — Não há nada nesse mundo que possa me incriminar além de mim mesmo.

— Tome cuidado. Eles não podem te achar.

— Não irão.

Balthazar tinha convicção no que dizia. Aquilo não era uma hipótese, era uma promessa; uma promessa de que protegeria Eva e se manteria seguro, longe de qualquer pessoa que pudesse acusá-lo.

— O tempo acabou — disse o anarquista, quando seu relógio começou a apitar, abrindo a porta de saída.

— Bem... então é isso. — Merlina bateu os braços nas laterais do corpo. — Acho que acabamos por aqui.

— Mande lembranças à sua mãe — pediu ele, se levantando para tomá-la em um abraço.

— Sabe que não preciso fazer isso. Ela sempre fala de você.

— Faça isso mesmo assim.

Balthazar a soltou com um beijo na testa. Merlina balançou a mão em despedida, segundos antes do vórtice se abrir no teto da adega e ela evaporar para dentro dele.

Com isso, Balthazar caminhou para fora. Assim que saiu da adega, o pulso da algema foi reativado. Era tarde da noite, por volta das onze horas. Eva estava dormindo quando ele pegou o elevador, e esperava que continuasse assim quando retornasse.

Enfiou a mão nos bolsos do casaco, caminhando pela área comum do condomínio. Toda conversa com Merlina o fazia repensar suas escolhas.

Ele apertou o número do andar de seu apartamento, decidido a voltar para o quarto.

Os conselheiros nunca seriam encontrados. Ele sabia disso, e suspeitava que, mesmo após quase dois meses, Verona e Cleo ainda teorizavam o que Balthazar havia feito com eles.

Só existia uma resposta possível para aquela questão.

Ele sacou as chaves e destrancou sua porta. Não ligou as luzes da sala ou emitiu ruídos, a fim de preservar o sono de Eva. Quando chegou no próprio quarto, tirou o casaco, os sapatos e caminhou até o banheiro. Encarou-se no reflexo, da mesma forma que fez naquele banheiro de fast food, onde tivera uma conversa exaustiva com a menina.

Não se reconhecia mais, entretanto estava bem com isso. O velho Balthazar não o representava como um dia fizera.

Lavou o rosto, tentando limpar a sujeira que se impregnara na sua alma.

Balthazar não se olhou no espelho duas vezes. Sabia que, muito em breve, seus lábios escureceriam, suas unhas apodreceriam e suas gengivas seguiriam o mesmo exemplo. Esse seria seu novo rosto, sua nova identidade.

Ele caminhou até a cozinha e abriu a geladeira, procurando por algo que pudesse forrar seu estômago antes de dormir. Seus olhos investigaram cada pote e cada embalagem conservados nas prateleiras, mas só pararam de buscar algo quando viram a garrafa de Belladonna encaixada na bandeja da porta.

Duas noites atrás, ele havia buscado seu jantar no restaurante, como costumava fazer. Daquela vez, tinham resolvido enviar uma garrafa de Belladonna de cortesia junto ao seu pedido. *"Uma maneira de atrair mais clientes para a marca"*, disseram eles.

Balthazar pensara em jogar a garrafa fora ou devolvê-la para o estoque da osteria, mas não o fez.

Em seus piores pesadelos, o ex-conselheiro ainda podia ver os ramos de Belladonna de Verona, o frasco de veneno que deu a Merlina e a garrafa de bebida que levava o nome da flor.

Tudo começava com ela: Belladonna, seus ossos do ofício. Balthazar estava amaldiçoado pela sua presença, não importava o quanto fugisse. Qualquer caminho que seguisse o levava até ali. Até a flor roxa com frutas negras.

Porque tudo ao seu entorno eram cerejas do inferno.

Então, ele pegou a garrafa e parou de protelar o inevitável.

Abriu-a.

Despejou o conteúdo na taça.

Sentou-se na mesa.

E sorveu o primeiro gole.

Não era tão ruim quanto havia imaginado. Assim que o gosto recaiu sobre sua língua, desmanchou-se pela boca como um desejo reprimido: algo que Balthazar havia repudiado por muito tempo, sem saber que era daquilo de que precisava.

Ele passara anos odiando os anarquistas. Passara anos tentando combatê-los. E, agora, estava hospedado no apartamento de um ninho deles, após ter matado todos os seus colegas de trabalho.

Balthazar entornou a taça novamente. Desde que descobrira a verdadeira identidade de Verona, jamais imaginara que estaria disposto a provar uma gota sequer de sua marca de vinho. Ele fizera de tudo para estar do lado da cúpula, mas aquela luta deixara de representá-lo a partir do momento em que seu dever como conselheiro o havia impedido de trazer a filha de volta.

Ele tomou o último gole, virou-o na boca, completamente satisfeito. Três palavras escorreram pela sua garganta junto ao vinho: imprevisibilidade, fascínio e liberdade.

Aquele era o gosto que uma taça de Belladonna tinha, que toda sua trajetória na osteria tinha.

De uma vez por todas, Balthazar decidiu ceder ao sentimento.

CAPÍTULO EXTRA

Eva

*Cidade de Verona, Itália
Cinco meses depois*

Eva tinha aprendido a fazer tudo às escondidas desde muito cedo. Tessele e Edgar costumavam ser pais rígidos, com regras e proibições que na maioria das vezes frustravam as vontades da filha. Ir à oficina de Balthazar depois da aula era um dos hábitos que sua mãe tentava tirar dela — sem sucesso.

Mas a garota sempre teve vontade própria, e a rebeldia da pré-adolescência foi o combustível perfeito para que ela aprendesse a mentir para os pais sem *quase* nunca levantar suspeitas.

Não seria diferente com Balthazar.

Não quando Eva podia sentir que ele escondia algo.

Ela estava sentada no auditório com um punhado de aprendizes de magia em volta. O lugar tinha sido reformado a mando de Andréas. Ficava dentro do clube, feito especialmente para que Balthazar lecionasse para os novatos.

O ex-conselheiro estava no tablado, falando alguma coisa sobre a cirurgia do Despertar enquanto Eva solucionava seu terceiro cubo mágico do mês. O colar com o Olho de Medusa continuava em seu pescoço, guardado dentro da blusa. O caderno sobre a mesinha acoplada ao assento tinha poucas anotações. Eva não precisava de muito esforço para ir bem nos estudos. Guardava informações na cabeça como um computador guardava documentos. Só anotava o indispensável. O resto, não esquecia.

Balthazar tinha começado a dar aulas quatro meses antes. Ele precisava de dinheiro, e Andréas precisava de alguém para ensinar como a runa funcionava para os seus anarquistas. As pessoas não gostaram da ideia no início, mas o ex-conselheiro era excelente no que fazia, e ninguém pôde desmerecê-lo quando os aprendizes começaram a melhorar no uso de magia.

Eva estava entre eles, a mais nova da turma — e de longe a mais esperta. Ou assim ela gostava de pensar.

— Aposto que ouviram falar sobre o motivo pelo qual a runa tem que ser marcada nos ossos, e não na pele, sim? — perguntou Balthazar, com as mãos dadas atrás das costas enquanto encarava a plateia.

— A entidade da runa surgiu de um esqueleto — respondeu Francesca. — O último suspiro de magia da arcada óssea de uma criatura desconhecida.

— Crânio para magia da mente, coluna para magia da alma, costelas para magia da natureza — completou Eva, sem tirar os olhos do cubo entre seus dedos.

Balthazar esboçou um sorriso orgulhoso, como um pai admirando a filha.

— Sim, correto. E eu espero que, até o Despertar de vocês, tenham decidido qual magia gostariam de ter.

Eva estava animada com a possibilidade de ser iniciada na magia antes da maioridade. Ela precisou insistir no assunto por semanas até Balthazar acreditar que ela estava pronta e não tinha medo da cirurgia.

Eva não pretendia ter apenas uma runa, mas Balthazar jamais saberia disso.

— A magia da alma tende a despertar habilidades de proteção, ou algo que remeta à capacidade de se alimentar da força vital das pessoas, prender suas almas à objetos ou ver seus espíritos e ser capaz de modificá-los ou destruí-los — explicou Balthazar, apoiando a lombar na mesa sobre o tablado. — Magia da mente gosta de mexer com a psique humana, brincar com memórias, ler pensamentos, trazer traumas à tona ou acalmar emoções intensas. E a magia da natureza, claro, flerta com o lado empírico das coisas. Ela pode criar objetos encantados como eu faço, ou controlar o clima, modificar a matéria, provocar cataclismas e mexer com a eletricidade. São infinitas variações. Ninguém sabe exatamente qual é o limite da gama de habilidades que a Runa de Ektor pode proporcionar.

Diego, um dos aprendizes mais dedicados — e tagarelas — da turma, levantou a mão. Eva não se lembrava de uma única aula em que ele não havia feito longos comentários sobre suas impressões da matéria.

— Mentor, uma pergunta.

Balthazar tirou os óculos do rosto e limpou as lentes com o tecido do sobretudo verde, preparando-se para a dúvida que Diego abordaria dessa vez — elas sempre eram complexas, ou estranhas, ou invasivas, ou as três coisas.

— Prossiga.

— É improvável que a magia da alma ofereça habilidades voltadas para as almas de pessoas mortas, não é? Isso seria a magia da morte que faz, correto?

A pergunta fez Eva interromper o progresso com o cubo mágico. Sua atenção foi rapidamente atraída para a conversa, como um ratinho perseguindo o cheiro de comida.

Balthazar colocou os óculos de volta no rosto e suspirou, tomando alguns segundos para pensar antes de responder. Estava visivelmente incomodado com o assunto.

— Sim, Diego, é improvável. A magia das almas mexe com os vivos, nunca com os mortos.

Eva estreitou os olhos. Mesmo com a queda da cúpula, a magia da morte não havia deixado de ser um tópico sensível. Se quisesse saber mais sobre ela, certamente não procuraria Balthazar.

Quando a aula chegou ao fim, Eva colocou o caderno debaixo do braço e se levantou da cadeira, movimentando os lados do cubo mágico com apenas uma mão.

— Você até que tá mandando bem pra uma caçula de doze anos — provocou Francesca, a garota de cabelos loiros cacheados e óculos redondos que sempre se sentava ao seu lado no auditório. — Mas não vá se achando muito. Você pode ser boa com a teoria, mas eu vou ser melhor com a magia.

Francesca era dois anos mais velha, cinco centímetros mais alta, irmã de um anarquista veterano, e se achava superior a Eva por isso. Mas Eva não se importava em ser vista como fraca só por ser menor. Não era a primeira vez que acontecia, e ela sempre achou divertido ver o rosto das pessoas quando provava ser muito mais inteligente do que sua pouca idade aparentava.

— Tenho treze, não doze — corrigiu Eva. — Fiz treze no mês passado.

— Grande diferença — satirizou ela.

Eva pisou para fora do auditório, com Francesca ao seu encalço. Os dedos ágeis continuavam girando os lados do cubo.

— Você não consegue acertar minha idade e ainda acha que vai ser melhor em magia do que eu. A conta não fecha.

— Tudo que você sabe fazer é desembaralhar dados coloridos. Mas eu sou uma atleta, prática é minha especialidade.

Eva repuxou o canto do lábio. Francesca treinava natação desde os três anos, era veloz na água, mas isso não fazia Eva se sentir ameaçada.

— Boa sorte, *atleta* — disse, saindo na frente. — Vamos ver se isso é verdade assim que conseguirmos as runas.

Eva jogou o cubo mágico para ela, que o pegou no ar. Estava perfeitamente alinhado — face azul, vermelha, amarela, branca, verde e laranja, cada uma em seu devido lugar.

— Não vai precisar desse aqui? — gritou a colega, enquanto Eva avançava até o elevador do prédio.

— Não, tenho vários no meu quarto! Tente treinar, veja se consegue fazer em menos tempo que eu!

Eva lançou uma piscadela confiante para Francesca. Aquele era um desafio entre amigas. Sabendo do espírito competitivo da garota, Francesca daria o seu melhor para vencê-la.

Quando Eva desceu no andar do apartamento, sacou as chaves e destrancou a porta. Balthazar demoraria um pouco para subir, então ela teria algum tempo para trabalhar no seu "projeto secreto".

Desde que tinham chegado ao clube, Eva vinha recebendo aulas particulares, já que não frequentava mais a escola. Seu computador ficava restrito aos estudos, e Balthazar dizia que era muito cedo para que ela tivesse um celular.

Mas a falta de acesso à internet não seria problema para ela.

Eva correu até o quarto e abriu seu baú de brinquedos — cheio de cubos, triângulos e hexágonos mágicos, além de algumas pelúcias de coelhos e ursos. No fundo dele estava escondida sua caderneta de capa azul.

Os anarquistas podiam ser grandes fofoqueiros quando queriam, e Eva era mestra em pescar informações soltas pelo clube. Foi assim que soube que aqueles eram os mesmos anarquistas que estavam no anfiteatro da cidade de Verona quando seu pai, Edgar, morreu. Foi assim que descobriu que ninguém tinha conseguido decifrar o que ocasionou o incêndio que destruiu a cúpula. Foi assim que soube que Cleo era a antiga Aniquiladora de quem seu pai tanto reclamava. Ela e Balthazar não se davam bem — bastava observar como eles evitavam se cruzar pelas instalações do clube a qualquer custo.

Naquela caderneta azul, Eva anotava todas as informações que conseguia juntar. Se ninguém ia dizer o que de fato aconteceu com seus pais, então ela mesma descobriria, por bem ou por mal.

Verona foi uma das primeiras suspeitas que Eva investigou. Não demorou muito para que ela notasse a semelhança irrefutável de Verona com Merlina, a filha falecida de Balthazar, que Eva chegou a conhecer quando era muito nova. Seriam elas gêmeas? Ou havia algo a mais por trás disso? Balthazar não parecia ter muito afeto por ela, o que contestava a existência de um laço de fraternidade entre os dois.

O grande enigma que Eva tentava resolver, no entanto, era a magia da morte. Ela sabia que, se essa magia permitisse que ela falasse com seus pais, eles poderiam explicar tudo que tinha acontecido — a não ser que suas almas não tivessem chegado no reino dos mortos por algum motivo, mas ela pagaria para ver.

Eva precisava saber como acessá-la. Mas, até lá, seria paciente nas investigações. Se quisesse fazer algo a respeito das suas descobertas, ela também precisava de magia, de uma oportunidade para passar pelo Despertar, e isso a osteria poderia oferecer a ela.

Na caderneta, ela anotou o que Balthazar deixou subentendido na aula de mais cedo: *"A magia da morte é a única que pode acessar as almas dos mortos"*.

Cada pista era preciosa. Nenhum detalhe passaria em branco.

Quando ouviu a chave girar na porta do apartamento, Eva rapidamente escondeu a caderneta no baú. Pegou o caderno de magia e sentou-se na escrivaninha, fingindo estudar o conteúdo que anotara na aula.

— Eva? Está aí? — chamou Balthazar, fechando a porta.

— No quarto!

— Você gosta de ravioli, não gosta? — perguntou ele, da cozinha. — O que acha de ravioli pro almoço?

— Ótimo! Pode fazer.

— Te chamo quando estiver na mesa.

Eva respirou fundo. Tudo que Balthazar dissera sobre o incêndio era um mistério. Ele não sabia como o fogo havia começado, se foi intencional ou acidental, mas suspeitava que tivesse sido um atentado contra a cúpula. Ele também não sabia dizer se foi culpa de alguém de *dentro* da sociedade mágica ou de algum ninho anarquista da região.

Mas se não foram os anarquistas, quem seria? Um sentinela revoltado? Ou algum aprendiz amargurado como Cleo Von Barden?

E o que levou Balthazar a confiar que não foram os anarquistas da osteria que haviam arquitetado tudo?

Qual era sua relação com eles?

Tudo indicava que Balthazar havia se tornado um anarquista, ou ao menos feito um pacto com Andréas.

Eva não tinha muitas certezas, mas sabia que seu mentor não era confiável. Ele escondia segredos. E a ideia de desvendar esse mistério soava tão intrigante quanto perigosa.

Felizmente, Eva Marivaldi aprendeu a fazer tudo às escondidas desde muito cedo.

E ela estava confiante de que, logo, desenterraria da cova todas as verdades que foram escondidas dela.

AGRADECIMENTOS

Eu tô feliz com *Cerejas do Inferno*. É isso. Esse é o post.

Ser autor não é fácil. São muitos altos e baixos, crises de insegurança, trabalho duro, meses de escrita... quem é que não ficaria louco com isso tudo? Escrever *Cerejas do Inferno* foi um desafio, porque eu estipulei uma data, tive de conciliar a faculdade com a escrita, e acabei dormindo vários dias às três da manhã.

Olha, eu não sei para qual lugar esse livro vai me levar, mas acredito de verdade no potencial dele. Tudo que eu ouvi das minhas betas (principalmente Izzy e Clara) me fez crer que essa obra pode ser uma luzinha especial em meio às minhas narrativas.

Verona, eu não poderia ter criado uma protagonista mais dissimulada do que você (agridoce, como Izzy gosta de chamar). Eu estou orgulhosa de como você se mostrou para mim. Tenho certeza de que cumpriu seu papel.

Cleo... o que falar de você? Aposto que se disser qualquer coisa ruim é possível que pule para fora de sua dimensão ultra-irrealista para me bater. Então, deixo aqui meu relato de que você foi a personagem mais difícil de escrever (e eu sei que você gosta de ser a *mais* em qualquer coisa possível, então espero que esteja satisfeita). Eu amo a forma como você é caótica ao pé da palavra. Estava sedenta por alguém assim.

Balthazar... meu amigo, que jornada. Seu arco é, definitivamente, o mais complexo de todos. Você é um personagem do qual eu me orgulho.

Tem tantas camadas e é tão determinado que eu fico impressionada com sua capacidade de ser doido (ainda mais do que os outros).

Por fim, mas jamais menos importante: mãe, oi. Sou eu de novo, em mais um livro, em mais um agradecimento, para dizer que sou grata por você ter me deixado livre para ser quem sou. Por ter confiado e me dado todo suporte para que eu brilhasse sozinha. Você foi a primeira a acreditar em mim.

Obrigada.

Só para finalizar: caro leitor, muito obrigada por chegar até aqui. É uma honra ter um livro meu lido por você. As pessoas que acreditam na literatura nacional e apoiam os autores do nosso país mudarão o cenário do mercado atual. Nós, autores, precisamos da visibilidade, do reconhecimento, e ganhamos isso quando conseguimos te fazer acreditar na nossa causa também.

Se quiser saber mais sobre meu trabalho, dê uma olhada em @thaisboito no *Instagram* e no *X*. Vou adorar te receber!

Um beijo e até o próximo livro!

Este livro foi publicado em maio de 2025, pela editora Nacional, impresso pela Optagraf em papel pólen natutal 70g/m².